Matthia
著

请勿洞察

2

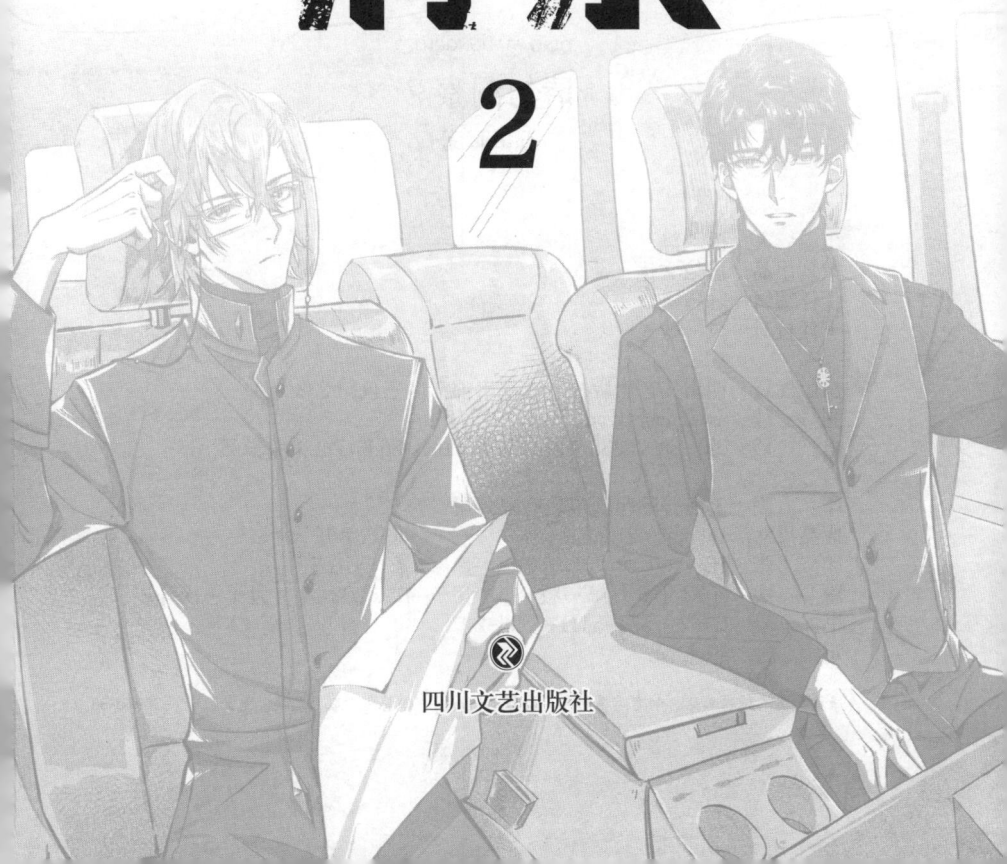

四川文艺出版社

图书在版编目（CIP）数据

请勿洞察 . 2 / Matthia 著 . — 成都 : 四川文艺出版社 , 2022.8（2024.4 重印）

ISBN 978-7-5411-6398-2

Ⅰ . ①请… Ⅱ . ① M… Ⅲ . ①长篇小说 – 中国 – 当代 Ⅳ . ① I247.5

中国版本图书馆 CIP 数据核字 (2022) 第 120387 号

QING WU DONGCHA

请勿洞察 2

Matthia 著

出 品 人	冯　静
策划出品	风炫文化
责任编辑	陈雪媛
责任校对	段　敏

出版发行　四川文艺出版社（成都市锦江区三色路 238 号）
网　　址　www.scwys.com
电　　话　021-38970338（发行部）　028-86361781（编辑部）

印　　刷　上海普顺印刷包装有限公司
成品尺寸　145mm×210mm　　开　本　32 开
印　　张　12　　　　　　　　字　数　410 千
版　　次　2022 年 8 月第一版　印　次　2024 年 4 月第三次印刷
书　　号　ISBN 978-7-5411-6398-2
定　　价　49.80 元

目 录

Qingwu Dongcha

第二十三章

-Qingwu Dongcha-

拓荒者

与此同时，在灯光熄灭的"起居室"中，塞西咕咚一声摔在了地上。

她躺在倒着平放的柜子上，只被绑住了手脚，身体并没有被固定在任何东西上。肖恩大概是打算把杰里的事情处理完了，再把塞西换过来。

塞西刚刚醒来，视野内模模糊糊的，只听到了杰里哭着说什么"不原谅你"。等另一个人的脚步声渐远之后，她才完全地清醒过来。屋里没有窗户，灯也全部灭了，塞西看不见，只感觉到自己手脚上有绳索。

塞西叫了杰里几声，杰里毫无反应，这让塞西十分担忧。好在她的手是被绑在前面的，她用牙咬上去，绳子上带着说不出的怪味，让她一阵干呕，她忍着恶心继续咬，想争取在袭击者回来之前解开它。

她挣脱开手腕上的绳子，正在解脚踝上的绳子时，脚步声又响起来了。她按照之前的姿势重新躺好，双手蜷缩在一起，假装还没醒来。脚上的绳子看似原样缠着，其实已经松掉了，只要她再用点力气就能彻底挣开。

门"吱呀"一声打开了，脚步声逼近，在杰里那边停留了一会儿，又向塞西走来。

塞西感觉到那人在自己身边蹲了下来，距离非常近。她咬紧牙关，找准时机，突然翻身挥起胳膊，用手肘朝那人的脸上狠狠一击。

那人闷哼一声向后坐倒，同时，塞西踢掉脚上的绳子跳了起来。就在她准备再上去踢一脚的时候，列维·卡拉泽敏捷地跳起来，向后退了两步："是我！你瞎了吗？"

屋里的灯灭了，门外本就昏暗的灯光也在闪闪烁烁。塞西眯起眼仔细看了一会儿，这人好像真的是列维。列维捂着一边的额角，看来他才是差点就要瞎了。

"你为什么要这样做？"塞西问。

"我怎样做了？"列维回头看看不省人事的杰里，"你是说这个吗？长话短说吧，不是我，是肖恩。"

他正好站在肖恩的推车旁边，拿起上面的小锤子和冰锥："看看这些……我还想问你们'他为什么要这样做'呢。"

塞西这才留意到昏暗房间内的各种怪异器具。她从一些纪录片里看过这些东西，是些古老而野蛮的脑部手术工具，甚至有一些都算不上工具，只能算是简易的代替品。

她走上前帮杰里松绑。杰里被固定在一把能半躺的折叠躺椅上，躺椅的可折叠处都被焊死了，椅子腿也和打着金属铆钉的铁皮地面焊在了一起。

从痕迹看，这些事情应该不是近期做的，看来这房间很久以前就是个强制手术室。

把杰里松开后，塞西轻拍他的脸，他仍然没有反应。塞西恍惚地摇着头："怎么会……肖恩怎么可能做这种事？"

"难道我就更可能做这种事吗？"列维说道，"好了，抓紧时间，我们走吧。"

塞西茫然地看着他："去哪儿？"

"还能去哪儿？"列维从摄像背心的口袋里掏出形似老旧手机的东西，塞西曾经见过它，知道这是某种追踪仪器。

现在，仪器的单色屏幕上闪动着两个标志，一个标志原地不动，另一个正在向不动的那个标志缓缓靠近。

"那难道是……"塞西伸手过去，列维却小气地把仪器收了回去。

在岗哨上层，仪器又有反应了。之前他们一路追踪着伊莲娜，现在伊莲娜竟然在向他们靠近。

明白列维的意思后，塞西顿时有了干劲，甚至连肖恩想做什么都懒得追究了。她检查了一下周围，自己随身携带的东西都不见了，腰包里剩下了点子弹，但枪已经没了。她叹了口气，没有去寻找那些东西，而是试着扶起杰里。

"嘿！来帮帮我啊！"她叫住转身要走的列维。

列维回头："他自己走不了，先别带他了。"

塞西大为惊讶，问："你……你这人有什么毛病？难道我们就把他扔在这里吗？"

"你到底还想不想去找伊莲娜和米莎了？"列维问。

"当然想，但这和带上杰里有矛盾吗？"

列维还真的停下来想了想，然后回答："有矛盾。首先，杰里会拖累我们，但这不是最重要的原因，另一个原因是，肖恩很想带他离开，而不是让他跟着我们去找伊莲娜。如果再耽误下去，等肖恩回来，场面会很尴尬。让他和肖恩走也没什么不好，哦，不用担心那些锥子锤子什么的，等他真的被切了该切的东西，他就不会在意了，甚至他可能还会认为自己变得更好了。而你不一样，我有我的事要做，你也要去找女儿，我们算是目的一致。"

对塞西来说，列维这段话里有太多地方让她想破口大骂，就是因为太多了，她反而不知如何开口。

列维用"难道不对吗"的表情看着她，等待她做出认可的回应。他的语气和眼神都十分认真严肃，并不含有任何恶意，这说明他前面的发言不带任何戏谑，全部出自真诚之心，这让塞西更加不寒而栗，一时竟不知道自己是在和什么玩意儿对话。

在她震惊到无法言语的时候，列维失去耐心，干脆不再劝说她，直接走向门口。

就在这时，他手里的追踪仪器屏幕闪烁了一下。代表伊莲娜的标志仍然在按照原本的速度缓慢靠近，代表着莱尔德的光点原本不动，现在却缓缓移动了起来。

他低低咒骂一声，扔下塞西和杰里，推门跑了出去。

几分钟前。

莱尔德坐在楼梯口，呆呆地望着下方翻涌躁动的黑暗。他们正是从那里走上来的。

这么一想，"第一岗哨"简直就是一棵树。它的根系在土地中蔓延，营养在树干和树枝间积累与游走，方尖碑如树冠伸展向天空……树根把吸收到的水和养料输送到高层部分，地上部分把接触到的养料送往树根……这棵树就这样扎根在与它格格不入的世界里，甚至还在持续地生长。

"大树"的根系是活的。莱尔德想起了灰色猎人，它一直在寻找"第一岗哨"，却在已经非常接近它的地方选择了放弃。

有人说，不管在什么专业领域，都是初入门的爱好者最自信甚至自傲，而越是深入这一领域的人，对学科就越具有敬畏之心。或许灰色猎人的情况也有些类似吧，它看见过别人看不到的世界，它不敢，也不愿意再寻找"第一岗哨"了。

这里要么存在着足以颠覆它信仰的欺骗，要么存在着它或旁人都无法承受的秘密。

不知不觉地，莱尔德的目光从墙壁上移开，又盯着下方的黑暗深处。

他知道下面是什么，是"从古至今，每一年，每一秒，每一位拓荒者"。

黑暗中，一只枯瘦修长的手臂伸到了他脚边。这只手没有继续向前，像是忌惮他身后的空间，又像是出于对他本人的敬畏。

莱尔德移开目光，继续想象参天大树，比如北欧神话里的世界之树，科幻小说里的宇宙电梯……不行，那只手在不断抓抠着地面，粗糙的指甲在石头阶梯上摩擦，形成耳语，不断地涌向黑暗之外。

"够了……"莱尔德靠在墙上，虚弱地说。

但对方应该听不见他的声音。他们继续喳嚅着、复述、列举、陈述，他们继续对已经走上"堤岸"的莱尔德轻声细语着，不放过哪怕最后的一秒钟，时刻履行着自己作为书页的责任。

"你们怎么上来的？它上哪儿去了？"身后传来肖恩的声音。

莱尔德没回头，只是怅怅地靠在墙上，说："你能看见那个吗？就那边，那些。"

　　肖恩站在比他高五阶的地方，看了一眼低处："能。我早就看到了。"

　　"多早？三个多月以前？"

　　"对，但那时我受不了。"肖恩说，"好了，不说这些废话了。你过来，跟我走。"

　　莱尔德苦笑一下："不行啊，我站不起来。"

　　他背对着肖恩，肖恩看不见他具体哪里有伤。肖恩也没问，直接伸手抓住他的右臂，转身就拖着他往上走。莱尔德被拽得倒下来，坚硬的阶梯擦过身体，每一下都硌得他咬牙皱眉。

　　被强行拖着往上走的时候，他偶尔还能用左腿支撑一下身体，自己爬一爬，配合肖恩一下。而现在他的右腿却只能被动挪动，导致他的右腿从小腿到脚踝都呈现出一种不自然的角度。

　　肖恩把他拖到上一层平台，朝着对面向下的楼梯走去。原来这里是一条近路，看似向下，其实可以穿到另一条通道里，继续向上攀登。

　　被这样粗暴对待，莱尔德当然痛得要命，但他一直没有吭声，这倒不是因为他想主动忍耐，而是深层那些书页的述说声太过震耳，几乎占满了他的感官。

　　随着距离越来越远，书页的声音也越来越小，莱尔德自己的感官渐渐回来了。他终于开始哼哼唧唧地喊疼，但肖恩并不理他。

　　他被扔在一块平坦的地板上，然后听见了开门关门的声音。他趴着，抬起头，光线从房间高处的数个孔洞里投射进来，正好照在房间正中的人身上。

　　那个人侧躺在地板上，浑身裹着脏兮兮的布条，像个黑色的木乃伊。他的脸上覆盖着一张鸟嘴面具，面具下面流淌出一些混杂着血色的半透明黏液。

　　在莱尔德看过去的瞬间，面具还并没有完全贴合在那人脸上，此时他正在用裹着黑布的双手捧着面具，让它完全遮住自己的头部。

　　鸟嘴面具中传出沙哑的声音："哦，是你。太好了。"

　　莱尔德看着他，知道他是在对自己说话，而不是对肖恩。

　　肖恩从莱尔德身上跨过去，走到鸟嘴面具身边说："我把他先放在这里，别让他离开，也别让除我以外的人进来。"

鸟嘴面具动了动，像是点头，又好像不是。他身上的一根布条伸向莱尔德，这布条让莱尔德想起了岗哨深处的手指、手臂、血管、神经和肌肉纤维，它们也是这样绵软而神秘，让人无法移开视线。

布条蠕动着，离莱尔德越来越近，很快就碰触到了他的手指。

鸟嘴面具（只有面具，不包括他的头部）在原地转了个九十度角，以扭曲的姿态竖立在地板上。它后面的声音说："那可不行。"

肖恩本来正要离开，突然回过头道："你说什么？"

黑色布条缠住了莱尔德的手腕。

"这里是'第一岗哨'，我是信使雷诺兹，"声音晃动着，整个房间的空气似乎也在随之抖动，"信使服务于触摸真理之人，连接起执行之人与奉献之人，乃秘密的传递者。我愿意协助你达成愿望，但我的使命是辅佐猎犬与书页。"

肖恩向后退了一步。他面色严峻，却看不出任何愤怒或恐惧之类的强烈情感。

他面前的门中飞出无数只乌鸦，每一只都由门后的黑暗捏塑而成，它们飞过每个人身边，又遁入空气之中。随着羽毛的飘散，列维·卡拉泽从漆黑的通道里走了进来。

也正是在这个瞬间，在盘旋的鸟群与飘散的羽毛之中，莱尔德被数条细长的黑布拖向天花板，身形隐匿于尖顶内部的四角形黑暗里。

莱尔德仍然能看到房间里的情况。他感觉自己的视角就是一盏吊灯，或者是一只正在天花板上织网的蜘蛛。

他仍然能看到躺在地板上的雷诺兹。

黑色布条裹着零散的血肉，勉强维持着具有人类特征的外形……如果没有被绑缚、定型，那些肯定只是一堆散乱的肉块。它颈部、腰部和腿部已经有点散架了，膝盖上还有一块比较完整的骨头，颈部则完全是不成形的肉糜。

一条黑布遮住了莱尔德的眼睛。

"别看了。"脑子里传来雷诺兹的声音。鸟嘴面具贴在倾斜的顶墙上，就在莱尔德身边，周围也有很多被布条绑缚着的物体在蠕动。

莱尔德这才看清自己的处境，他被挂在一条横梁上，脑袋和手脚垂下来，肚子被横梁顶着，顶得他想干呕。

他想着，这样下去，要不了多久他就会头部充血，然后就会意识模糊，那时骨头碎裂的疼痛也许就会减轻。

想到这一点，他自己都觉得不可思议……为什么我还这么冷静啊？

他现在根本无法走路。他右腿膝盖以下的骨头完全碎掉了，可能还不止骨头，肌肉和筋腱应该也有不同程度的损伤……但是谁知道呢，骨头都碎了之后，谁还能感觉得到肉到底疼不疼？

他不止是右腿膝盖以下无法动弹，而是整个下半身都不听使唤了。奇怪的是，他既不想叫喊，也没有流泪。他的感官被两种东西占据，第一种是剧烈的疼痛，除了下半身的，还有来自胸口深处的；第二种是视觉里那双苍白的手，他曾经在恍惚中看到过它。

现在，他在每个瞬间都有可能会看到那双手。看着它的时候，他的视角是平躺着的，那双手从黑暗中渐渐浮出，向他伸过来，挖开他胸前的皮肉和骨头。

那双手并不是真的存在，而是只存在于他的感官里，是感官里，不是视觉里。他不仅能看到它，还能听到它造成的声音，感受到它造成的伤痛，嗅到另一个人皮肤上的味道。一股有点熟悉的味道。

为了不看到那双手，莱尔德就需要努力注视别的东西。

当他盯着雷诺兹的面具看的时候，或者当他陷入对肖恩状况的思索时，那双手就会在他的感官中消失。但当他稍有松懈时，哪怕只有一个眨眼的时间，那双手就会闪现在他面前。

他的各种感官被那双手占得太满了，根本没法给其他东西留下空隙。

这是他第一次体验到如此奇特的感受：明明无法抵抗痛苦，却连为痛苦而呻吟的空暇都没有。

莱尔德动了动脑袋，看向旁边的鸟嘴面具。

面具也躺在横梁上，因为距离太近了，莱尔德能从面具的眼孔看到里面，那里的东西有着湿润的质感，裹着薄薄的黏液，上面布满淡粉色沟壑，还有一些极为纤细的脉络状物质从面具里伸出来，陷在一堆盘绕的布料里。

原来这才是他。莱尔德恍惚地想着。而且……它好像还受伤了。

不对，这个说法不对，任何人类，或者说任何动物，如果已经到了只剩下脑子和碎肉的地步，那么它显然早就"受伤"了，甚至连"受伤"都不足以形容这种状态。

在已经是这副惨状的基础上，即使这个脑子上再多几个洞，再有几部分被割下来又塞回去，相比之下也不是什么很严重的事情。

"你是想问我遇到了何种折磨？"雷诺兹的语言传达到莱尔德脑中。莱尔德没有听见任何东西，这是他直接感知到的思维。

虽说是思维，但表现方式仍是语言。也许因为语言就是传达思维的"门"，没有它，思维就出不来。人在思考时必定会用上语言，哪怕是大众陌生的手语甚至部落造语。

当思维溃散时，语言也跟着瓦解，比如艾希莉之前呈现的那种语无伦次的状态……艾希莉应该还在外面，不知她现在怎么样了。

莱尔德故意让自己这样不停地思考，以避免那双苍白的手出现在感官中。他不知道那是什么，也不知道为什么必须避免它出现，总之他就是很害怕那东西。

雷诺兹沉吟片刻，回答了莱尔德的疑惑。与他沟通，可以减轻莱尔德的负担，省得他还要努力屏蔽那双手。

雷诺兹说："这不算是折磨，只是练习。他需要练习。"

雷诺兹的思维就像他的形体一样，虽然有着统一的整体，却又分散着存在，也正因如此，莱尔德才能够精准地感知到他传达的东西。就像雷诺兹分散的每一块肉一样，它们也是这样来与彼此沟通的。

于是，莱尔德看到了雷诺兹所表达的东西。

"你允许肖恩拿你做练习？"莱尔德问。当然，他并没有发出声音，他现在难受得一个字也吐不出来。

雷诺兹的情绪中带着一丝笑意："不是我允许他，是我建议他这样做的。"

"他自己也接受了同样的手术……"

"是的。他的手术由我进行，然后我教导他，再让他对别人执行。但他的操作还不算十分熟练，只能做最简单的那一步，更彻底的手术，他是做不了的。"

"你为什么不亲自来？"

"这不是我的愿望，而是他的选择。我不会直接干涉岗哨深处的一切。而且，即使我想这样做也做不到，如果他们无法感知到我，无法听到我，我就无法与他们有任何互动。"

莱尔德的视野有些发黑，可能是头昏造成的。他盯着下方，看到肖恩在一点点后退，列维·卡拉泽还站在门口，一脸震惊地四下环顾，并没有做出什么有威胁性的动作。

莱尔德问："他为什么要这样做……我的意思是，他为什么'需要'对自己、对别人这样做？"

雷诺兹说："为了面对他想去面对的东西。他想要审视外界，并且还要让自己的视野保持在低层面，这是有矛盾的，是十分困难的。一个婴儿，他不可能既能够流利地说话、认字、劳动，又同时保持混沌、保持纯自我。肖恩先生想要达到他所追求的状态，就只能去除恐惧，去除理性。不是忍耐，而是彻底地去除。"

"理性？"莱尔德回忆了一下肖恩之前的神态，与其说去除了理性，不如说看起来过于理性了，甚至变得有些像列维。

雷诺兹立刻明白了莱尔德的疑惑："你所参照的，是你的语言系统里那个'理性'。你认为什么是理性？在幼年期的低层视野……不，我是说，在我有印象的人类的……我们的……很多文明中，如果一个人类从事某件需要数学思维的事业，这被认为是理性；在多个功能相似的物品中选择更能长久使用的一个，这被认为是理性；在喜爱的人与可谋利的人之间选择后者，这也被认为是理性。这一思维方式，其实与恐惧深刻地关联在一起，将二者彻底去除后，你们会成为无须考虑'恐惧'就可以做出选择的人。也许，你觉得肖恩先生现在看起来仍然十分'理智'，但并不是的。如果理智的反面是疯狂，那么，割舍掉疯狂的源头之后，理智也不复存在。"

"我不认为这是好事……"莱尔德叹息着，"但……他已经无法挽回了，是吗？"

"不是。"

这回答令莱尔德有些吃惊:"不是?他还能恢复?"

"道理上能,可他不能,也不愿。"雷诺兹接下来的话又令人失望,"肖恩先生可以让自己脑中已被破坏的区域修复起来,但修复即是'成长','成长'需要进食,进食会导致'成长'。"

虽然雷诺兹没有眼睛,但莱尔德总觉得他在盯着自己。

雷诺兹继续说:"就像你一样,莱尔德·凯茨。你所承受的伤痛不会恶化,但也无法治愈,除非你慢慢长大。其实我也在慢慢长大,但我担心影响使命,所以会故意让这件事变得缓慢一些。"

"为什么会这样……"莱尔德问,"你就不能直接告诉我们吗?这地方叫什么,是什么,为什么会存在……"

"你深入过岗哨内部,读过许多人。如果那里有答案,你就已经知道答案了,如果没有答案,那么我也不可能知道。"

"不,我……"

"我明白,你仿佛知道,但又想不起来,"雷诺兹说,"这很正常,每个人都不可能时刻想起这一生中接收到的每一丁点信息。等到你需要的时候,你就会感觉到它的。反而是我,我无法回答你的问题。我是一名信使,我从未深入岗哨内部,从未阅读过你们接触的那些奥秘。"

"也就是说,你只负责在这儿收门票?"

也不知是故意还是天然,雷诺兹的回答十分真诚,完全没理会莱尔德语句中的讽刺之意:"如果你的意思是由我负责引导,那么是的。"

莱尔德无力地笑了笑,稍一放松,那双手就又从视野发黑的角落里伸了过来。他立刻尽力驱赶它,咬着牙去感受身体上的所有疼痛。

把那双手赶走之后,他问雷诺兹:"那现在是什么情况……你想做什么?为什么要单独和我沟通?"

"我并不需要与你沟通,"雷诺兹说,"我只是不希望他们对你进行无意义的伤害。"

莱尔德望着下方的房间。肖恩和列维没有爆发任何冲突,列维在门口问了几句后,肖恩只是走向屋子深处,从堆在角落的杂物里拿起一把眼熟的铁锹，而后又摇摇头放下了它。

他根本不理睬列维，甚至故意减少与他的目光接触，列维显然对此感到莫名其妙，所以没有做出任何进一步的行动。

雷诺兹的面具动了动，像是也在俯视下方，但他应该没有眼睛，即使有，眼睛也不在面具里面。

起初莱尔德不明白雷诺兹想表达什么，接着，雷诺兹的情绪波动得越来越厉害，莱尔德就忽然了解到了其中的意思。雷诺兹的思绪散乱而复杂，虽然还不至于复杂到难以形容，但对他自己来说，要规整成语言确实有一定的难度。

以莱尔德的理解来说，雷诺兹效忠于拓荒者们，也畏惧拓荒者们。

每个变成"第一岗哨"的拓荒者，都与这位信使打过交道。雷诺兹应该是随着第一批建立岗哨的人到来的，然后他和那些人一起留在了这个世界里……那应该是很久以前的事情了。

接着，每一年，每一次有人找到第一岗哨，他们最终都会沉入其中，化作"图书室"的一部分。而在这件事发生之前，那些人也曾经在浅层徘徊，也会遇到各种各样的事情。

在他们之中，最终能够沉入岗哨深处的都是少数，更多的人会在探索中崩溃，会因为无法完成愿望而绝望或暴怒；还有的人干脆忘记了使命，开始发狂，精神彻底崩溃，或者放任自我"成长"为另一种生物。

于是，在那些人眼中，驻守于"第一岗哨"的信使几乎是全世界最邪恶、最恐怖的事物。

雷诺兹既是恐惧者眼中的怪物，也是杀戮者刀下的猎物。他在执行信使使命的同时，也一次又一次地被敌对、被猎杀、被撕成碎片。

肖恩和列维之间蔓延着令人不安的气氛，雷诺兹敏感地捕捉到了。无论接下来会发生什么事情，他都不会去阻止，也无权去阻止。但当他面对这种沉重而带有侵略性的空气时，他肯定会回想起发生在自己身上的每一次杀戮。

雷诺兹能感觉到自己的想法在外泄，他不介意，毕竟他本来就是这样说话的。

他还对莱尔德补充说："正是如此。信使服务于触摸真理之人，连接起执行之人与奉献之人，乃秘密的传递者。我的使命是辅佐猎犬与书页。"

信使服务于触摸真理之人。

所以，即使肖恩只是一个误入此地的少年，他也仍然算得上是触摸"真理"的人。雷诺兹会以他能想到的方式去帮助肖恩，虽然这种"帮助"在莱尔德看来根本是罪行……在这里，要满足肖恩的愿望，也许真的没有别的办法。

信使的使命是辅佐猎犬与书页。

所以，即使雷诺兹帮助过肖恩，甚至允许他拿自己仅剩的完整大脑来做练习，可一旦肖恩想阻止猎犬携带知识回到上层，雷诺兹就不会再支持肖恩，而是优先为猎犬提供便利。

信使曾经也是人类……或许现在也是，这要取决于如何定义"人类"。

所以，察觉到不妙的气氛时，雷诺兹就把莱尔德拖到了房间高处。莱尔德也深入过岗哨，也阅读过奥秘，也是雷诺兹的服务对象，而且此时他神志清醒，可以平和地沟通，身上还带着严重的外伤……也许这唤起了雷诺兹身为人类时的恐惧。不知他是否回忆起了自己被粉身碎骨的每个瞬间……

莱尔德难以置信地望着鸟嘴面具。

他清晰地感知到雷诺兹的情绪与思维，却不知该如何形容它们。

粗看似是慈悲，细想却近乎无情。

"你与我一样。"这时，雷诺兹说，"'这些'是你自己提议的。"

莱尔德听懂了，他指的是自己腿上的伤。莱尔德能够听到雷诺兹的声音，雷诺兹当然也可以读到他的想法。沟通是双向的。

"是的。"莱尔德说。他倒很乐意把注意力集中在右腿上，这样，那双苍白的手就不会在脑海中闪现了。

这是他向列维提议的。

两人还在岗哨深处的时候，列维探究地盯着他，眼睛中带着少见的热忱，却也同时显得无比冰冷。

列维对他说："过去了这么多年，你应该已经不害怕我们了吧，但现在我必须找到让你非常痛苦的方法，你可能又会开始怕我。"

　　他带着笑容说这些，令人背后汗毛竖立。但莱尔德没有移开目光，反而直视着列维的眼睛。因为，当时他只能看着列维。如果他看向别处，他就会看到足以令人崩溃尖叫的画面，那不是图书室，也不是单纯的尸堆野冢，而是他根本无法形容的东西。

　　如果他闭上眼，他就会看到黑暗中伸过来一双苍白的手，女性的手，它每靠近一分，他的灵魂就被绞紧一分。

　　他对列维说："我不会害怕你的，从一开始就没怕过。对了，我有个办法，骨折怎么样？不会流什么血，不会从身上掉下肉块来，而且很痛。"

　　列维一本正经地说："你曾经骨折过，你从医院的窗户跳下去过。现在你的阈值提高了，真的还有用吗？"

　　莱尔德想了想，提议道："那次我伤得并不重，甚至还能爬起来呢。一点点地骨折，你看怎么样？慢慢来，如果不行，就试试别的。"

　　然后……自己到底是怎么骨折的？莱尔德有点想不起来了。他好像根本没看清楚。

　　他只记得，商量过之后，他的右脚从脚趾开始，骨头一点点地、慢慢地开始在体内碎裂。

　　在莱尔德的记忆里，他一直保持着站姿，看着周围不停扭动变换的物体。视觉捕捉到某些形体，大脑还来不及判断它是什么，形体就又离开了可视范围，大脑迅速把它忘掉，接着下一个画面又涌入脑海……就这样连绵不绝，此消彼长。

　　到最后，莱尔德肯定不是靠自己站住的，他的双脚都离开地面了……他不禁疑惑，是列维把他举起来了吗？列维有这么高大吗？还有，用什么工具才能做到如此顺利地压碎人的骨头？

　　莱尔德不知道那过程持续了多久，他一直清醒着，而且还直观地认识到自己的阈值确实变了。这应该和服药有关。

　　他花了很长的时间，直到右膝开始粉碎，他才终于看见通向外面的路。

　　那是两座楼梯，它们形状纤细，扭动着盘绕在一起，组成了双螺旋形。它被吞没在厚重的不明物质之间，你要路过一双双眼睛，扒开一层层膜状物质，穿过一道道低语着的拱门，才能勉强地挤过去，摸到那座楼梯。

楼梯是被柔韧的有机物质编织出来的，它也是活着的，而且还会伸出细如指头的小手，每个小手上都竖起皮刺，像五个手指，它们在积液里轻轻摆动，试图呼唤岗哨深处的人，引起他们的注意。

它的声音太小了，它自己也沉迷于阅读和沟通。它的存在很难被发觉，大多数人都根本不会看到它，不会攀登它上去，而是留在这里加入岗哨。未来的某一天，那些人的一部分还会参与到编织它的过程里。

看到第一个通道之后，莱尔德又看到了更多这样的东西。原来，往返于岗哨浅层与深层的道路无处不在，只是平时根本看不见而已。

有些是带有坡度的手臂，有些是低声细语的绳梯，还有一些像蛛丝般细小，正在互相编织。

列维说那座双螺旋楼梯太薄了，他可能上不去。他选择了一条虽然看起来危险，但其实更加强韧的绳梯。

莱尔德昏昏沉沉的，问他为什么会上不去？列维也说不出来，他就是非常直接地产生一种"知道自己上不去"的感觉。

莱尔德是被背上去的，虽然他不明白列维怎么能一边爬绳梯一边背着别人，也不明白为什么自己的手没力气抓紧列维，却能被全程紧紧固定住。

列维也不知道是为什么。上来之后，他也觉得很奇怪。他皱了一会儿眉，说"管它呢，这不重要"。

他们找到了那面写着"勿视自我"的墙壁。原来这一带都算是岗哨上层，只有从这里继续深入，才会见到大树的根系。

墙壁附近是有其他通道的，当初他们俩在这儿醒来的时候，谁都没看到别的路，只看到前面的黑暗。现在他们沿着路往回走，却能够在路上看到一些人类曾经生活过的痕迹。

通道和房间的格局并不复杂，甚至像医院科室一样排列得很整齐。莱尔德回忆着杰里和塞西讲过的经历，真奇怪，为什么他们会在这么整齐有规律的地方迷失三个月？

最后，莱尔德和列维找到了向上的楼梯间，是那种真正的人工建筑楼梯。他们顺着它一直爬上去，最终来到了方尖碑的顶部内层。

在整个上来的过程中，莱尔德疼得几乎动不了，但思维却清醒得出奇。也许这是那双视野中的手造成的，他的脑子被痛苦和那双手占满了，完全容不下别的东西，它牢牢地攫住他的意识，让他想要飘离思绪都不行。

"做得好。"雷诺兹的声音传来，把莱尔德的思维拉回了当下。

莱尔德望着他，发现他的身体少了很多块，黑布条也随着减少了，鸟嘴面具倒是还在原地。

墙壁上的方孔里透出光亮。虽然外面的天空十分阴暗，但还是比室内亮一些。莱尔德看向方孔，正好看到一团黑色从那里钻了出去，黑团还在墙壁外侧发出了蠕动时的摩擦声。

原来那个是你啊。莱尔德把目光收回来，落在鸟嘴面具上。

原来之前我把这样的东西看成了乌鸦。不知别人会把它们看成什么？如果我不说那是乌鸦，他们会看到其他东西吗？

雷诺兹没有回应他。也许雷诺兹仍然算是人，人的注意力是有极限的，他的一部分钻出去了，他现在应该是正在分心观察别的东西。

下方传来的细小噼啪声立刻吸引住了莱尔德的注意力。声音有点耳熟，他好像在哪里听过类似的响声。

当他看到肖恩手里的东西，他立刻就想起来了，那不是列维的电击器吗？当初，从吃人的山谷爬出来之后，列维要去前方看路，因为不想把枪交给小孩子，他就给肖恩留下了电击器。

肖恩左手拿着电击器，试着放了一下电，他面向列维，斜着慢慢移动脚步，就像在观察什么极为危险的野兽。

列维手里有枪，当然不会害怕一个少年，但肖恩的态度实在古怪。对列维来说，此时他感受到的疑惑要大于敌意。

"你在干什么？"列维一边问，一边打开了枪的保险。

"你还真想对他开枪啊？"莱尔德忍不住说。说完之后，他才意识到自己根本没发出声音来。与雷诺兹沟通的时候他也一直没出声，现在他竟然一时忘记了正确的说话方式。

他深吸一口气，终于发出声音："你们到底怎么了……肖恩、列维？"

他的声音十分虚弱，幸好这里十分安静，否则可能别人根本听不见。

肖恩抬头看了他一眼："你看不见吗？不，你应该能看见才对啊。"

"看见什么？"莱尔德用力加大一点音量。也不知怎么回事，大声说话竟然也会让自己身体上的疼痛加剧，喉咙每次震动都撕扯着胸口，那种熟悉的、由内至外的撕裂感又开始浮现出来了。

列维向前走了一步。肖恩说："如果情况允许，我并不想和你发生冲突。坦白说，我应该根本没法与你对抗。我只是想带杰里离开。"

这句话挺莫名其妙的，但列维并未表示疑惑。他看了一眼被挂在高处的莱尔德，说："肖恩，莱尔德自己走不了路，是你把他弄到这里来的？"

肖恩说："杰里和塞西在哪儿，他们还活着吧？还好，我想你应该不至于疯到滥杀无辜。"

列维随意踢开一块地上的木板："如果你有办法离开，就离开吧，能不能成功都靠你自己，我还有我的事要办。"

有点不对劲……莱尔德强撑着精神，听着这两个人说话。

他俩虽然你一言我一语，但这根本称不上是"对话"，他俩根本是在自说自话。或者可以说，两人更像是在分别与其他人打电话，只是交谈对象并不是眼前的人。

肖恩说："我得去把杰里带来。或者你把他带来也行。"

"你知道这是方尖碑的顶部吗？"列维问。

肖恩说："原本我打算与他一起下去，所以我需要让他变得和我一样，这样我们才能成功。"

列维说："是的，我读到过，但我调取不了，我无法确认这是否成功。"

"我只是需要莱尔德，不需要带他走，我用完就会还给你。但他自己又会怎么选择呢？"

你们两个到底在说些什么……莱尔德再一次无声地呐喊着。

这次他并不是忘记出声，而是根本发出不了声音。身体上的痛苦越发强烈，他能保持神志清醒、听清他们每句话就已经很吃力了。

这两个人……他们说的话完全对不上，但他们竟然能这么若无其事地交流，你有来言，我有去语，谁也没有指出对方答非所问，还能顺利沟通。

莱尔德隐约想到一个可能性……也许他们的交流方式已经变了，他们能够听到彼此想表达的真实意思，但又仍保持着过去的说话方式，习惯性地要说出语言。这时候，他们产生的交流是一回事，嘴巴说出的语言又是另一回事。

即使交流方式和效率都升高了一个层面，人仍会习惯性地保留低层面的交流习惯。在没有语言的时候，人们靠肢体动作、声音声调、神态等进行交流。有了语言之后，这些东西也并未被完全废弃。

两个人一边交谈一边比手画脚，这是很常见的画面。这时，如果从画面上强行删除他们所说的语言，连唇语都无法读取，只保留他们的表情和手上的比比画画，旁人是很难听懂他们在说些什么的。

也许，肖恩和列维那些答非所问的"语言"，就等于是平时人们的"表情或手势"。如果只看耸肩、皱眉、摊开手，你会很难搞懂对方真正表达的意思，只能猜到一点大致的含义。

莱尔德也只能这样瞎猜，他必须找点事情来想。

他的注意力好几次被打断。眼前的画面一次次变成那双黑暗中的手，他便更拼命地集中注意力，死死地盯着肖恩和列维。

列维又向前走，肖恩拿着电击器对他进行威胁。

——那双手一上一下，右手摸了他的脸……

列维抬头看了这边一眼……肖恩说不相信他，真奇怪，列维好像并没有承诺什么事情，何谈相不相信？

墙外面有声音，出入口那边也有声音……是塞西或者杰里过来了吗？还是什么别的东西……

——右手摸了他的脸，又收回去，攥成拳……那双手颤抖着往回收，像是在擦拭眼泪……

外面是什么声音？房间里是什么声音？

——那双手又靠近过来了，它拿着什么？

莱尔德视野里的事物在飞速切换，他的眼睛连同其他感官一起，感受到的整个画面正以一种高速频闪般的效果在动。

莱尔德的眼睛再也看不清任何东西，身体也轻微抽搐起来。再睁开眼时，他扑倒在潮湿的地面上，衣服前襟沾满了血和泥土。

他飞快地爬起来，头也不回地继续奔跑，直到看到前面站着的那个人……那是个挺年轻的金发女人，她身上也是脏兮兮的，十分狼狈。她的姿态有些畏缩，似乎在犹豫该不该转身离开，最终，她坚持留在原地，蹲跪下来，向莱尔德伸出手。

她脸上的眼泪和融掉的妆混在一起，她的眼神中写满恐惧，嘴角又挂着微笑。

莱尔德恍恍惚惚地继续靠近她。她继续张开怀抱，却闭上了眼睛。

他看不懂她的表情，她的表情像是久别重逢的喜悦，又像是直面死亡时的绝望。

他没能靠近她，有什么东西拦住了他，绊倒了他。他能够感觉到自己在挣扎，在尖叫，他的目光一直停留在那个女人身上，在她身后，有一个身形渐渐浮现出来。

那个人对跪在地上的她伸出手，她抬起头，背过身去。莱尔德看不清她的表情。

她的手很瘦很长，骨节分明，而另一个人的手更柔软，更娇小，上面没有任何血迹与污垢。

视野又突然一片漆黑。那双噩梦般的手穿透黑暗，近在眼前，纤细的手指在莱尔德眼睛前徐徐晃动，指尖甲缝里还残留着泥土……

莱尔德身体一翻，从房间横梁上滚了下来。

列维敏捷地两步跨过去，顺利接住了他，自己则被撞得坐在了地上。

因为跌落，莱尔德重伤的右腿形成了更加扭曲的角度，按说这种剧痛是常人无法忍耐的，但他并没有因此惨叫。他躺在列维怀里，眼睛直直盯着上方……也许对他而言那是前方。

他浑身颤抖、抽搐，嘴巴微张，喉咙里传来干燥而细小的声音，就像是人缺氧或被扼住脖子时发出的声音一样。

肖恩站在旁边："癫痫发作吗？"

列维摇摇头。

肖恩担忧地盯着莱尔德——不能让他出事，我们需要他头脑清醒。

列维当然也知道。莱尔德可以用痛苦来提升敏锐力，但这必须是在他意识清醒的状态下。不过，现在到底什么才算是"清醒"呢？列维也不太分得清。

总之，莱尔德不能疯掉，不能变得像艾希莉那样无法沟通，否则他的独特能力很可能就再也发挥不出来了。

列维已经认出了这种反应。这不是癫痫发作。很多年前，在盖拉湖精神病院里，他亲眼看到莱尔德出现过同样的症状。

一开始大家也以为是癫痫发作，后来各种检查都证明这并不是。症状出现的原因尚不明朗，但有一件事，实习生和导师倒是都心知肚明——莱尔德在入院前从没有过类似病史，他第一次出现此种症状，就是在经历了催眠和意识探知之后。

直到离开医院，实习生也没有搞懂莱尔德这个症状的成因。

不过，列维倒是还记得应该怎么为他缓解。

第二十四章

-Qingwu Dongcha-

离乡

　　列维收紧双臂，把莱尔德整个紧紧抱在怀里。莱尔德下半身几乎不能动，他自己使不上劲，所以列维就要更用力一些。他需要把莱尔德的脸贴在自己肩窝上，要贴得很紧，要贴到让人睁不开眼、说不出话，连呼吸都有点难的程度。

　　他的手臂要勒得很用力，哪怕力气太大弄痛对方也不要紧。总之，这种拥抱要非常明确，非常有存在感，他的身体要"打败"迷离的幻象，像墙壁一样，挡住莱尔德一路飞奔的意识。

　　很多年前，第一次面对此种状况的时候，实习生也不知道应该怎么办。

　　莱尔德疑似癫痫发作，实习生观察着他，忽然有种感觉：这个孩子看起来像在奔跑，他的身体动不了，或者说，身体各个部位都无法协调。

　　他只能在原地抽搐挣扎，但他的神色却像是在盯着某种目标物。从他细微的动作看，他既拼命，又迟疑，既向往着"前面"的某种事物，又不知因为什么而惊惧后退。

　　患者莱尔德的手在偶然间做了个动作，就像是想拥抱某人却不敢上前，或者不能上前。于是，实习生靠近他，把斜靠在病床上的他扶起来抱在怀里。

　　这个反应只是一时兴起，实习生并没有考虑太多，更不认为这对安抚实验对象有什么帮助。谁知，莱尔德竟然真的渐渐平静下来了。

莱尔德并没有醒，他在并不清醒的状态下回抱了实习生，死死地窝在实习生怀里，就像是贪恋着什么失去已久的东西。

过了一小会儿后，他的手失去了力道，整个人重新陷入平静的昏睡，然后才慢慢地真正醒过来。

这次也一样。

一开始，莱尔德的身体在抽搐、扭动，列维把他的头压在自己的肩窝上，手握着他的后颈，胳膊压住他的背。渐渐地，莱尔德不再乱动，但身体还很紧绷，有些僵硬。

又坚持了一小会儿后，僵硬消失了，他的肌肉明显放松下来，整个人变得柔软了很多，呼吸节奏也缓和了下来。列维回忆着从前的做法——先不要放手，还得再坚持一会儿。

怀里的"实验对象"扑进某人的怀抱，跑向了他既向往又害怕的地方。

那双手臂没有伤害他，反而紧紧地拥抱他。于是他慢慢平静下来，沉入无梦的黑暗。

莱尔德平静下来后，列维才注意到另外两件事：肖恩又不见了，他一定是趁刚才跑了出去；摄影背心胸前的口袋里，追踪终端正在发出极为尖锐的警报声。

这是从来没出现过的警报类型，比在杰里家浴室里听到的那种更短促，声音更大。他掏出仪器看了一下，屏幕上两个定位标志之间的距离近得惊人，几乎马上就要重叠在一起了。

莱尔德也被这声音吵醒了。这次是真正的清醒。

他猛地睁开眼，一把抓住列维手里的仪器，动作快得像条件反射。接着，因为右腿的严重骨折，他又痛得哆嗦了一下，连抬起来的手都缩了回去。

莱尔德双眼盯着高处，大骂了几句脏话，声音却小得可怜。列维心想，看来他是真的醒过来了，不知道这次能坚持多长时间，说不定过一会儿又要失控。

列维让他枕在自己手臂上："你听见了吧，这是不是代表她靠近了？"

莱尔德一脸冷汗地点头，说话有点不利落："是……怎么回事？怎么……肖恩……杰里……"

"再等一会儿我们就去找伊莲娜。我答应肖恩让你帮他的忙了，所以，再等一会儿。"列维把仪器收好，他不知道怎么关掉那声音，于是就干脆不管了。

莱尔德刚想再问些什么，门外传来一阵吵闹声，听起来是肖恩和塞西的声音。

同时，建筑物墙壁的外侧响起一阵拍打与摩擦声，声音从疏到密，连绵不断，雨点般此起彼伏，就像是盘旋的鸟群撞在外墙上，然后在墙壁上拖行自己的尸体时发出的声音。

几团黑色物质钻进高处的方孔里，蠕动着爬向雷诺兹的面具。布条一根根从高处垂下来，在半空扭结成一团，肉块沿着布条钻进，鸟嘴面具从横梁上滑下来，倒着卡在布团末端，形成一个倒吊着的戴面具人形。

"我从没有见过这样的情况……"雷诺兹的声音又回来了，"她……她来过，她回来了，她……"

"你说的是谁？"列维问，"导师伊莲娜·卡拉泽吗？"

雷诺兹说："我并不知道她的名字。"

"我换个问法，你在外面看到了什么？"

"一个女孩。"

这个回答有些出乎意料。连莱尔德都停下了哼哼唧唧，浑身紧绷地看着鸟嘴面具。

"什么样的女孩？"列维问话时，塞西从门口扑了进来。

她不受控制地打了两个滚，摔倒在地，头上还挂着彩，最后正好趴在倒吊着的面具下方。

确切地说，塞西是被肖恩推进来的。在这之前，她把昏迷的杰里扶起来，把他的手臂挎在肩上，想带着他寻找出口。就算塞西再有毅力，也毕竟不是专业人员，只是普通的中年主妇，而且在这之前她也受了伤……要独自移动一个昏迷的年轻男人，这对她来说还是太难了。

她走得很慢，几乎是靠着墙慢慢挪动，肖恩找到她和杰里的时候，她不仅体力透支，而且还手无寸铁，只能眼睁睁地看着肖恩把杰里抢过去扛在肩上。她扑过去抓住肖恩，肖恩就干脆拖着她一起往回走。

到了方尖碑顶部房间的门口，肖恩用膝盖顶了一下塞西的背，粗暴地把她推了进来。这个时候，她正好听到列维在对什么人提问，还说到什么女孩。

原本塞西会在摔倒后立刻跳起来，现在她却趴在原地，愣愣地盯着房间中心倒悬挂着的面具。

塞西大声问："什么……你们谁看到女孩了？是个年纪很小的女孩吗？看起来六七岁，黑头发……"

雷诺兹回答了她，但她听不见。列维替雷诺兹转述了一下："不是。"

塞西坐在地上，叹了口气。徘徊在这附近的女孩，如果不是米莎……那就要么是列维想找的人，要么是已经变成怪物的艾希莉。

她转头看向其他人，列维半跪着，表情轻松闲适，好像超脱于一切之外；莱尔德躺在他臂弯中，脸上挂着血迹，眉眼皱成一团，右边小腿和脚踝扭成怪异的角度，让人看得胆战心惊。

肖恩扛着杰里走进来，把杰里放在了墙边。杰里好像有点醒过来了，因为受到过电击，他神色恍惚，而且没什么力气，他挣扎着想起来，肖恩一只手就把他按回了原地。

塞西无助地看着他们。这四个年轻人都变得非常陌生，和她在戈壁遇到他们的时候截然不同。

无论是令人恐惧的肖恩和列维，还是看起来情况不妙的莱尔德和杰里……她忽然有一种怪异的感觉，觉得他们都在向看不见的深渊滑坡，只有她还一心抓着向上攀爬的石头，不想往下落，但也无力向上爬，只能留在原地，孤立无援。

她试探着地问列维："接下来我们应该怎么办……"

列维对她微笑，这种笑法有点类似当初他假冒派对摄影师时候的笑，但此时此刻，塞西总觉得他浑身透着一种诡异。列维说："先让他们走吧，我们不走。我们去找伊莲娜。"

"谁要走？走去哪儿？"塞西问。

列维抬头，环视这间纵向竖高的尖顶房间，视线扫过每个昏暗的角落，最后停留在悬挂的面具上："雷诺兹，有两个人离开过岗哨，一个是直接走出去的，一个是在方尖碑里消失的。"

雷诺兹回答："正是如此。看来其他书页也还记得这一点。"

"建造'第一岗哨'花了多久？生活区域先不论，只是建好这个方尖碑形状的塔，又用了多久？"

"很抱歉，我无法确定具体耗时，我只能大致记得，至少有上百批次的拓荒者先后到达，沉淀于此，最终才有今日的岗哨高塔。"

列维点点头，露出十分明朗的笑容，低头看着躺在自己臂弯中的莱尔德："你听见了吗？想象一下，在我们熟悉的环境里，如果要让一群又盲又聋哑的人建造一个这样的地方，肯定会非常困难吧？那么，这里也一样。按说，岗哨只是休整与交流的基地，拓荒者们能有个差不多的庇护所就够了，他们为什么要费这么大劲，前赴后继地建造一个如此高大的地标性的建筑？你知道这是为什么吗？"

莱尔德十分痛苦地在脑中回答：我不知道……你的语气为什么这么轻快，句子末尾的音调为什么老往上挑，就像在给低年级小朋友讲课一样……你这样太恶心了吧？还不如变回从前那个刻薄、冷酷、不尊重人……还有什么来着，这个人还有什么罪名来着，好像还有停车不熟练……我想不起来了，身体太疼了，根本没法想这些事情……

他想靠回忆有趣的事情分散对疼痛的注意力，但这不太管用。也许只有靠恐惧和更大的痛苦才可以。

莱尔德没有答出声，列维就当他已经回答了。塞西和靠在墙角的杰里屏息盯着列维，对他想说的事情非常有兴趣。

列维指了指天花板最高处，那是方尖碑尖顶的内部。

"因为这里有路，"他说，"虽然他们回不去，但他们知道，这里有路。即使他们自己做不到，也要指引别人做到，他们要让道路的入口看起来显眼一些。我猜，整个'第一岗哨'就是明确的路标，这座塔就是道路的起点。"

肖恩接上他的话："我也一直在琢磨这件事，所以我需要莱尔德。"

被多次点名的莱尔德无力参与对话，只能暗暗想着：原本我还以为你们俩快要打起来了，我还纠结着到底应该更担心谁……现在你们俩又突然变成好朋友啦？

"好的，"列维似乎是在对肖恩说话，但他一直低头看着莱尔德，"我知道应该怎么做。"

莱尔德自己也明白了。

他用了很大力气才说出声音来："记着……我不能昏过去。我还得能说话，眼睛能看见东西。"

"会的。"列维摸了摸他的额头，拂开沾着冷汗的额发。

这一刻，莱尔德恍惚觉得自己回到了盖拉湖精神病院，刚刚撑过一场难以描述的噩梦。

那个时候实习生也会这样守在他身边，摸摸他的额头，跟他说一些与医疗无关的话题。

与此同时，肖恩拿走了列维的手铐，走到塞西身边，把她铐在了墙角的一根立管上。塞西拼命挣扎，但没有枪的她始终不是年轻男性的对手。刚醒来的杰里想去帮塞西，但他自己也状态堪忧，本来也没什么力气。在他试图扑到肖恩身上时，肖恩竟然毫不留情地直接把电击器捅在了他的腹部。

那是列维带来的电击器，能调节强度，所以这次杰里没有昏倒。他蜷缩在地，无法动弹，连伸手拉住肖恩的衣服也做不到。肖恩把手铐钥匙扔给了列维，然后回到杰里身边，默默地看着列维与莱尔德。

雷诺兹的鸟嘴面具仍然挂在横梁中心。他保持着沉默，却在源源不断地散发出不安和恐惧。列维、肖恩和莱尔德都感觉得到。

莱尔德在心中对他说：别怕，我知道怎么处理这些事。

雷诺兹没有回答。

也许他的思维已经转移去了别处，也许他陷入了回忆，正在无法自控地回放自己驻守于此的每一年，以及逐渐被切成碎片的全部过程。

列维起身离开了片刻，去另一个房间拿来了肖恩准备的小推车。推车上放着托盘，里面有冰锥、锤子之类的工具，还有生锈的长铁钉、缝合针，几种不同型号的手术刀等。这些东西都十分陈旧，上面还带着疑似陈年血污的痕迹。

列维抽出了腰间的皮带，把它折起来塞进了莱尔德嘴里。莱尔德十分顺从，不仅不挣扎，目光中还透出一种诡异的信任。

肖恩把杰里压在地上，捂住了他的眼睛。其实即使他不这样做，杰里也没有力气跳起来捣乱了。

杰里的身体麻痹了，眼睛也被遮住了，但听觉依然正常。很快，他听到了断断续续的呜咽声。是莱尔德的声音。

这声音很怪异，并不是杰里在影视和游戏里听到的那种惨叫哭喊，他从没有直接听过熟悉的人发出这种声音。

肖恩感觉到掌心湿湿的。他没放手，仍然捂着杰里的眼睛。

"你们到底要干什么！"被铐着的塞西怒吼着，"你们到底有什么毛病？求你们清醒一下！"

她不再看着肖恩，而是盯着房间中心的列维和莱尔德。

她尖叫着拼命挣扎，不顾手腕被勒出血痕，其实她也知道自己不可能挣开手铐，但她就是没法平静地看着这一切。虽然这个奇怪的世界已经很疯狂了，但她之前从没这么害怕过，哪怕是遇到怪物的时候也没有。

她想起很久之前，自己和尼克还未结婚的时候，两人在约会时有过一次闲聊。他们两个都是求生题材和科幻题材的爱好者，聊天内容也多半是关于这些东西的。

当时，尼克说过这么一段话：哪怕环境再恐怖，怪物再多，即使人会变成丧尸，地球也不会变成地狱。地狱是什么呢？是你身边的人变成恶魔了，而且他们是清醒且自愿的。

塞西与他深入探讨这个观点时，尼克举了一个很恐怖的例子，他说："你想象一下两种情况。第一种，我和你住在一起，我们的房子外面来了一群丧尸，我们得堵住门，拿上枪，只靠两个人对付它们全部；第二种，某天早晨你醒过来，一切如常，但我用手枪顶着你的头。"

"你觉得哪种更恐怖，更像下了地狱？"

当时塞西确实被吓到了，但没有表现出来，她只是继续与尼克谈天说地，这个话题就被揭过去了。

今天塞西意识到，自己是亲眼见识到了这种地狱。

她想闭上眼，又忍不住要盯着一直看。血沿着地砖的缝隙蔓延到她脚边，空气中弥漫着的味道让她开始干呕……最后，她不再挣扎尖叫，只是低着头哭泣。

莱尔德的声音也很小，不仔细听根本听不到。房间里仿佛只剩下一种声音，就是追踪终端发出的警报声。

它保持着急促而尖锐的状态，通常这样的声音会令人焦躁不安，但这里的每个人都无比沉静，几乎完全忽视了它的存在。

莱尔德眼前出现了高频闪烁的光。

他看不见列维·卡拉泽了，只能看见身边聚集着某种庞大的实体。它的形态实在难以描述，莱尔德无法用任何他已知的事物来比喻它。

他见过这个东西，十几岁的时候就见过。不久前，也就是刚刚，也见过它。

曾经，他会因为面对它而陷入疯狂的惊恐，但现在他不会了，他没有力气去害怕。

他执着地盯着光源，试图从那看出点什么来。渐渐地，他发现那不是光源，只是他产生的幻象，而他真正要寻找的东西在幻象之外。

幻象引领着他。他既要抓住幻象，但作为保持专注的锚点，他又要屏蔽幻象，而去观察那些闪光后面的物体。

光源四散开来，形成了一片薄幕，幕布近在咫尺，触手可及……不，它比这更近，近得就像盖在身体上的毯子，就像布满污渍的裹尸布，就像放大无数倍的皮肤。每一个皱褶与毛孔都是一颗星星，星星撒满视野，向上升起，从肌肤一直升入深空。

莱尔德慢慢举起一只手，徒劳地跟随着星星远去的方向。

人的手臂这么短，怎么可能抓住大气之外、宇宙之外的光芒？但他好像真的抓住了什么。一开始是细细的丝线，后来好像是绳子，草编的绳子……不，又好像是柳条？藤蔓？树枝？他摸到了植物特有的枝节，还摸到了带着潮湿气息的树叶。

"我看见了。"他带着血迹的嘴唇露出微笑，眼睛睁得越来越大。

列维顺着莱尔德的视线望去，也看到了同样的东西：一道爬满了植物的矮墙。肖恩放开了杰里，轻轻走到莱尔德身边，望着同一个画面。

"这是爱芙太太家外面。"肖恩说。

列维不认识什么爱芙太太。肖恩微笑着解释："她的院子里有个小果园，种了好多种东西。小时候，我和杰里经常去她家偷草莓。"

他顺着矮墙走了几步，绕到了转角后面，看到了熟悉的木板墙："这里有个狗洞，小孩能勉强钻进去，大人不行。爱芙太太有三只小狗，别看小，但是特别凶，我和杰里都要被吓死了。"

他又回到正面的院墙，墙上垂下来绿油油的茂密枝叶，枝叶间还开着不同颜色的小花。

肖恩摸到了树叶，满意地笑了笑。

他回头看着莱尔德："你也来过这里吗？"

莱尔德确实去过爱芙太太的家，但他没偷过草莓，也没面对过院子里的三只狗。

他不记得自己第一次拜访爱芙太太的经历，那时他太小了，根本不记事，这些都是后来爱芙太太告诉他的。那时他母亲佐伊还没和父亲离婚，她经常带着莱尔德来找爱芙太太。在松鼠镇，爱芙是佐伊唯一的朋友。佐伊母子是从正门进去的，他们没有被狗凶过，当年爱芙太太的狗也不是三只吉娃娃，而是一只白色的长毛梗犬。

后来，父母离婚，莱尔德离开了松鼠镇一段日子，接着，母亲佐伊失踪了，他又回到了父亲的家里。这之后，他又去过爱芙太太家一次，爱芙太太给他讲了一些他小时候的事情。

他对爱芙太太的印象并不深，长大之后，他已经不太能想起那个人的长相了。他确实还记得那个精致的小院落。但是每当回忆起它，他首先想起来的并不是爱芙太太，而是母亲佐伊的模样。

佐伊的相貌永远定格在三十岁左右，金发、瘦高、戴着框架眼镜。莱尔德对她的印象大部分来自照片，只有小部分来自记忆，所以他的母亲不会动，也不会说话，她永远只会远远地看着他，笑容中有一种疲倦的疏离感。

莱尔德盯着爱芙太太的院墙，突然有种想要走过去的冲动。

也许只要走过去，他就会看到一只白色的长毛梗犬，它懒洋洋地趴在房子门口的木头楼梯上，佐伊会直接从它身上迈过去。屋里的爱芙太太还很年轻，也就比佐伊大个两三岁，佐伊和她的聊天内容十分无趣，莱尔德根本听不懂，他只是在一旁看着她们，度过一个令人想打瞌睡的下午……

莱尔德想：我好想就这样一直看着她们。

列维握住了他伸向前方的手，让它轻轻放下来。

"我们不过去。"列维揽着他的肩，在他耳边说道，"我们还要去找伊莲娜。"

莱尔德清醒过来，咬着牙点了点头。

"你怎么样，还受得了吗？"列维问。

莱尔德想回答，但他说不出话。列维又摸了摸他的额头，就像对待小时候的莱尔德一样，摸上去之后，列维才发现自己的掌心沾满了莱尔德的血，这样一来，他把血又抹到了莱尔德的头发上。

他抓起莱尔德长衫的下摆，用它来擦拭手上的血，没想到越擦越多。那片布料已经被血彻底浸湿了，因为它是黑色，所以猛一看不太明显。

列维发现莱尔德竟然在笑，也不知是不是在笑他的这一串动作。

"亏你还笑得出来。"列维说。

忽然，他感觉到了莱尔德的回答，不是听见，而是直接感知到了莱尔德想说的话。

莱尔德看着他，没出声，语言浮现在他心中："你还记得四年前那天，我对你说过什么吗？"

列维抬头看了一眼房间高处，雷诺兹的面具挂在那儿，眼孔对着他，形成一个倾斜的角度。他这才意识到，是雷诺兹接收到莱尔德的思维，又把这思维传递给了他。

莱尔德自己可能都没意识到这一点，他觉得自己在说话，根本意识不到自己没有发出声音。

列维感慨着：雷诺兹是个信使，信使们负责在导师和猎犬之间传递信息，也负责建立起学会成员与一般人员的情报联系，从这一点来看，此时雷诺兹的"中转"能力也是信使工作的一部分。雷诺兹实在是十分敬业，而且还挺像个路由器。

列维看着莱尔德，问："你说什么四年前？四年前我们查那个鬼屋的时候吗？"

莱尔德回答："对，就是那次。出了那栋房子之后，你对我说'滚，我才不信什么灵媒'。然后我是怎么说的，你还记得吗？"

列维还真记得一点："你对我说……'你怎么这么凶，一定是个假的地产中介'？"

"不是这个，下一句。"

列维说："然后我直接上车把车门关上了。你在外面还说了什么吗？我没听见。"

"你竟然没听见！当时我说了，你不会后悔和我做搭档的，你早晚有非常需要我的时候。"

莱尔德脸色苍白，表情呆滞，眼睛里倒是有着柔和的笑意。列维也笑了笑，说："我真的没听见。我怎么知道你当时说了没有？也许你是现在编出来说着玩的，好显得你多么有先见之明似的。"

"我都这么惨了，哪还有力气撒这种无聊的谎？"

"那可不一定，你小时候还故意骗我说歌词里的'蒂凡尼'是个几十年前的好莱坞女演员呢。那时候的你不惨吗？还不照样是个小骗子。"

在他们俩自然而然地对话时，被铐在墙角的塞西一手捂着嘴，拼命忍耐着大哭的冲动。

在她眼中，列维刚刚对莱尔德造成了任何人看了都无法原谅的伤害，她甚至都不敢直视那过程。现在，列维微笑着自言自语，莱尔德虽不说话，但同样满脸笑意……刚才肖恩把她铐在水管上，还用电击器攻击杰里，他冷漠地看着所有恐怖的私刑，现在还双眼发直地盯着莱尔德和列维，似乎在观察什么别人看不见的东西。

一系列诡异扭曲的画面冲击着塞西的神经，她明知道这一切都不对劲，又说不出到底错在哪里。

这些事好像都特别顺理成章、理所当然，没人提出任何疑问，也没有一个中立方可供求助。塞西简直怀疑这些都是自己的幻觉。是不是他们都没事？其实疯掉的是我自己？所以我才会觉得眼前的一切不合情理……

肖恩向杰里伸出手道："杰里，过来。"

杰里刚才是爬不起来，现在他即使能动了也不敢乱动。肖恩干脆去把他扶了起来，将他半拖半抱地送到了爱芙太太的院墙边。

"看到了吗？"肖恩抓着杰里的双肩，用力让他站直，"我们能回去了。你看你，其实一切并不复杂，对吧？"

杰里怯生生地看着他，一言不发。肖恩一手揽着他，另一手触摸到院墙上的树叶，他甚至都闻到了植物散发的清香："就是这个。你吓傻了吗？你看，这里眼熟不眼熟？"

杰里看不见。

他什么也没看见。他只看到肖恩伸出手，摸着空气。

不过他能隐约猜到，这大概是列维、莱尔德和肖恩都看见了的某些东西。不用他们说明，从他们的神态就能猜出这一点。但杰里确实什么也没看见。

这一点和过去不太一样。杰里还记得他们曾经的遭遇：肖恩看见浴室里的门，于是他也跟着看见了；肖恩感觉到无边的草场里有异常动静，于是其他人也跟着感觉到了……但现在好像不行了。肖恩在说什么东西？莱尔德在看什么？

杰里已经不太敢和肖恩说话了。他有点想求助于莱尔德，可是莱尔德的状况……他还能说话吗？他还能正常思考吗？杰里甚至不敢低头去看他。

见杰里毫无反应，肖恩干脆抓起他的手，让他也去触摸爱芙太太的院墙。他把杰里的手放上去，杰里的手穿过了树叶。

肖恩一愣。他放开杰里的手，杰里的手自然垂落了下来。在肖恩眼中，那只手直接穿过墙壁，划了条弧线，回到杰里身侧。

"你看！就在这儿……"肖恩有些急，他抓着杰里的后颈，按着他的头去感受那面墙。可是杰里还是什么也看不见。他根本不明白肖恩的意图，不敢动，也不敢问，只能咬着牙发抖。

肖恩抬起头，望向雷诺兹的面具。

从前雷诺兹提起过，能够回到低层视野的人很少，可以说几乎没有。因为"婴孩可以发育为成人，成人无法退回幼年"。

某种意义上说，一旦人从普通的世界进入"不协之门"，就是有去无回。

只有极少数人除外，比如具有"在不同层次的视野中穿梭的资质"的人。即使是肖恩，也必须在这种人的协助下，才能看见这条退回童年的路。

"我明白了……"肖恩抓着杰里的后衣领，粗暴地把他拖向一旁，"你看不见。我知道了……你必须和我一样才能看见。"走了几步，他看向塞西："你是不是也看不见？"

塞西又害怕又茫然："看……什么？"

肖恩了然地点了点头："果然是。不过反正你不走，我就不管你了。"

说完，他推了杰里一把，杰里跌倒在墙边。之前，列维把肖恩准备的小推车推到了这间屋里，推车上的托盘现在放在地板上，各种令人不忍直视的工具上沾满了鲜血。

肖恩去挑了挑，拿起了他熟悉的长锥和锤子。

"看来，该费的功夫就是不能省。"肖恩一手拿着那两样东西，另一手又拿出电击器。

杰里贴在石墙上，吓得大叫起来："你要干什么！别过来……肖恩！求你了，我不想这样……"

肖恩慢慢逼近："别怕，几分钟的事而已。这样才能回家。"

"那我宁可不回家了！"杰里大吼道，"我不知道你到底怎么了……如果你要干什么就自己去吧！我不和你一起了！我和塞西他们一起行动……我……我要留下照顾莱尔德……"

肖恩试着捏了一下电击器，调整了一下强度。电火花噼啪作响，杰里跟着直发抖。

"那可不行，"肖恩盯着杰里的脸，目光中充满担忧，"杰里，你还记得我们是怎么认识的吗？"

杰里小声说："记得啊……我们打架来着……"

肖恩说："最后我们和解了，我对你道歉，但你不接受。你说我年纪大，个子高，这不公平。于是我提出了一个补偿方案，从此以后，我负责保护你，我们永远一起行动，不让其他年龄大、个子高的孩子欺负你。"

想起这些儿时琐事，杰里心中的恐惧被冲淡了一点点。他抹了抹鼻子，眼睛有点发酸。

当年他确实被肖恩打了一顿，但肖恩不是故意欺负他，是他俩因为某些不值一提的小事吵闹了起来，最后发展到推推搡搡……后来，肖恩也确实遵守了承诺，一直在保护他。当然这不仅仅是因为打架而道歉，而是两人已经成了真正的朋友。

杰里的表情刚有些放松下来，肖恩就说："我得带你回去，杰里。我们要永远在一起行动，你忘了吗？"

杰里左右看看，想从地上捡点棍子或者石块什么的，但他身边什么都没有，他只能伸出手架在肖恩面前："你别过来……我不想那样，我会和你拼命的！我反悔了行不行？我不想和你在一起了……"

"没关系，"肖恩笑了笑，"反正你都说了，永远不会原谅我。我接受这一点。"

肖恩打开电击器开关，刚要迈上最后一步，列维不知什么时候站了起来，拍了一下他的肩，叫住了他。

肖恩没有回头，他好像并不愿意看列维，能少看一眼就尽量少看一眼。

肖恩说："我在做必须做的事。"

"我不管你这个。莱尔德有事想和你说。"列维拉着肖恩后退几步，杰里暂时松了一口气。

把肖恩拉到一边后，列维叫杰里伸出手。杰里小心翼翼地伸出攥紧的拳头，列维叹口气，把他的手指掰开，在他手心里放了四片药。

"是莱尔德叫我给你的，虽然这是我的东西……"列维说，"我负责为你们传话，毕竟莱尔德发不出声音，你又听不见他说话，"

杰里心想：这不是废话吗？既然他发不出声音，我当然听不见他说话啊。

在杰里茫然时，肖恩已经走到了莱尔德身边。原本他俩之间是无法不出声地对话的，现在他却听到了莱尔德的声音。

他看了一眼吊在高处的面具，意识到是雷诺兹在为他们传递信息。

莱尔德告诉他："也许你根本不需要那样做。不要那样对杰里，这个手术很危险。你先试试让他吃那种药。他从来没有吃过，应该会对药效很敏感。如果最后没有效果，你再用那种方法也不迟。"

肖恩问他："这是什么药？是会让他变敏锐还是变镇静？"

列维也听到了这个问题，抢在莱尔德之前出声回答了他："应该说是既敏锐又镇静吧。那是神智层面感知拮抗作用剂，会让他顺从、接受。这种药正常情况下只吃一片就可以，但要达到现在所需求的效果，一片肯定不够，我们可以让杰里直接多吃点。当然了，短时间内服用这么大的剂量，其实也是有一点危险性的。"

列维掏出一只已经被揉得皱巴巴的药板，上面已经空了。

"原本这是为我自己准备的。但是对于现在的我和列维来说，这点药可能根本改变不了什么。"

周围安静了片刻，杰里怯怯地问："什么叫'我和列维'……你不就是列维吗……"

列维笑起来："刚才忘了解释了，第一句是我说的，后半句是我在帮莱尔德转述。"

肖恩表示可以接受这种尝试。他催促杰里快把药吃掉，如果不成功，他还可以继续用老办法。

比起被物理性地破坏脑子的一部分，杰里当然宁愿吃来路不明的药片。

他毫不犹豫地把药吞下去，还没过一分钟，身体内部就浮现出一种奇妙的松弛感。这感觉令他想起野营远足归来，洗了澡，躺在自己熟悉的床上，身体还有些疲惫，但这种疲惫并不讨厌，它能够进一步衬托出自己的房间有多么舒适。

之前的种种艰辛，比如野外的潮湿泥土、夜晚奇妙的动物鸣叫声、爬进毯子里小虫、总也扎不结实的帐篷、难吃的罐头食品……一切令人厌恶和恐惧的要素全都远去。

它们是存在的，它们带给人的折磨也是无法抹去的，但是……这都不算什么了。现在杰里一点也不怨恨它们。

杰里对挂在高处的面具笑了一下。之前他没留意到它，这地方奇奇怪怪的东西非常多，不多它一个。现在他忽然觉得它有点亲切，应该打一下招呼。

他往前走了几步，脚步有点虚浮，但还算能站稳。他指了指覆盖茂密植物的院墙："今天那三只迷你地狱犬不在家吧？我们站得这么近，都没听见它们狂叫。"

肖恩走到他身边："我们回去吧。"

"回哪儿？那是爱芙太太家，不是我家。"

"先过去看一眼。"肖恩说。

杰里点点头，觉得肖恩说得对，今天爱芙太太家里没有狗叫，还挺奇怪的，他们有必要去看一眼……

大家都在关注着爱芙太太的院墙，不只是肖恩，列维·卡拉泽也在看着那边，莱尔德也是。莱尔德躺在地上，旁边的地砖上全都是血，杰里的脚上也沾了一些。他低头看，鞋子不是自己的，是他在悬崖底部的时候换上的，应该是罗伊的鞋。罗伊的脚比较大，鞋子不太合他的脚，这鞋应该给肖恩穿，不过对肖恩来说是不是又太小了？

杰里的思绪像水一样流动，他自己则在其中浮浮沉沉。

这时，他隐约听到有人在叫他，气若游丝，不仔细听都听不见。

他蹲下来，看着自己同父异母的哥哥。莱尔德好久不出声了，就像死了一样，但在这个地方好像人是不会死的。

莱尔德的声音太弱，说的话断断续续，太难辨认。杰里耐心听了一会儿，才听明白他说的话："如果你能回到家，之后就不要找我们了。"

杰里努力思考，思考该如何回答。他似乎明白莱尔德的意思，又似乎不太明白，莱尔德好像说的是对的，又好像是错的。

各种思路在杰里脑子里乱飘，他想抓住一个来梳理一下，糅合成比较像样的回答，但他一个也抓不住。那些想法就像四散奔逃的小蟑螂一样，又快又多。

最终，他只能说出最直接的、不用思考太多的回答："不行。我要找你。"

肖恩揽着杰里的肩，两人站在爱芙太太的矮院墙旁边。

院墙对于小孩子来说很高，对已经基本是大人的他们来说，就不再是什么难以逾越的天堑了。

肖恩先撑着墙爬了上去，再对杰里伸出手，拉着他上去。杰里跨坐在院墙上，对莱尔德、列维和塞西微笑着挥了挥手，就像在火车上挥别送行的亲朋。

"我先回去，然后想办法找你们。"

他和肖恩一起从院墙跳了下去。世界是一片寂静的黑暗。

第二十五章

Qingwu Dongcha

长路尽头

乌鸦从方尖碑背后飞出来，在空中盘旋着下降，在建筑投下的巨大阴影里堆叠在一起，形成了身上裹满黑色绷带的人形。

最后一只乌鸦衔着鸟嘴面具，落在人形的肩部以上，乌鸦调整了一下鸟嘴面具的位置，让它形成微微颔首的姿态。

雷诺兹看着拓荒者的背影，弯下腰，右手屈在身前，行了一个颇为古老的躬身礼。

雷诺兹自己并不能看见"第一岗哨"里的路，甚至，他从前并不知道这里有路。那两个孩子消失在尖顶内的房间里时，他目睹了全程，却看不见他们究竟走进了何处。

他根本没有看到两人是如何消失的。他意识到那两个孩子"不在"时，这个"不在"的状态已经持续了很久，雷诺兹没有捕捉到他们离开的瞬间。

尽管他一直注视着室内的一切，但他就是没有看见，就是没有感知到。

这种体验有些熟悉……他想起了很久之前——到底有多久，他无法判断。他想起了第一次目睹有人从岗哨深层爬上来的那次。

成功返回的人有两个，一个是学会的女导师，另一个是对这些毫不知情的普通人。他现在回忆起的，就是那个普通人。

那人好像说过自己的职业，似乎是歌手……不，不对。是报社的人？也不对。好像应该是诗人。

诗人消失的时候，雷诺兹也没有看到具体过程。尽管他一直看着那个人，一直与其保持交流，但是等他意识到此人的"消失"时，这件事已经发生了，他捕捉不到变化发生的瞬间。

诗人没有离开"第一岗哨"，而是在岗哨内部消失了。

一直以来，雷诺兹并不明白这是为什么，他也不曾去深究，因为他是信使，信使服务于猎犬与导师，而非服务于奥秘本身。

今天，他听到猎犬列维·卡拉泽的说法，觉得应该有道理。

猎犬说，"第一岗哨"不仅是藏书库，更是一座极为显眼的路标，拓荒者们先探索，再记录，最后交会、钻研、验证、互相倾听知识……他们的最终目的是回到低层视野，把掌握到的奥秘带回给尚未开蒙的同胞。也就是说，如果不回到浅层，那拓荒者们的任务只算是完成了一半。

拓荒者们早已找到了回到低层视野的路，这条路就存在于"第一岗哨"内部……不，这有点因果倒置，应该是正因为在这里更容易看见路，所以一代代拓荒者们才前仆后继，建设出极为显眼的人工建筑——"第一岗哨"。

可是，即使这里有路，绝大多数人也都看不见它，即使有人能隐约感知到它，但只凭感知也走不进去。

只有少数人能够清楚地使用不同视野，那位名叫莱尔德·凯茨的青年就是这样的人。还有，那个孤身离开的诗人也是这样的天赋者。

莱尔德需要用巨大的痛苦来集中专注力，而诗人根本不需要这样做。那个人能够自由地使用不同层面的视野，而在低层视野里……一般人会称之为"在普通生活里"，这种天赋可能会被定义为疯狂。

诗人不知道学会的事，也不知道自己在岗哨深处读到的东西有多么伟大和重要，甚至不知道自己的天赋有多么罕见。雷诺兹试着辅佐他，他却一直觉得这一切都是幻觉，如果不是幻觉，那就是某种恐怖、故意的折磨。

他一边洞察真相，一边自我欺骗，不断进行着矛盾的对抗。

从前雷诺兹也见过这样的人。进入岗哨的拓荒者们之中，大多数人会因为审视自我与外界，最终在旋涡中崩溃。诗人也是如此，但他又与别人大不相同。

雷诺兹眼睁睁地看着他的意识一步步崩溃，可是，他的每一个碎片却又保持着清醒与活跃的光芒。比如说，他会短暂失忆、无法分辨自我与他人、遗忘名词、分不出距离与高低……可是他竟然一直没有忘记如何思考。他可以在癫狂的崩溃中进行极为精确和优美的表达，还带着玩笑的语气对雷诺兹说："这一点，你也与我一样，你也是从完整的形体变成了碎片，每个碎片又各自保持着完整。"

雷诺兹听到诗人说的最后一句话，是"来吧，你也可以见见她"。之后，他在雷诺兹毫无察觉的情况下消失了，离开了。

雷诺兹不但不记得他走去了哪里，甚至不记得自己是怎么回答他那句话的。

那是一个混淆不同层面视野的时刻，所有参与者都会受到影响……他所回应的话语，和诗人的离开方式，都融合在一个混沌的、无法察觉的刹那中，遗失在所有人的感知之外。

其实那句话不应该被"回答"，应该被"提问"。应该问他"来吧"是指要去哪里？"她"是指谁，是母亲、姐妹或是妻子？

雷诺兹仔细回想着，觉得自己不会无视这句话，因为他历来重视与服务对象的沟通，从来是有问有答。

两个年轻男孩消失之后，雷诺兹对比了一下此时与彼时的感受。最后他认为，当年自己肯定对诗人的话做出了回应。

那么我会如何回答呢？

在猎犬列维·卡拉泽离开岗哨之前，他曾指着一个方向，对雷诺兹问："你看不见吗？"

"我看不见。"雷诺兹说。

"路就在这边。如果你有办法让自己看得见，你也可以回去。"

雷诺兹的思维顿了顿。他一时无法理解"回去"这个词，对他而言，这个词似乎毫无意义。

列维说："当然我也明白，你现在的状态已经不适合生活在低层视野了，那样反而会导致你死亡……不，其实没有死亡，这个概念不太对，也许应该说……失去活性？"

雷诺兹说："准确的说法是，即使我能生活在低层视野，我也会瞬间失去审视能力。我会在一切层面内结束观察行为，并真正开始出生。"

"那样不好吗？"列维问，"你就可以解脱了。"

这句话，让很多记忆涌向残破的雷诺兹大脑。

话语、面孔、山丘、海、园林、马车、石砖地、教堂、诗歌、信、驼队、月亮、笑容、嘴唇、手指、笔、小径、藤蔓、雾、斧头、雪、眼泪、野兽、塔……

雷诺兹隐约回忆起一个人，那个人依稀就是曾经的自己，那个还会天真地盼望解脱的自己。

但现在他已经不会再那样想了。

他对猎犬说："我是信使，我永远驻守于'第一岗哨'，侍奉所有阅读奥秘之人。这使命没有所谓的解脱。"

之后，雷诺兹想到，如果当年的诗人能在混沌的时刻听见语言，他也一定会听到这样的回答吧。

若干时间之前。

随着莱尔德陷入昏迷，爱芙太太的院墙也消失了。

回忆起来，院墙出现的方式相当难以形容，它并不是像三维投影一样突兀地立在室内，而是以一种能够和周围融合的方式……按道理说，院墙大小应该受到这间房间面积的限制，但它好像又能够向两侧延伸，和真正的院墙一样大，甚至可以绕着它走一圈再回到起点。

这与室内空间是矛盾的，虽然矛盾，但看着它的人浑然不觉，理智上隐隐约约觉得不太合理，感受上却认定这极为自然，就像看见屋里有一张床、一个人、一幅画似的，没什么值得惊讶的地方。

列维帮塞西打开了手铐。

塞西重获自由，却缩在原地不敢动弹，只是默默地看着列维行动。

列维把该带的东西整理回背包，表情放松，动作轻快，就像是在远足之前整理行李。

从几人聚集于一室起，直到现在，整个过程中，追踪终端一直在发出尖锐急促的警报声，到现在，警报声也仍在继续。刺耳的声音和令人不适的画面混杂一起，不断刺激着塞西的神经，她的目光飘荡到莱尔德身上，又立刻移开。

犹豫了一会儿之后，她强忍着恐惧，慢慢爬到莱尔德身边。她想，不管怎么说，自己也算是有一点点急救常识，也许应该找个硬物做成夹板，也许应该在这里和那里弄个止血绑带……

"不需要的，我们走吧。"列维跨过来，把莱尔德扛在肩上。莱尔德看上去就像一个被剪掉了提线的木偶，他的四肢晃荡着垂下来，整个人一点生气都没有。

塞西想说什么，最终只是浑浑噩噩地跟在他们后面。

在正对房门的墙壁上还有另一扇门，是真正的门，物理上的实体门。它应该很久没开过，合页发出的声音令人牙齿发酸。

方尖碑实际上是一座高塔。实在是难以理解，为什么会有人在高塔顶端的房间上设计一扇向外开启的门？

打开门之后，外面不是半空，而是一片平坦的土地，周围没有树木也没有乱石，视野十分开阔。

塞西站在门口不敢出去。即使列维扛着莱尔德已经站在土地上了，她也仍然怀疑这地面是幻觉。

列维对她说："其实没错，你可以觉得它是幻觉。除了'第一岗哨'是人工建筑，那个树屋也是人工搭建的……哦，你没见过树屋，你的汽车也是人工的。除了这些，你看到的一切严格来说都是幻觉。你看见的不是它们本身，而是你能够理解到的东西而已。"

塞西有些动摇，问："难道你是说，只要相信这地面是真的，我就不会掉下去？"

列维干脆转身继续向前走："随便你。"

最后塞西还是跟了上去。地面确实是坚实的地面。

走了一小段之后，她回头看了一眼，正好看到雷诺兹站在方尖碑投下的阴影里，他对着他们弯下腰，右手屈在身前，行了一个颇为古老的躬身礼。

现在的天空非常暗淡，在这样昏暗的光线下，方尖碑竟然还能投出这么黑的影子。

还有，他们是从靠近尖顶的房间走出来的，现在回头一看，为什么方尖碑仍然是被仰视的高耸模样？

塞西转回身，盯着前面列维的背影，琢磨刚才他的话——你看见的不是它们本身，而是你能够理解到的东西而已。

她捏了捏眉心……我什么都不能理解。这里的一切事物也好，还是列维·卡拉泽的状态也好，还有在肖恩和杰里身上发生的事……我什么都不能理解。

天色越来越暗，类似于最后一丝日光即将被黑夜吞没之前的模样。这里的天空只有暗沉的深灰色，既没有地平线上的余晖，也没有月亮或星星。

逐渐变暗的环境令人非常不安，令人担心会面对真正伸手不见五指的黑暗空间。

这时列维又主动和塞西说话："你不要这么担心，莱尔德没事的，只是昏过去了。至于肖恩和杰里，他们应该是回去了吧……但我也不能保证。"

塞西整个人木木的，没有回答列维。

两人沉默着又走了好久，塞西终于忍不住问："卡拉泽先生，你看得见前面那些东西吗？"

她所指的是很远的地方，那边影影绰绰有些东西，是形状规律的物体。由于光线不足，而且周围没有任何参照物，人的眼睛难以分辨大小和远近，所以它们有点像是形态各异的房屋，也有点像是稀疏林立的墓碑。

列维说："当然看得见啊，我们不是正在往那边走吗？"

"你早就看见了？"塞西问，"你的意思是，我们就是要去那里的吗？"

列维右手扶着莱尔德的身体，左手拿起仪器看了一眼："对，就是那边。

我们走过去的同时，她也走过来了。"

"谁？"话刚问出口，塞西就忽然发现，形状规律的构筑物中有个东西晃动了一下。

那是个人影，有它做参照物之后就能看出来，远处鳞楼般的景物确实是建筑，而不是墓群。

人影走得越来越近。她步伐很慢，体态放松，就像餐后散步一样，可是在一眨眼之间，她就从远远的影子变成了近在眼前的少女。

是艾希莉。

她的身体仍然是巨大的、皮肉不停流动的肉团，不同于从前的是，现在她频繁地"闪烁"着，就像一块在高速切换着的动态图片。在闪烁之中的某几个瞬间，她会变回穿着带网纱的小黑裙、化着浓妆、脚踩高跟鞋的少女。

她站在那闪烁了好一会儿，时隐时现的脸上还带着无奈的羞怯，就像在说"等等我，我还没准备好"。

渐渐地，她的少女形象越来越稳定，流动的肉块所占的画面越来越少，少女身形占据了肉眼可见的大部分时间，肉块的模样退回了每一个眨眼之间，最多只潜藏在视线飘开之后的余光里。

形象稳定下来之后，艾希莉的表情反而不再那么轻松了，她的笑意慢慢凝固，牙齿紧咬在一起，嘴唇却颤抖着乱动。她保持着这种扭曲的表情，脚步踉跄地跑向列维与塞西。

塞西习惯性地想抬起枪管，手上却摸了个空，她的随身物品已经全都丢失在岗哨深处了。她往后退了几步，列维还挺主动地站到了她身前。艾希莉被列维挡住，左右跳了两步，似乎是想绕过去，又不敢过于靠近列维。

列维好奇地看着她，他想起，在巨石下面的时候也是这样，艾希莉似乎有些怕他。

艾希莉的身形晃了晃，最终放弃了继续靠近。她慢慢摩擦着咬紧的牙齿，慢慢张开嘴巴，嘴巴张得越来越大，身体前倾，就像是想把喉咙深处展示给外界看。

列维听到一种细微的声音，是从她的喉咙里发出来的，像是有什么东西在她的身体内部挤压蠕动。

"别……"

一些杂音之后，列维和塞西辨识出了人的语言。

"别害怕……"

这是非常尖细的女子嗓音，听起来有点遥远，就像是人站在细而深的竖井边听到深井处有人说话。

列维回了一下头，他感觉到塞西正抓着他的衣服后襟，而且抓得非常紧。这大概只是下意识的动作，塞西虽然抓着他，却不再躲藏，反而从他身后走了出来。

塞西死死地盯着艾希莉，这会儿也不害怕她扭曲的表情了。

艾希莉的嘴巴一直张开着，所以肯定不是她在说话。她的喉咙里继续发出声音："跟我来，是伊莲娜叫我来接你们的。"

她的声调很流畅，没有任何痛苦或恐惧的痕迹，不过她的语气有些小心翼翼，嗓音也细细的，听起来像是在笨拙地重复一些自己并不理解的指令。

塞西放开了列维的衣服，慢慢向前走去。

"米莎？"她甚至向着艾希莉伸出手，"米莎……是你吗？"

艾希莉全身一震，立刻退开了几步。她的身体又开始闪烁，少女的体形和流动的肉块又开始交替出现。

在闪烁发生的时候，她只能发出杂音，肉块也有嘴巴，而且嘴巴会在她全身游走，当嘴巴流到一块位于中段的凸起肉包上时，米莎的声音再次传了出来："妈妈？"

得到了米莎的回应，塞西的眼泪瞬间夺眶而出。她又想走上前，又不敢距离那闪烁的不明形体太近，她的手僵硬地举在面前，身体和意识交战着，不知是进是退。

"妈妈……妈妈……"米莎的声音也带上了哭腔，听得出来，她也在极力控制自己。

原来这是米莎的声音。列维也有些惊喜，但他没有塞西那么激动。

他回忆了一下从前如何与小时候的莱尔德对话，然后换上类似的声调："米莎，你好，你还认得我吗？"

米莎的声音冷静了很多，似乎还吸了吸鼻子："我不认得你……但我知道你是谁，你是学会的猎犬。"

列维没想到"学会的猎犬"这个词会从小女孩的嘴里说出来。

"我们见过面，你记得吗？"

米莎回答得毫无迟疑："不记得。"

列维微微皱眉："你真的是米莎吗？"

听到他的疑问，塞西也警醒了一下，抹了抹眼泪，盯着眼前的怪物。

艾希莉体内的声音又一次变得混乱无序。她身体闪烁的频率越来越固定，肉块形象和少女面貌开始时间均等地出现，像幻灯片一样来回切换。

少女形象的它仰着头，张着嘴巴，肉块继续流动着，速度减慢，嘴巴从身侧移动到顶部，下方的皮肤越垂越靠近地面，吞没双腿，以蠕动的姿态微微前倾。

在两个形体的切换过程中，少女的模样一直静止，而肉块前倾的嘴巴越扩越大，嘴边露出一只白白的小虫。

当另一只"小虫"出现时，列维和塞西才看出来，那不是嘴巴里的虫子，而是孩子小小的指头。

很快，五个指头都扣在唇边，然后是整个手掌、手腕……小小的手攀在嘴巴边缘，用力一抓，黑洞洞的喉咙里出现了一只眼睛，眼睛旁边的面颊上还垂着长长的黑发。

塞西实在控制不住自己，大声地哭叫起来。那正是米莎的模样。

"别害怕！妈妈，别害怕……"米莎的声音有些慌张，"我没事，妈妈，我没有受伤，我没有变成怪物……"

她的眼睛斜了斜，看了一眼列维。肉块的嘴巴里不仅有她一侧的眼睛，还有眼睛附近的皮肤和眉毛，她皱着眉头，似乎列维令她非常困惑。

"还记得你七岁生日那天吗？"列维问，"我们那时见过面的。"

米莎看了他一会儿，说："我只是知道你是谁，但我不记得你。"

"我给你们拍了很多照片。"列维说。

"啊……那我知道了。"米莎说，"你是那个摄影师？那就对了。我当然想不起来你啦，你根本没和我说过话！"

小女孩的声音很坚决，带着一些埋怨的意思，刚才列维质疑她是否真是米莎，显然这让她十分不满。她的语气很生动，和正常小孩无异，甚至还比列维印象中的米莎更活泼开朗一些。

比起列维，塞西当然更熟悉自己的小女孩。米莎虽有些阴郁，但并不自闭，她会认真和父母交流，而且她的组织语言能力还挺好。塞西熟知米莎惯用的语气，她听得出来，这就是自己的女儿。

塞西脸上还挂着眼泪，却忍不住笑了一下。她的笑容让米莎的声音也放松了很多。

不过，米莎似乎不愿意让塞西靠她太近。列维和塞西缓缓走向她，她就在艾希莉的身体里一直匀速后退，和他们保持着一定的距离。后退的过程中，艾希莉仍然在不停闪烁。

"你们跟我来吧，"米莎说着，"别害怕，相信我们。"

列维问："'我们'？你是指谁，你和伊莲娜？"

"是的。"

即使米莎不如此要求，塞西也会一路跟上去。塞西这会儿仍然很害怕，但她走在了列维前面："米莎，伊莲娜就是你提过的那个人，就是那个在学校里想抓住我们的人，对不对？你为什么要听她的？"

"不是她。"米莎说。

"什么？"

小女孩叹了口气，手缩回了肉块的嘴巴里面，只留一只眼睛看着妈妈："是我搞错了。妈妈，总是来和我说话的那个人，她是伊莲娜。那双手不是伊莲娜。"

这个说法让列维有些紧张。如果真是这样，那莱尔德的追踪器到底扎在了什么东西身上？

"不是伊莲娜，那它是谁？"列维问。

"一开始我也不知道她，"米莎认真地回答着，"我从小就认识伊莲娜，伊莲娜很可怕，但是伊莲娜没有手……不不，不对，我说的不对……不是没有手，是她没有对我伸出过手。那双手是佐伊的。后来伊莲娜告诉我了，她叫佐伊。"

"伊莲娜告诉你的？"列维又问，"那伊莲娜又在哪儿？"

米莎说："她和佐伊在一起。但是现在，她被藏起来了。她需要你们，你们也需要她，这句话是她教我说的……所以她叫我来接你们。"

"接我们去做什么？"

"找到她。"

这倒符合列维的目的，但他还是追问："找到她之后呢？"

"她可以帮你们……不，帮我们回去。"

这个回答既令人振奋，又令人疑惑。塞西看了列维一眼，想寻求他的建议，列维对不停闪烁的少女微笑着说："那带我们走吧。"

塞西紧张地问："我们可以相信这个说法吗？"

列维说："怎么，你不相信自己的女儿？"

"但是……"

"我相信伊莲娜，而且伊莲娜确实在附近，"列维说话时，装在摄像背心里的追踪器仍然在持续发出警报声，"她的做法很合理，她需要我们出去。这也是我的使命。"

塞西心里盘旋着种种顾虑，却难以开口。她相信米莎，也能感觉到眼前说话的人确实是米莎，但米莎为什么会在艾希莉的体内说话？她是一直在这儿，还是刚刚变成这种状态的？

名为伊莲娜的人难道是真的愿意帮忙？而被称为佐伊的又是什么人？

更重要的是，现在塞西已经知道了：列维·卡拉泽和莱尔德这样的人和她不一样，他们是怀着某种她难以理解的目的来到这儿的。

即使伊莲娜愿意帮助有这种有"使命"的人，那她又是否愿意帮助与此无关的人？她会允许米莎也离开吗？

塞西没有问，就算问了，恐怕米莎也很难把这些疑虑解释清楚。塞西能判断得出，米莎的人格仍然是那个七岁的小女孩，她并不拥有列维他们那种深邃得古怪的思维。

艾希莉的身体继续向后蠕动着，她距离剪影般的建筑群越来越近。

同时，天色越来越暗，刚才的亮度类似是黄昏之末，现在却像是无星的子夜。

蠕动的肉块内部发出哧溜一声，米莎缩了回去。肉块的体积还算大，能够包裹住一个小小的孩子，而少女外貌的艾希莉体态十分轻盈，正常来说，这样的身体里面根本不可能容得下米莎。

现在米莎的声音变得闷闷的："妈妈，我得提前说一件事，只有出来之后，我才能记得这些，回去之后我就忘了。我不知道你们会不会也忘掉，你们一定要记得啊，一定要记得刚才我说的那些……"

塞西本来就一头雾水，这些话听起来更叫人忧心："米莎，你说什么？你会忘了什么？"

"就是……我们不是快要到了嘛，到了之后，我可能就会忘记，"女孩毕竟年纪还小，她能重复别人交代的内容已经很不容易了，她根本无法理解更多细节，当然也解释不清楚，"你放心！我不会忘记你和爸爸的，不过我可能会忘记这些，就是现在这些……因为正常情况下我是出不来的，我靠她才能溜出来……"

塞西听不明白，急得要命："宝贝，你说慢一点，我们要到哪里去？你是说忘记什么？是指伊莲娜还是……"

米莎自己也很着急，道："你们千万不要忘啊！因为我马上就会忘掉的……我不知道你们会不会忘记，我真的不知道，伊莲娜没讲过，可能她也不知道……"

周围越来越暗了。在这种光线下，艾希莉的身体只是一团晦暗的影子，无论是少女的面容，还是肉团上的褶皱，全都溶解在了夜幕之中。

她的嘴巴闭合住了。如果塞西和列维能在黑暗中视物，就会发现那双嘴唇先是闭合成一条缝，然后舒展成平滑的皮肤。

"米莎！"塞西急冲了几步，也顾不上恐惧，想上去拉住艾希莉的身体。她的双手晃了好几下，却什么也没触摸到。

列维也有点焦躁，在岗哨深处时，虽然周围也到处是黑暗，但他一直能看见该看的东西，现在他却像是回到了昔日的普通夜晚。

他忽然想起来，这有点像他刚刚走进"不协之门"的时候。无论是他和莱尔德，还是杰里与肖恩，每个人走进门后都会经过一段黑漆漆的区域。

即使是那个区域，也没有现在这么暗。那里至少会有背后仍敞开的门提供少量光源，如果走得远了，还可以依靠手电或头灯照明。

想到这儿，列维想找手电，可他只有一只手能用，没法在背包里摸索。他想起，莱尔德的手提箱上也有照明灯，但手提箱在哪儿呢？好像被扔在"第一岗哨"里了……

不只是手提箱，莱尔德的平光眼镜也丢在那儿了。莱尔德本来还带了袖扣形状的隐蔽摄像头，但一直没用上，而且它已经在奔波中被压坏了。

列维的右手动了动，掌心贴着莱尔德被血浸透的黑衣。

列维想着："你可真是倒霉，你带来的东西不是坏了就是丢了。你什么都没有了，和十几年前一样。"

在寂静的黑暗中，右肩上莱尔德的重量变得更加明显。

十几年前，莱尔德突然失去意识的时候，实习生也得负责把他搬运到病房或者治疗室。实习生会横抱着他，那时候实习生十六七岁，力气够大，抱个十一二岁的小孩不成问题。

现在列维也可以负担得起莱尔德的重量，但莱尔德长高了，两人身高差得并不多，横抱莱尔德就变得困难了起来，列维只好这样扛着他走路。

在黑暗中，列维无须闭眼，就可以回忆起莱尔德小时候的模样。

列维能回忆起来的，全都是莱尔德痛苦的面孔，他脸上完全没有电视里那个年龄的男孩们该有的神采。

列维有些感慨：这样想来，我似乎从没有见过莱尔德快乐的样子。

小时候的莱尔德一点也不快乐，他畏惧医院，畏惧导师，畏惧我，畏惧所有令他痛苦的事情。即使是在他偷偷写信的时候，在他听歌的时候，在他玩着我带进去的纸牌游戏的时候，他也完全不快乐。他只是在用那些东西怀念普通的生活，羡慕正常的小孩。

后来再一次认识他的时候，他是"霍普金斯大师"。他奔波漂泊，整天装腔作势，浮夸得让人不想理睬。他主动追逐着"不协之门"，又因为"门"里出现的东西而发抖到站不起来……他的日子过得还挺刺激，但他肯定不怎么快乐，这不是他期望过的生活。

在盖拉湖精神病院的时候，莱尔德说起过一些自己对未来的向往。他向往的生活内容都很俗气，没什么可多讲的。总之，无论如何也不是现在这样子。

在"第一岗哨"内部，列维更是一直在目睹莱尔德痛苦的模样。他冷静地看着、听着、执行着……莱尔德就在他眼前，近得一伸手就能将其搂在怀里。

他发现这个视角非常熟悉，曾经实习生也是这样俯视着那个绝望的孩子，从那双盈满水雾的蓝眼睛里，看到自己无表情的脸。

想着这些，列维忽然非常好奇：不知道莱尔德·凯茨开心起来会是什么样子？

不是偷偷写信时的状态，也不是听着重复的老歌并哼唱的样子，更不是自称灵媒时装出来的神秘笑容，而是那种真正的开心，就像他弟弟杰里那样……至少像曾经的杰里那样。

列维知道自己快乐的时候是什么样。最近他就非常快乐。那莱尔德呢？

他一边胡思乱想，一边脚步轻快地继续向前走。黑暗不再恼人，他甚至还从连绵的黑暗中嗅出了一种熟悉的气息。

不是某种具体的味道，而是气息，某种无法言明的气息。

天空仍然黑暗，但远方的地平线上浮起了柔软的白色。天开始亮了，借着这微小的光亮，列维看清了脚下的路。路很平，有点窄，只有两条车道，车道旁是平坦的空地，似乎正待建起新房。

他顺着道路继续向前，道路带着明显的坡度，他站在即将下坡的位置，看到远处有一大片住宅，比住宅还远的地方，还有更加密集的建筑群。

他走下坡去，在路旁看到一块指示牌。初升的晨曦将牌子照亮，上面是棕底白字，字体倾斜：

欢迎来到辛朋镇。

第二十六章

-Qingwu Dongcha-

欢迎来到辛朋镇

　　列维开了八个小时的车，连夜赶回了老家辛朋镇。早晨六点多的时候，他发现自己竟然迷路了。

　　小镇附近一共也没几条路。他对着地图研究了半天，推测自己应该是在下公路的时候走错了岔口，他绕过了辛朋镇，走上了通向山林的方向。这条路没有被开发，窄得要命，路边杂草和石头特别多。列维倒着开了一小段路，可是一路倒回去也不太可能，他好不容易找到宽一点的地方想掉头，结果车子后轮卡在了小土沟里。这辆车可不是越野车，而且也没人能帮他从后面推，他和小土沟较了半天的劲，可车轮就是怎么也出不来。

　　最后他没办法，只好下车，背上背包，打算徒步走回去。按说他应该很熟悉辛朋镇附近的路，不该迷路，至少走着不会迷路。他边走边给自己寻找合理的解释：一定是因为我离家太久，习惯了城市道路，现在回到家乡附近反而觉得陌生了。

　　上午十一点左右，列维能看见小镇上的房子了。镇口第一幢建筑是个能加油的杂货店，他走进去想买点吃的，结账的时候，发现柜台旁的黑发女孩在盯着他看。

　　她比列维年纪小，也就二十岁左右。辛朋镇附近没有什么景区，平时根本不会有游客，女孩大概以为列维是外来者，所以有些好奇。

列维干脆也盯着她看。列维的反应让她意识到了自己的失礼，她赶紧尴尬地笑着道歉，并直接开口询问："如果说错了请别怪我……你是列维·卡拉泽吧？"

"是啊。"列维想，原来你认识我啊？

女孩说："看你的眼神，你是不是不记得我啦？"

列维没有否认，女孩接着说："那你还记得威尔斯先生吗？"

"记得……"列维下意识地回答。

语言比脑子动得更快，他自然而然地就回答了"记得"，回答之后，威尔斯先生的形象才逐渐出现在他脑子里：他是个七八十岁的老人，是这家杂货店的老板，除了这家杂货铺，他还在镇里另一个地方有一家以卖居家工具为主的店，里面还卖一些登山和钓鱼的用品。

对，他想起来了，威尔斯先生有一儿一女，他的儿子有个女儿，也就是眼前这位黑发少女了。

少女看到他露出恍然大悟的表情，便及时提醒说："我是梅丽，你想起来了吗？我去年离开辛朋镇去上大学，这会儿正好是假期，所以就回来了。"

列维回答"想起来了"，其实他没有……他确实想起来了这些事、这些人，但他总觉得有哪里不对劲。他没见过梅丽。

不过，他很快就为自己找到了合理的解释：梅丽起码比我小十岁，在我离开家乡之前，她还是个小孩，一定是因为她的模样变化太大，所以我才对她没有任何印象。

他随便寒暄了一下，问了句"威尔斯先生还好吗"，令他意外的是，梅丽的回答超出了他的想象。

他以为这种问题的答案要么是"他很好"，要么是认真地告诉别人他如何不好，而梅丽摇着头叹了口气："看来你不知道那件事……"

"什么事？"

"不久前，我爷爷走失了，到现在我们都还没找到他。他年纪大了，人也不是很清醒……"

列维想说抱歉，又觉得这样回答不太对。那位老人只是走失，又没确认死亡。

他能够确定的是，他确实不知道自己离开期间镇上发生的任何事，他甚至不太能想起威尔斯先生的长相，只是差不多知道有这么一个人而已。

梅丽看着列维，深吸了一口气，像是要做出什么重大决定。列维不解地看着她，她说："比起这个，其实我是想跟你说，现在有这么一件事……你最好去警局一趟。"

列维一愣："为什么？"

"他们找你找了三天了。"梅丽说。看着列维满脸疑惑的模样，她又赶紧补充："不是，别误会，他们没说要通缉你什么的，就是在找你。昨天治安官还反复叮嘱我呢，说如果你回了就让我告诉他们一声。我打个电话，叫他们来接你？"

说着，梅丽的手就去摸电话了。列维一头雾水地阻止她："行了，我自己去找他们。他们怎么不……"

他想说，如果真的有什么要紧事，他们怎么不直接打我的手机……话还没说出口，他又感觉到一种强烈的不协调感，大脑里有什么东西在告诉他：这是一个极为愚蠢的问题，你根本不该问出口。

于是他就真的没问出口。不只是这个，还有其他方面也很奇怪：他离开家乡这么久，万一他不回来怎么办？难道治安官就这么永远等下去吗？

列维买了一条巧克力、一份带夹心的面包。最后付钱的时候，他终于忍不住问梅丽："我离开这么久，你怎么还记得我？"

"我其实不太记得，"少女坦诚地说，"我只是听说最近你要回来了。"

"听说？"列维问，"听谁说的？"

这个问题让梅丽迟疑了一下，她面露迷惑，想了一会儿才说："好像是我爷爷说的吧？在他走失之前应该提过……好像别人也提起过，大家都听说了。治安官也说了你要回来。"

"他们怎么知道我要回来？"列维感到奇怪。

不只是他，梅丽也觉得奇怪："这我就不知道了，反正我都是听说的……刚才看到你走进来，我就觉得应该是你，你和伊莲娜长得挺像的嘛，特别是你们眼睛的形状和颜色。"

卡拉泽一家有东欧血统，从姓氏就看得出来，也许他们的脸上真的有点什么不同于其他白人的特征。这样一想也还算合理。

走出杂货店,列维习惯性地想去找车子,随后想起自己的车停在了镇外的山路上。他懊恼地叹气,感慨自己最近怎么如此不顺,头脑也整天晕乎乎,像是永远也睡不醒似的。

听说治安官要找他,他决定暂时先不回家,直接赶去了镇上的警局。他走了好一会儿,才意识到自己忘记了警局的位置。

他脑子里似乎对警局位置有个模模糊糊的印象,但是不准确,凭它根本找不到目的地。他忽然担心:我该不会连自己家在哪里都不记得了吧?

此刻他站在路口,背后是一家已经关闭的餐馆,路对面是个发廊,发廊里没人。他开始以此处为中心,在脑海里默默回忆回家的路线……他能想起大概的路线。

他家在小镇另一头的山坡上,从这一带有条近路能过去,说是近路,其实也要走好长时间。他家住在聚居区以外,算是比较偏僻的位置了,但他无法去验证自己的记忆是否准确——刚才他还觉得自己认识警局的位置呢,现在他却茫然地站在路口。

辛朋镇人口不多,白天的小镇安安静静,连路人都看不到几个。列维又穿过一条街,好不容易才找到个人问路。

那是个五六十岁的中年男人,他正在电线杆上张贴某种启事。他并没有像梅丽那样认出列维来,列维表明身份之后,他才恍然大悟:"你是卡拉泽家的儿子吧?"

列维点点头。中年人虽然不认识他,但也知道卡拉泽家的孩子最近要回来了,看来小镇上消息传得就是快。

他给列维指了路,警局就在附近了。列维看向他手里的一沓复印纸,他立刻塞了一张到列维手上,问:"正好,你刚从外面回来,一路上见过这个人吗?"

这是一份寻人启事,失踪者叫玛丽·奥德曼,六十六岁。纸上复印了她不同角度的照片,还写了她的身高和失踪时的衣着,等等。

与年事已高的威尔斯先生一样,奥德曼女士也在不久前失踪了,但与威尔斯不同的是，她的智力很正常，也没有任何老年退行性疾病，按说应该不至于走失。

列维记得这个叫奥德曼的人，但他回来的一路上并没有见过她。

张贴寻人启事的男人名叫乔尼，他坦诚地自称是奥德曼的男朋友。他和奥德曼都在多年前失去了配偶，然后在镇上结识了彼此。

因为列维收下了寻人启事，乔尼的话题对他一打开，还有些收不住了。他越说越激动，不仅说到奥德曼的失踪事件，还说起了很多他们的曾经。他说奥德曼看似不太合群，其实是个温柔热心的人，她只在别人需要时施以援手，平时却神神秘秘的，还喜欢独处，在镇上的存在感相当弱。

在奥德曼失踪前，乔尼从没有以男朋友的身份自居过，他能确定自己与她互有好感，却担心她不接受这样的关系。后来，辛朋镇上出了一些事，包括奥德曼在内的几个人原因不明地走失，其他失踪者都有子女或亲朋参与寻找，只有奥德曼无人问津。

乔尼终日沉浸在悲痛中，暗暗下了决心，只要某天警方或其他人能够找回奥德曼，他就立刻向她求婚。哪怕她有了严重的健康问题，或者被检查出有认知障碍，他也绝对要继续陪伴她。

列维早就想离开了，乔尼却一直拉着他聊个不停。按说像乔尼这种性格的人会很有存在感，可列维竟然完全不记得他。说来也怪，乔尼说奥德曼存在感弱，列维反而能想起她的大致形象。

与乔尼的交谈也并非毫无意义，列维从中得知，在他离开故乡期间，辛朋镇上还真发生了一些大事。

某天，一名捕鼠员在废弃隧道内发现了一种形状奇怪的涂鸦，他回来汇报此事后，镇上各处又陆续出现了类似的涂鸦。有人认为这些涂鸦只是别人的恶作剧，也有人认为它们和某种邪教有关。

涂鸦出现后不久，有数名居民陆续失踪。威尔斯先生走失于商业街附近；奥德曼在清理涂鸦的过程中失踪；有一位名叫泰勒的瘫痪老人，竟然在病床上离奇消失了；还有一位姓约翰逊的女士，她的儿子目击了她的失踪过程，据说她原本站在窗口，一眨眼人就不见了，后来人们再也没有找到过她。

失踪者里也有年轻人，其中一位是当初那位捕鼠员的同事。人们怀疑他的失踪另有原因，他很可能是进入了小镇附近山区的废弃隧道，在其中迷失了方向。

另外，还有几个人在这期间远离小镇，没有再回来，也没有与任何人取得联系，但警方认为他们只是搬家出走，而不是失踪。

比如马丁夫妇，有人听说他们先后去了亲戚家；还有罗伯特一家五口人，有人在他们家大门上发现一张纸，上面写着什么"当局脑控小镇居民，让我们自愿给外星人做实验，所以我们全家逃命了"之类的胡言乱语。

那段时间，离开辛朋镇的人里面也包括列维。今天听到这些事，列维隐约能想起来一些，好像从前确实听说过有老人失踪，但他根本没关心过这些事。后来失踪案接连发生时，他已经去了别的城市。

列维想：这也说得通，当初我根本没留心这些，到现在才听说那段时间发生的全部事件。

辛朋镇大部分居民当然不相信外星人实验之类的说法，但也无法给出更合理的解释。身体健康的成年人为什么会走失，瘫痪在床的老太太又怎么突然失踪了……

人们怀着担忧继续生活，一段日子之后，失踪案没有再继续发生。据说警方已经求助了其他机构，搜寻也一直没有结束。

直到最近，又一起失踪案发生了。报案人是一位母亲，失踪的是她七岁的女儿。

失踪的七岁女孩没有上学，镇上的小学里根本没有这样一个学生，但其母亲却一心认为她是在学校里失踪的。别人询问那位母亲细节时，她又陷入迷茫，一副精神不太正常的模样。

这对母女近期才搬到辛朋镇来，镇上的居民对她们不怎么了解，只知道她们是墨西哥移民，从长相就能看得出来。镇上的所有人里，只有一个不到二十岁的少女和她们稍微熟一点。少女名叫艾希莉，也是近期才搬来的外乡人，艾希莉和那对母女租住在同一栋房子，那位母亲外出时，艾希莉帮她照顾过小孩。

　　警方也讯问过艾希莉，艾希莉对小女孩的失踪毫不知情，本身也没有任何嫌疑。

　　听着这些，列维心里有种怪怪的感觉。名叫艾希莉的年轻女人，墨西哥裔的母女……他总觉得自己在哪儿见过这样的人。

　　按说他刚刚回到故乡，应该不会认识新搬来的居民。

　　列维和乔尼聊了快半个小时，乔尼终于放过他了。现在列维有点隐约猜到了治安官要找他的原因，也许治安官想问的也是关于失踪案的线索。

　　他仍然不明白的是为什么治安官知道他近期会回来？是治安官先知道了，并把这消息告诉了镇上的人，还是镇上别的什么人知道了，再把消息告诉了治安官？列维很确定，自己没有和家乡的任何人联系过，甚至他的母亲也不知道他回来了。他们母子关系淡薄，平时不写信，也不通电话。

　　通过乔尼的指路，列维很快找到了镇上的警局。治安官友好地把列维迎进了办公室，他的态度让列维放心了一点，这至少说明自己不是来被讯问的。

　　列维接过一杯咖啡。治安官到桌子对面坐下，直接说起了新搬来的母女。列维已经听过一遍小女孩失踪的事了，治安官说的内容和乔尼说的基本差不多。说到最后，警官提起了一个新的进展，是乔尼没有说到的事情。

　　就在昨天，又有一个外来人跑到辛朋镇，他既不是来探亲的，也不是路过的，而是专门来找那位焦虑中的母亲的。

　　外来人自称是灵媒，来帮忙调查失踪案。这人还挺年轻，二十多岁，金发蓝眼，穿着一身去掉了白环领的神父黑长衫，但他并不是神职人员。

　　在所谓的"调查"过程中，他多次打扰到了其他居民的正常生活，比如"不小心"闯入别人家，比如在深夜搞出噪声，比如拉扯着别人去捉什么鬼魂……这人虽然没干出什么大坏事，但一直在神经兮兮地搅扰居民，警方觉得他可疑，便把他叫来讯问。那人自称认识列维·卡拉泽。

　　听了这些，一个十分熟悉的形象在列维脑中浮现出来。

　　"他是不是叫莱尔德·凯茨？"列维问。

　　警官一脸困惑："好像不是……"

列维又问："他是不是叫'霍普金斯大师'？"

"对，他是这样说的！"警官松了口气，"还真是你朋友啊？"

"霍普金斯大师"在讯问室里，他趴在桌上睡得十分香甜。列维拉开椅子，坐在他对面，他竟然浑然不觉，完全没被吵醒。

治安官说这人一直如此，好像总是特别累，有机会就睡觉，能躺着就不坐着，能坐着就不站着。纵然他总是如此疲惫，但他还是能够把小镇闹得鸡犬不宁。据最后一个报警的居民说，他半夜在墓地里游荡，还在教堂前的台阶上摆"蜡烛"进行某种可疑的仪式。

确信列维与此人认识之后，治安官放心地让列维留在这里，自己则去继续处理其他公务了。列维用手指慢慢敲着桌子，思考该用什么方式把"霍普金斯大师"叫醒。

如果是从前，他会直接狠狠地拍莱尔德的头，不过今天他忽然不太想这么做。

列维去拿了一杯咖啡，咖啡比较烫，热度隔着杯套也能传到手心里。回到桌前，列维撤掉了杯套。莱尔德的手放在桌上，列维把纸杯放在他手掌里，然后捏住他的手，让他紧紧地握住纸杯。

莱尔德嗷的一声坐了起来，下意识地想撤回手，手却被列维牢牢抓着。他挣扎了两下，列维在他弄洒咖啡之前及时地放开了手。

"你这人有什么毛病！"莱尔德捧着手，悲愤地瞪视着列维。

列维淡然地说："我看你很困，所以帮你拿了咖啡。我说，你不应该说声谢谢吗？"

"你怎么会在这里？"莱尔德搓着手心问。

列维说："我还想问你呢。你怎么会来辛朋镇，是你告诉别人我要回家的吗？你怎么知道的？"

莱尔德被他问蒙了，愣了一会儿才反应过来："等等，什么意思？你说'回家'……原来你家在这个镇上？"

"你别装傻。"

"我没装，你就当我真傻吧，"莱尔德说，"你家真的在这儿？我确实不知道啊。"

列维问："那你怎么会来这里？你是不是又跟踪我了？"

莱尔德真诚地望着他："我是个灵媒，是来调查可疑事件的。我根本不知道你的家在这里，我没有跟踪你。这次没有。"

什么叫"这次没有"……列维捏了捏眉心："莱尔德，你和治安官说认识我，他才叫我来见你。如果你不是有预谋地跟着我的，你怎么会跑到一个这么偏僻的小镇上来，还提了我的名字……"

这话再一次令莱尔德陷入了茫然。他微张着嘴，困惑地注视着列维，眼神还有点放空。

过了一会儿，他像是自言自语般地嘟囔："好像是的……我确实说了认识列维·卡拉泽……但是不对呀……是啊，你会产生疑问是很正常的……我为什么要和他提起你？奇怪了，我提你干什么？我是怎么知道你在这里的？"

"这些要问你自己。"列维抱臂看着他。

"我问我自己了，结果是我不知道啊。"莱尔德说。

列维和他对视了一会儿，慢慢站起来。莱尔德也立刻跟着起身："你要走啦？我们一起走……"

列维走到门口："霍普金斯大师，既然你不说实话，我也没有审问可疑人员的本事，那我只好让警方好好调查你了。你就留在这里吧，不要出去乱跑了。"

莱尔德赶紧拉住他："我知道小镇居民都很重视熟人之间的关系，你和治安官认识，你就好好和他说说呗，让他放我走肯定不难。毕竟我也没干任何坏事啊，我就是看起来有点像参加邪教的变态而已。"

亏你自己也知道……列维的眉毛抽了一下。

莱尔德继续恳求着："你来都来了，这说明你肯定是想见我的，对吧？把我留在这儿对你有什么好处？"

列维说着，转身要出去："好处？有很多好处啊，比如有利于我的心理健康。"

莱尔德扑上去搂住他整个手臂，音量瞬间加大："别这么冷酷无情，求你了！出去之后我什么都听你的，你让我做什么都可以！"

"你小声点！"列维后背一寒。他想装作若无其事地移开目光，却正好对上大厅里几位警官震惊的眼神。

几分钟后，列维还是带着莱尔德离开了警局。两人走在小镇安安静静的道路上。

列维总觉得莱尔德看起来怪怪的，有什么地方和过去不一样了，仔细想了想之后，他才意识到，原来今天的莱尔德没戴眼镜。

他问莱尔德为什么没戴眼镜，莱尔德又一次陷入茫然。

不仅如此，莱尔德平时随身携带的银色小提箱也不在手边，他喜欢的骷髅头长柄伞也没带。莱尔德自己也觉得不对劲，他琢磨了很久，想到了一个比较合理的解释：我一定是把行李放在附近的汽车旅馆里了，然后我分秒必争地赶来小镇进行调查。

最近他总是很累，身体状况不太好，整个人晕乎乎的，特别容易犯错和忘事，可能是之前的舟车劳顿造成的。

现在莱尔德身上唯一的随身物品，就是裤子口袋里的一块充电电池。电池厚厚的，像是给比较古老的手机或者其他数码设备用的。莱尔德说，这确实是给手机用的电池，手机比较特殊，不是现在那些新款机型，算是某种意义上的定制产品。

想起手机，他也顺带回忆起了到小镇之前的事。他以前也调查过别的失踪案，一位名叫安吉拉的老年妇女自述曾在自家公寓里失踪，然后又神奇地忽然回来了，之后她画过很多简易示意图，图上画的似乎是她失踪期间去过的地方。后来她在惊恐发作时撕碎了那些图画，莱尔德把它们重新拼接在了一起，并且拍照后留在了手机里。

莱尔德能想起这些，却不太记得安吉拉的失踪到底是怎么回事……反正那个人应该是已经回家了。

他记得比较清楚的是，他接下了一个委托，是一位名叫塞西的女性想寻找失踪的女儿，于是，他因此来到了这座小镇。

他是第一次来，却觉得这里有种诡异的熟悉感。他先后接触了当事人塞西以及塞西的邻居艾希莉，在与她们一起调查的过程中，他走过了辛朋镇的很多区域，渐渐意识到一件事：他用手机拍摄过的那位安吉拉女士画下的简易地图，其道路结构与辛朋镇极为相似。但是，无论是莱尔德还是安吉拉，都从没有来过辛朋镇。

莱尔德曾经总是捧着手机琢磨那些地图，所以对它的印象很深，现在仍然能想起不少细节。

画它的人并不专业，图上没有精确的比例尺，也没有统一的图例，不过地图的细节非常生动，连每间房子房门的位置都标得非常清楚。

莱尔德越想越觉得那地图和辛朋镇结构一致，很想拿着地图对照看看，可他却怎么都找不到那部手机，也想不起自己可能把它丢在了哪里。

他只好先依靠记忆，寻找在地图上看起来比较重要的位置，并且在这些位置试着做一些特殊的事情，比如某些灵媒仪式之类的事。用他的话来说，"虽然我也不知道有没有用，但是试试再说嘛"。

"能有用才怪呢，"听完这些，列维嗤笑道，"你那些仪式不是从电视剧里学的吗？"

莱尔德说道："也有从电影里学的。你不是从来都不喜欢看电影和电视吗？你怎么知道我是从哪里学的？"

列维本来想说"我确实不爱看，但没事的时候打开电视总会看到一些，而且我还做过综艺节目制作人的助理，相关的东西也看过不少"。

忽然，他又觉得不太对劲。

"你怎么知道我不爱看电视？"列维问，"我可没这么说过，我懂的流行段子比你还多一点呢。"

莱尔德想了一下，说道："好像你确实没说过……怪了，那我是听谁说的啊？"

他俩的对话好像出现过无数次，两人似乎非常熟悉，又似乎极为陌生。

他们自然而然地有问有答，却说不出自己为何会给出这样的答案。

两人默默并肩走着，一种怪异的气氛笼罩在整个街道上。空气安静澄澈，却令人备感不安，仿佛置身于台风眼中的晴空之下，不知暴风何时会降临。

最后，列维决定不再纠结这些没来由的微妙感觉。他把莱尔德带去了郊外，现在有人能帮忙推车，他终于可以把车子开出土坑了。

莱尔德听说了这辆车的经历，又嘲笑了一番开车迷路的列维。列维问他："那你是怎么来的，是也开了车，还是坐巴士到附近城市？"莱尔德答不上来。

这当然也不正常，但列维和莱尔德谁都没有继续深入这个问题。

在莱尔德的帮助下，列维终于把车轮开出了小土坑。莱尔德熟练地拉开车门，坐进副驾驶位，一会儿抱怨安全带的护肩太破旧，一会儿打开手套箱翻翻找找，一会儿又打开收音机不停地调换电台。

此情此景也非常熟悉，列维暗暗想：我和这个烦人的家伙到底认识多久了？以前他也坐过我的车，我们是去干什么事情来着？

"你能安静一会儿吗？"列维忍不住吼他。

莱尔德说："我上车后并没有多说什么，也没有指导你怎么倒车和在哪儿拐弯，今天我已经够安静了。"

列维说："别和收音机较劲了，随便调哪个台都好。"

莱尔德调了好几个台，说是想找资讯或谈话类节目。车内收到的全都是音乐节目，而且每个台播放的都是很老的歌曲。

歌曲不仅古老，而且还都是莱尔德挺熟悉的歌。他能跟着哼起来，尤其是现在正在播放的这首《加州旅馆》。

有的人喜欢听老歌，但莱尔德不总是这样，有的时候，一首歌会带给人某段记忆，即使忘记了记忆中的细节，当时的情绪与感受也会跃于心上。

电台里的歌曲令莱尔德感到莫名慌乱。

他继续不停地调换频道，怎么也找不到其他类型的节目。于是他叹了口气，接受了现实。大概小镇一带实在太偏僻了，收音机只能收到为数不多的本地电台。

车子开进镇里时已经临近黄昏了。列维明明早晨就到了小镇，却在各种莫名其妙的事情上消耗了一整天。

"你住在哪儿？"列维问。

莱尔德没反应过来他的意思，列维补充说："你住在什么地方，我开过去，把你放下。"

"我没地方住，"莱尔德一脸坦然，"我昨天才来，一来就跑来跑去的，根本没有闲下来，然后就被请到警局去了……"

"怎么，你不是住在那个女人的家里吗？就是丢了小孩的那家人。"

莱尔德说："当然没有，她家又不大，根本没有我能住的地方。我既不能和女主人睡一间房，又不能睡失踪小朋友的儿童房，也不能睡另一个租户艾希莉的房间。"

"你可以睡客厅沙发。"列维说。

莱尔德想了想，突然问："我睡你家好吗？"

列维学着刚才莱尔德说的句式："我家也不大，根本没有你能住的地方。你既不能和我妈妈睡一间房，也不能……"

莱尔德打断他的话："我和你睡一间又有什么不行？等一下……列维，你在往哪儿开？你们家距离镇中心这么远吗？"

列维看了看左右景物，他猛然发现，自己好像根本不是在按照记忆中的路线行驶，而是在按照直觉选择路线。或者，说得更简单点，他又忽然忘了应该走哪条路。

他没有说出来。如果说出来了，莱尔德准又要笑他开车迷路。

他暗暗耍了个心眼。他找到一家冰店，在门口停了一会儿车，让莱尔德在车内等他，他跑进去假装要买饮料带回去。其实他是去问路的，一直生活在小镇内的店员肯定会知道卡拉泽家的大致位置。

回来的时候，他拿着啤酒，并且终于知道自己家在哪儿了。走近车旁，他发现莱尔德低着头，手里捧着两个手机。其中一个是样式古老的黑色按键机，另一个手机有比较大的屏幕，屏幕是锁屏状态，它的机身厚得离谱，看着不像手机。

列维觉得它们有点眼熟，但应该不是自己的东西。

"怎么，终于找到手机了？"列维问着，想把啤酒放上后座，打开门后，他发现自己的背包是敞开的，里面的东西显然被翻过。

"你翻我东西做什么？"他丢下啤酒，坐回驾驶位，思考着应不应该把莱尔德赶下车。

莱尔德抬头看着他，举起手里的两件东西，问："我的手机为什么在你的包里？"

列维一愣："怎么可能？"

"它真的在啊，"莱尔德又低下头，皱起眉，"你别激动，我没有说你是小偷。这根本不正常……我们上次见面是什么时候？我想不起来了，反正是很久以前了吧？然后过了那么久，我们今天才又遇到。我的手机……怎么可能有机会跑到你的包里去？这不合理啊……"

"你怎么会想起要翻我的东西？"列维仍然很在意这一点。

莱尔德举起那个比手机更厚的东西："刚才我忽然听见一种声音，像是关仓库门时的那种警报声，声音只响了一下，好像是从你包里传出来的。我以为是你的手机在响，后来又觉得不像……然后我想起这样一种仪器，它会发出那种警报声……于是我就去翻了你的背包，想找找看是不是它，虽然我找到了，但它好像并没有发出任何声音……难道是我听错了……"

"所以，这是个什么东西？"列维问。他其实也觉得它眼熟，只是想不起来它究竟是什么。

莱尔德凝视着仪器，翻来覆去地看，最后也说："我也想不起来了……"

列维半天都没发动车子。两人保持了好久的沉默。

无论是他们的相遇，还是相遇后的种种细节，其中的异常之处简直多得让人无法忽视，可他们谁也说不出个所以然。

就好像有个善于潜伏的魔鬼在戏耍他们，在与他们捉迷藏。它只闪现在余光里，隐藏在暗淡的薄暮中，每次它引起你一瞬间的战栗之后，就立刻遁入虚无，将平静祥和归还与你。

在停车之前，列维还考虑过要如何把莱尔德赶下车，现在他不这样想了。他发动车子，直接开往自己家的方向。他感觉到，自己需要认真地和莱尔德谈谈。

第二十七章
-Qingwu Dongcha-

山丘上的家

　　卡拉泽家位于小镇的西北角，建在一座有几十级台阶高的平缓小丘上。小丘上遍布植物，植物又欠缺打理，全凭自然疯长。房子完全掩蔽在了一片绿意之中，外墙没有粉刷，直接呈现着石砖的原色，砖上爬满了藤蔓，遮住了大部分窗户，只有正门还完整地露在外面。

　　当列维把车停在路旁，指着那座小山丘时，莱尔德看了半天，愣是没找到山上哪里还有房子。

　　其实连列维自己都不是很肯定……他对这个模样的建筑物毫无印象。刚才冰店的店员描述过这幢房子，位置没错，小山丘的特征没错，房子的模样也没错。等他走上台阶去，看到门牌号时，就已经肯定这的确是自己家了。

　　然后列维又发现一件尴尬的事情，他敲了门，家里没人，并且他没有钥匙。他离家多年，好像从没带过自己家的钥匙。

　　莱尔德提醒他可以在门边找找备用钥匙，比如门框的边缘上，或者台阶附近的石头下面等地方。列维随意找了一下，觉得这些地方不可能有钥匙。他家外面并不是那种精心打理的庭院，而是一副无人修葺的野园子模样，看起来根本没有特定的地方能藏钥匙。

　　无意中，列维直接拧了一下门把，门直接被打开了。起初他有点紧张，但门锁并没有被破坏的痕迹，他只好认为这是小镇生活的特色，也许辛朋镇就是一个夜不闭户的地方。

踏进房子之后，列维被一种熟悉的气味包围，他回忆不起来具体的经历，只觉得整个环境都温暖舒适。

脚下是深色木地板，门前铺着卡其色的脚垫，他站在门前可以看到通向二层的阶梯，阶梯下面有一间储藏室，门上挂着小锁头。在阶梯背后，正对着房门的地方还有一扇门，门大敞着，他能看到里面是一间不大的书房。

左手边是客厅，客厅里面的窗户开着，灰色遮光窗帘被束在旁边，白色的半透明纱帘随着微风轻轻飘动。现在是傍晚，屋里比较昏暗，不过即使是中午，估计阳光也透不进来多少，这都是因为阳光被外面的大量植物遮蔽住了。右边是厨房和餐厅，厨房里有一扇后门，门内堆着几个纸箱和两把叠在一起的凳子，看来平时根本没人会开启它，大概它的外面已经被藤蔓糊得严严实实了。厨房非常干净，几乎没有杂物，操作台上甚至显得有点空旷，这栋房子的主人平时应该很少下厨。

列维的目光扫了一圈，又收了回来，他看到门边的鞋架上有一双男士皮鞋、一双男士拖鞋和三双女性的平底鞋。看来伊莲娜不怎么喜欢穿高跟鞋。

列维于心中感慨：我真是太久没有回来了……上次离开家是多久之前的事了？现在我竟然对自己的家毫无印象，就像在参观陌生人的房子。

莱尔德在后面戳他的后背，让他躲开点，不要站在门口挡路。列维还沉浸在自己的思绪里，所以非常配合地让开了。

莱尔德走进房子，到处溜达。他在餐桌上找到了一张便笺，从落款看，是伊莲娜留下的，她只写了寥寥几句，大意是她暂时出门一趟。便笺写得非常敷衍，没说去哪儿，没说什么时候回来，也没说到底是留给谁的。

莱尔德拿着便笺问："你母亲知道你要回来吗？"

"应该不知道吧……"列维刚去客厅走了一圈，现在正站在书房门口往里看。

"那这就是她给你父亲留的了。你父亲也不在家，他知道你要回来吗？"

列维从书房门口回过头。莱尔德的问题在他心中投下一颗石子，激起某种令人不适的涟漪。

"我父亲……"列维琢磨了一会儿，"你说谁？"

"我哪知道你父亲是谁？"莱尔德说。

列维走进书房。书房不大，而且没有窗户，或者说曾经有，现在已经被盖住了，窗户里面是堆成高山的书本纸张，外面则是密密麻麻的树叶、藤蔓。

他打开灯，灯按钮旁边正好有个五斗橱，上面也堆着书本，书本和墙壁之间挤着一个相框。

列维拿起相框，照片上是一男一女的全身照。他们站的位置正是这房子门前，两人都非常年轻，看着最多不超过二十岁，应该还没到为人父母的年纪。两人都是棕色头发，皮肤白净，眼睛在白天的光线下辨不出颜色，五官有着微妙的相似感。

列维仔细地看着照片上的每个细节，在这两人的颈间看到了他熟悉的饰品。那是一条银色项链，下面挂着六芒星和希伯来字母组成的吊坠。

没错，这个女人就是伊莲娜·卡拉泽。列维想起来了，他记得母亲的长相……这说法好像有点奇怪，他怎么可能不记得母亲的长相？

当他特意去回忆时，他能想起来的不是伊莲娜生动的形象，而是在很久以前，不记得是谁给他看过的一张照片上的样子。那张照片上的女人，也就是他的母亲，比现在这张照片里的伊莲娜年纪看起来稍微大一点，确实是同一个人。

伊莲娜的另一张照片是在什么情况下拍摄的，又是谁给他看的，他完全想不起来。

莱尔德也凑了过来，看着他手里的照片问："这是你父母年轻的时候？"

"不是。"列维下意识地回答。

说完之后，他又凭直觉继续说下去："这是伊莲娜，确实是我妈妈，但这个人……"他的手指拂过照片上男性的脸，"他应该是丹尼尔·卡拉泽。"

莱尔德不解地看着他，列维说："但是丹尼尔不是我父亲。"

这句话之后，莱尔德半天没吭声。列维忽然从有些恍惚的状态中清醒过来，往旁边一看，看见莱尔德正在用颇有深意的表情注视着那张照片。

"我不是那个意思，"列维皱眉，"不是你想的那种意思。"

莱尔德撇撇嘴："我还什么都没说呢。"

列维把照片塞回原处。他心中有个清晰的念头：丹尼尔·卡拉泽不是自己的父亲，而且他对这个人毫无印象。刚才看到照片，他才第一次知道此人的长相。

莱尔德站在一边，难得地保持着正经："但是你说他们都姓卡拉泽，姓氏一样，如果不是夫妻，那就是兄妹或者姐弟了？"

"也许吧……"列维转身离开，一种奇怪的执念牵扯着他，让他很想慢慢探索这幢房子。

他离开书房，走上楼梯，二层应该是主卧室和他的房间。他太久没回来了，已经记不清自己的房间是什么样子了。

二楼有三个房间。最靠近楼梯的是又一间书房，它比楼下的书房大些，凌乱程度看着差不多；第二间是单人卧室，里面家具很少，只有一张单人木床、一张和书柜连在一起的板条桌子和一只贴在墙角的塑料箱子。

第三间也是卧室，里面家具也不多，书柜书桌和第二个房间的样式相同，可能是同时购买了两套。这房间里摆的是双人床，但应该只有一个人睡，因为床上的枕头只有一个。除此之外，在双人床和窗户的夹缝里，还摆了一张白橡木色的小婴儿床。婴儿床有些旧，看起来应该是多次转手的旧家具，小床里铺了被褥，周围却没有摆放任何玩具或婴儿用品。

莱尔德看了看它，问："这是你小时候睡过的？"

列维走过去，把手搭在白橡木栏杆上。他先是盯着小床里被褥的皱褶，接着又环视了整个房间。

从前，列维回忆过自己小时候的房间。他能想起个大概：房间没有窗户，床是上下铺，他的桌子上有七个绿色塑料小兵，另一张桌子上好像有茶具之类的东西。那时列维还觉得奇怪：为什么我印象中的房间里有双人上下床？伊莲娜应该只有自己这一个孩子，是她认为将来还会有别的孩子，所以提早做了准备吗？

现在一看，他记忆中的那个房间不在这里，他的家里没有那样的房间。他姑且猜测，自己记忆中的房间也许是寄宿学校之类的地方。一定是这样。

列维的眼神有点放空。他退出这间卧室，回到上一个摆着单人床的卧室站了一会儿，又摇摇头退了出来。

莱尔德问他怎么了，他慢慢转头，望着莱尔德："这里没有我的房间。"

"那不是你的房间吗？"莱尔德指着有单人床的卧室。

说完之后，他立刻又"哦"了一声，他也意识到了古怪之处——如果那对姓卡拉泽的男女不是夫妻，而是姐弟，那么他们就不会一起睡在双人床的房间，何况，那张床上确实只有一套寝具。

双人床房间应该是伊莲娜的，单人床房间是丹尼尔的。但如果是这样，列维小时候又住在哪里？他不可能还在襁褓里就离开家，他的婴儿床还留在母亲的床边，可是个人房间却不见了？难道他童年一直和母亲同住？或者是睡在书房？

莱尔德想了想，问列维："会不会是你母亲把你的房间改成书房了？你们家有两个书房呢。"

列维没回答，只是摇了摇头。莱尔德也不知道他想表达什么，是不认同，还是不知道？

列维又慢慢下了楼，走进客厅，坐在沙发上，背对着徐徐飘动的白纱窗帘，面对着款式十分复古的电视。电视圆滚滚的，上面有好多个实体按键，现在已经很少能看到这种老古董了。

电视当然是关着的，黑乎乎的玻璃上映着列维的模样。莱尔德在他身边坐下，茫然地看着他。

忽然，列维表情一震，他冲到门边，把刚才丢在鞋架旁的背包拎了进来。他在背包中翻找着，拿了几样东西出来看了看，有剃刀、打火机，还有没电的手机和充电线。

他看着莱尔德："你的手机能换电池？"

"对，怎么了？"莱尔德说。

"我的手机不能换。"列维低头盯着背包敞开的拉锁，就像在凝视什么神秘的深渊。

莱尔德越发迷茫："你怎么想起这个了？现在很多手机不都没法换电池吗？至于我的手机……它比较特殊，这是工作用的，和你的不一样。"

"我知道了……"列维自言自语，"我就觉得哪里不对，我知道了……"

莱尔德也觉得身边的一切都不对，他并不确定自己的感受和列维一样。

他没有催促，而是静静地等着列维说下去。

列维回忆起进入辛朋镇之后的所有事情。

小镇边缘的杂货店里，那个叫梅丽的女孩，她自称是威尔斯先生的孙女，不仅如此，她还能够认出列维，还说他和伊莲娜长得像；还有在镇内张贴寻人启事的乔尼，他要找的人是六十六岁的奥德曼女士，奥德曼女士与威尔斯先生在同一段时间内走失了。

他们都说走失事件是"不久前"发生的，人们在使用这样的表达时，通常所指的不会是很多年前的事情。现在警方还在调查失踪案，所以失踪案发生的时间应该距离现在不算很远。

还有，梅丽二十岁左右，她认识伊莲娜，可列维想不起梅丽。梅丽的爷爷威尔斯在"不久前"失踪，失踪时已经是个古稀老人了。

梅丽说治安官找了列维"三天"。治安官之所以寻找他，目前看起来是因为要与他谈外来人莱尔德的事情，可莱尔德是"昨天"来到辛朋镇的。

治安官放出话说要去找列维，却从没试过给列维的手机拨个电话。

"他们的言行对不上……每个人说出来的细节都对不上，甚至年龄都对不上！"列维看着电视屏幕中的自己，"在我的记忆里……老的人一直都很老，年轻的人一直很年轻……这怎么可能？"

莱尔德有点没听懂。列维从背包中拿起自己的手机，又指了指莱尔德的手机："你的手机还能开机吗？"

"不知道……"莱尔德诚实地回答。

"你把电池换上。你不是说手机里存了什么地图吗？反正也得用它，你现在就换上电池。"

莱尔德依言照做了。他的手机和列维的不太一样，不仅是款式早了几年，还有一些别人不太认识的功能和图标。

"没有信号，也没有网络。"莱尔德看着手机屏幕。他的第二块电池是满电的。

列维默默走出客厅，在房子里走来走去。莱尔德不知道他在做什么，等他回来的时候，就见他把三本台历和半张墙面海报扔在了沙发上。

"这是我看见的所有日历。你看。"列维说。

莱尔德没有看具体日期，只看年份就够了。四种不同的日历上，写着的年份都是"1985"。

列维问："1985年的时候，你出生了吗？"

莱尔德沉默了一会儿，说："别这么紧张……这不是科幻电影，也许只是你母亲有收集老物件的癖好。"

列维重新坐下来："莱尔德，你为什么要来辛朋镇？"

"有个小孩失踪，我来查这件事。"

"谁告诉你的？"

莱尔德怔了一下，不确定地回答："我记得……好像是塞西告诉我的。塞西就是那小孩的妈妈，我之前去过她家里。"

列维又问："在这之前呢？"

"什么之前？"

"在你接到这个求助之前，你在哪里，在做什么，在什么情况下接到了求助，又是坐什么交通工具来到辛朋镇的？"

莱尔德半天也没有回答。

列维叹了口气："你想不起来，对吧？我也是。"

莱尔德看着列维，整个人像被冻住了一样。

两人沉默了起码有一分多钟。莱尔德慢慢弯下腰，手肘撑在膝盖上，一只手捂住心口，脸色变得有些难看。

"你怎么了？"列维问。

莱尔德摇摇头，小声说"不知道"。

刚才他的思路就像被什么束住了一样，他想为这些诡异的疑问寻找答案，可是想着想着，胸口深处却突然一阵刺痛。

他一手攥紧胸前的衣服，一手颤抖着拿起手机，划开相册。相册里是他拍摄下来的手绘地图，出自一名曾经在自己家中失踪的老妇人。她从未到过辛朋镇，但她画的地图的结构却与辛朋镇极为相似……

昨天莱尔德抵达了小镇，来回溜达了好几趟，他觉得这些道路结构十分眼熟，然后他想起了这份地图。他曾经整天捧着电子版的地图使劲琢磨，已经把道路结构大概地记在了心里。一定是因为这样，他才会觉得辛朋镇的道路非常眼熟……

不，不只是这样。

莱尔德再一次盯着手机里的地图，本意是想再确认一下这件事，可是，在听了刚才列维的疑问之后，他再想起小镇上的种种，心中又浮现出了一种前所未有的感觉。他会觉得小镇的结构熟悉，并不仅是因为他总端详地图。

他不仅是熟悉地图……他来过这里……

列维问他"是坐什么交通工具来到辛朋镇的"，但他什么交通工具也想不起来。

听到这个问题后，他脑海中首先浮现出来的不是汽车或轨道，而是一扇红铜色的门。门开在衣柜里，但它不是衣柜的柜门。莱尔德视线飘动着，慢慢拉开门把……自己的视线出奇地低矮，他就像在跪着行走，或者是以小孩子的身高在行走。与此同时，身后传来一声女人的尖叫，慌乱的脚步声紧紧追了过来……

"莱尔德？莱尔德！"列维一伸手，刚好把向前栽倒的莱尔德接在怀里。

莱尔德闭上眼睛，面色苍白。他的左手继续攥着自己胸口的衣服，右手把手机丢在了地毯上，改为抓紧列维的衣襟。

"列维……"他的声音很虚弱，整个人前一秒还非常正常，现在却忽然像是重伤濒死的状态，"我想起来了……我想起来了……我们……"

"你说什么？"列维贴近莱尔德，他听不清莱尔德说的话。

莱尔德大口喘气，好不容易才又说出来一句完整的话："我们……离开岗哨……"

听到"岗哨"这个词，列维全身不由自主地战栗了一下。

他还没来得及思考其中的含义，莱尔德忽然睁开了眼，短暂地与他四目相接，然后，莱尔德的眼珠疯狂地转动起来。

这不是因为疾病而产生的眼球震颤，而是莱尔德在主动看着某些东西。就像是房间里充满了透明的恐怖事物，而莱尔德在目不转睛地盯着它们。

列维想出言询问，这时，莱尔德开始挣扎着尖叫。

列维完全惊呆了。

光是听着这扭曲的叫声，就足以让人胆战心惊，他完全无法想象，莱尔德到底看见或感受到了什么东西，什么东西能令人惊惧至此？

　　为了压制莱尔德的挣扎，他抱紧了莱尔德，试图让他冷静下来。过了一会儿，莱尔德的动作减弱了，手臂软软地垂了下来，身体也不再紧绷。最后，莱尔德终于不再动弹，彻底失去了意识。

　　列维跪在地毯上，放松了手臂，困惑地看着莱尔德淌满泪水的面孔。

　　莱尔德昏睡了过去。列维把他平放在沙发上，检查了他的眼睛和脉搏。他确实是在睡，而不是休克了。他睡得很沉，呼吸声重且有规律，列维试着叫醒他，他却像所有贪睡的人一样敷衍地哼了两声，翻个身，背对着吵扰他的人，把身体蜷缩了起来。

　　刚才莱尔德的症状十分骇人，像是惊恐发作，伴随癫痫，最后还当场昏倒，可是列维一点也不觉得惊慌。他被吓了一跳，但并不为此担忧，他下意识地认为，这些事情发生在莱尔德·凯茨身上并不稀奇。

　　列维坐在沙发边的地毯上，皱眉沉思了一会儿，看看熟睡的莱尔德，又看看安安静静的屋子，最后拿起了莱尔德的手机。

　　莱尔德昏倒的时候，手机屏幕是亮着的，现在也还没锁屏。列维并没有任何偷看别人隐私的罪恶感。

　　这部手机真的挺奇怪，它的外观类似老款的黑莓手机，但又不完全一样，整个机身上找不到任何商标。起初列维以为手机上没有屏幕锁，结果当他点击像是相册的图标时，屏幕上却跳出一个请求授权的画面。画面上只说需要授权，完全没有说到底是要密码还是要指纹，而且这手机是个按键机，应该上哪儿按指纹？

　　在他疑惑的时候，画面自行消失了，不需要他返回，相册在几秒后自动关上了。列维十分惊讶，甚至比看到莱尔德昏倒还要惊讶。他又试了几个别的应用，浏览器也好，短信也好，通话记录也好，全部都是和相册一样的情况。最后只有音乐播放器能正常打开，但里面并没有音乐。

　　"你到底是什么人啊……"列维回头看向莱尔德的睡脸。

　　然后列维又干了一件非常不堪的事情，他慢慢把莱尔德挪回仰躺着的姿势，轻轻拿起莱尔德的手，按着莱尔德的指头，用他的手操作手机，结果还是不成功，手机上打不开的东西还是打不开。天知道它要求的到底是什么样的授权？

列维放弃了。反正他又不是真要窥探隐私，他只是对那个疑似辛朋镇的简易地图感兴趣而已，看来只有等莱尔德睡醒再一起商量这件事了。

列维回忆起来，以前他开车的时候，莱尔德经常坐在副驾驶位上复习这份地图。莱尔德一直在琢磨它的各种细节含义。那时莱尔德很流畅地划动着相册里的图片，好像没见他输入密码或者用指纹解锁……

想到这儿，列维又忽然发现一件事：我回忆起的画面到底是什么时候经历的？我开着车，旁边是莱尔德，莱尔德在研究手机里的资料……这是什么时候发生的事？

他一边想着，一边注意到窗外的光线变化。夕阳西下，微风吹动树叶，偶尔有自行车从窗外的道路上掠过。

他今天一直没吃什么东西，但他并不饿。他翻开书包，想寻找早些时候在杂货店买的巧克力和夹心面包，却怎么也找不到这些东西。背包里没有，身上的摄影背心口袋里也没有。

他跑出去，到车里找了找，车里也没有。他还想起来，自己曾经下车去问路，顺便买了啤酒……啤酒哪里去了？他把它放上车了吗？

列维关上车门，忽然觉得车子也十分怪异。这是一辆浅蓝色的车，看起来古老而陌生。

他应该是开着它回家的，但忽然之间，他觉得自己从没见过这辆车。

随着他努力回忆，熟悉的画面流入脑海：刚才他回忆起莱尔德看手机的样子，在那个画面里，他开的也不是自己的车子，而是一辆两厢家庭车，外观是白色的，后视镜上挂着一个小小的吊坠，上面好像有一家三口的照片。

他自己的车子也是两厢的，是一辆二手车，而不是浅蓝色的老款车。这么显而易见的事情，其中又没有什么难以发现的细节，奇怪的是，他为什么现在才意识到？

他站在车子旁边发了一会儿愣，无意间抬起头，正好望向房子所在的山坡。茂密的树木枝叶遮挡住了大部分房子外观，但在这个角度上，他正好能看到一小块树影下的二层窗户。

昏暗的室内，有个人影站在窗边，一只手搭在玻璃上。

列维身上泛起一阵鸡皮疙瘩，转身就朝房子里跑去。尽管只是短暂一瞥，但他很确定那并不是留在室内的莱尔德。

房子只有正门能走，厨房方向的后门被各种杂物堵住了，小山丘上只有一条能走人的阶梯通向正门，其他方向的植物都茂密得叫人无法下脚。

列维出来的时候没看到任何人靠近房子，那个人……或是别的什么东西，要么是硬从灌木中靠近房子，然后趁列维没注意溜入正门的，要么是一直在房子里面，只是列维和莱尔德都浑然不觉。

列维走进房子里，听到二层传来赤脚走在木地板上的声音。他跑上楼去，进入每个房间，甚至打开了书柜和衣柜，可空无一人。

当他折返回楼梯边，刚要下去的时候，却看见在一层走廊通向客厅的方向，正好走过去一只脚。

那人的大部分身体都被二层的天花板挡住了，从这角度上，他只能看到一只脚。它轻抬起来，走向客厅。

列维立刻追下去。客厅里只有昏睡的莱尔德，依然没有其他人。列维检查了一下莱尔德，莱尔德没有醒，也没有被伤害的迹象。然后他到处搜了一圈，连厨房也看了一遍。

他回到客厅，坐回沙发上，仔细回忆。在楼梯上看到那只脚的瞬间，他能看清对方的肤色，甚至能看到对方赤脚上沾着的泥土。那个人的小腿很细，皮肤苍白，脚形瘦长，看起来像是非常纤细的少年或女性的脚。

还有那个窗口的人影。他没看见那人的面容，只能依稀从轮廓看出对方留着长发。

一阵急促的敲门声打断了列维的思索，还小小地把他吓了一跳。

列维拢了拢头发，起身走向门口。门外站着的正是那位前不久报案女儿失踪的母亲，新搬到镇上的塞西女士。

开门的瞬间，列维忽然想道：我好像认识她。为什么我已经认识她了？

列维一言不发，塞西也有些茫然。这个为她开门的人表情十分微妙，他正皱着眉，像看什么神秘现象一样盯着她，弄得她竟一时不知说什么好。

列维本来想问"你找谁"，一张开口却莫名其妙地蹦出一句："你还没找到米莎？"

米莎是谁来着？对了，是她女儿，那个据说在近期失踪的孩子。列维在心里自问自答。

他脸上的表情越发茫然，和说话的语气搭在一起显得有点不协调。塞西又盯了他一会儿，才试探地问："我们确实还没有找到她……请问你是……"

列维刚要回答，塞西自己接上了下半句："是列维·卡拉泽对吧？"

"你知道？"列维问。

塞西想了一下，说道："好像一开始我也不知道……对了！我是想找莱尔德……不对，他好像说自己叫霍普金斯大师。我原本在下午约他见面，却怎么也找不到他，我去问了几个人，听说他来这里了。人们说这里是卡拉泽家。"

列维转过身："你先进来再说。"

塞西点点头，准备迈开脚步时，她停顿了一下，站在门廊上说："我想……还是算了。莱尔德在这里对吧？能帮我叫他出来吗？我们出去谈。"

列维回头看她："他在，你可以进来和他聊。"

塞西说："我和你的家人还不怎么认识，贸然打扰，这样不太好。我还是和莱尔德出去说话吧。"

列维笑了笑："你不是怕打扰我家人，你是怕我吧？"

独身一人的女性被邀请进入陌生男人的房子，屋里还可能有更多她不认识的陌生人……如果这位女性的警惕够性高，她确实不会贸然走进来。

塞西面带尴尬，想解释，列维摆了摆手："没什么，我能理解。不过现在情况有点特殊……"他探身去看了一眼客厅，"莱尔德睡着了，我不知道能不能叫得醒他。不如这样，你等我一会儿，我去叫他，如果他能醒过来，我们就出去找个地方聊。"

塞西同意了。当列维回到屋里去叫莱尔德时，塞西又向后退了几步，走下门廊，与房门拉开距离。

刚才她确实很尴尬。她感到恐惧，但她所恐惧的对象并不是列维·卡拉泽。甚至，当列维打开门的时候，她还对他产生了一种奇怪的熟悉感，觉得他并不是陌生人。

列维叫她进屋时，她也同意了，她确实打算走进去。她的一只脚刚要抬起，马上就能碰到门内的地垫，她已经能够看到室内的局部，地板、楼梯、半开放式的客厅和厨房……这时，她忽然感受到一种莫名的恐惧。

那不仅是恐惧，更是一种切实的窒息感和浓厚的憎恶感。塞西感受到了一种排斥，甚至是一种威胁。

最可怕的是，她所感受到的威胁不是来自室内，而是来自四面八方。让她害怕的东西不只藏在眼前的房子里，而且还藏在所有角落里窥视着她。

在此之前，她曾有过几次类似的感觉，主要集中在她报案说女儿失踪的时候。对警方讲述事情经过时，她数次陷入混乱，无法说清女儿到底是在什么情况下失踪的。在整个倾诉过程中，她好几次感受到空气中巨大的威压，就好像有什么超于常理的东西在凝视着她，随时准备对她降下惩罚。

在她差点踏入卡拉泽家的时候，她感到的压迫感比前几次更加强烈。

塞西无法说出这种感受，只能表达自己不想踏入卡拉泽家。这让列维误解了她的意思，以为她是担心自己的人身安全……这样也行，只要不用走进卡拉泽家就好。

塞西放弃了解释，反正她也解释不清楚。

列维本以为莱尔德很难被叫醒，谁知道，他刚推了推莱尔德的肩膀，莱尔德就揉着眼睛坐了起来。

"我睡着了啊？"莱尔德打了个哈欠，看来还是没睡够，"刚才好像还做了个噩梦……幸好被你吵醒了。"

列维告诉他塞西来了，想找他出去谈事情。莱尔德点点头，脸上带着倦意，用手指抓了抓头发，拿起沙发上那个令列维非常在意的手机。

现在天色已经很暗了，路灯纷纷亮了起来。两人走出屋子，就见塞西已经走下了小山丘，站在最近的一盏路灯下面。

人行道上，正好有一个中年男人迎面走向塞西。那人热情地和塞西打招呼，塞西只是客气地回应了一下，她并不认识他。

列维倒是见过那个人，他是乔尼，白天的时候列维向他问过路。那时乔尼在张贴寻人启事，要寻找的是女性友人玛丽·奥德曼。乔尼现在也拿着厚厚一沓寻人启事，甚至这一沓纸比白天那一沓还多，天知道他一共复印了多少。他往塞西的手里塞了一份，说话时表情热情而又充满痛苦："你是新搬来的，可能对我没什么印象，但我很关注你。你的女儿失踪了，最近我也一直在忧心这种事，我能理解你的感受……"

他说话的时候，列维和莱尔德从石阶上走了下来。列维心想：完了，一旦撞上这个人，我们起码要耗费半个小时才有可能脱身。

这次列维猜错了。乔尼并没有像白天那样聊个没完。他安慰了塞西一会儿，和列维、莱尔德寒暄了几句，就打算主动结束话题了。

列维注意到一件事。乔尼在与他们说话时，他的眼睛总是频频瞟向山丘上的房子。每次他这样做，接下来说的句子就会打几个磕巴，似乎那里有什么事情分散了他的注意力，甚至吓得他没法好好说话。

乔尼又一次这样做的时候，列维忍不住问他："你怎么了？那边有什么东西吗？"

乔尼怔了一下，满面歉意："不不，没什么。我只是有点……我说实话，你别生气，其实我一直有点害怕你家那座房子。当然啦，原因可能是我害怕那种草木茂密的环境，并不是认为你家有什么不好。"

列维敷衍地点点头："没什么，我懂。树木太密会显得房子有些阴森。"

说话时，他在偷偷留意塞西。塞西露出一种复杂的神色，好像非常认同乔尼对卡拉泽家的评价。看起来，无论是新搬来的塞西，还是在辛朋镇住了半辈子的乔尼，他们都有点害怕山丘上的卡拉泽家。

列维瞥了莱尔德一眼。莱尔德走进屋子时并不害怕，也没有露出任何排斥的神色……虽然后来他在屋里昏过去了，但他醒来后并不记得这件事。

乔尼离开之后，莱尔德揉了下眼睛，从眼神看，他是从困倦中彻底清醒过来了。

莱尔德搓了搓手："原本我只约了塞西帮忙，现在列维你也在，这就更好了。我们走吧。"

　　三人穿过马路，拐进通向另一个街区的小道。列维问："你们这是准备去哪儿？是在找米莎吗？"

　　塞西说："不是。我知道这样找不到米莎。我们是在找艾希莉。"

　　"艾希莉？"

　　"她是我的邻居，和我租住在同一幢房子里，偶尔我不在家的时候，她就给我女儿当临时保姆……"这样说的时候，塞西的语调就像在复述课文，"总之，我印象中的艾希莉是这样的。"

　　"她怎么了？"列维问。

　　他听说过艾希莉，也知道她与塞西认识，正因如此，他才更加疑惑：如果你们要找艾希莉，为什么不能直接去敲她房间的门？

　　塞西说："我有关于艾希莉的印象……但我没有见到她。在我近期的记忆里，她从来都没有出现过。我能想起她的模样，但好像全都是很久以前的记忆，我甚至想不起来最后一次见到她是什么时候……"

　　莱尔德补充说："但是我见过艾希莉，我昨天就见过她，还和她一起到处溜达来着。后来她好像有点不耐烦，就先回去了。大约在中午的时候，我看着艾希莉走进了她现在住的房子。下午的时候，我和塞西见了面，提起这件事的时候，塞西却认为艾希莉白天根本没回家。"

　　塞西说："是的。在我的记忆里，艾希莉早出晚归，我们很少能碰到。昨天白天我一直在家，但不是在房间里，我就坐在能看到大门的沙发上。我根本没看到艾希莉。"

　　因为及时沟通了这件事，塞西和莱尔德都察觉到了其中的异常。于是莱尔德提了个建议，叫塞西考虑考虑。今天正是他们要实践这个建议的时候。

　　辛朋镇不大，三人走了五分钟，他们先是看到了镇上的教堂，挨着教堂有一片英式排屋，排屋中的一处，就是塞西和艾希莉租住的房子了。

　　"所以，你们要干什么？"列维问，"去埋伏艾希莉吗？"

　　莱尔德一脸自豪："答对啦，看来你和我想到一块儿去了。塞西说，她记得艾希莉每天都很晚回家，她能听到艾希莉开关门的声音和穿高跟鞋的脚步声。今天我们提前做好准备，试试到底能不能看到艾希莉。"

第二十八章

-Qingwu Dongcha-

断层

现在天色已暗，但时间还早。塞西带着莱尔德和列维进了房子，三人查看了一圈，发现艾希莉并没有回家。

莱尔德很不客气地翻列维的背包，从钱包里翻出一张足够硬的卡片，非常熟练地撬开了艾希莉的房门锁。列维眯眼看着莱尔德，莱尔德得意地拢了一下头发："想夸我就夸吧，不要客气。"

这计划是莱尔德制订的。他打算让自己和列维藏在艾希莉的房间里，塞西留在自己的房间。三人都保持清醒，等着艾希莉深夜回家。

塞西的房间与艾希莉的房间斜对着，只要塞西冲出门，两三步就可以走到艾希莉的房间门口。如果塞西听见走廊里有动静便立刻开门出来，这时她应该能看到艾希莉。如果艾希莉动作迅速，已经进入房间了，那么莱尔德和列维就可以在房间里等着她，塞西则在房门口堵住她。

三人商定之后，塞西就回到自己房间去等待了，列维和莱尔德则进入了艾希莉的房间。

他们虽没开灯，但借着窗外街灯的光亮，也足够看到小房间的全貌。房间里一切都很正常，就是普通年轻女孩会布置成的那种样子。列维和莱尔德谁也不了解艾希莉，所以看不出房间里是否有异常物品。

莱尔德先是爬到床下检查了一番，又蹲到书桌下，最后还打开衣柜钻进去到处摸了摸，把柜门关上再打开，如此重复了几次。列维表情微妙地看着他。莱尔德从衣柜里出来，把因为静电贴在身上的纱裙拂掉："床下没有地窖入口，衣柜里也没有别的通道。"

列维说："你看看这栋房子的结构吧，根本没有修地窖和暗门通道的余地。"

莱尔德说："我不是说藏尸密室那种通道，而是纳尼亚那种通道。"

他一手撑着打开的柜门，看了看床与墙壁之间的距离，又看了看床脚，问："你说我们藏在哪里比较好？趴床底下，还是蹲在窗户和床之间的那条缝里，还是躲进衣柜里？"

最后他们决定蹲在窗户和床之间的缝隙里。躲在衣柜里或床底下都容易行动不便。

列维做出决定后，莱尔德明显松了一口气："很好，正好我一点也不想躲进衣柜。"

"那你刚才还钻进去？"列维说。

莱尔德耸耸肩："因为有必要啊。我觉得这种衣柜很可疑。"

两人蜷着腿，坐在窗户下面。保持了不到十分钟的安静之后，莱尔德忽然扑哧笑了一声。

列维扭头看他，莱尔德低声说："如果此时此刻的我们被治安官抓住，他就不会轻易放我出来了。他也不会放过你，就算你是辛朋镇本地人也没用。"

"当然了，这还用你说？"列维说，"我一定是疯了才会配合你干这种事。塞西也是。你怎么说服她的？"

莱尔德说："只要对找米莎有帮助，任何事她都会愿意干。"

"调查艾希莉就能找到米莎？"

"艾希莉很古怪。你应该听说过她的事了，她是新搬来的，独自一人，和塞西租同一套房子……在这个镇上，她和任何人都没有联系，塞西是与她关系最近的人，可塞西并不了解她，并且塞西也是新搬来的外来人。"

列维说："你也是外来人，你也和任何人都没有联系。"

"我和她们不太一样，"莱尔德说，"塞西有家庭，她丈夫在圣卡德市，但她说不清楚他们为什么会分居，就像我不记得自己是怎么到辛朋镇来的一样。而艾希莉，她才十几岁，十几岁的小孩孤身一人搬家搬到人口不多的偏远小镇，镇上居民对此没什么反应，都知道有她这个人，又都对她印象不深，这本身就不正常。"

他停顿了一下，接着说："我和她们不一样的地方在于，我不仅在辛朋镇是陌生人，我在任何地方都是陌生人。我的身份是连贯的，而她们的身份出现了断层。"

莱尔德的话有道理，不过列维却从中听出了一些别的东西。

"在任何地方都是陌生人"，莱尔德对自身的评价真是精准到了残酷的地步，虽然这肯定不是他想表达的重点。

列维说："你说得对。你只是忘记了一些近期经历，但你的身份是连贯的。你自称是灵媒，调查奇奇怪怪的事情，你为失踪案而来，这很合理。你认识我，我是本地人，我们虽然关系很差，但认识的时间很长，你为了找我而来，这样想也很合理……"

莱尔德怔了一下："我们认识的时间很长吗？"

"挺长的吧。我们不是十几岁的时候就认识了吗？"

莱尔德慢慢点了点头："好像还真是……刚才我都没意识到。我总觉得是三四年前认识你的。"

列维说："不是。我们十几岁就认识，在你住院的时候认识的。有很长一段时间我们没有再见过面，三四年前……应该是四年前吧？我调查一个鬼屋，那时意外遇到了你。"

莱尔德小声应和着，眼神有点放空，大概是在谨慎地回忆那些模模糊糊的往事。

其实列维也不是记得很清楚，刚才他先说出了话，然后才逐渐想起来一些当年的画面。

四年前的莱尔德戴着细框眼镜，金发梳成规整的背头，戴着十字架，穿着黑色的神父长衫，该佩戴白环领的地方换成了古典领结。他从银色手提箱里拿出一本看上去很古老的手抄本，上面写满了陌生的字母，还画着一些盗用自桌游插图的怪物。他一本正经地在房子里寻找魔鬼出没的迹象，只有列维发现他念的所谓"咒语"毫无规律，根本是随口瞎编的造语。

再往前九到十年，十一二岁的莱尔德还不是这副样子，那时他老实得很，大部分时间乖巧得叫人心疼……想到这里，列维忽然回忆不起来自己当时的身份了，他显然不是医生，也不太可能是护士，难道是社工或者病人？

列维困惑地摇头，捏了捏眉心，一斜眼，看到莱尔德把头埋在膝盖上，后背均匀地起伏着。

这人竟然睡着了？列维想起治安官说过的话：莱尔德似乎总是特别疲惫，没事就睡觉。

列维想弄醒他，就把手掌搭在了他的背上。莱尔德的身体震了一下，与此同时，列维也像触电一样收回了手。

在碰触莱尔德的瞬间，列维的掌心接触到的是湿透的、黏腻的布料，那种触感混合着人类的体温，他像是摸到了被鲜血浸透的衣物。甚至，在他将手迅速抬起来的瞬间，手还在空气中带起了一丝幽微的锈腥味。

列维起初是吓了一跳，接着又意识到，难道莱尔德身上真有什么异常？他再把两只手都按在莱尔德背上，从肩膀摸索到腰部，血腥味和黏腻感不见了，他摸到的完全是干燥正常的衣服。

莱尔德立刻醒了过来："你在干什么？"

列维收敛表情，保持着波澜不惊的语气："我在叫醒你。"

"你每次叫醒别人的时候，都是这样肉麻兮兮地摸别人的吗？"

列维用"你好奇怪"的眼神看着他："我以前会拍你的头，你不愿意，现在我换个柔和的方式，你又觉得肉麻。你怎么想的，是误解了什么吗？"

莱尔德看着他，一时无言以对，默默感慨这人颠倒黑白的时候竟如此理直气壮。

"你应该记得的，我有点恐惧肢体接触，"莱尔德低声嘟囔着，"如果有心理准备就还好，比如握个手、简单地礼节性拥抱一下，我能应付得来。但是在我睡得迷迷糊糊的时候，毫无准备地被人这样触碰，就实在是……我没有误解什么，是你吓到我了。"

这倒应该是实话。列维发现，莱尔德说话时偏开了目光，刚才有些紧绷的身体放松了下来。

列维发现了莱尔德的恐惧，但莱尔德并没有发现他的。他松了一口气，暗自平复心神。

列维看着自己的手掌，手上什么也没有。他靠在墙上，莱尔德在他身边，身体向前倾着，这样列维正好可以盯着莱尔德的后脑勺。

列维心里有个模模糊糊的印象，好像他曾经在某种情况下拥抱过莱尔德，莱尔德却难得地没有表现出排斥，甚至还越来越平静了……那是在什么情况下来着？

他正想着，从一楼某处传来了很轻的咔嚓声，有点像是使用钥匙开门的声音。莱尔德也听见了。两人立刻提高了警惕，连呼吸都放轻了很多。

脚步声从楼下传来。走路的人穿着高跟鞋，鞋跟嗒嗒嗒的声音非常明显。脚步声开始上楼，木楼梯上的每次嘎吱声都比上一声离他们更近，在寂静的夜晚显得十分清晰。

来人的行走速度非常平均，就像在刻意按照固定节奏走路一样。最终，脚步声在这扇门前停住了。

列维和莱尔德对视了一下，做好了准备。

门锁发出细小的摩擦声，是有人把钥匙插进来了。与此同时，塞西从走廊斜对面的房间冲出来，列维和莱尔德能听到她发出的声音。

砰的一声，房间的门被打开了。列维和莱尔德立刻站起来，却没有看到艾希莉或其他人的身影。

塞西在走廊里，列维与莱尔德从所在的角度能看见她，但她所处的位置无法用手够到艾希莉的房门。这扇门不是被她推开的。

三个人都站在原处，面面相觑。

"我看到她了！"塞西愣了好久，稍稍挪了几步，靠在墙上大叫起来，"我出来的时候隐约看到了人影！她大半个身子已经进门去了，我刚想叫她，她就不见了……"她稍稍靠近了几步，看了看被艾希莉推开房门的房间，"她上哪儿去了？"

房间很小，门口没有能藏人的地方，窗户边又守着列维和莱尔德，艾希莉不可能先钻进来再瞬间躲藏，更不可能跳窗逃走。列维和莱尔德都只看到了房门被推开，依稀是有人要进来，但谁也没看到来者的确切模样。

进入房门的瞬间，脚步声的主人就原地消失了。

塞西刚向前迈了一步，莱尔德忽然有种异样的感觉。

"等等，"他阻止道，"你先别过来，我总觉得……"

但他的话说得有些晚了。塞西被眼前的情况震撼，根本没有仔细听他在说什么，莱尔德说"别过来"的时候，她已经走到了门边。莱尔德还没来得及说完整句话，塞西就左手扶在门框上，一只脚踏进了房间内……

然后她消失了。

莱尔德和列维眼睁睁地看着塞西凭空消失。列维骂了句脏话，慢慢靠近房门。

看到塞西身上发生的事，他没敢跨出去。他在门边喊了塞西几句，当然是无人应答。

"刚才你想对她说什么来着？"列维问莱尔德。

莱尔德说："我想叫她先别进来。"

"为什么，你是知道什么吗？"

莱尔德叹气："我不知道……我只是忽然有种感觉，觉得如果她靠近，也许会有什么意外发生……我说不出道理来。"

列维说："那现在你有什么感觉，如果我们走出去会如何？"

艾希莉的房间和走廊之间有一条地板缝，莱尔德有些畏惧地看着这条缝隙，说："我又不是通灵者，我怎么会知道？你试试看呗。"

"你不是自称灵媒吗？"

"你不是知道我是假的灵媒吗？"

列维一手扶额，不想再纠结于这些无意义的废话。他拉了一把莱尔德，把莱尔德推了出去。

莱尔德趔趄了两下，一边咒骂一边回过头来。

他们仍然保持着视线接触，谁都没消失。

"你再进来。"列维对他勾勾手。

莱尔德深呼吸了两下："好，但是你做好准备，我可能在进门的瞬间就消失了。"

事实是，莱尔德一迈步就走进来了，他没有消失。列维也去重复了一下这个过程，出门，再回来，依然没事。然后他们又试了别的方式，比如先进入塞西的房间，再走出来，再走进艾希莉的房间……也依然什么都没发生。

他俩试验了各种能想到的方式，全都毫无效果。米莎没找到，现在连米莎的妈妈也失踪了。

列维懊恼地躺到了艾希莉的床上，一手捏着眉头。莱尔德站在窗边，沉默不语。

过了一会儿，列维看到莱尔德掏出手机，打开图片，似乎在比对窗外的景物。列维本来就对这部手机好奇，于是他立刻凑了过去。

"你在看什么？"列维问。

莱尔德说道："昨天我在辛朋镇溜达了很久，一路都对照着安吉拉画的地图。"

"嗯，我知道地图的事。现在你在找什么？"

莱尔德没有直接回答他的问题，而是问："昨天治安官把我带走了，你知道是因为什么吗？"

列维还真知道："有人报警了，说你大半夜在教堂和墓地里溜达。"

莱尔德说："我昨天确实去教堂了，教堂的位置和这里一致。"他展示手机屏幕上的图，图上是画得很简易的几个方块，挨在一起拼成 T 字形，其中一块上还画了十字架。

莱尔德说："昨天我来过这边。你看，这是教堂附近的道路，还有这片排屋的位置，与安吉拉画的地图一模一样。"

说完，他指向窗外。从艾希莉房间的窗户望出去，正好能看到教堂后面的部分，其中一片是被植物挡住的其他建筑物，还有一片是面积不大的墓园。

在安吉拉的简易地图上，也有一片与此相对的区域。代表教堂的方块后面有一团团小竖线，线短而密集，粗看之下叫人无法明白所画的是什么东西，现在对比起来，它们应该是代表墓园里的墓碑。

"这就是神奇的地方了，"莱尔德说，"昨天，我根本就没有看到墓地。"

"什么？"列维贴近窗户。借着月色与附近的灯光，现在他能确认那片区域就是墓地。

莱尔德说："昨天我在教堂附近徘徊，是因为我正在找这片区域，"他用手点了点安吉拉所画的小竖线，"我没看懂这图案是什么意思，于是就在附近溜达，想看看有什么东西长得像它。但是没有，什么都没有。昨天的教堂后面是一些黑着灯的房子，像是教堂不开放的其他区域，从外面绕不进去，看起来是闭门谢客的样子。我根本没有看到墓地。当时我还想呢，教堂后面确实不一定有墓地……"

当警车开过来，莱尔德被带到警局之后，他才得知是自己的行为惊扰了居民，因为他夜晚在"墓地"里不停地徘徊。

这个说法让他很不解。他还特意问了治安官"墓地"的事，但他们沟通得不怎么顺畅，最后他也没得到答案。

莱尔德只好根据已知的情况来猜测，当时他猜教堂后面可能确实曾有老墓园，老墓园很早就不存在了，土地翻修了，上面盖了别的东西，现在小镇的墓园肯定在别的地方，只是人们仍然把这个区域叫作"墓地"。

直到此刻，他无意中望向窗外，才既看到教堂的尖顶，也看到夜色下的一排排墓碑。

几分钟后，列维与莱尔德站在了墓园入口处。对比辛朋镇的总体大小，这墓园的面积还算挺大。坟墓与墓碑的形态大小不一，造型各不相同，有些还能看出 19 世纪以前的风格。

走过来的路上，两人讨论了一下"为什么昨天看不见墓园，今天却看见了"这个问题。讨论的结果是，昨天的莱尔德也好，列维也好，他们"看不见"的可不只是墓园，还有很多很多东西。他们对辛朋镇的模糊概念，对自身经历的飘忽记忆，还有对艾希莉、塞西和米莎的认知……这些都是他们看不清楚的东西。

于是他们对很多事物、很多细节产生了怀疑，1985 年的日历、不存在的艾希莉、突然消失的塞西……对他们来说，这些事物和墓园的性质一样，都是原本不存在，现在又被突然注意到的东西。

他们分头溜达了一会儿，找到了几座年代相对较近的坟墓。距现在最近的死者葬于 1984 年 11 月，是个只有十三岁的女孩。除了她，1984 年内还有两位死者，均为七十岁以上的老人。

莱尔德在十三岁女孩的墓碑前蹲下来。

"我有点明白了……"他自言自语般嘟囔着。

列维站在他身后："你明白什么了？"

莱尔德说："列维，这一切真的很不对劲……"

"还用你说？我现在每分每秒都这样想。"列维说。

莱尔德触摸了一下墓碑。墓碑上镶嵌着小小的照片，照片上覆盖了一层透明的薄膜，薄膜可能用的是塑料或者软胶之类的材质。照片的颜色仍然鲜亮，他能够看清女孩生前的模样。

"我是 1990 年出生的，"莱尔德说，"虽然我不过生日，但年份还是能记住的。之前你给我看那些 1985 年的日历，我还觉得是你母亲有收集老物件的爱好，但是你看……这个女孩在 1984 年 11 月去世，她的墓碑还非常新，照片丝毫没有褪色。这里再也没有比她更晚去世的死者了。"

列维说："这地方似乎停滞在了 1985 年，对吧？"

莱尔德摇摇头："年代不是重点……重点是，我们曾经顺利地接受了这些现象。这才是最不合理的。正常情况下，人应该会首先注意到奇怪之处，然后再慢慢接受，而不是毫无障碍地接受了一切，然后才慢慢觉得不对劲。"

列维也对此心知肚明。他回忆起进入小镇的时候，杂货店的梅丽说治安官要找他，当时他下意识地产生了一个疑问：治安官怎么不打我的手机？但他没有问出这句话，把它闷在了心里。

没人阻止他开口，也没有什么危机情况强迫他保持沉默，他完全是自愿地吞下了这个很正常的疑问，并且在接下来的一段时间内不再考虑它，让它沉淀下去。

现在想起来，当然是这些人根本没有手机，甚至不认识手机。比起关于年代的疑惑，更加令列维在意的是：是什么让他直接忽略了这个问题，让它变得非常不重要，让它像微风中的细小灰尘一样被人无视？

莱尔德说："刚才我说的不对劲，指的不是时间和年代。而是……我觉得这里有某种东西存在着……它在故意干涉我们，模糊我们的视野，误导我们的认知。不是我们自己看错了或者记错了什么，是有什么东西……故意要这样的……”

他站起来，仍然一手抚在墓碑上：“所以我们才看不见墓园。或者，是那种东西不想让我们看见。我可以对钟表毫不留意，可以认为日历只是摆设，但是墓园……也许死亡是最重要的标尺。任何人看到墓碑的时候，都会不由自主地注意死者的生卒年月，并且下意识地和自己所在的年代对照。这些数字，就是最让人无法忽视的标尺，无论你身在何时何地，它都会把你带回真正属于你的年代。”

列维点点头，道：“是的，它们就像镜子一样，会让人情不自禁地对照自己……”

他停顿了一下，接着说：“2015年……莱尔德，我们应该在2015年。”

“2015年5月份。”莱尔德说。

“松鼠镇、红栎疗养院、圣卡德市。”列维说。

说完之后，有那么大概一秒钟，他不太理解这三个词的意思，他只是自然而然地说出了它们。

接着，他的思维像电光一样飞速游走，在脑海中炸开一个又一个亮光。

列维继续回忆着：“2015年5月23日，周六。我去调查未成年人失踪事件……松鼠镇、红栎疗养院。”

莱尔德跟着说：“5月24日，女孩过生日……是米莎，米莎过生日。我们调查过米莎的事情，但当时她没有失踪。圣卡德市。”

“5月25日，周一，松鼠镇、凯茨家、浴室……”说到这儿，列维脑海中的电光忽然熄灭了。

他停下来，暗示自己冷静，继续在记忆中仔细地搜索着。

5月25日之后的事情非常难以回忆，他眼前似乎有一扇浓雾形成的巨墙，与天空同高，宽不见边际，即使他直接走入雾中，也怎么都走不到尽头。

这时，莱尔德拉了拉列维的胳膊。列维回过神，问他怎么了。

莱尔德面向墓园入口：“你看。”

墓园入口是一扇双开的镂空雕花铁门，两侧门柱上是样式古典的街灯，此时灯泡一亮一灭。在苍白的灯光映照下，灭灯的一侧有个影子从门柱后探出来，又飞快地缩了回去。

列维朝那边走了几步。墓园外的灌木丛沙沙作响，显然有人藏在那儿，并且知道他正在靠近。他继续大步走过去的同时，那人也再次探出了头。

列维认出了那张面孔，他想问莱尔德是否也认出了那个人，当他转回身看到莱尔德时，却怔住了。

列维深呼吸了几下，对莱尔德喊："你……过来一下。"

墓园内灯光不足，能差不多看清道路，但莱尔德看不见列维的表情。莱尔德本来也打算跟过去，他向前刚走两步，就听到列维非常明显的倒吸冷气的声音。

这让他本能地停住了，列维催促道："你退一步……不，一步就够了，别往后退了，好了……往我这边走过来，快点，过来。"

莱尔德都照做了，但感到莫名其妙。更走近一些之后，他很确定，列维虽然在看着他，目光却没有落在他身上。

他下意识地想左右看看，脸刚轻转了一点点，列维突然对他吼："不要回头！"

莱尔德吓得浑身一震。

别人看着你，露出紧张的表情，还叫你别回头……这比自己亲眼看到什么东西还可怕。

"你看到什么了？"莱尔德确实没敢回头，"你给我描述一下……"

列维当然没有描述，而是一边催促他一边伸出手："你过来，走过来就行。我们先离开这儿。别回头。"

莱尔德听话地往前走，边走边说："其实我见过很多奇奇怪怪的东西，一般的恐怖画面吓不到我……你到底看到什么了，为什么不能回头，你简单说一下行不行？我相信你，我不回头，但是你完全可以告诉我这是什么情况啊……到底是什么？是坟墓里爬出尸体了，还是那些哗啦啦乱响的树叶在我后面做什么？"

凭着对莱尔德的了解，列维默默判断：语速加快，话还特别多，这说明他非常恐惧……但列维不想给他描述他身后的情形。

莱尔德走近之后，列维一把拉住他，将他扯到身边，用手压在他的后颈上。列维没有转身，而是面对着莱尔德，慢慢后退着行走。同时，他一手扣着莱尔德的脖子，防止他突然回头，一手抓着莱尔德的肩膀，让他跟紧自己。

"至于这样吗？"莱尔德一向害怕肢体接触，这样的距离让他有些抗拒，但列维保持了分寸，所以他还可以接受。

列维没有回答，只是慢慢向墓园外面退，并且目不转睛地注视着莱尔德身后的事物。

莱尔德的视线越过列维的肩膀，正好看着列维背后。刚才墓园外面有个鬼鬼祟祟的人影，现在那人不再躲藏，直接从灌木丛后走出来，站在了灯光下。是艾希莉，现在的她维持着人类的模样。

"你看……"莱尔德挣扎了一下，但列维力气很大，根本不让他动，"艾希莉，是艾希莉！"

列维说："嗯，刚才我看出是她了。"

"她在对我们招手！"莱尔德盯着墓园外。

"好的，那我们就过去吧。"

"我都告诉你你身后的情形了，你就不能告诉我我身后有什么吗？"

列维斜眼看了他一下，目光相接，又迅速移开。"不能。"

两人都离开墓园大门之后，列维转了个身，走到了莱尔德身边。他不再盯着莱尔德身后，但仍然一手抓着莱尔德的后颈，一手抓着他的手臂。

这姿势就像在押送犯人一样，莱尔德继续抗议了几句，他越是抗议，列维反而抓得更用力，于是莱尔德不停承诺自己绝不回头，可他再怎么承诺，列维也不肯放开手。

其实莱尔德不太敢回头，但如果列维真的松开手，他确实不能保证自己的好奇心会不会战胜恐惧感。

他们跟着艾希莉，渐渐远离了墓园，一路走到了辛朋镇平时最繁华的街区上。小镇的夜晚比较安静，街上几乎没有行人，只有一些店铺的霓虹招牌彻夜点亮着。

列维回头看了一眼，长出一口气，终于放开了莱尔德。

"现在我能回头了吗？"莱尔德摸了摸脖子。刚才的一路上，列维的手越来越冰凉，抓他的力气也时大时小。

"能了。"列维说。

在莱尔德回头去看的时候，列维盯着他的后颈。莱尔德的脖子上留下了五个泛白的清晰指印。列维看了看自己的手，又抬头盯着莱尔德的脖子，抬起手比画了一下，对比着指印和自己的手指。

莱尔德并没有发现他这个小动作。

莱尔德又问："刚才我后面到底有什么，现在你能告诉我了吗？"

列维放下手，看了莱尔德一会儿，说："不能。"

莱尔德一手扶额："你何必这么神神秘秘的，有什么好处？"

"我不是故意要隐瞒，"列维说，"我说'不能'的意思是，我不能，我无法……我没有办法形容出那是什么。"

莱尔德疑惑地看着他，列维摇摇头，没再说话。

他轻轻推了莱尔德一把，叫他不要停下，继续跟着不远处的艾希莉。他俩向前走的时候，艾希莉的身影也在移动。她一直远远走着，不时比画手势，让他们继续跟上，但自身又绝不离他们太近。

对列维来说，眼前的情势有些眼熟。

似乎就在不久前，他也曾经这样慢慢地跟着艾希莉，让她指引自己走入某个区域。那时艾希莉好像还说了什么话……不，好像并不是艾希莉说的。艾希莉看上去根本不像人，甚至不像怪物，她静默且僵硬，更像是一具被人操控的皮囊……

"你不是艾希莉。"列维大声说。

艾希莉停下来，做了个噤声的手势。

看到她的动作，列维更加觉得她是个人偶之类的东西。因为她在做这个手势时，先是抬高手臂缩到胸前，再把手掌摆在下巴处，然后再一个个移动手指，最终摆出一指竖在嘴巴前面的姿势。正常人做这动作时不是这样的，百岁老人的动作都比这流畅。

她继续带着他们向前走。街道不断延伸，道路越走越狭窄。莱尔德突然揪住列维："这路不对！"

"怎么不对？"列维并没有停下脚步。

莱尔德把手机屏幕递到列维面前，指着上面标了字母的简陋线条："你看，这是教堂后面的路，这是那条窄巷，这是商店街，有一个招牌最高的建筑，刚才我们经过它了，再接着是转角处的餐馆……你看！"

他用力点点屏幕，又朝周围比画着："到那里为止，我们就应该转弯离开商店街了，那是一条丁字路口，道路对面是一家大型超市。现在我们却一直在往前，根本没看见丁字路口！我们在哪儿？这地方和地图上的结构不一样了！"

列维看了看周围，两边都是排屋，看上去是毫无特色的小镇居民区，房子内部全都黑着灯，但门廊下的灯又全都亮着。往远处看去，街道上似乎升起了夜雾，单调的街景延伸入雾中，看不到尽头。

"你确定这图画得对吗？"列维问。

莱尔德还未回答，两人听到了另一个声音，一个有点疲惫的男声。

"和地图无关。"

两人一齐望向声音来源。

艾希莉站在原处，嘴巴张开到极限，形成一个黑洞洞的圆形。声音就是从那里传出来的。

与此同时，夜雾从她身后渐渐蔓延过来，道路、树木和草地都被白雾吞没，周围能看清的建筑物越来越少。当房子被遮蔽于雾中之后，门廊前的灯却保持着亮度，乳白色的无尽长路上，亮着一盏盏橘色的灯。

男子的声音又出现了："他说得对，这不是辛朋镇该有的样子。这是一条很小的缝隙，是我好不容易才监测到的缝隙。"

声音很清晰，说话很顺畅，和艾希莉僵硬的动作并不匹配。这是一条陌生的声线，不是肖恩，不是杰里，也不是雷诺兹。等等，他们又是谁来着？列维的脑海中浮现出了三个名字，接着他却陷入了困惑。

"你是谁？"列维问。

男子没有回答列维，只是自顾自地说着："我知道你们不属于这里，也知道你们在找什么——那个小女孩，米莎，我可以帮你们找到她。"

莱尔德迟疑地说："但现在连她妈妈也不见了……"

"你先闭嘴！"他的声音粗暴地打断莱尔德，"我没有太多时间，你们好好听着！"

听起来，他喘了口气，但艾希莉的身体并没有做出相应的动作。

他继续说道："你们找不到小孩的母亲了，我知道。她掉进裂缝里了，你们看不见她。小女孩也一样，她也被藏在很深的地方。如果你们要找她们，我可以教你们怎么做，首先，你们要先找到我……不是现在这个传话用的人偶，而是找到真正的我。"

"人偶？"莱尔德打量着艾希莉。

对方再次叫他闭嘴，语气比刚才还不耐烦，其中还隐含着一丝责怪……也许是因为莱尔德只追问"人偶"这个词，却不追问对方所说的"找到我"是怎么回事。

艾希莉维持着张开嘴的样子，抬起一只手，指着列维和莱尔德背后刚刚走过来的方向。

"现在我教你们如何找我。首先，你们不要离开这个裂缝，这样可以避免被看见。你们往回走，用灯光指路，你们只能走有雾的地方，一直走回卡拉泽家。只要你们在雾中走回去，卡拉泽家就会被雾气环绕，那个地方与别处不同，你们不仅仅能看到门廊前的灯，还能看到整座小山丘，以及山丘上的房子。然后你们进屋里去，去那个……去你们之前谁都没去过的地方，你们肯定会找到我的。"

"没去过的地方？"列维问，"你是说家里，还是那座小山上？"

"家里。"男子回答。

列维提问时，这男子并没有吼着让列维闭嘴，回答的语气也并不急躁，不知道是因为列维的疑问比较重要，还是因为他更尊重列维。

"家里，你们没去过的地方，记住。"男子把语速放慢了一些，"我无法直白地说出我的确切位置。虽然她没有禁止我说，但一旦我说了，就有可能引起她的注意……我们要瞒着她进行这一切……"

"你说的'她'是谁？"列维又问。

这时，远处的雾气变淡了，似乎有风在均匀地推动它。雾是从艾希莉背后的方向蔓延过来的，现在它从同样的方向开始消退。

男子的呼吸声急促起来，声音也变得更紧张："记住！你们往回走，走印象中辛朋镇里正常的道路，你们好像有地图，那就照着地图走，对照着灯光走。一定要在雾中回去，在雾中找到我说的地方！不能离开雾气，如果你们离开，我们就前功尽弃了！如果要再找机会，就不知道多久之后才能找到了……因为小孩的母亲跌进别的裂缝，惊扰了她，她被分散了注意力，我这才有机会给你们传话的……"

莱尔德和列维看了一眼背后的路。

他们在雾中根本看不见道路，但确实能看到灯光。

当他们再看向艾希莉时，她的嘴巴猛地闭住，身体平移着退向浓雾尽头，融入了雾和夜色中。

第二十九章

-Qingwu Dongcha-

1985

列维和莱尔德没有商量太久，他们决定听信那个男子的话，原路向后走，返回他们更熟悉的"辛朋镇"。

走了一会儿，白雾中的灯分布得不太规律了，颜色也不再统一。他们看到了摆在地上的酒吧灯箱，还有少数几个在夜间也不熄灭的霓虹招牌。

莱尔德又在看手机屏幕，并发出了一声低低的惊叹。列维凑过去，莱尔德说："我之前还疑惑这画的是什么呢……这是灯！"

说着，莱尔德用手指把图片放大。列维感到了一种不协调，随即他想到，这部手机的外观是纯粹的按键机，怎么竟然也能划动屏幕来操作……莱尔德带的电子设备都是什么怪东西？

比起现在的情况，他对手机的好奇可以先放一放。所以列维没有多问，而是看着莱尔德所指的图片局部。

安吉拉的简易地图上有方块、打圈、小竖线等，她还在方块或三角所代表的"房屋"上打了"勾"。并不是每个"房子"都有勾，还有的地方没有勾，而是画了两排折线，看着像是画技拙劣的装饰纹样，现在看起来，它们应该是一个个"勾"连在了一起。"勾"代表的是灯。小"勾"是门廊灯，那种涂得很重很用力的大"勾"应该是商业招牌灯，还有连在一起的折线，那是整条马路上彻夜长明的街灯。但它们只是房子外面的灯，并不包括其内部照明的灯。如果一栋房子没有门廊灯，近处也没有路灯，那它所代表的小方块旁边就不会有"勾"。

"安吉拉也见过这个……"莱尔德感叹道，"她也进入过这种雾里，看到过现在我们看的东西……我们看不见室内照明的灯，只能看清外面的灯。"

列维记得安吉拉，但对此人相关的事件又有些印象混乱。他心中有个模糊的概念，似乎安吉拉是进入了某处，又脱离了它，最后成功回到了家中……但她到底脱离了什么呢？

列维边想着边说："如果你觉得地图可信，我们就按照这个走吧。反正我们也根本看不见路。"

莱尔德说："是啊。我们已经决定要相信那个奇怪的声音了，对吧？听他的话，避免走出白雾，回到你家去找我们没去过的地方……说实话，这让人发毛，但也让人很好奇。"

说完"好奇"这个词后，莱尔德看了列维一眼。正巧，列维也在斜眼看他。

"不能。"列维说。

莱尔德气馁地塌了下肩膀："我还什么都没问呢……"

列维说："我知道你想问什么。当时你背后确实有某种东西，你也确实不应该回头看。事实证明我是对的，我们安全离开了那个区域。我不能告诉你那究竟是什么，因为我无法描述它。"

"但你看见了，"莱尔德说，"你不仅看见了，还能保持冷静，甚至能做出判断，让我不要回头，不要看……这说明你也没有被吓得很严重啊！你认为我不应该看，可你却一直看着它呢。到底是什么东西这么微妙？你可以看，我却不能，你可以对着它保持冷静，却没法形容它的样子？"

列维有点不耐烦，不由得加快了脚步："我说了，我没法形容它！你是无法理解这个表达吗？"

其实他说了一半谎话。

他无法理解的东西只有一半。

在墓园里，当他回过头，他首先看到的是一块巨大的墓碑。

当时，莱尔德说死者的生卒年月是生者的对照物，列维也因此而想起了今年的年份。他们还想起了松鼠镇、圣卡德市……然后，列维回头时，却看到了一块大得不合常理的墓碑。

它凭空出现在莱尔德身后，融于墓园内形态各异的墓碑之中。当时列维第一眼看见它时觉得它是"墓碑"，但现在回忆起来，其实那并不是墓碑，它不是已知的任何东西。列维可以形容出它的一些特征，比如巨大、平滑、可以反光、深色、颜色不定、形状不定、边缘角度不定，但他只能总结一些零碎的特征，无法概括出这到底是一个什么东西。

甚至，与其说那是某种"物体"，不如说它更像是一个视觉现象。列维认为，自己看到的并不是一个实体物品，而是一种"对照"……就像每个人历经的年份与墓碑上静止的数字，就像扫墓者立足的地面与棺椁旁压紧的土壤，就像沉睡着被降解的骨肉与直立着俯视它的活物。

在那个令人想起墓碑的巨大"对照物"的表面上，列维看到了一种真正令他无法形容、无法概括的东西。它比"对照物"本身更诡异，列维连它的基本特征都说不出来。

不是因为太过恐惧而说不出口，而是找不到已知的、符合它的词汇。

当时，莱尔德在关注墓园门口的情况，他面对着列维，背对着"对照物"，没有看到它。它就像空间的一部分，既不是机械也不是生物，它不会发出声音，也不会带起气流。

而列维看到了两个莱尔德。一个面对着他，另一个在"对照物"上面，与正面的莱尔德背对背。当莱尔德向前走的时候，"对照物"上面的背影也向反向移动。莱尔德的肩膀或脚步有任何细小动作，背影都会做出同步动作。

那就像镜子。当然了，"对照物"当然是某种意义上的镜子。当莱尔德走向列维的时候，他的背影，或者说他的镜中投影，正在走向那个不明实体……那个列维无法描述出的东西。

现在列维回忆着它，只能想起三个能够描述出来的地方：第一，它有眼睛；第二，它有手；第三，它是活物。

除此之外，列维搜刮脑海中所有词汇，也找不到一个可以进一步形容它的词。它不与任何已知事物相似，而人也无法去形容彻底超出他们想象力的东西。

在刚刚看到它的时候，列维并没有立刻产生恐惧感。按照常理说，人面对未知的东西都会害怕，但他没有。他一时琢磨不透原因，只能认为也许人的心理很复杂，不能一概而论。

接着，列维发现了真正令他恐惧的东西。

莱尔德走向列维，莱尔德的投影走向那个不明实体。当列维朝着莱尔德迎上去一点的时候，不明实体与他们的距离也缩短了一些。

列维一边催促莱尔德，一边向他伸出手，对他说："你过来，走过来就行。我们先离开这儿。别回头。"

不明实体的嘴巴们翕动着，用那些手接触着莱尔德的镜中投影。

——它有嘴，它有手，它是活物。

列维非常坚决地要求莱尔德不能回头，甚至在莱尔德走过来之后，还一路从后面捏着他的脖子，防止他突然回头看。

列维自己也没有频繁地回头看。他把目光从墓碑群上移开，抛开墓碑上那些生卒年月，抛开对死者所在年代的想象，拼命抛弃"对照"这个概念，尽量把注意力集中在追踪艾希莉上面。

艾希莉又出现了。塞西去哪儿了？如何找到米莎？艾希莉要去哪儿？我们要去哪儿？接下来应该怎么做……

列维拼命向前方看。

终于，当他再回头的时候，"对照物"不见了。

那也许并不是某件物品的消失，而是某种视觉现象的终止。列维搞不明白，也暂时不敢继续想。

回忆着这些，列维铁青着脸，越走越快。莱尔德虽跟在他后面，但其实一直在对照地图引路。这附近有个岔口，列维差点走错路，莱尔德追上去，及时拉住他。

莱尔德叹着气："我真的无法理解，什么样的东西会让你没法形容它，哪怕说个大概的长宽高什么的……这总可以吧？"

列维不吭声。

莱尔德说："好好好，不说就不说吧，我也没别的办法。你这样太吓人了，我根本没法放心走路。

"你本来也不应该放心，"列维说，"想想艾希莉，想想那个奇怪的声音，看看这雾……我们谁都不应该放心。恐惧是人的自保手段，你就继续保持着害怕的状态吧，没坏处。"

"那你就告诉我墓园里有什么，让我更恐惧一点。"

"你还有完没完了？"

列维差一点就要大吼起来。莱尔德没再接话，而是仔细琢磨了一下他的语气。

他从中听出了焦虑，但这焦虑不是针对他的。人们为别人而恼怒的时候，和因为自己搞不明白一些事而急躁的时候，表现出的神态和语气多少有些差别。人们经常可以在小孩子身上见到这类焦躁——当小孩子急于说明自己的感受，又表达不清意思的时候。

也就是说，大概列维是真的不知道怎么说明。一个成年人，无法说出自己看到的东西，这比刻意的隐瞒更叫人担忧。

"我们应该快到了，"于是莱尔德暂时换了个话题，"你想好接下来怎么办了吗？"

列维说："那人说让我找他，我就试试看吧。"

"他说他在你家里，我们没去过的地方。"

"你家还有你没去过的地方吗？"

这个问题让列维头脑发蒙。如果有人突然这样问他，他的第一反应肯定是"没有"。绝大多数人的家都只是一幢房子或一套公寓，而不是庄园和古堡，既然是从小长到大的家，怎么可能还有他没去过的地方？

但列维不是很确定……就在不久前，他连回家的路都忘掉了。

奇怪的是，他忘记了小镇里的路，却可以从别的城市开车找到辛朋镇。

开的车子很陌生，回家的路很陌生，镇上居民也很陌生。尽管如此，他心里却深深根植着一个基本概念：这是我的家。显然，这个基本概念是完全错误的。

列维把垂在眼睛旁边的鬓发向后拢了拢——现在，是时候拔掉这个不该存在的概念了。

"在调查那座房子的时候，"列维再开口时，他对房子的称呼自然而然地发生了变化，"我们确实还有一个地方没有搜索过。"

莱尔德问："有吗？我记得基本都看过了，那座房子占据的绿地多，但房屋内的面积并不大。"

"储藏室。"列维说。

莱尔德对储藏室有印象。

储藏室在木头楼梯下面，看起来空间并不大，墙体也只是很薄的板材，要在那儿藏住甚至囚禁住一个人，他总觉得不太可能。

借助灯光的指引，卡拉泽家所在的那座小山出现在了街道尽头。浓雾和杂乱的植物隐去了房子的痕迹，他们从远处只能看到小山丘的影子，此时它就像一头安静俯卧的巨兽，正在借助雾气隐去身形，时刻准备伏击那些毫无准备的猎物。

"雾变淡了，"莱尔德说，"在刚才那种浓度的雾里面，我们在这个距离应该连山都看不见。"

列维看了看周围，比较近的房子确实已经有了影影绰绰的轮廓。他又回头看了一眼，这一眼让他浑身一震。

"快走！"他拉着莱尔德，拔腿朝着卡拉泽家所在的小山跑去。

莱尔德一边跟着跑一边回过头，只看了一眼，他就明白为什么列维会做此反应了。他们身后的雾气越来越淡薄，街道的模样越来越清晰。与此同时，街道远处的灯光开始熄灭，由远及近，一盏一盏地逐个熄灭。

列维和莱尔德飞奔向那座小山，踏上了通向房子的台阶。

旁边的植物沙沙作响，他们每踏出一步，都能看见雾气沿着脚踝在向后流逝。浓雾尽头传来了沉重的气流声，像是风，又似乎不是。刚才一路上的雾气都是凝滞的，空气中一丝微风都没有；现在这片雾气退去的速度，就像是有什么东西终于察觉到了不妥，于是开始驱散浓雾，一寸寸检查被雾覆盖的区域。

列维直接撞向了房门，幸好它依然没有上锁。室内果然也有雾气，而且雾气也在慢慢淡去。

列维没有多想，直接走向储藏室。莱尔德四下环顾着，谨慎地问："你确定是这里吗？雾快散开了，那个人说必须在雾中找到他说的地方。"

列维拉住储藏室的门把，莱尔德听到清脆的咔嚓声。

"如果找错了，我们就没机会了。"虽然这么说，莱尔德还是跟了上去。他发现一把小金属锁掉在了列维脚下。

白天莱尔德就看见这枚锁了，只是没有过多地留意它。锁头上直接插着钥匙，这说明储藏室里也没什么要紧的东西。看着掉在地板上的锁，莱尔德震惊地发现，它并不是被钥匙打开的。钥匙的角度没有变化，是金属锁扣整个扭曲掉了，锁扣从侧面断开，断口变得很薄，原本应该坚固的金属就像面团一样被捏开。

莱尔德还没来得及思考这是怎么回事，列维已经拉开了门。窗外呼呼的气流声非常大，从大门上方的玻璃窗望出去，漆黑的夜空已经再次出现了。

幸好，房子内的雾还未完全散去，但已经薄得像浴室残留的水汽。

列维回身抓住莱尔德的衣领，两人一起钻进储藏室，从内关上了门。

他俩都以为自己会瞬间踏入另一个空间，但是并没有。莱尔德的头碰到一根垂下来的绳子，他轻轻一拉，咔嗒一声，头顶上的灯泡亮了。

储藏室内也飘着薄雾，关上门之后，这里算是屋中雾比较浓重的角落了。周围的东西不多，架子上有几个纸箱，一侧墙壁上挂着些园艺工具，列维和莱尔德在原地转来转去，眼看着雾气慢慢从门缝溜走。

突然，莱尔德踏到了什么东西，为了确认，他又原地踏了几下。列维也听出了端倪。莱尔德踩踏的地方，地板下面是空的。

两人蹲下来。地面整体贴着一层地板革，这东西比墙纸结实多了，并不容易揭开。莱尔德望向挂了园艺工具的墙壁，想找个东西用用。

这时，他身后传来几声脆响，再回过头，地板革已经被撕裂成了好几片，列维正在把它扒拉到一边去。地板革下面露出了真正的地面，果不其然，地上有一扇嵌入式的地板门。

门板是包着铁皮的木头，它与地板齐平，上面没有任何锁具，四边直接被嵌入了水泥里面。看来当初留下它的人根本不想再打开它。

现在想打开它倒不难。因为刚才碎掉的不只是地板革，连这扇门也豁开了。薄铁皮卷起了边，下面的木头碎得更厉害，已经有几块掉进了深处。

列维看了一眼门缝，确定雾气还未完全消失。他随手从墙上摘了个东西，把铁皮撬开更多。

看着这一幕，莱尔德想起刚才的那枚金属锁。它们……到底是怎么被破坏的？列维一脸认真专注，没有丝毫惊讶，仿佛锁扣被捏烂是正常现象，地板革瞬间撕裂十分常见，厚木门和铁皮都自己碎掉也是顺理成章的事情。

铁皮翻开足够让人通过的缝隙后，列维用一只脚踩踏残留的木块，把它们全都踢了下去。地板门完全暴露了出来，下面有一条通向更深处的木头楼梯，列维毫不犹豫地走了进去，并示意莱尔德跟上。

莱尔德迅速扫视了一下储物架，抓起一只大号手电筒。谢天谢地它真的能亮。

木楼梯很陡，也很窄，两人无法并行，只能一前一后地走。列维走在前面，莱尔德在他身后打开手电筒。列维回过头，近距离的光亮让他下意识闭上眼，用手挡了一下。

莱尔德把手电筒移开后，列维再睁开眼，疑惑地看着莱尔德身后。莱尔德立刻转身，把光照过去，发现地板门已经合上了，就像它从未被破坏一样。

这一情景吓得莱尔德一身冷汗，他刚想走回去，列维拉住了他："算了，反正我们都下来了，先去前面看看。"

"万一我们回不去了呢？"莱尔德问。

"按照原定计划，我们现在本来就是要往下走的。下面也许还有更多危险，也许我们根本就上不来，所以现在根本没必要思考如何回去的问题。"

"你真是冷静得令人害怕……"莱尔德感叹。

"谢谢夸奖。"

于是两人继续沿着狭窄的楼梯向下走去。楼梯陡但不长，经过了一个折角平台，再下五个台阶，就又踏上了水平的地面，来到一段三英尺长的小通道面前。通道尽头有一扇门，门外有插簧，倒是不难打开。列维开门的时候，莱尔德一直在背后不停地提醒他小心，也许门后面聚集着大量丧尸或者异形什么的。

门内当然没有丧尸。里面是一间与外面客厅差不多大的房间，地面和墙壁是石砖砌成的，墙上有灯，但已经不亮了。

房间一侧摆着一套桌椅，款式十分眼熟。列维很快想起来，他在楼上也见过这样的桌椅，伊莲娜的卧室和另一间卧室里都有这样的桌子，当时他还觉得这些家具一定都是同批购买的同款，看来他妈妈非常不浪漫，家具好用就行，根本不追求什么情调。

桌子抽屉里什么都没有，桌面上只留下了一盏台灯。台灯的电线通向墙壁，插头躺在地上，旁边的墙上有电源，列维试着把插头插上，灯仍然打不开。看来这里曾经有电，现在已经断掉了。

莱尔德拿手电筒到处照，很快就又看到了两扇门，一扇位于书桌同侧的墙上，另一扇在旁边的角落，那扇门非常窄，更像是单侧的衣柜门。两人先去"衣柜门"那边看了看，门内竟是盥洗室。马桶和洗手池都十分简易，盥洗室内没有镜子，洗手池上躺着一支干瘪的牙膏，没有牙刷。

看起来，这个区域可能曾经是个隐蔽的地下书房，后来又被废弃了。从整个区域的大小、深度来看，它肯定是卡拉泽家那座小山丘的一部分。小山的内部应该是空的，卡拉泽家不仅仅包括地上的部分。

列维捏起牙膏看的时候，背后响起轻轻的哗啦一声，有点像重量较轻的金属在互相撞击……是锁链之类物品晃动的声音。

两人对视了一下，退出盥洗室。莱尔德的手电筒照向另一扇门。

他俩刚走到门前，门内就传出一个虚弱但怒意十足的声音："愣着干什么！喀……过来！给我过来！"

声音非常耳熟，是艾希莉体内的那个男声，正是他让他们在雾中走回卡拉泽家的。

列维拉开了门。这扇门也没有锁。

莱尔德用手电照进去，里面的人发出一声咒骂。莱尔德以为是光线太强，晃痛了那人的眼睛，于是立刻把光束移开，谁知那人又喊道："废物，别动！照过来，照过来！照着我，看着我！"

莱尔德撇撇嘴，又把光束对准了正对面。

"天哪……"看清之后，他拿着手电筒的手不小心抖了一下。

"这是什么玩意儿……"列维也不禁感叹。

漆黑一片的房间里，布满了数不清的锁链与绳索。它们形态各异，粗细不同，有手腕那么宽的粗糙缆绳，有光滑纤细的丝，有反着冷光的锋利钢线，还有环环相扣的锁链。有些锁链相交接的地方挂着复杂的金属锁，甚至有几股铁丝还冒着细细的电流。

它们就像是从墙壁里生长出来的一样，从上下左右各个方向伸出来，集中到房间中心的一个人身上。

它们不是缠绕着那个人，而是从他的身体各处刺进去、再穿出来，在他身上交织出了无数个洞穿的伤口。

那个人维持着跪姿，低着头，弯着腰，头几乎要垂到地板上，双手却向身后伸出，胳膊反扭成不可能扭成的角度。包括他的手掌和手臂在内，他全身都被各种锁链和绳索交织穿过，他被固定住了，这使得他根本不可能改变姿势。

"列维·卡拉泽，你过来。"那个人仍然低着头，声音听起来稳定了很多，"另一个人不要动，站在门口即可，一步也不要进来。"

列维和莱尔德谁都没动，仍然站在门口。

"你认识我？"列维问屋里的人。

那人笑了几声，说："也不算认识，只是知道你而已。"

列维又问："你是谁？"

伴随着铁链的晃动声，那人缓慢地抬起头，他的脖子上交叉着两条铁链，穿出四个血洞，但他的头部并没被任何东西穿透。

他眯着眼睛，迎着手电筒的光。列维发现这张脸有点眼熟，思考片刻之后，他想起了书房里的那张照片。照片上的人比眼前这个人年轻一点点，他和伊莲娜并肩而立，在这幢房子前合影。

随着此人抬起头，列维发现他的脖子下面有个细小的金属物动了动。那是一条发黑的项链，下面挂着由六芒星和希伯来字母组成的吊坠。

"丹尼尔……"列维轻声说。

听到这个名字，莱尔德使劲打量那人的面孔，又看看列维："天哪，那是你父亲！你们长得可不太像……"

列维皱眉："之前我说过了，丹尼尔不是我父亲。"

听他这么说，房间中的男人又笑了笑。即使是轻微的笑声，也会带动他身上无数绳索与铁链叮当作响，想必这会带给他严重的疼痛，所以他马上又咬着牙低下了头。

"确实，"名叫丹尼尔的人说道，"我当然不是你父亲。伊莲娜是我的姐姐。"

"但别人都以为你们是夫妻。"列维说。说完之后，他又暗自有些疑惑：我在说什么？"别人"是谁？我是从哪儿听到别人说什么的？列维一时间回忆不起这些，只是有个模模糊糊的印象……他只能想起伊莲娜，却对丹尼尔完全陌生，从前他在某处听别人提到卡拉泽家的时候，大家说的都是"卡拉泽夫妇"。

丹尼尔说："当年搬来的时候，我们的对外身份是夫妻。信使给我们准备的身份就是这样。"

列维皱了一下眉：信使。

信使、导师。

他看了一眼莱尔德。这些词似乎不应该让莱尔德听到。他说不出为什么，就是认为不应该让莱尔德听到。

莱尔德果然立刻对此做出反应："什么信使？你们到底有什么奇奇怪怪的身份？"

不知怎么，丹尼尔又突然暴怒起来："问够了没有！刚才我就说了，列维，过来，你，留在原地。你们是聋子还是瘸子？将来会有时间让你聊个痛快的，现在别再废话了！远远看着我这副不堪的样子很有趣吗？"

他边大喊边浑身发抖，看来他宁可承受锁链晃动时的痛苦，也要保留随时发怒的权利。

"你是叫他过去，对我吼又有什么用……"莱尔德嘟囔着。当然他并不生气，因为丹尼尔看起来实在太惨了，惨到让人可以忽视他的说话态度。

列维仍然没有走进去，而是问："为什么需要我过去？你是需要我帮助你吗？"

"是，显而易见。"丹尼尔说话的时候，每一条锁链的晃动声都在证明他需要帮助。

列维说："我在意的是，为什么莱尔德必须留在原地，如果他跟我一起进去会怎么样？"

丹尼尔发出像咳嗽一样的笑声，垂着头说："他……会变得和我一样。如果你们愿意，尽可以让他试试。而你……你不需要害怕，你和他……你和我们不一样，你不会被这些东西伤害到。我挣脱不了这些，但只要你愿意帮我，一切就都不成问题。"

"我应该相信你吗？"列维抱臂站在门口，仍然没有动。

丹尼尔说："你之前已经相信了我，所以现在你才会站在这里。"

他说话的时候，颈间那枚发黑的镂空吊坠在不断地轻轻晃动。列维的手不由自主地抬起来，也触摸到自己的脖子与锁骨交界之处。他摸到了一个金属制品，项链上挂着吊坠，吊坠是钥匙形状的。钥匙的圆形部分刻着一些东西：六芒星、衔尾蛇、字母……

他用指腹轻轻摩挲着那里，同时死死地盯着丹尼尔颈间的镂空六芒星。

"好的，我明白。"列维的表情忽然放松了很多。

他对莱尔德说："我过去看看，你别跟过来，谨慎一点没坏处。"

莱尔德拉住他："等等！我确实不敢进去，但是你怎么知道你进去就没事？也许这里设了陷阱什么的……"

莱尔德的担心不无道理，而且列维也同样对这一切心存警惕，不然他早就迈步靠近丹尼尔了。但现在……他好像确实不需要担心。列维心底浮起一种强烈且直白的感受：他完全可以安全地靠近丹尼尔，这里的任何东西都不可能伤害到他。

他的目光盯住其中一条锁链，沿着它慢慢游移。

凝滞的空气与他的目光化为一体，从门前到室内，从钢线切割出的几何形状，到每一节锁链间的空隙……

他迈步走进室内，直接穿过了横在眼前的一条绳索。

站在门前的莱尔德用力眨了眨眼，他还以为自己眼花了。

列维直接穿过了所有障碍物，金属锁链没有因为他的脚步而发出声音，锋利的钢线也没能伤及他分毫，这些东西在丹尼尔身上钻出了鲜血淋漓的伤口，在列维身上却变成了立体投影般的假象。

但它们并不是假的，它们也对列维产生了反应，虽然这反应滞后了几秒。

首先是他穿过的第一条绳子，从他碰到的地方开始，绳子上面出现了类似被焚烧的痕迹，没有明火和烟，也没有声音，绳子在隐形的火焰中被点燃了一小块，然后变得焦黑、断裂，焚烧的痕迹渐渐扩散，直到整条嵌入墙壁的绳子都被烧成粉末，落在地面上。锁链、钢索和钢线也一样，虽然它们看起来是金属，但也会像绳子一样被焚烧。

十几秒内，地板上积出了一层明显的灰烬，列维从灰烬上踏过去的时候没有留下脚印。

无形的火焰向丹尼尔蔓延。嵌入他体内的链条和钢线都在剧烈抖动，在这不堪想象的惨烈折磨中，他浑身抽搐着仰起头，发出扭曲嘶哑的哀鸣。最后，那些东西也都变成了粉末，穿过他身上的一个个洞穿伤口，随着血液流淌出来，和地面上的灰尘搅成一片暗红色的泥泞。

丹尼尔的声音哽住了，他扑通一声倒在地上。他安静了一会儿，慢慢蜷缩起来，挣扎着伸出一只手，抓住了列维的鞋子。

列维皱了皱眉，只是探究地低头看着他，并没有伸手搀扶的意思。

莱尔德在门边忍不住提醒："他可能是想站起来……"

列维回头看他："不，他现在不能站起来。"

这是个陈述句，列维的语气非常冷静，似乎一切都尽在他的掌握中。

莱尔德完全不明白这是什么意思。他刚想再问，忽然觉得整个视野有点晃动。他的第一反应是以为自己头晕，于是赶紧扶住了门框，然后他发现并非如此，这不是头晕，更像是发生了地震。

晃动在半秒之内变得更加剧烈，莱尔德盯着列维的背影，那背影在视野内来回移动，幅度大得犹如海浪上的小舟，莱尔德的目光几乎快跟不上他了。

在这异常的晃动中，莱尔德很快又意识到：这不是地震，也不是眩晕。

他站立着，意识清楚，记忆连贯，没有摔倒，甚至不需要刻意保持平衡。视野内整个房间支离破碎，地板倾覆，门扉扭曲，墙壁反复被折叠成不可能的角度，再展开为圆或塌缩成点，但房间的土石没有崩裂，灰尘也没有被扬起。

莱尔德好几次看到天花板吞没自己，下一瞬间它又折叠成极小的颗粒，有时候列维的背影被颠簸到视力能看到的最远处，一回神他又出现在距离原先所在位置两步远的地方。

一个平面物体突然迎面而来，莱尔德下意识地闪避，闭上眼，举起一只手来保护自己。

脚下一直踏着非常稳固的地面，身体却被旋转了无数次……再睁开眼时，莱尔德发现自己坐在桌前，双手放在一本厚重的古书上。他大口喘着粗气，心跳非常急促，花了好久才平复下来。

他盯着眼前的书本看了很久，不明白自己这是在什么地方，看的又是什么书。书本是羊皮纸捆扎成的手抄册，上面书写了两种文字，一种类似拉丁文，另一种像是来自更古老的年代。莱尔德一个字也看不懂。

他慢慢抬起头，书桌上堆满了各种纸张书本，这画面让他忽然一阵恶心，是那种不需思考的、条件反射的恶心。可是"书本"为什么会让人恶心？他一时想不通其中的原因。

书桌面对着墙，墙上也贴满了各种纸张，有便笺，有标注了各种杂七杂八元素的地图，还有不少是几何图形和数学算式。莱尔德伸手触摸到一张便笺，把它取下来，对照着书本上的某处细细查看。

我根本什么都看不懂，我为什么要看它？心中升起这样的疑惑时，莱尔德才突然意识到：这不是我，我不应该在这里。

既然看不懂算式和古文字，他就改为看着自己的手。

——这不是我。

他好不容易平复下来的心跳又加快了。

——这不是我的手。

他试着左右看了看。他能控制这具身体，能站起来。他急切地想找一面镜子看看自己的脸，转过身之后，他认出了自己所在的地方。

他还在卡拉泽家，这地方是一层的那间书房。只是现在的书房比他见过的模样更凌乱一点，东西更多一些，但大致的布置差不多。

他推门而出，走到客厅和厨房间的走廊上。现在室外是黑夜，也不知道几点了，房子里灯火通明，每个房间都开着灯，除了顶灯亮着，台灯和地灯也一个不落，甚至有些角落还点了"蜡烛"作为补充。

他深感疑惑之时，外面传来了三下轻轻的敲门声。

他问也没问就打开了门。

门外是个五六十岁的妇女，她抬眼瞟了他一下，侧身溜进了门里，主动反手关上门。莱尔德觉得这个女人有点眼熟，又一时想不起在哪里见过。

女人平静地看着他："我没有向学会报告任何事。"

莱尔德听到自己沙哑地说："做得好。"

说完，他愣了一下，摸了摸自己的嘴唇。

他明明可以控制自己的动作……那刚才说话的人又是谁？

"你喂过它吗？"女人问。

喂它？喂什么东西？莱尔德茫然地看着她。

女人叹着气摇头："你看上去真糟糕……你能听清我说的话吗？能？好的。昨天我不是留下了东西，还告诉你怎么冲泡了吗？你喂过它吗？"

莱尔德仍然一言不发。他想直接问"喂什么东西"，但话还未出口时，他又突然想起了另一件事——他想起这个女人是谁了。他在辛朋镇里见过一个叫乔尼的人，他一直在发寻人启事，启事上的照片就是这个女人。玛丽·奥德曼，六十六岁。应该说在 1985 年的时候，她六十六岁。

奥德曼摇着头，独自上楼去了。莱尔德愣在原地。过了没到一分钟，奥德曼又叹着气回来了。她走进厨房，背对着莱尔德忙忙碌碌，也不知在干些什么。

莱尔德终于调整好了情绪，走到厨房门边道："奥德曼……"

刚叫出她的姓氏，莱尔德在心里拼命地反复确认：这就是我在说话，没错，是我想说话才说的！我刚才确实想这样说……他陷入了一种诡异的混乱，一时竟不知究竟是谁在控制他的身体。

他的视野以这具身体为起点，他的"第一人称"就落在现在的角度里，但他却不知道自己是否存在。

灶上点着小火，奥德曼似乎在加热什么东西。奥德曼回头看着他，她等了好久，发现他愣在那不继续说话，才说："我看不出任何异常。真的。"

"它？"莱尔德问，"它是什么？"

听到这句疑问，奥德曼的眉间闪过一丝忧虑。从进门以后算起，她说话时的表情一直都很微小，也不知是有特殊原因，还是她这个人性格就是如此。

奥德曼转身面向灶具，继续忙手上的事情，背对着莱尔德。

她思虑了一两分钟，才缓缓开口："通常来说，我们会遵从导师的意见，一切都应该以导师的意见为准。但如果要问我的想法，我会说'他'，而不是'它'。因为……"她又重复了一下那句话，"我看不出任何异常。"

莱尔德忽然明白了："你是说……楼上的婴儿？你说的是那个婴儿吗？"

奥德曼回过神，表情怪异地看着他。两人又这样沉默了好久，奥德曼准备好了奶瓶，打算上楼去。

路过莱尔德身边时，她停顿了一下，又转回身："你要再上来看一眼吗？"

"什么？"莱尔德一阵惊慌。也不知道为什么，奥德曼的提议带给了他极大的恐惧。

奥德曼说："你想再来看一眼吗？如果你仍然坚持……那么我就不再照顾这个孩子了。丹尼尔，其实你并不确定，对吗？"

丹尼尔？

见面前的人静默不语，奥德曼接着说："作为信使，我不该说出这样的话。但……自从你与我做出决定，决定不上报伊莲娜的事开始，我们就都已经不是合格的导师或信使了。依我看，现在你并不能确定这到底是某种异常现象，还是你自己的精神出了问题。也许那根本不是什么可怕的东西，只是你姐姐在家丢下了一个孩子而已。我知道，这其中有很复杂的原因，与导师们的研究有关……但毕竟复杂的是研究，而不是孩子。"

"奥德曼女士，"莱尔德缓缓摇着头，"也许你无法相信……但我不是丹尼尔……"

奥德曼开始走上楼梯。她好像根本没听见莱尔德刚才那句话，也可能是她听见了，却故意忽视了它。走到拐角处时，她回头望下来，目光中有一种微妙的怜悯，像是年长者在疼惜年轻人，也像是看多了这人身上的太多疯狂，如今已经见怪不怪。

莱尔德想了想，最终还是拖着脚步，慢慢地跟了上去。

上到二层，他走向那间有双人床和婴儿床的卧室。莱尔德跟着列维来过这里，他还记得房子各处的构造。二层的所有灯也都开着。莱尔德走上楼梯后，能看到奥德曼的背影。她在伊莲娜的房间里，弯着腰，哼着安抚人的鼻音，正在从双人床旁的婴儿床里拿起什么东西。

不，那不是任何"东西"，显而易见，那肯定是一个婴儿。莱尔德已经听见了婴儿吭吭哧哧的声音。

那会是小时候的列维吗？婴孩时代的列维·卡拉泽？

那个刻薄冷酷、不尊重人、容易迷路、缺乏同情心的男人……现在还是一个软绵绵的小天使？

站在走廊里，莱尔德忍不住为自己产生的这个想法发笑。

他想象出来的画面是：一个穿着天蓝色连体裤的婴儿，脸蛋是成年列维的长相，小手上抓着一只汉堡包……婴儿抿着嘴，正在努力把里面的肉饼单独叼出来，脸上还维持着一脸不耐烦的表情。

这个滑稽的画面出现之后，莱尔德之前满心的疑惑几乎要被驱散了。

他仍然没有搞清楚自己的处境，这些需要慢慢观察。现在他只是想着：我可以先去看一眼那个婴儿，如果我真的在用丹尼尔的眼睛看这一切，那么丹尼尔也会去看的。丹尼尔和伊莲娜是姐弟，又因为不明原因伪装成了夫妇，丹尼尔是列维真正的舅舅、假冒的父亲，无论是哪个身份，他都会去看看婴儿的。

莱尔德唯一不明白的是，从奥德曼的态度里，他感觉到丹尼尔十分排斥这个婴儿，说排斥都不准确，那几乎是恐惧与憎恶。

他走到了卧室门前。屋里只有奥德曼以及奥德曼臂弯中的襁褓。看来伊莲娜不在家里。她的双人床十分平整，平整到显得寒冷的地步，像是很久都没有人睡过。

奥德曼听见动静，转过了身。她一手拿着奶瓶，正在给怀抱里的东西喂食。怀抱里的东西，看到它的一瞬间，莱尔德心中并没有浮现出"婴儿"这个词语。

接着，他完全明白了丹尼尔的恐惧和憎恶从何而来。

丹尼尔·卡拉泽后退了几步，跑回一层，面带痛苦地来回踱步。

奥德曼抱着"婴儿"在楼梯上看他。他没有回头，而是冲出家门，连滚带爬地离开小山丘，冲向夜幕中的街道。

同一条街上，有零星几扇窗户里亮起了灯光，很快又黑了下去。

莱尔德根本来不及思考。

他来不及思考自己看见了什么，来不及思考自己为何会做此反应，也来不及思考怎么做才是正确的。

他只想快点远离那个东西，快点把它的形象从眼底抹去。

如果可以的话，他甚至想撕开自己的头颅，把记忆了那一幕的区域从脑子里挖出去。

他一直奔跑到几乎无法呼吸，终于腿一软，跌倒在路边。他在地上趴了好久，几次想起身都没能成功。终于喘匀了气之后，他半跪半趴着，望向前面的大路。

这条路尽头是一幢低层公寓，公寓门口的灯光映照出了四个人影，他们的声音很年轻，几人正在寂静的夜晚里大声说笑着，好像正说到要去什么地方玩乐。

公寓第三层的一扇窗户里亮着灯，灯光中依稀有个女人站在那儿，她正看着街上的四个青年。

公寓前光照充足，但前面的路上灯火比较昏暗，丹尼尔能看到那四人，但他们大概看不清趴在地上的丹尼尔。

四人走到街道中段，距丹尼尔还有一段距离。他们停下了脚步，似乎在商量着什么。

莱尔德稍一晃神，他们的身影从视野里消失了。

莱尔德忽然想起来了那本刊物。《奥秘与记忆》1989 年 10 月刊深度分析了辛朋镇人员失踪的未解之谜。

1985 年 3 月，先是捕鼠员在隧道中失踪，然后是四个夜间外出的青年凭空消失，事发时，其中一人的母亲站在窗前，直接目击了他们消失的瞬间……

一阵凛冽的夜风拂过，莱尔德清晰地意识到，此时正是 1985 年 3 月的那个夜晚。

第三十章

-Qingwu Dongcha-

伊莲娜

1985 年 3 月的一天，丹尼尔在辛朋镇外的废弃隧道里画了一张古老的图形。图形的原型来自纳加尔泥板，上面较为精细的几何图形是泛神秘学时期被破译还原出来的。

完成图形之后，丹尼尔在对应位置加入了关于辛朋镇的大量参数，包括但不限于海拔、经纬数字、实时人口，甚至还有实时人口的年龄，年龄精确到了分秒，除此之外，还有各种关于这条隧道、这条山脉的数据。前往隧道之前，丹尼尔已经连夜整理好了它们，并且反复验算过。

接下来，他要在还原泥板图形的基础上，结合已有的所有数据，逆向使用 1822 年首批导师留下的算式阵。

1822 年夏天，学会刚正式成立不久，一位平时并不出众的导师完成了可破除盲点的算式阵。不幸的是，当时的所有参与者均葬身海底，写在船甲板上的算式阵也遭到了海水的无情破坏，变得残缺不全。

1980 年，丹尼尔与伊莲娜共同的老师因病去世，同年，他们姐弟接手了老师的研究，继续还原 1822 年的算式阵。

在学会里，很多年长的导师都认为伊莲娜是难得的天才，她不仅有聪明的头脑，更有着罕见的敏锐天赋。不过伊莲娜并不在意这些赞誉，她厌恶群组式研究，更喜欢离群索居。她身边的助手只有弟弟丹尼尔，生活圈附近只有一位信使随时待命。

伊莲娜没有辜负众人的期望，仅仅花了两年时间，就还原出了 1822 年的算式阵。然后，在弟弟兼助手的见证下，她亲自"试用"了它。她破除了盲点，走入了高层视野，也就是俗称的"不协之门"。

走入"不协之门"的人有很多，但那些情况更像是"门"选择了人，而不是人主动抓住了"门"。有记载以来，除了 1822 年的导师，伊莲娜是第一个主动破除盲点的人。

伊莲娜在 1982 年的实验是秘密进行的，外界对她的行动毫不知情，连学会都以为她只是在继续闭门研究。知道实情的只有丹尼尔与一名信使。

丹尼尔不仅是伊莲娜的弟弟，更是她最得力的助手。比起学会，他更忠诚于姐姐。至少在 1982 年的时候是这样。

至于那名服务于卡拉泽家的信使……用伊莲娜的话来说，玛丽·奥德曼为学会服务了半辈子，但自从回到故乡辛朋镇，她就陷入了对世俗的眷恋之中。奥德曼早就对学会不忠诚了，只要她可以留在辛朋镇，可以保住她那些珍贵的日常人际关系，她会愿意做任何事，也会愿意帮别人隐瞒任何事。

无论是学会，还是辛朋镇的居民，谁都不知道伊莲娜已经消失了。对辛朋镇的居民们来说，卡拉泽家的房子本就是一座空置了很久的老屋，位置有些偏僻，还自带一些不祥的怪谈。然后一对孤僻的外来"夫妇"搬了进去，他们脾气古怪，基本不与本地人交往……这座偏远小镇本来就比较封闭，既然这些外乡人态度冷淡，人们就更不会去主动关心他们了。

在伊莲娜开始使用算式阵之前，丹尼尔询问过姐姐，为什么要隐瞒这么重大的事情，为什么不及时通知学会？这个研究不会带来任何世俗的功利，也不会有人来抢什么功劳，所以这么做根本没意义。

伊莲娜没有正面回答他，只是轻蔑地笑了笑。

伊莲娜的身形消失之后，丹尼尔并没有闲着，他继续钻研泥板图形和算式阵，希望能有新的发现。

　　一开始的时候，丹尼尔对姐姐怀有信心，认为她一定会带着罕见的知识归来；时间一天天过去，渐渐地，丹尼尔开始动摇了。他担心伊莲娜犯错误，也许她太自大了，也许她根本没有能力控制盲点……

　　过去也曾经有人离开过"不协之门"，其中学会内部人员并不多，更多的是一些似是而非的疑似记载。无论他们的经历是不是真的，他们都有一个共同的特征：回来之后，他们都失去了正常神志，无法对曾见过的东西给出清晰结论。轻者整日被疯狂所折磨，重者甚至变成了毫无自理能力的废物。

　　丹尼尔很担心姐姐也会变成这样，又或者，她根本没有变成这样的机会，她会永远无法回到低层视野。

　　怀着这样的焦虑，丹尼尔整日沉浸在研究中，过了一段废寝忘食的日子。

　　在先人与姐姐留下的研究基础上，他独自研究出了算式阵的逆向使用法：把已被破除的盲点进行过滤，让它在观察者的感知中重新"盲化"……也可以说是过滤掉观察者的知觉，让已被目睹的"门"从他们的感知中消失。

　　只可惜，丹尼尔暂时无法验证这个研究成果，他没法做实验。他做不到主动破除盲点，也许这是因为他的天资不如他的姐姐伊莲娜。可是如果不先进行盲点破除，就没法在这基础上逆向过滤。于是，他的研究只能长期处于理论阶段。

　　其实丹尼尔很清楚，即使他能做到，他也不想那样做。他没有伊莲娜那种彻底背离熟悉的一切，去注视比深海和宇宙还要未知的空间的勇气。

　　直到那一天，1985 年 2 月的那一天。

　　丹尼尔趴在书桌上小憩，忽然，一声震耳的咆哮声将他惊醒。他起身面对熟悉的房子，看到的却是令人恐惧到无法形容的东西。

　　他的视野开始闪烁，周围事物变成了被切割的影片，影片中每两帧之间都被加入了令人憎恶、令人崩溃的恐怖之物。

　　影片高速地播放着，在他的眼睛里，在他的耳朵里，在他的触觉和嗅觉里……他无处可逃，只能寄希望于这些都是幻觉，希望自己的眼睛能只看着"正常"的画面……

　　视觉会欺骗大脑，大脑又会欺骗灵魂。当"正常"的画面残留在眼睛里，与下一个"正常"画面相连接时，插在两帧之间的"不正常"之物，就好像真的不复存在了。

于是，渐渐地，丹尼尔眼睛里的画面稳定下来了。

他不知到底哪种才是正常的画面。那些令他尖叫的东西，是他的噩梦吗？是幻觉吗？或者，现在眼前这幢一切正常的房子才是幻觉？

思考这些的时候，令人不适的画面又一次向他侵袭了过来。

他好像看见了姐姐的身影，又好像看到狰狞的恶灵在家中穿梭，建筑物里的木头在吱呀作响，不知名的生物抓挠着外墙，有人在他耳边低声细语，同时又有野兽在远处不断咆哮……

丹尼尔挣扎着跌入地下室，那里是他和姐姐共用的实验场所。他从书柜抽屉里找到一瓶药片，来不及倒水，直接吞了一片下去。

惊惧感渐渐消失后，丹尼尔开始懊悔。药不是这样用的，它不是用于日常生活中安抚人心神的。他还不知道那阵幻觉与惊恐的起因，如果只是精神问题导致的，那么他吃这种药来对抗症状可就大错特错了，这无异于为清理污物而把手伸进强酸。

彻底平静下来之后，丹尼尔慢慢走出地下室。站在客厅里，他听到楼上传来了婴儿啼哭的声音。

对他来说，这是一切噩梦的开始。

之后，他联络了信使玛丽·奥德曼。奥德曼认为这个婴儿没有什么不对劲的地方，可丹尼尔却从它身上看到了无法形容的恐怖。

他很想再吃几片药，但最终还是没敢这么做。那种药很有用，但也很危险，学会的培训课里无数次强调过，这药不能短时间内大量服用，也不能在几天内连续服用。

丹尼尔已经吃过一次药了，按说他应该保持平静，但他还是会看到令人憎恶的东西。他无法确定，到底是因为自己胡乱服药而产生了严重的神经幻觉，还是真有什么难以理解的事情正在发生。

那天晚上，丹尼尔冲出房门，希望夜风能让自己的头脑清醒一些。

然后，他看到了盲点。它在一瞬间吞噬了四个人，他们的身影在街道上凭空消失。

发生这一幕的前不久，有一个捕鼠员在镇外的隧道里失踪，这听起来属于偶发事件，并没有引起人们的重视。丹尼尔也去过那条隧道，它是禁酒令时期留下的，原本已经被封闭。在失踪案发生之前，丹尼尔曾偷偷进入隧道，在里面留下了一个不完整的逆向算式阵。那时他的研究还没有成功。

也许正是他的这一行为导致了捕鼠员的失踪。逆向算式阵可以过滤人的感知，而它的半成品可能会引导人去注意某种东西。可即使如此，它也不至于累及整个小镇。

当看到街上的四个人凭空消失时，丹尼尔才意识到有事情发生了。半成品算式阵只能算是一个小小的虫洞。借助这个小虫洞，某种更加巨大的灾难开始探出爪牙。

丹尼尔的预感没有错。接下来，辛朋镇变成了巨大的迷宫，每天都有人被看不见的东西吞噬。

根据丹尼尔的测算，辛朋镇已经千疮百孔，到处都是肉眼可见或不可见的盲点。

丹尼尔像个疯子一样在镇里到处游荡，一旦测算出异常波动，就赶紧在附近画下逆向算式阵。对于普通人来说，那些油漆或粉笔留下的符文很难理解，它们会令人联想起邪恶教派的巫术。只是，这时的小镇已经有大半居民失踪，人们陷入了混乱和绝望，根本无暇关注这些多出来的涂鸦。

对丹尼尔来说，做这种挽回工作并不容易。他像个幽灵一样徘徊在镇上，经常整天滴水未进，身体日渐衰弱……令他不安的是，他时时刻刻都能听到那个声音……那个婴儿啼哭的声音。

无论他在家中还是在街上，无论他清醒还是昏沉，当他疲劳得打起瞌睡时，啼哭声就会突然化作恐怖的咆哮，震得他一阵心悸。

终于有一天，他决定回到家中，去面对那个他至今不能理解的噩梦。

他先去了地下室，把所有可能涉密的物品都妥善藏好，在门上施展了逆向算式阵——这东西可以过滤感知，不仅可以让人忽视"门"，还能令人忽视现实中存在的物体。

他不希望有无关人员搜查这间地下室。其实他本来想在房子里浇上汽油，一把火将研究物品烧掉，但他始终不舍得这么做。

然后他回到自己的书房，从抽屉里拿出一把转轮手枪，慢慢走上楼梯。

婴儿不哭了，但还在发出声音，它还活着。最近连奥德曼都不来照顾它了，真不知道它为什么还能活这么久。

丹尼尔已经疲惫到近乎濒死。推开姐姐的房门时，他慢慢睁大眼睛，不知自己看到的是不是幻觉。

姐姐伊莲娜站在卧室里。

她从婴儿床上抱起了那个东西。她的姿势不像是抱孩子，更像是捧着某种神圣的物品。

丹尼尔和姐姐参加过观摩纳加尔泥板原件的仪式，那时候他们的老师身穿祭典的服装，戴着白手套，捧着泥板的碎片……此时伊莲娜的神态和姿势与当年的老师非常相似。

婴儿的哭声消失了，取而代之的是空气中无处不在的絮语。

它们似乎来自年龄不同的人类，又全都像是姐姐的声音……是伊莲娜婴儿时代的咿呀声，幼童时代的稚嫩歌谣，少女时期的甜美嗓音，成年后温柔沉稳的细语……甚至还有衰弱老妇的声音，以及枯骨摩擦的涩响……那是伊莲娜尚未经历的年纪，但此时它们一起出现了，一起对着丹尼尔讲述她的所知、所感。

声音围堵住了丹尼尔身边的所有空气，硬生生侵入他身体的每个缝隙，从毛孔游进肌肉和骨头，一路钻进他的灵魂。

终于，他听懂了姐姐说的话。他的感觉没有错，他没有发疯——那确实不是婴儿。

"你成功了？你成功了……"丹尼尔双手抱头，跌倒在地板上。

伊莲娜没有回答。她伸出一只手，想要抚摸丹尼尔的脑袋，丹尼尔在地板上挪动身体，畏惧地向后退缩。

丹尼尔缓缓摇着头："但……这应该不是我们原本期待的东西吧……不

是的吧？"他挣扎着抬起头，"我们……不应该擅自混淆界限……"

伊莲娜面如冰霜，嘴唇没有动，但丹尼尔能够感觉到她的回应。

失望、愤怒、厌烦——你与学会的其他人一样软弱，而整个学会又如世俗人一样畏首畏尾。

伊莲娜很美，她的笑容也透着一股坦诚的明媚。现在的她怀抱着襁褓，身穿浅蓝色的简单连衣裙，室内的灯光照在她身上，让她整个人沐浴在柔和的光晕中。

丹尼尔颤抖着抬起双手，扣下了手枪扳机。

震耳的枪声暂时遮蔽了无处不在的絮语，丹尼尔意外地发现，自己反而能听见别的声音了。

他听见了一点来自现实的声音。是玛丽·奥德曼，她大叫着"住手"，冲进了房间。

进来之后，奥德曼的脚步突然停顿住，然后惨叫着跌倒在地。她比丹尼尔的反应还要剧烈，丹尼尔尚且保持着思考能力，奥德曼却在一瞬间就陷入了疯狂。

她的尖叫声让丹尼尔更清醒了一些。丹尼尔意识到，奥德曼是听到枪声后冲进来的，在进来之前，她大概根本不知道这里发生了什么。

她进来的时候是毫不犹豫的，走到伊莲娜与丹尼尔之间时，她却突然崩溃得跌倒……也许她本想扑过去保护伊莲娜母子，但就在走向他们的时候，却看见了伊莲娜与婴孩之外的形象。

奥德曼一路缩到墙角，退到了距离丹尼尔不远的地方。她双手捂着脸，从指缝里向外看，与丹尼尔目光相接后，她开始大叫着"杀了他们""开枪""快点开枪"……

之前她一直认为自己在照顾"婴儿"，一直看不见别的东西。而现在，她甚至无法直视眼前的"母子"。

不知道她究竟看到了怎样的画面，是不是比丹尼尔眼中的世界更加恐怖呢？

但丹尼尔没有继续开枪，他忽然有了别的想法，他直接把转轮手枪抛给了奥德曼。果然，失去理智的奥德曼直接对面前的伊莲娜和"婴儿"扣动了扳机。

奥德曼是个六十六岁的妇人，根本没有练习过射击，丹尼尔并不期望她能打中什么，也并不害怕被她误伤。

姐姐的声音仍然无处不在，它们就像有实体的利器和鞭子一样，一刻不停地钻进丹尼尔的大脑。现在，震耳的枪声接连响起，丹尼尔可以借此保持专注。他拿出一只炭笔，在奥德曼脚下迅速画出了逆向算式阵。

丹尼尔动作十分熟练，完成算式阵只需要几秒钟。接着，他把自己胸前挂着的项坠提起来，扣在奥德曼后颈上，他说话的声音很小，但可以一字不落地传入奥德曼的脑海："学会信使玛丽·奥德曼，我以导师的身份交给你一项任务，你的最后一项任务，请务必完成……"

他让奥德曼负责观察辛朋镇内的所有"盲点"，也就是所有"不协之门"的闪现状态。如果他留下的逆向算式阵陆续生效，在半个月之内，镇内的所有"盲点"都会变得不可观测。

当这一切平息后，奥德曼要负责擦除所有算式阵，无论是哪一种，无论其完成度如何。

逆向算式阵虽然能够暂时"关上"那些"门"，但它们本身又是一道道极为显眼的"锁具"。其中的道理很简单：如果人们在一个地方看到了锁具，就自然而然会想到门，再隐秘的门也会因为锁具而暴露。想让"门"永远不可见，最好是让人连"锁"也看不到。

最后，他还把收藏着药片的位置告诉了奥德曼。经历这些之后，奥德曼需要学会的神智层面感知拮抗作用剂，服药之后，她才能有稳定的精神去完成任务。

奥德曼满面泪水，松开了已经打空了全部子弹的转轮手枪。

丹尼尔的手指慢慢离开了她的颈部。

在他们面前，伊莲娜半边身子沾满鲜血，也不知到底是哪里受了伤。她既没有哭叫，也没有躲闪，甚至脸上连一丝痛苦的神情也没有。她仍然微笑着，徐徐转身，把怀里的褴褛放回了婴儿床中。

咆哮声也好，各种无法形容的诡异声音也好，在这一刻，它们全部淡去，被稚嫩的啼哭声取代。

丹尼尔望向婴儿床，透过栅栏的缝隙，他看到一个棕色头发的、圆滚滚的小东西，在沾着泪水的小脸蛋上，有一双灰绿色的大眼睛。

丹尼尔看过伊莲娜婴孩时的照片，这个婴儿和她小时候非常相像。

他终于看到了这个"婴儿"在别人眼里的模样。

"列维·卡拉泽，"伊莲娜把一张纸折叠起来，放在一旁的书桌上，那上面应该是这个婴儿的各种信息，"我随便想了个名字……他叫列维。"

这是今天伊莲娜做出的第一个能被理解的行为，也是她说出的第一句真正意义上的话语。

伊莲娜低头看着婴儿，丹尼尔也看着他。之前持续存在于空气中的絮语全部消失了，房子内部也不再是鬼影闪现的魔窟，夜风从窗缝吹入，外面传来了布谷鸟的声音。

丹尼尔意识到，是逆向算式阵正在生效。

如果这一个能有用，那么他留在镇上其他地方的也应该有用。

婴儿不自觉地趴在被褥中，玛丽·奥德曼神志不清地倒在地毯上。他们都看不见，房间中心有一张巨大的陷阱，就像流沙形成的旋涡。这是一处正在关闭的盲点。它徐徐吞没了伊莲娜和丹尼尔。他们既是留在原地，也是在旋涡中下坠。

伊莲娜最后看了婴儿一眼，靠近过来，握住了丹尼尔的手。

列维站在坡地上，四周漆黑一片。地下室坍塌之后，他就站在了这里。

他有一只手电筒，是之前莱尔德从工具间拿下来的，他记得那个电筒有着款式古旧的金属外壳，但现在他拿的电筒却有着黄黑相间的塑料外壳……列维决定不管这么多，反正这光源都不一定是真的。

他把光照向脚下和身边，认出这块坡地是卡拉泽家外部的小山丘。他往高处走，光线却照不到卡拉泽家的门，而是照到了一块黑色平面上。它与地面平行，展开在半空中，切入了小山丘内部，像是一块黑色的天花板。列维向上走了几步，走到较高的地方时，他的头顶能够碰触到那个面。

列维触摸它，手指感觉到了坚硬的阻力，没有任何较冷或较热的感觉，也分不出是光滑还是粗糙。它像是在黑暗中形成了某种实体，把通往更高处的路给横着截断了。

列维拿电筒照向四周，光源最多只能照到几步外，在被照亮的范围内，山丘上茂密的植物一切如常，而照不到的地方则被绝对的黑暗吞没，没有半点过渡，光照之外的事物犹如根本不存在。

列维沿着小山丘上的石头台阶向下走，大约两分钟后，他停下了脚步。他并没有数过山丘上的石阶数。即使不用数他也知道，这条石阶路根本没有这么长。周围仍然是茂密的灌木丛和多叶植物，它们看起来全都长得差不多。列维又向下走了一段，他凭感觉数了大约三分钟，石阶还没到底，小径仍在向着黑暗的深处延续。

列维的嘴角浮现出一丝笑意，因为他忽然想到，如果莱尔德在这里，他可能会被眼前的变化吓得不停地说废话。

莱尔德非常害怕的时候，话就特别多。

但是莱尔德竟然不在这里。在列维看来，他身处的环境好像没有什么太大的问题。莱尔德和丹尼尔都不见了，这才是比较奇怪的地方。

他喊了莱尔德几声，当然无人应答。他决定不走这条石阶路了，改为拨开茂密的植物，到小山丘的其他地方去搜索一下。

没过多久，他扒拉开枝杈，又回到了石阶路上。虽然小径变成了无限延伸的道路，但山丘的坡度和围度没有发生变化，它既没有变宽阔，也没有变陡峭。

"这样不符合常理，"列维撇撇嘴，自言自语着，"我应该害怕吗？"

说是这么说，但他并没有表现出一点恐惧。他继续不停地向下走，不再默默计时，也不再计算台阶的数量。

不知过了多久，手电筒熄灭了。列维想拍拍它，却一巴掌打在了自己的手腕上。他攥了攥两只手，可两只手里都是空的，什么都没有，好像一开始就根本没有什么手电筒。不过，他仍然可以顺利地走下台阶。周围仍然很黑，他也没有长出夜行动物的眼睛，他之所以可以往前走，是因为他根本不需要看清道路。

又过了一会儿，他听到前面传来了一点声响。声音很细微，不仔细听就察觉不到。

他放轻脚步，减慢速度。远方出现了一点亮光，像萤火一样细小，列维又走近了一点才意识到，并不是那亮光太小，而是它离自己太远了，可能比他现在的位置和起始点之间还远一些。

虽然很远，但他仍然能看到那一抹光亮的范围内部，有莱尔德，还有丹尼尔。

原来莱尔德没有昏迷啊。列维默默想着。

发现莱尔德不见了的时候，他一直认为莱尔德肯定是又昏迷了，并且倒在了什么难以寻找的角落。按照以前的经验，只要出现突发情况，莱尔德就有可能昏倒，列维觉得他十分擅长昏倒。

这次他竟然没有昏倒。

莱尔德捧着一支"蜡烛"，跟随着前面的丹尼尔。丹尼尔的手里也有同样的"蜡烛"。

列维继续向下走，无声无息地拉近与他们的距离。那两个人丝毫没有察觉到他的靠近。

观察了一会儿之后，列维看出他们手里的东西不是真正的"蜡烛"。丹尼尔手里的"蜡烛"流溢着暖光，他向前走的时候，光不仅保持在火苗周围，还像溪水一样向后流淌，流淌到莱尔德手里的"蜡烛"上，再次形成金色的光晕。

莱尔德的"蜡烛"上并没有明火，它散发出的光芒完全来自前面。莱尔德的双手被困在光晕范围内，像戴了手铐一样无法自如移动。烛光拖着他向前，他的脚步只能跟随丹尼尔。

"我有个问题……"莱尔德的声音飘荡在黑暗里。

丹尼尔没回头，说："你已经知道太多事情了，到底还有什么不懂的？"

"我……到底看到了什么？"

"你看到了这东西……这地方的过去。"丹尼尔说。

莱尔德一直低头看着脚下，表情有些僵硬："为什么要给我看？"

"我根本没想给你看，"丹尼尔手里的火苗抖了抖，"当它……当列维破坏我身上的束缚时，不仅我很疼，她也会感觉到痛苦。其实那只是很短的一瞬间……在那个瞬间里，我和她都受到强烈的冲击，有些东西就会失控溢出。幸好我早有准备，所以才很快就恢复了神志。"

说着，丹尼尔回了一下头。此时，列维跟随在他们身后，就在距离莱尔德斜后方不到十英尺的地方。他以为丹尼尔会看见他，但丹尼尔并没有。

丹尼尔只是在观察莱尔德的状况，看了一眼，他就又转身向前了。

"你叫莱尔德是吧？"丹尼尔说，"你很有资质，很敏锐，不久前你应该遇到过学会的成员吧？他为了给你展现某些东西，把你身上残留的法阵启用了一小部分。我想，正是因为如此，你才直接接收到了我和她失控时溢出的记忆。"

"我身上？法阵？你说什么？"莱尔德皱眉。

丹尼尔说："怎么，你不知道吗？你不是都去过'第一岗哨'了吗？唉，其实我还没去过……在那里阅读的时候，你没用上你的法阵吗？"

莱尔德困惑地轻轻摇头。

丹尼尔说的事情，他大部分不太明白，只能明白其中一些。比如"遇到过学会的成员"那一段，指的应该是他在森林与悬崖边的经历，他与那个灰色猎人的交流。莱尔德仍然记得从灰色猎人脑海中看见的风暴与大海，以及那股强烈的"撕毁书页，处决猎犬"的执念。

还比如"第一岗哨"。莱尔德也记得自己见过一座方尖碑，有一位戴着鸟嘴面具的黑衣人驻守在其中。他对"阅读"这个词也有点印象，在岗哨的地表以下，他确实阅读过一些东西，似乎是古书，似乎是尸骨，也似乎是更加混沌难辨的事物。

除了这些，什么法阵，什么资质，"她"又是指谁，现在他俩要去什么地方……他都是一头雾水。

"我身上残留的法阵……"莱尔德嘟囔着，"它到底是什么？"

丹尼尔又回头看了他一眼。在这个时候，跟着他们的列维已经到了莱尔德身后两三步远的地方，他藏身在黑暗中，在烛火光晕的范围外，丹尼尔仍然没有发现他。

丹尼尔叹口气，说："原来你不知道啊……看你这么有资质，又和它……和列维在一起，我还以为你是学会的新人。"

他停顿了一会儿，莱尔德还以为他不想说下去了，但他只是在寻找一种恰当的表达方式，想好之后，他就继续说："按说，这一切都应该保密，但反正我们都成这样了，哈……对你保密也没什么意思了。"他耸了耸肩，"你不是学会的人，我讲的事情你可能听不懂，我尽量用你能理解的方式说吧。

"莱尔德，你以前接触过我们的人，不是近期，而是在很久以前。你身上的法阵，应该就是当年那个人留下的，我们导师都叫它'卡帕拉法阵'。这个词出自炼金术相关体系，但它和炼金术无关，只是一个命名而已。我是不是说得太复杂了？听得懂吗？

"简单点说，它就像安装在你身上的一个控制台，能够开启或关闭很多功能。只要是熟练掌握隐秘技艺的导师都可以施展它、操作它，如果你本人受过训练，就可以亲自操控身上的法阵了。

"嗯……但你的情况有点特殊，你身上的法阵是默认隐藏的，而且是长期禁用状态，你完全不懂如何操控，甚至你都不知道它是什么……"

丹尼尔啧啧摇头，似乎是对这种情况感到惋惜。

莱尔德低着头，正好能看到自己的胸口。他联想起一件事：每当他接收到一些似乎很重要的信息时，身体深处就会浮现出极为强烈的、原因不明的疼痛。

丹尼尔接下来说的话，正好回答了他的疑惑："如果法阵是默认禁用的，而你又不会操作它，那么当来自外界的一些东西冲击它的时候，或者有人强行启用它的时候，你可能会非常痛苦。你想象一下，就比如说一扇门吧……别人要开它还是要关它，是要进去还是要出来，这些都是正常的行为，但如果有人强行闯破这扇门，或者在关着门的状态下非要把庞大的东西塞进门缝，这扇门就可能会被损坏。怎么样，你有没有类似的经历？"

"我不知道那算不算……"莱尔德说。

丹尼尔说："你自己体会吧。毕竟我没经历过，不知道到底有多难受。听说不比女人生孩子轻松多少。"

"你没经历过？"莱尔德问，"你不是那个什么'导师'吗，你的身体里没有这玩意儿？"

丹尼尔摇摇头："我曾经想给自己弄一个，但没来得及。现在的我……现在我已经不能安装这种东西了。法阵只能安装在合适的人身上，如果你不合适，它就根本没法起作用。没有树冠，就不能安树屋，我这么比喻你能明白吗？"

莱尔德自言自语道："没有树冠就不能安树屋……哈，很生动，你不是智能手机，就不能给你安应用商店……"

"你在说什么东西？"丹尼尔看他一眼。

莱尔德笑得更厉害了，肩膀微微发抖。

列维藏在黑暗中，倒是很明白莱尔德的笑点。

刚才丹尼尔长篇大论地说了一堆，列维是学会成员，他能听懂一些，但莱尔德可能只能理解大致意思。而当莱尔德嘀咕什么智能手机和应用商店的时候，这两个词语对丹尼尔来说完全陌生，他的迷茫应该不亚于莱尔德听到卡帕拉法阵的时候。

偷笑的莱尔德让列维回想起了从前。在盖拉湖精神病院里的时候，不论正在经历多么痛苦的事情，莱尔德总是能抽出一点点精力来开玩笑。

列维有点喜欢这种玩笑，因为，它总是能把人的意识拉回"当下"。

比如当年的一次经历：

盖拉湖精神病院的旧院区里，身为实习生的列维沉浸在各种研究数据中，连夜幕降临也浑然不觉。偶尔抬头望向窗外时，他会觉得周遭的事物有种不真实感，家具、墙壁、院落、树木、远山……一切都变得像是布景，像是画在眼底的图案。

那种时候，他总有一种想向着昏暗的天空伸出手的冲动。

在察觉到那些物体都是布景之后，也许只要伸出手去，他就可以触摸到那些"真正"的事物……

他站在窗边，无意间低下头，看到楼下院子里一片苍茫的白色。他这才意识到，雪已经下了很久。

积雪上有个小小的身影，是十二岁左右的莱尔德。莱尔德穿着厚外套，手里拿着不知从哪儿偷到的拖把。实习生一开始不明白他在干什么，还以为他想清扫道路。

莱尔德当然不是在扫雪。实习生看了好一会儿，才明白莱尔德是在制作恐龙脚印。

他用拖把和自己的脚推开积雪，做出一个又一个巨大的鸡爪形"脚印"，从楼上看下去，还真挺像有怪兽在院子里漫步过。

因为实习生没有开灯，莱尔德没有看见他。制作完一串脚印后，莱尔德赶在有人巡查之前跑回了病房。实习生去看他，发现他蜷缩在被子里，看来，他为了做脚印把自己冻得够呛。

看到实习生之后，莱尔德哆哆嗦嗦地说："你得帮我一个忙，很重要，我在卫生间里藏了个拖把，你帮我把它送回工具间去……"

就是在这时候，实习生忽然回到了"此时此刻"。

眼前的建筑物不再是虚假的布景，雪后漆黑的夜空也不再是可疑的平面，而是重新延展成了无限的宇宙。

这是一种很难重现的体验。他隐约觉得，自己差点就要去某些地方了。

雪上的假脚印，少年可笑的请求，是这些东西……又把他拉了回来。他回到了盖拉湖精神病院，刚整理完一堆资料，咖啡快喝完了，楼层工具间被人锁上了，他要怎么把莱尔德的作案拖把放回去……这些，就是所谓的回到"此时此刻"。

他又可以被细小的烦恼占据了。

现在也是这样。

列维像个鬼魂一样，潜藏在黑暗中，跟随着前方的两团光亮。

他的上方是漆黑的实体天幕，背后是被天幕横切挡住的"卡拉泽家"，脚下是无限延伸的山坡小径……常识告诉他，此时他身边的一切都是异常的。他已经见过了太多诡异的东西，它们比从前他调查过的任何神秘事件都令人震惊……可是，列维并没有多大的情绪波动，他现在所见的一切都只是"布景""平面""眼底的图案"……它们根本不值得让人费心。

熟悉的虚无感包裹着他，甚至他的思考都要停止了。

他跟着看见的光亮走，听着能听见的语言，但他没有任何感觉。他不恐惧，不期待，不好奇，也不在乎。

就在这时，莱尔德说了那句智能手机和应用商店的玩笑。

列维跟着他偷笑。忽然之间，他回到了"此时"。

十几年前，他也是这样被"带回来"的。

他想起了莱尔德的古怪手机与终端仪器，神出鬼没的艾希莉，突然失踪的塞西，白雾中的辛朋镇，1985 年与 2015 年，丹尼尔与伊莲娜……不，不仅是这些，他的"此时"应该不仅是这些。

还有更多东西被笼罩在混沌之中，藏匿在他大脑的某处。它们很重要，甚至比眼前这些异常景观都重要……

列维想起丹尼尔被囚在地下室中的模样：完全动弹不得，与外界隔绝……他认为，自己的记忆说不定也是这样，也被某种强大的力量隔绝了起来。

他消除困住丹尼尔的绳索与铁链就像撕扯掉杂草一样简单，照此看来，消除掉自己脑海中的束缚应该也不难。之前他做不到，是因为他根本没有察觉到有束缚存在……种种念头在脑海中剧烈震荡着，列维一手捏住眉心，轻声呻吟了一下。

丹尼尔停下脚步。

他听到黑暗中传来一种模模糊糊的声音，像是重物从石头上擦过，也像是野兽压抑的喉音。

他捧着"蜡烛"四下环顾，轻颤的烛火最远只能照到他和莱尔德脚下，除此之外他什么也没看到。

第三十一章

-Qingwu Dongcha-

监视者

丹尼尔在四下环顾，莱尔德却没有反应。大概因为他的精神有点萎靡，所以没听见什么声音。

"你在找什么？"莱尔德问。

丹尼尔摇摇头："没什么……我们快走吧。"

"所以我们到底要去哪儿？这又是什么地方？"

丹尼尔说："这是我开的路，能维持的时间不长。"他指了指上方，"不知道你能不能感觉到，黑色天幕越来越低了，如果它彻底降下来，包围住我们，我们就会回到那个虚假的辛朋镇……我们就又会被她抓住。"

听他这么说，藏在黑暗中的列维也抬头看了看。

不久前，他站在小山高处，用手摸到过这块黑色的"天花板"。他已经向下走了很久，现在他再次举起手臂，双臂伸直，微微踮起脚尖，又摸到了"天花板"。它确实越来越低了。

莱尔德问丹尼尔："你一直在提到'她'。你说的人到底是谁？你姐姐伊莲娜？"

丹尼尔苦笑道："不是伊莲娜，是另外一个人。如果是伊莲娜在对付我们，我们早就完蛋了，正因为她不在，我才有机会找到你们，才有机会让它……让列维把我救出来。"

莱尔德注意到，丹尼尔的用词仍然是"它"。莱尔德说："你没必要那么怕列维，你看到的那个东西……那不可能是他……"

莱尔德的语气有些犹豫，因为他也不确定自己的想法对不对。他看到过丹尼尔的记忆，自然也看到过当年婴儿床里的生物。

"现在我也没那么怕它了，"丹尼尔说，"我早就被消磨得没什么激情了，连强烈的恐惧都不会有了。"

莱尔德问："你早就知道列维有办法救你？"

丹尼尔说："察觉列维到来之后，我当然只能寄希望于他。毕竟他是伊莲娜的……"他顿了顿，最终也没有说出"孩子"这个词，"唉，我本来是希望伊莲娜能救我的，但她似乎越来越衰弱了，大概正自顾不暇吧。"

"你希望伊莲娜救你？难道不是她把你弄成那样的？"

"不，不是她做的，"丹尼尔说，"伊莲娜对我很失望，但我们并没有因此为敌。"

"因为她非常爱你吗？"

丹尼尔被这说法逗笑了一下，接着说："因为她能了解我的想法，她怜悯我。我用逆向算式阵关闭'盲点'，这不只是背叛了姐姐，更是背叛了上级导师……但我并不是因为什么伟大远见才这样做的，我所做的一切都只是源于我的本能，那种出自本能的恐惧……你能明白吗？"

莱尔德点点头，他算是有点明白……大概这就像人们普遍在抵抗死亡一样，他们花很多手段，实验各种方法，消耗精力、消耗金钱，拿出各种什么勇气啊信念啊……看着是挺伟大的，可是说真的，谁又搞得清自己害怕的那个东西到底是怎么回事呢？

丹尼尔说："总之，我不是要与她敌对，我只是无法了解她……我没有达到她那样的眼界。她也很清楚这一点。所以，她并不是因为姐弟之情而饶恕我，而是因为她根本不在乎我做了什么。在她看来，我和辛朋镇的普通人没什么区别。你见过辛朋镇的普通人了吧？"

莱尔德回忆起他见过的人，路上擦肩而过的人、商店店员、塞西、治安官、乔尼……他们和丹尼尔并不太一样，他们仍然在过着正常的日子，没有见过什么残暴的钢丝和黑色的天幕。

　　"你是不是在想，为什么我不像别人那样无知无觉？"丹尼尔说，"辛朋镇大多数人都进入了高层视野，但他们应付不来这种变化，包括我也一样。所以，伊莲娜打算对他们负起一定的责任，收容他们，照顾他们，掌控他们的记忆，让他们以为自己还在过原本的日子……

　　"从前，她也是这样对我的。在相当长的一段时间里，我仍然住在原来的家里，使用着熟悉的研究室，我仍然认为伊莲娜离开了，暂时没回来……同时，我仍然可以利用自己的知识来帮助伊莲娜，她需要我的时候就会来找我。我还以为自己的生活没有任何变化呢。"

　　丹尼尔停顿了一会儿，深深叹了口气。莱尔德发现他的肩膀瑟缩了一下，大概他想起了什么恐怖的东西。

　　"直到有一天……"丹尼尔说，"有个新的居民来了……"

　　"新居民？"

　　"就是像你们这样的人，新居民，"丹尼尔说，"那时的我和你们一样，分不出新旧居民之间的区别，我还以为那个人没什么特别之处，只是个很少见面的邻居。后来我意识到大事不妙……伊莲娜太轻视她了。但等我意识到这个问题的时候，她的能力已经凌驾于伊莲娜之上了……"

　　"等等，"莱尔德说，"你越说越乱，我有点听不懂了。这个'她'是谁，是你一直在提起的那个'她'吗？"

　　"对，是的，就是她，"丹尼尔指了指上面，"现在我们要躲避的就是她，把我弄成那副样子的也是她。她知道我有可能会帮助伊莲娜。"

　　莱尔德苦着脸，提出一个令人不想面对的问题："她该不会是个七岁的小女孩吧？"

　　丹尼尔嗤笑了一下："不是米莎。我知道米莎是谁，你在想什么呢……也不是塞西，也不是艾希莉。我知道她们都是谁。那个女人不是近期来的，而是在很久以前……这地方没法计时，但我知道那是很久以前。"

　　"所以她到底是谁？"莱尔德问。

　　丹尼尔放慢脚步，回过头，一手托着"蜡烛"，一手单指竖在唇边："不能在这里叫她的名字。我们还没有完全逃开她的感知。如果我叫了她的名字，她会立刻看到我们，我们就前功尽弃了。"

　　莱尔德点了点头，又想说什么，他的嘴刚动了动，丹尼尔就立刻补充说："如果你认识很多奇奇怪怪的女人，觉得有可能是她们中的一个，你现在也不要提她的名字……万一你不小心说对了怎么办？这样吧，伊莲娜、塞西、米莎、艾希莉……再加个奥德曼好了，我们聊过的女人就这些了，除了这些人，不要再提别人的名字，可以吧？"

　　本来莱尔德已经放松了很多，可听着丹尼尔说完这些后，他浑身的毛孔就又紧缩了起来。

　　他答应了丹尼尔，不再猜测"她"的身份，但其实……他心里已经浮现出来了一个最有可能的人。

　　列维注视着莱尔德的背影，发现他的手在发抖，还带得手里的"蜡烛"微微颤动。列维意识到，莱尔德肯定也联想到了"她"的身份。恐怕，世上只有一个女人会令他的情绪如此波动。

　　列维心里也有了答案——佐伊。有人对他提过这个名字。他的记忆还有些混乱，所以他暂时想不起来是谁在什么情况下提起的。

　　莱尔德皱眉沉思时，忽然感觉到一股轻而温热的气流。

　　那不是风，更像是有人紧贴在他身后，扫过他后颈的鼻息。他回头看了一眼，后面一片漆黑，什么都没有。他想把身体整个转过来，用烛光照向后面，但他的手被困在光晕范围里无法移动。

　　其实，如果他能看透黑暗，就能够看到紧跟在他身后的列维。当他回过头的时候，他俩的脸几乎只有一拳之隔。

　　烛光能照亮的范围极小，而且有着明确的边界，超出边界的地方不是逐渐变暗，而是像被切割一样陷入无法观察的黑色之中。莱尔德和丹尼尔都要借着烛光看清脚下的道路，除了道路，他们无法看到前后左右的更多东西。

　　莱尔德忽然觉得这种感觉很熟悉，他在别的地方也见过这类不正常的光影。他仔细回想着，先是想起一扇木门，推门进入后，里面也是一片漆黑……当时他好像和列维走在一起，他们有照明工具，但光源受限，只能照亮脚下的一点点范围。他脚下是浴室地砖，和门外面的地砖一模一样，像是一种延伸。他回头看去，黑暗中竖立着一扇陌生的木门，门的另一边亮着灯，有磨砂玻璃……是浴室，是凯茨家二层的浴室……

"不行。"丹尼尔忽然回过头。

他手里的"蜡烛"有明亮的火苗，火苗晃得莱尔德眼睛一疼。莱尔德的思绪被打断，还未回过神，丹尼尔几步凑上前来，用右手的拇指抵在莱尔德胸口，小指以外的其余三指连续画出不同的形状。

"别想起来，"丹尼尔担忧地看着他，"现在你还不能想起来那些，你会受不了的……我们还需要你呢。来，我帮你缓解一下。"

丹尼尔的手指很灵活，动作很快，莱尔德分辨不出他画了什么图形。那就像一种催眠，莱尔德很快就忘掉了"凯茨家二层的浴室"，重新专注于此时脚下的路。

"莱尔德？"列维贴在莱尔德耳边，用气声轻轻叫他。莱尔德似乎察觉到了什么，左右看看，又什么都没看到。

列维静静地跟着他们走了这么久，已经有些不耐烦了，他决定不再潜藏，直接大声说："丹尼尔，你们到底在搞什么？"

丹尼尔打了个激灵，但他没有回头。他直接抬头，盯着眼前。

恍惚间，列维忽然意识到，自己好像不在他们后面，而是在他们前面，在丹尼尔面前几步远的地方。他面对着丹尼尔，丹尼尔背后站着莱尔德。

明明他记得自己走在莱尔德身后……好像也不对，应该是走在他们侧面的树丛里，又好像是斜后方……好像说在任何方向都对，他在每个方向都观察过他们。

大声说话之后，列维因为自己的视角问题陷入了迷茫。他站在那儿，盯着手捧"蜡烛"的两人，半天没再继续说话。

丹尼尔显然也看见了列维。他的眼神只慌乱了一刹，然后就极力地压制住了情绪。他深呼吸着移开了目光，既不看前方，也不偏向两侧，而是微微低头，看着自己的脚下。

莱尔德的反应倒是很正常。突然看见列维，他有点惊讶，也有点困惑："列维？之前你上哪儿去了？"

"到现在才想起来问？"列维气呼呼地抱着双臂，"我跟你们一路了，你们走了这么久，好像你根本没发现我不见了？"

莱尔德辩驳道："你肯定没有一直跟着我们。我早就发现你不见了，也早就聊过这个话题，你连偷听都没听见全部？"

好吧。实际上列维确实没有从头到尾跟着他们。他沿着小径一直向下走，直到看见光亮，才看到莱尔德和丹尼尔。

但这让列维更加有理谴责他了："所以，你们根本不管我到底在哪儿，就直接离开了？"

莱尔德被气得哭笑不得："什么？没有！我们就是在找你啊！我说你这个人有毛病吧？既然你先找到我们了，干吗在旁边躲猫猫不出来？"

丹尼尔站在他俩之间，表情有些复杂。他叹了口气，说："列维……我们确实是在找你，或者说……是在等你。那座监牢消失之后，我们的视野都受到了冲击，我们暂时观察不到你。我们不是不寻找你，而是我们不能一直停在同一个位置，这是我临时做出来的路，我们必须保持移动，否则……"

列维替他说完："否则黑色天幕越来越低，一旦罩住你们，你们就会回到辛朋镇，会被某个人抓住，对吧？"

丹尼尔点点头。莱尔德感叹："这你都听见了……你跟踪我们多久了？"

"我只是暗中观察，不是跟踪。"列维说着，指了指上面，"不过你们说得对，黑色的天花板确实越来越低，之前我摸到过它。"

莱尔德似乎不理解他的话。丹尼尔解释说："列维，因为你和我们不太一样，你摸到它也没事，但如果我们碰到它，结果就会不太好。"

列维点点头，对"你和我们不太一样"的说法毫无质疑。他绕到莱尔德身边去，把走在前面的位置让给丹尼尔，但丹尼尔停在原地，并没有继续下台阶。

"我们不是得保持移动吗？"莱尔德问，"怎么不走了？"

丹尼尔慢慢回过身，一只手护着手里的烛光。"蜡烛"上的火苗流溢出丝丝光芒，一直延伸到莱尔德手里的"蜡烛"上，现在，这过程变得更加剧烈，莱尔德手里的光芒越来越亮，丹尼尔的"蜡烛"则越来越暗。

啪的一声，莱尔德的"蜡烛"上出现了明火，丹尼尔的"蜡烛"则只剩下些微小火星。几秒之内，莱尔德手里的"蜡烛"就变得像灯一样亮了。

在充足的光线下，莱尔德和列维都清楚地看到，他们三人的脚已经踩在了平坦的地面上，绵延向下的阶梯终于到尽头了。

丹尼尔慢慢回过头，抬起脸。他的表情并没有放松下来，甚至比之前更加紧张。

莱尔德的手忽然能动了。他指了指下方的平地："你们看那边……我们是不是到目的地了？这个变化是好事吗？"

"你先闭嘴！"丹尼尔突然又变得很暴躁，把莱尔德吓了一跳，"对！简单来说，我们确实终于把这条路走完了。"

他瞟了一眼列维，眼神里透着一股不情愿，又似乎含着隐隐的期许："只有借助你的力量，我做的这条路才能延续到尽头。谢天谢地，你出现了。因为我只能与她迂回，无法真正去对抗她，但是你可以……"

"这不是好事吗？那你生什么气？"莱尔德问。

丹尼尔崩溃地大叫："闭嘴！听我说完！"

莱尔德和列维对视了一下，列维面带怜悯地耸耸肩。

"我……我已经被她发现了，但你们还没有。"丹尼尔说话咬牙切齿，面孔变得有些扭曲，"接下来要靠你们自己了。去找你们想找的人吧，在这过程中，你们一定也会找到伊莲娜，她会引导你们的。"

他话音刚落，黑暗的空间里刮起一阵强风，山丘上的泥土纷纷扬起，它们就像有生命的蜂群一样向三人呼啸而来。

莱尔德下意识地护着手里的烛火。这是他们唯一的光源，此时只有他的"蜡烛"亮着，丹尼尔手里的"蜡烛"已经完全熄灭。

列维背对山丘，用身体挡住裹挟碎石的强风。泥土和小石块打在背上，让他想起夏季暴雨里的小粒冰雹，被砸中确实有点痛，但不会造成什么严重的伤势。

他无法完全挡在莱尔德和烛火面前，但他惊讶地发现，莱尔德根本不需要他的保护。莱尔德手里的烛光已经扩散到足够笼罩他的全身，在光芒的范围内，莱尔德完全不受强风和石块的影响，连衣服都没有被吹动。

这并没有让莱尔德感到安心。当他望向丹尼尔的时候，他下意识地惊叫了一声。

　　丹尼尔捧着已经熄灭的"蜡烛",正面迎向狂风,他破旧的衣服向后扬起,仿佛就快被吹离身体一样。当小石头和泥点打在他身上的时候,它们没有在他身上留下瘀青,也没有粘在他的皮肤或衣襟上……它们直接穿过了他的身体,继续向后飞去。

　　"穿过"的意思是,丹尼尔不是虚像,不是影子,土石是真的穿透了他的肉体,击出了一个个大小不一的孔洞。

　　莱尔德凑近丹尼尔身边,想用烛火罩住他。出于直觉,莱尔德认为之所以自己和列维没有受伤,一定是因为他俩距烛火较近。

　　可当他靠近的时候,丹尼尔竟然主动后退着远离。莱尔德又靠近几步,想追过去,丹尼尔却又踉跄着退开。列维觉得情况不太对劲,就伸手拉住了莱尔德,不让他再去追。

　　丹尼尔的身体已经千疮百孔。每一颗石块或泥点都像子弹般钻入他的皮肤,然后毫不减速,沿着运动轨迹,径直穿过他的身体,再从另一侧飞出。

　　丹尼尔被一点点侵蚀着。砂石在风中狂舞,将丹尼尔解离后带上高空,消失在黑色的天幕中。

　　丹尼尔发出一声尖锐的嘶吼,接着是连续不断的狂笑声,笑声一直在持续,回荡在咆哮的狂风之中。最后,丹尼尔完全失去了原有的形态,像细碎的影子一样被风吹散。

　　这一切只发生在几秒之内。莱尔德注意到,在整个过程中,丹尼尔的眼睛一直盯着他。

　　虽然丹尼尔的笑声充满了扭曲的喜悦,令人无法理解,但他的眼神却很清澈,并没有一丝癫狂。他似乎很清醒,他的目光甚至可以说是十分专注。

　　莱尔德不明白这是为什么。

　　他被震撼得全身僵硬,一时来不及思考太多。

　　"你还好吗?"列维问。

　　莱尔德恍惚了一下,反问道:"为什么问我?"

　　"他对你做什么了?"

　　这问题让莱尔德一时没反应过来,但是他很快意识到,显然列维是被丹尼尔消失前的种种表现震惊到了。

在诡异的狂风袭来之前，丹尼尔说自己"已经被她发现了"，但他没有来得及说明这会导致什么情况。他是会被某种力量残忍地杀死，还是会被带回某个空间囚禁？

他还说，因为列维出现了，所以这条路终于走到了尽头。既然如此，当他受到攻击时，他又为什么不求救、不逃命？他完全没有积极地拯救自己，连尝试一下都没有。他甚至没有因痛苦而哀号，反而还发出了兴奋的狂笑。

他就像专门出来为人引路、解惑的，简直算得上是为此而生死不计。但列维总觉得没这么简单。

"你现在想晕倒吗？"列维观察着莱尔德。

莱尔德摇了摇头。

列维又问："你胸口疼吗？想发作癫痫吗？"

莱尔德一脸纠结："这是我想就能控制的事吗？我不想，身上也不痛。"

列维看着他，就像在看一道十分难解的题目，而且还一边看一边啧啧摇头："依照我从前的经验，在经历这些事情之后，你要么会昏倒，要么会抓着胸口倒下打滚。可这次你竟然没有，而且还挺平静。"

莱尔德抹了一把脸："我一点也不平静好吗？刚才有一个人类在我们面前……他……"

列维并不激动："画面确实有些恐怖。不过你也见过很多恐怖的东西了，不需要这么惊叹。"

莱尔德一时没有说话，他歪着头，抱臂而立，用看外星生物的眼神看着列维。

"列维·卡拉泽，你到底想说什么啊？"莱尔德用探究的眼神盯着他，"你到底是认为我太平静了，还是不够平静？我现在脑子不怎么好用，请你有话直说，我真的不知道你想表达什么。"

列维说："我说你太平静，指的是你的生理反应，不是你的恐惧或者同情。简单来说，我认为丹尼尔对你做了某些事，毕竟你身上有个卡帕拉法阵。你也听他解释了，别人可以在你身上操作这个法阵，对你做某些事。问题是，我不知道他到底做了什么，也不知道具体有哪些效果。"

这不仅是推测，也有一部分是列维亲眼所见。在他偷偷跟着他们的时候，他曾看见丹尼尔用右手的拇指抵在莱尔德胸口，小指以外的其余三指画着什么图案。

丹尼尔边做这些边说"别想起来，现在你还不能想起来那些，你会受不了的……"，这让列维回忆起不久前，他和莱尔德在客厅时，他提出的关于辛朋镇年份的种种疑问。那时莱尔德的表情变得很奇怪，他似乎想起了什么，但话还没说完，就在痛苦中昏了过去。

丹尼尔所说的"还不能想起来"的，会是什么事情？如果莱尔德想起来了，又会发生什么？

而且他不能确定丹尼尔的目的，不知他这种隐瞒是出于阴谋，还是出于保护。

听了列维说的话，莱尔德仔细想了一会儿，最终摇着头说："我认为丹尼尔是想保护我……你也看到了，他手里的烛光全都飘到了我们这边，因此我们才没有受到任何伤害……"

从莱尔德的语气上判断，他也不能完全确定自己的想法是对的。

听他提到"蜡烛"，列维忽然意识到一件事："你的'蜡烛'……"

"怎么？"莱尔德低头看自己的手。

光芒不见了，"蜡烛"也消失了。它应该是早就消失了，但莱尔德没有察觉。

就在此时，有那么一个短暂的瞬间，莱尔德隐约感到胸口一阵温热，就像是手里的光芒钻进了身体，融在了他的心脏里。但当他仔细去感受时，他又感觉不到任何异常。胸前的热度应该只是错觉，只是"蜡烛"留下的余温。

狂风已经止息，周围寂静无声。莱尔德抬起头，高处的黑色平面不见了，取而代之的是无实体、无光亮、无边无际的虚无，看上去就像真正的无星之夜。

他和列维说话的时候，两人已经站在了"卡拉泽家"的山坡下。他们终于走完了长到不可思议的小路。

莱尔德问："刚才丹尼尔好像还说，让我们接下来靠自己，我们继续去什么地方？"

列维说："听他的意思，似乎我们距离目标不远了。"

　　他们一齐望向小径尽头。那里有一道小小的镂空铁艺门，门只有半人高，并没上锁，只是一种园艺装饰。真正的卡拉泽家的山丘下，小径尽头也有这个东西。小门外面应该是人行道，以及居住区的马路。但眼前这扇门紧挨着的却不是马路，远处也没有任何其他房屋。

　　他们眼前的人行道下方，是一道汹涌的河流。

　　河水流速极快，带着隐隐的轰鸣声，飘散着令人不快的异味。河岸向左右延伸，长不见尽头。从这里看不见河对面，但可以看到河道中心，那里有一座与水面同高的小岛。

　　岛上仅有一间房子，岛的面积只比房子外墙宽个几步。那栋房子看上去不太完整，像是从一列排屋上单独切下来了其中一座，它的大门对着他们这边，门棚上亮着灯，每扇窗户的窗帘都被拉紧了，浅色窗帘内能透出暖色的灯光。正是因为有这些远远的光源，站在河边的列维和莱尔德才能看清周围的环境。

　　"刚才那边还什么都没有呢……"莱尔德稍稍靠近"堤岸"，一只手指压在鼻子下面。河流里的液体翻涌着，不断带起浓郁的腥气。

　　列维看了房子一会儿，问："我怎么觉得它有点眼熟？"

　　莱尔德也看了看："似乎是有点……特别是正门的样子。它看起来怪怪的，像是有条街上的排屋被拆了，只剩下它还没拆完……"

　　说着说着，他声音渐弱。他又靠近了河岸一点，眯着眼观察岛上的房子。

　　"我想起来了！"莱尔德惊呼，"是艾希莉和塞西住的地方！"

　　列维也点了点头。经莱尔德一说，还真是这样，不久前他们还走进过这套房子呢。只是现在马路变成了河水，河中间竟然是塞西的家……这显然不是辛朋镇的原本结构。

　　莱尔德回头看了一眼，身后是卡拉泽家房子所在的小山丘，山丘顶端仍然被黑暗掩盖着。他回忆了一下之前发生的事：他与列维闯入了地下室，在那里发现了丹尼尔，然后一转眼，他们就站在黑黢黢的山丘小径上……

　　列维问他："你看什么呢？表情那么紧张。"

　　"紧张很奇怪吗？换任何人现在都会紧张好吧！"莱尔德说，"我是在想，难道我们其实并没有离开你家……我们会不会还在你家的地下室里？"

列维说："我不这么想。我认为，从在浓雾中回家开始，我们就已经离开之前的那个辛朋镇了。"

莱尔德品味了一下这说法，表情更加纠结："听起来像是好事？但我更紧张了。"

列维说："丹尼尔说过很多奇怪的话。他说塞西掉进了缝隙里，还说刚才那条路是他做出来的……一开始我不明白，现在想一想，大概辛朋镇就像个话剧舞台吧。卡拉泽家不等于我真正的家，我们遇到的那些人也根本不知道自己真正身在何处。"

"那我们现在算是在哪儿，后台吗？"莱尔德问。

列维慢慢摇头："也许只是舞台的边缘？如果你在后台，就能看到所有不上场的演职人员了，但现在还不行……"

不仅如此。他隐隐觉得，即使到达了"后台"，他也远不能看清这一切的全貌。要想看清一切，他们就必须彻底离开这栋"建筑物"。要站在别的地方，才能尽览"剧院"的全貌。

莱尔德说："丹尼尔拼上性命也要让我们到达这里，也许我们应该想办法过河去看看。"

"我同意，我们应该过去，"列维瞟了莱尔德一眼，"但是，我想纠正一下'拼上性命'这个说法。我认为丹尼尔没有死。"

"没死？怎么可能！他都碎了！"

这个说法让列维想笑，他动用强大的自制力才忍住笑，保持着严肃的表情："你还记得他在地下室里的样子吗？他被各种链条、绳子穿过身体，身上到处都是对穿的伤口，连脖子上都穿着锁链……人在那种情况下，能活多久？能说话吗？能暴躁地叫你闭嘴吗？"

莱尔德点点头："也对，不能用常理看待这些。但愿真如你所说吧……"

"你很希望他别死吗？"列维问，"如果他死了，你是会愧疚还是怎么？"

莱尔德愣了一下："这很奇怪吗？不管是因为什么，正常人都会希望他别死吧……"

列维说："我希望他死掉。最好这次确确实实地死掉。"

"为什么？"

"痛苦会结束。"

莱尔德明白了列维的意思，但他并不太认同。"结束痛苦不一定要用那种方式，"他轻轻地说，"万一我们有机会救他呢？"

列维拍了拍他的肩道："如果他没死，到时候我们会有机会讨论这些的，现在还是先过河吧。"

岛上小屋被孤立在血水汇成的激流中，距离岸边起码有几十英尺，河边没有任何桥梁或船只。

莱尔德问："怎么过去？"

他转头看列维时，发现列维脱掉了鞋子并将鞋子提在手里，赤脚站在河边。察觉到莱尔德的表情后，列维主动解释道："穿着鞋容易滑倒。"

"你疯了吗！"莱尔德叫道，"你想直接走过去？"

列维淡定地点点头："也不一定是走过去，万一中间水深，可能得游过去。你干吗这样看着我？水看着确实有点恶心，但现在不是顾及这点小事的时候……"

"我说的不是卫生问题！"莱尔德指着河水，"河面这么宽，水流得也非常急，你听这声音，简直像山洪一样！人在这种水流中不可能站稳，更不可能游泳！"

"那还能怎么办？"列维说着，毫不犹豫地一只脚迈出道路之外，踏进了水中。

莱尔德想阻拦，他刚靠近列维，就见他另一只脚也踏进了水里，还立刻向前走了几步。现在他距离道路还不远，水刚没过他小腿的一半。这些液体颜色太深，从旁边看根本判断不出它的深度。

列维又向前走了几步。河底高低不平，河水深的地方高至膝盖，最浅的地方只到脚踝。列维顺利地走出了很长一段距离，他回头看着莱尔德。即使水浅，莱尔德仍然觉得不可思议，列维竟然能在流速这么快的水里站稳。

列维又折返回来了。他站在路边，不由分说地拉住莱尔德的前襟，把他拽向自己。

"等等！我们先商量一下具体对策……"莱尔德抵抗地抓着列维的胳膊。

　　"你一害怕就废话多，"列维说，"没什么对策，对策就是我们走过去。"

　　莱尔德也扑通一声站进了河水里。水流冲击着他的双脚，他根本找不到能抬脚迈步的机会，如果不是被列维抓着衣襟，同时自己的双手攥着列维的胳膊，他随时都有可能跌倒。这种情况下，会跌倒才正常……人在奔涌的激流中本来就难以维持平衡，有很多在洪水中遭遇不幸的人，都是被不足腰深的浅水吞没的。

　　莱尔德被列维拉着衣襟，慢慢蹚着水前行。在水浅的地方他还能勉强站稳，在水深的地方，他的脚打滑了好几次，整个人跌倒在水里，如果不是列维抓着他，他肯定会被激流冲走。河水像是锈水，又像是鲜血，人在这样的液体中挣扎，狼狈程度可想而知。

　　列维又一次把莱尔德从水里提起来。莱尔德咳嗽了一会儿，喘着气说："知道吗，现在你看起来非常可怕，眼神相当狰狞，像个满脸都是血的连环杀人魔……"

　　列维抹了一下脸："看你废话这么多，我就知道你特别害怕。"

　　"我是说真的，当然啦，我的样子肯定也很……"

　　列维打断他的话："你怎么老是站不稳？这么走太慢了。"

　　"这是正常的好吗！我还想问你有什么站稳的秘诀呢！"

　　列维打量着莱尔德，忽然手臂一用力，把他拉近到面前。

　　"你忍耐一下。"

　　说着，在莱尔德还没明白过来意思的情况下，列维一把就将他提起来扛在了肩膀上。列维调整了一下姿势，继续向前走。虽然莱尔德还挺沉的，但这样比之前好多了，列维的脚步反而更加稳定、轻快了。

　　莱尔德的脑袋垂在列维背后，很配合地没有乱动。他看着下方奔涌翻腾的河水，渐渐地有点全身僵硬。列维感受到了他的这种僵硬，问："怎么，你害怕肢体接触怕到了这种程度？我们又没搂在一起！"

　　"也不是……"莱尔德困惑地盯着河水。

　　激流如同破碎的镜子，已经无法完整倒映出水面上的物体，但在某个瞬间，眼前恰好划过某个荡起的水珠时，水珠上的映像还是投进了莱尔德的眼睛里。

那是太过短暂的一瞬，他的眼睛也许捕捉到了什么画面，大脑却来不及去理解它。

大脑来不及理解，甚至来不及判断，在水珠中的细小映像里，与莱尔德纠缠在一起的是什么人或是什么事物。

"我们快到了。"这时，列维说。

两人离孤岛越来越近。虽然河水没至列维的大腿，阻碍了他的步伐，但他还是加快了脚步。

就在距离河岸还有几步远的时候，列维"咦"了一声。紧接着，他带着莱尔德一起跌进了水里。

他一脚踩空，根本来不及后退。因为水下的地面出现了一道断崖。

扑向水面的瞬间，列维已经意识到大事不妙。他抓紧莱尔德，怕他被冲走，同时试图抓住身后较高的河底。但他什么也没抓住，身后好像并不存在河底，也不存在断崖，甚至水也不再是暗红色，而是变成了透彻的清水，足够让人睁眼观察周围。

列维看向莱尔德，莱尔德起初惊慌地闭着眼、憋着气，渐渐地，他也意识到了什么，慢慢睁开眼，放开了捂住口鼻的手。

两人在水下面面相觑，都不知道发生了什么。他们没有窒息。

或者更准确地说，他们似乎根本没有呼吸。他们没有故意憋气，可周围却连一个气泡也没有。

列维试图向上游。他移动得很慢，眼看着已经靠近水面了，可就是没办法浮上去。通常来说，冰冷的水会让人无力，尽管此时包围着他们的水十分温暖，可他的肌肉却仍然非常怠惰。

莱尔德也一样，他拼命蹬水，可与水面的距离就是没什么变化。他的肺部没有任何不适，精神却在慢慢变得萎靡，意识也在一点点变得模糊……他低下头，看到列维抓着他的手渐渐松开了，于是他伸手过去拉住列维。列维感受到了，振了振精神，稍微用力地回握了一下他的手。

他们踩水的力度在变弱，身体开始慢慢下沉。这感觉不像溺水，更像是睡觉，像是躺在舒适的被褥里，不由自主地放任自己沉入梦乡。

莱尔德不知道自己沉得有多深。

他用尽全力，强打精神，眯着眼睛，向水面伸出手。

水面上射出一道光芒。莱尔德不知道那是什么，他只是凭着本能，奋力想接近它。

一只手出现在光芒中，向着莱尔德靠近。

莱尔德默默自问：是我见过的那只手吗？不……不是她的手，她的手看起来更苍白，更瘦弱，而这只手很细腻，手的线条很柔软很美丽。

那只手没有握住莱尔德的手，而是消散在了他与列维身旁。接着，他听到轰鸣的水声，看到刺眼的白光，胸前爆发出一阵带着震颤的剧痛。

伴随着剧痛，无数画面飞过他眼前。

乌鸦与方尖碑，塞西与米莎，罗伊与艾希莉，灰色猎人，追踪仪器，浴室里的门，窗帘后的门，松鼠镇和盖拉湖精神病院，实习生和列维·卡拉泽……

"我想起来了……"莱尔德自言自语着。

他以为自己在说话，可声音一发出来，就被呼啸的画面吞噬了。

每个画面都对应着当时的天气与环境，每段经历都在发出声音，记忆里的每个人都在说着他曾听过的话……曾被他遗忘的东西涌上来了，它们在他的脑海里一齐播放起来，声响震耳欲聋。

河水没有令他窒息，不停闪烁的记忆却让他有了窒息感。身体仿佛被来自四面八方的庞大物体挤压，他的肺部无法舒张，意识也很难维持专注。

莱尔德试着集中精神，想抓住某一个片段。如果能集中精力在一件事物上，他就可以把自己从混沌的痛苦中暂时隔绝出来。这是个很常见的技巧，无论是小孩子看牙医的时候，还是特工被敌人拷问的时候，都用得上这样的技巧。

一片白茫茫的大地从莱尔德的脑海中掠过，他的思绪回到了在盖拉湖精神病院的某个新年前。

莱尔德记得那一天。实习生曾经说过要送莱尔德圣诞礼物和新年礼物，但最后他什么都没有送。跨年夜前后那几天，实习生并不在医院里。

当年的莱尔德年纪虽小，却没有因此太过生气。他告诉自己，实习生肯定有自己的家，在这么重要的日子里，肯定是他的家人更重要。而且平时实习生经常送他东西，如小文具、音乐播放器，这已经很好了。

更何况……莱尔德并没有东西可以回礼。他想做个小手工，但"大人"不会喜欢小孩的玩意儿；他想堆个漂亮的雪人，但到第二天早上就会有人把它铲平。

当年的莱尔德不生气，现在的莱尔德想起这些来，却有点小小的不愉快。

他想着，别看列维·卡拉泽总是叫他"小骗子"，列维自己也好不到哪里去。当年他承诺过送自己礼物，最终什么都没有，他还说过离开医院后要回来探病，最终也没来。

莱尔德在这些零碎的事情中沉溺了好久。忽然之间，实习生和列维的形象开始粉碎，脑海深处浮现出另一个熟悉的影像。那是一种生物，他无法形容它的特征，只知道它一定是某种生物。

他还没有看清楚它的全貌，反胃和排斥的感觉就浮现了出来。

莱尔德大叫了一声。他能感觉到自己的声带在震动，嘴唇也张开了，但他听不见自己的声音。

他拼命驱散那个影像，甚至开始回忆走入岗哨深处看见的画面。

他回忆起手中的书本，岗哨的由来，一个个拓荒者残留的探索所得……他拼命阅读它们，用自己无法理解的东西填满大脑，以便驱散刚才一不小心看见的东西。

这不太管用，恐惧仍然在咬噬他，那个漆黑而庞大的实体仍然紧紧跟随着他。他意识到自己找错了地方，于是他又赶紧扑向另一段记忆……

"妈妈？"

在他抓住的记忆中，响起了一句稚嫩的童声。它是那么陌生，完全不像是出自自己之口。

他能认出十一二岁的自己，但五岁的自己对他来说简直就是个素不相识的小孩。

莱尔德凝神屏息，望着站在走廊里的五岁小孩。

小孩面前的房间里传出低低的哭声。他赤脚站在木地板上，一手扒着门框，怯生生地探出头。

他看到了佐伊。佐伊很瘦，比照片上的样子更瘦。她戴着一副方框眼镜，表情有些呆滞，金发干枯而凌乱，显然很久没有好好打理。

她深吸一口气，似乎在努力调整情绪，然后面向五岁的儿子露出笑容。

第三十二章

-Qingwu Dongcha-

你忘记的一切

1995 年 10 月 14 日，佐伊很晚才回到家。

不是松鼠镇的那个"家"，而是她母亲的房子。她已经离婚好几年了，现在她带着儿子莱尔德与自己的母亲同住，房子位于马里兰州，在一个距离巴尔的摩不远的小镇上。

房子里关着灯。通常在这个时间，莱尔德肯定已经睡了。进屋之后，佐伊把提包放在餐桌上，轻手轻脚上了二楼，敲了敲母亲的门。

母亲还没睡，屋里亮着一盏小床头灯，她正靠在枕头上看书。佐伊走进去，坐在母亲面前。她张了张嘴，还没说出话，就像个小女孩一样捂着脸哭了起来。母亲赶紧起身抱住她，慢慢抚摸着她的后背。

过了好一会儿佐伊才平静下来，她说自己工作压力太大，最近变得有些不对劲。母亲想与她深谈，可佐伊不愿意透露更多。

"妈妈？"

门口响起稚嫩的童声，佐伊立刻坐直，迅速摘下眼镜，抹掉脸上的泪水。她走过去，揉了揉小莱尔德的头发："这么小的生物也会失眠吗？"

她拉着莱尔德的手，带他走向他的房间。出门时，佐伊回头看了自己的母亲一眼，说了声"晚安"，就此不再解释刚才的情绪失控。

回到自己的房间后，小莱尔德钻回被窝里，看着妈妈湿润的面庞问："你怎么了？"

"哭鼻子了呗。"佐伊坐在床边说。

小莱尔德问："大人也会这样？"

佐伊说："会啊，就和你一样。上次你说《小狗迪迪》让你很难过，所以哭了出来，我也是，我很难过的时候，也会去找自己的妈妈哭鼻子。"

小莱尔德想了想，说："上次我哭，是因为看到小狗迪迪的妈妈变成星星了，所以我好难过……那你是因为什么哭？"

"我……"佐伊靠在床头，和孩子并肩坐着。

面对着莱尔德好奇的目光，她缓缓说："我……我也是因为小狗迪迪。他的妈妈变成星星了，从此他就得一个人流浪了。"

"那天你跟我说，他的妈妈会一直在天上看着他的。"

佐伊说："对，她会一直看着他，祝福着他。但是，天空这么高，星星这么远，如果小狗迪迪生病了，受欺负了，天上的星星也没法来保护他。如果她能一直陪着小狗迪迪，那该多好啊，她一定很想看着他长大，和他一起走很多的地方，看着他变成威风凛凛的大狗……"

说着，佐伊的眼泪又不受控制地涌了上来。她干脆把已被打湿的眼镜摘下来，揉了揉眼睛，亲了一下孩子的头顶："不过，我们也不用太难过，小狗迪迪的故事还长呢，将来他还会遇到很多动物朋友，他不会寂寞的。"

小莱尔德点点头。佐伊让他躺好，为他盖好被子。

刚要出门，佐伊忽然想起了什么，回头问："对了，刚才你要找我们干什么呀？是想喝水吗？"

莱尔德说："不是。我醒了，听见外面有车子的声音，还听见了开门声，我觉得是你回来了。"

佐伊笑了笑道："以后我不会再这么晚回家了。"

莱尔德问："刚才你为什么要在走廊里跑来跑去呀？"

这个问题让佐伊有些疑惑。她没穿鞋子，蹑手蹑脚地走上楼来，声音轻得不能再轻了，即使莱尔德醒过来听见了什么，也不至于觉得她在跑啊……

但佐伊现在心烦意乱，根本没有余力去多想。她猜，也许是莱尔德做了什么梦，醒过来时又察觉有动静，所以就认为是她在外面跑。

　　她安抚莱尔德，亲了亲他的额头，让他继续去睡，临走时为他关上了灯。莱尔德一直是个勇敢的小孩，从小就不怎么怕黑，也不抗拒一个人睡觉。

　　天蒙蒙亮的时候，小莱尔德又被吵醒了。

　　这次不是听见走廊里有人在跑，声音好像来自楼下，窸窸窣窣的，他分辨不出是什么声音。他揉着眼睛走出去，偷偷看了看外婆和妈妈的房间，她俩都还躺在床上。

　　小莱尔德轻轻下了楼梯。刚才他还能听见一些动静，现在又变安静了。他走向一层的餐厅，走向最后传出声音的地方——角落里的一个棕红色橱柜。

　　就在他慢慢靠近橱柜，想打开它看看的时候，晨光从百叶窗的缝隙透了进来，正好晃到了他的眼睛。他侧过头，正好借着光亮，看到摆在餐桌上的女士提包。提包半开着，露出了几张皱巴巴的纸。

　　他知道这是佐伊的包。平时他对妈妈的东西不感兴趣，今天他却走了过去，轻轻打开包，拿出了那几张纸。这张纸的一角有个小图案，他见过这个图案，那是一家大医院的标志。以前他生病时去过那家医院，妈妈从医院拿到过这样的纸，他看不懂纸上写的是什么，妈妈说写的是医生的判断，关于如何打败身体里的坏细菌。

　　小莱尔德有些疑惑，也有些害怕。最近他完全没有生病，为什么妈妈又从医院拿来了这样的纸？

　　怀着对白大褂的恐惧，莱尔德仔细地把纸张又放回妈妈的提包里，把提包摆回了之前的位置。做完之后，他才想起去继续探索那个传出声音的棕红色橱柜。

　　他抬起头，望向本来要去的方向，然后轻轻"咦"了一声。

　　橱柜还是那个橱柜，但它并不是棕红色，而是浅黄色的。

　　小莱尔德仔细回忆了一下：对啊，这橱柜一直是浅黄色才对……可是刚才，在他刚刚走进餐厅的时候，他真的看到它有着棕红色的柜门，而且门看起来滑滑的，像是金属质地的。当时他有点迷迷糊糊，一时竟然没觉得有什么不对。

　　他打开柜门看了看，一切如常，于是他又回去睡了个回笼觉。

1995 年 10 月 15 日，佐伊和莱尔德两个人待在家里。

正式起床之后，小莱尔德留意过，餐桌上装着"医院的纸"的提包早就不见了，肯定是佐伊把它收起来了。

佐伊破天荒地化了妆，还一件接一件地试穿衣服，问莱尔德哪件更好看。莱尔德像大人一样皱着眉头回答"那要取决于你穿它去什么场合"。佐伊笑起来，说她要去见学生时代的朋友，她们很久没有见过面了。

莱尔德总觉得今天的妈妈和平时不太一样，有点奇怪，但他说不出到底奇怪在什么地方。

佐伊换衣服的时候，莱尔德会像小绅士一样背过身去。就在这时，他又听到了一些细小的杂音。说是人声也不对，说是脚步声也不像。这次声音不是从楼下的橱柜传出来的，而是来自他眼前的衣柜。

他困惑地看着衣柜。它应该是深棕色的，现在怎么变成了棕红色？而且，柜门的质地还从木头变成了金属，看着一点也不像个衣柜。

莱尔德凑近一些，仔细观察，才发现它根本不是柜子，而是单独存在的大门。他从没在家里见过这扇门，也不知道它会通向哪里。

金属门板虚掩着，还在微微地晃动。

莱尔德想，刚才的细小杂音也许就是出自这里。

接着，他又想到了很多事。从前他一直能听见很多奇奇怪怪的声音，遥远的动物叫声，很多人的脚步声，大人说话的声音，半夜敲击他房间屋顶的声音……外婆和佐伊都认为这是噩梦，很多小孩都会这样。

现在莱尔德突然明白了，一定是因为家里藏着一个神秘地下通道，那些声音都是从地下通道传来的！

莱尔德有点怕，也有点小小的兴奋。他喊了一声"妈妈你看"，然后立刻忍不住扒开门缝，踏入了门的另一边。

里面黑漆漆的，但莱尔德并不太害怕。他从小就不怕黑，妈妈和外婆经常为此夸奖他。

接着，莱尔德身后传来了佐伊的尖叫声。他回过头，看到还没扣好衬衫扣子的佐伊朝他扑过来。她的眼神极为惊恐，脸色一瞬间就苍白得毫无血色。

　　莱尔德高喊着"我没事",并且迎向妈妈,在他差一点点就能碰触到她的手时,那扇门在他们二人身后关上了。

　　四周顿时一片漆黑,伸手不见五指。莱尔德扑向妈妈原本所在的方向,却什么都没摸到。

　　与此同时,他能听到佐伊在疯狂地喊他的名字,甚至能听见她的脚步声。他循着声音尽量靠近她,可是无论他怎么摸索也碰触不到她。

　　大概对佐伊来说也一样,她也可以听见莱尔德在呼唤他。两人在黑暗中似乎近在咫尺,却始终无法接触。

　　莱尔德回忆着所有来自大人、书籍、电视的知识,想起了一个生活小常识:刚刚关灯之后,人会看不清屋里的东西,这时候,只要你故意闭上眼再睁开,眼睛就可以渐渐地适应黑暗,就能够看到周围了。

　　他按照这个常识去做了。如果一次不够,就多做几次,如果仍然看不见,就让闭眼的时间更长些……

　　再一次,他睁开眼,这次他能够看见东西了。

　　他站在自己的房间里。不是这座房子里的房间,而是他从前的家,位于松鼠镇,父母还在一起时的那个家。房间里静悄悄的,佐伊并不在这里。他现在完全听不见她的声音了。

　　小莱尔德犹豫了很久才走出房门,并且发现,外面并不是父母的家,而是一个他完全不认识的世界。

　　一开始,他哭着寻找妈妈,自言自语,给自己加油鼓劲,到处寻找电话……时间不知过了多久,他不再哭泣,也不再出声,而是漫无目的地徘徊。

　　他见到了很多东西。

　　见到了后来会被他忘记的一切。

　　2002年4月11日,实习生把莱尔德从午睡中唤醒。

　　莱尔德知道,又到了做"专项治疗"的时间了。那件事让他很痛苦,他很讨厌它,但他从没有坚决抗拒过。

　　偶尔他听见实习生说漏了嘴,把"治疗"说成什么"探查"。他没有就此提问,因为他不在乎这件事究竟叫作什么。

听说"专项治疗"可以帮他想起五岁时的经历。医生们说,这会有助于治疗他的病,但他最在乎的其实不是病情,他想知道的是:我是如何与佐伊分别的,如今佐伊又身在何方?

前几次治疗好像没有什么结果。莱尔德能回忆起一些零星的感受,却回忆不起来完整的记忆。就像是从梦中醒来,醒来的瞬间还能记得一些事情,彻底清醒后,梦里的经历就不知不觉地消散了。他记得那是噩梦,记得痛苦的程度,甚至记得其中所有汹涌的感情……但就是想不起具体的事件来。

他有种感觉:其实治疗是有用的,在以前的治疗过程中,我一定是想起来了很多事,那些事就在我的脑子里,随时与我在一起,我只是无法留住它们而已,这一次,我一定要留住它们……

"治疗"开始前,实习生坐在莱尔德头边,握住了莱尔德的手。医生默许他这么做了,说这样能让小孩子乖一些,也不错。

莱尔德忽然想起小时候看过的一本图画书,好像还有改编的动画片……他忘记了五岁失踪期间的经历,却还记得那个《小狗迪迪》的故事。

迪迪的妈妈变成了星星。

在她徐徐升上天空的时候,她告诉迪迪:

从今以后,你要独自去旅行了。我知道你很难过,我知道你会为与我分别而哭泣。但是,在哭过之后,你还要继续踏上旅程。不要害怕危险,也不要害怕寂寞。将来你一定会遇到其他小动物,在他们之中,也有别的小孩像你一样正在独自旅行,像你一样寂寞。

和小伙伴在一起吧。当你们难过的时候,当你们害怕的时候,你们可以握紧彼此的手。

莱尔德闭上眼,感受着掌心的温度,聆听着熟悉的仪器声和医生的话语,慢慢沉入黑暗之中。

他见到了很多东西。

见到了曾经被他忘记的一切。

他哭叫着奔向前方,妈妈就站在那里。

她蹲跪下来,向他伸出了手。

　　佐伊脸上的眼泪和溶掉的妆混在一起，她的眼神中写满恐惧，嘴角却挂着微笑。莱尔德恍恍惚惚地继续靠近她。她的表情像是久别重逢的喜悦，又像是直面死亡时的绝望。

　　突然，他的脚踝一疼，有什么东西绊倒了他。地面平平整整的，没有石头或树根，只有个面积很大的图形。图形是用暗红色液体画成的，上面的线条以十分复杂的形式交错在一起，周围还写着许多无法辨识的字母。

　　他跌倒在这个图形里，怎么挣扎也站不起来。他的喉咙里发出动物一样的嘶吼声，目光一直停留在佐伊身上。

　　佐伊身后，有一个身形渐渐浮现出来。那是一个陌生的女人，她身穿淡色的连衣裙，棕色长发整齐地垂在肩头。

　　佐伊跪在地上掩面哭泣着。棕发女人握住她的手，将她搀扶起来。

　　莱尔德留意到，佐伊的手很瘦很长，骨节分明，手指脏兮兮的，指甲缝里还残留着泥土；而另一个女人的手却十分白皙，看起来柔软而娇小，上面没有任何污垢。

　　佐伊的目光有些呆滞。看到活生生的人，她却并没有表现出应有的激动。

　　棕发女人先开口了："别怕，我可以帮助他。"说着，她将目光投向莱尔德。

　　"你是什么人……"佐伊用沙哑的声音问。

　　棕发女子露出甜美的笑容："你可以叫我伊莲娜。"

　　列维失去了意识。再醒来的时候，他躺在门棚下，身后是孤岛上的小房子，前面不远处是滚滚河水。

　　莱尔德躺在他身边，还在昏睡。两人身上都布满血污，简直惨不忍睹。

　　"终于还是昏倒了，"列维对着莱尔德低声嘟囔，"如果他不昏倒，我都觉得不正常。"

　　列维爬起来，望向更远的地方。从这里还能隐约看到河水对面的山丘，小径沿着坡度攀缘向上，直到隐没在昏暗的空气中。

　　就在他思绪有些放空时，身后传来了轻轻的咔嗒一声。他回过头，屋子的门打开了一条小缝。

门缝里探出一个小脑袋："先生……抱歉，我忘记你叫什么了。"

"你……你是米莎？"列维十分惊讶。

"是我，不久前我看见你了，你和莱尔德，还有我妈妈。"米莎的声音很小，语气很轻快，"对了，我已经见到我妈妈了。谢谢你们。"

"你妈妈在这里？"列维问。

米莎把门开得更大："你们进来吧，里面安全些。"

列维没有问为什么"里面安全"，反正他原本也打算进屋去。他把莱尔德扶起来，架在肩膀上，跟着小姑娘走进了房子里。

在"辛朋镇"的时候，列维和莱尔德曾经进入过这幢房子——虽然不是真正意义上的同一幢。房子内的基本布局没变，摆设上却有些细小的差别。

米莎一路跑上了楼梯，招呼列维跟上。列维叹了口气，半拖半抱地带着莱尔德一点一点往前挪。

二层的变化较大，和那幢"同款"房子明显不同。原本该是艾希莉房间的位置，现在竟然是一道楼梯口。楼梯是木质的，又窄又陡，似乎通向第三层。可这幢房子只有两层……从外观看，房子里根本没有容纳第三层的地方。

列维盯着楼梯时，米莎去推开了塞西的房门。

"那位……你请进，"女孩用自己的身体抵住门，双手模仿酒店门童的动作，"莱尔德得躺下，你可以把他放在这边。"

列维走过去："对了，我叫列维。这个名字很难记吗？"

"哦……好的，我记住了。"小姑娘不好意思地低下头。

米莎给人的感觉不太一样了。列维上次见到她时，她是个沉默寡言的小孩，其实现在的米莎也不算特别活泼，神态还是有些儿童特有的拘谨，但言行变得主动了很多。

房间内部变样了，不是之前他见过的"塞西的房间"。这里的面积更大，几乎有教室那么大的面积。房间里面凌乱不堪，家具和装饰物呈现出一种诡异的无序感：有些眼熟的家具在"塞西的房间"，还有些陌生的儿童家具。双人床和儿童床横着交叉，床垫融合在一起，梳妆台平放在地上。镜子插进墙壁里，露出一半，另一半从天花板上伸了出来。天花板上挂着月亮形状的灯，旁边还紧挨着一盏圆形的吸顶灯，两盏灯相接处交融在一起。地毯铺垫在角落，多余的部分爬上墙壁，两种不同颜色的地板犬牙交错，地毯和墙纸交接的地方没有明显的分界线，而是像两种霉菌互相侵袭般地连接在一起……

这个房间……就像是两张不同房间的照片，被人在电脑软件里打开，并且以诡异的审美强行拼合在一起。

那张交叉的床上躺着一个人，正是不久前消失掉的塞西。她背对门口侧躺着，身体因喘息而微微起伏。列维看不出她是受伤了还是怎么了。

米莎指了指墙边的沙发："莱尔德可以躺在这儿。"

列维看着沙发皱了皱鼻子。沙发的一侧扶手融进了墙壁，另一侧和天蓝色玩具箱连在一起。

他把莱尔德放上去，莱尔德的脚伸出沙发外，垂在玩具箱上。玩具箱的盖子不见了，列维正好看见里面的东西。

里头有一些他不认识的卡通手偶，一套还没拆封的乐高，泄了气的儿童足球，充气小锤子，五颜六色的积木……在积木的上方，躺着一只挺眼熟的小熊。浅黄色小熊，它戴着黑领结，左手破了个小口子，露出了棉花。

列维想起这东西了，他没见过它，但是听莱尔德提过。莱尔德说过自己拥有过这样一只小熊，小熊曾经出现在他们刚刚"进门"之后看见的房间里。还有那些积木，莱尔德也提到过积木。

这个房间里并没有列维觉得眼熟的东西，他童年记忆中的绿色塑料士兵不在这里。

列维坐在沙发上沉默了很久。他不太擅长和小孩打交道，但现在能醒着回答问题的只有米莎一人。

"我们在什么地方？"他问。

说完之后，他意识到自己的语气可能有点生硬，像是在和执行任务的特工接头似的。他实在装不出那种专门和小孩说话的柔和腔调。莱尔德就很擅长这些，别看他没好好上过学，装个儿童问题专家还是能装得挺像。

米莎没有正面回答，而是问他："你看过一个故事吗？有个人被大鲸鱼吃了，他在鲸鱼肚子里遇到一个老伯，那老伯一直生活在鲸鱼的肚子里。"

"我看过这个故事，"列维说，"怎么，我们在鲸鱼的肚子里吗？"

米莎低下头，睫毛扑扇了几下，似乎面露怯色："有点类似。但是……我说不好。"

"说不好也没事，你随便说。"

米莎回头看了看塞西，又凑过去看莱尔德，似乎是在确认他们有没有醒来。她对列维压低声音说："我们现在在伊莲娜的肚子里。"

列维愣了好几秒，简直不知道下一句该说什么。米莎抿着嘴，等待着他的反应。看他不说话，小姑娘有些懊恼："你不相信我。"

"不……我……"列维问，"你是说伊莲娜吗？不是佐伊吗？"

米莎的眉头顿时舒展开："是伊莲娜，也是佐伊。一开始是伊莲娜，她本来是伊莲娜，但后来佐伊取代了她。"

列维问："你的意思是，一开始是伊莲娜控制着那个虚构的辛朋镇，后来佐伊出现了，她用某种方法压制了伊莲娜，得到了控制这一切的权力？"

"没这么复杂，其实没有什么镇，"米莎说，"就是伊莲娜和佐伊而已。我小时候见过伊莲娜，她还跟我说过话，后来渐渐地……她就不是她了，但那时的我不知道，我以为一直都是她。直到我被吃到大鲸鱼的肚子里……不，应该是伊莲娜的肚子里，我才知道，她不是伊莲娜，而是佐伊。"

和小孩说话真费劲……列维又是半天没说话。他隐约觉得，米莎说的话应该有一定的真实性，但她的理解充满了童趣，和客观描述肯定有很大差距。

列维只好顺着她的思路问："佐伊为什么要'吃'你？"

"其实这是伊莲娜的错，"米莎的语气倒像在模仿大人，"伊莲娜总是去见我，还说我有天分，虽然我很害怕……但这给佐伊留下了印象，让佐伊也记住了我。后来佐伊替代了伊莲娜，她就开始找我，因为她觉得我是她们的小孩，她觉得小孩应该被带回来。"

米莎又看了一眼塞西，继续说："后来我妈妈也看到了伊莲娜，只是那个伊莲娜不是伊莲娜，她其实是佐伊。在佐伊的眼里，不是我妈妈在带着我逃跑，而是属于她的小孩正在被别人带走。所以佐伊要抓我，要把我带到这里来。"

"然后呢？她抓了你，自称是你妈妈？"列维问。

米莎摇摇头道："她抓我，仅仅是因为她对我有印象，而这些印象来自伊莲娜。佐伊根本不认得我。对了，这些都是伊莲娜告诉我的，她说这是什么来着……对，本能，她说佐伊疯掉了，做事情仅仅是凭着本能。"

"伊莲娜也在这里吗？"

"在的。"

列维突然抓住米莎的双肩，把小孩吓了一跳。看到她的反应，列维又赶紧放开了手。"她在哪里？我想和她谈话。"

米莎稍稍后退了一点，说："恐怕不行。现在伊莲娜不能动，也不能说话。我刚到这里的时候，伊莲娜还能清醒着说话，能带我到处看看，还说可以想办法送我回家……后来佐伊知道了，佐伊就生气了，她更加严厉地管束了伊莲娜，伊莲娜就醒不过来了。"

列维把这段话反复消化了几遍，怎么也拼凑不出通顺的逻辑……和小孩沟通真是太费劲了！

他耐着性子问："你说伊莲娜醒不过来是怎么回事？她是在睡觉，还是生病了？"

"差不多吧。但不是因为生病，是佐伊困住了她。"

列维看了床上的塞西一眼，问："你的妈妈也是这样吗？她被佐伊弄昏过去了？"

米莎说："不一样。我妈妈从裂缝掉进来的时候，她一点准备都没有，这样对她很不好……非常非常不好。所以，她的感知被暂时剥夺了。"

"感知被暂时剥夺"这个词汇，显然不是七岁小孩能自己总结出来的。列维倒是听说过它，这是一种学会导师才掌握的技艺。

列维问："是伊莲娜做的吗？但你说她不能动也不能说话……"

米莎平静地说："不是伊莲娜，是我做的。"

"什么……"

米莎从裤兜里掏出一支无墨笔，它比列维的无墨笔旧很多，形状也不太一样。

她说："以前伊莲娜还清醒的时候，她教我的。用笔和纸就能做到，没有纸用地板和墙也行。她还教了我一些别的东西，有的我还不太会。"

列维看着眼前的小孩，她的形象和他记忆中的很多孩子重合起来。那些孩子不是普通人家的学龄儿童，他们是受训猎犬、导师学徒……伊莲娜说米莎"有天分"，看来这是真的。

"那么……"列维忽然觉得，和小孩沟通也没那么困难了，"你妈妈掉进什么裂缝，也是你做的吗？"

米莎说："那倒不是。那是个本来就存在的裂缝，以前就在。伊莲娜提醒我后我才知道它的用法。我用它出去找过你们。"

列维点点头："我记得。那时你在艾希莉的身体里……就像穿着她的皮一样……"

米莎皱着眉头，使劲抿了抿嘴，似乎不怎么喜欢"穿着皮"这个说法。

"原来它叫艾希莉啊！"她小声感叹着，"我们都用它做掩护，这样我们就可以做很多事，而且不被佐伊发现。"

"我们？"列维问道，"除了你还有谁？既然伊莲娜动不了……是丹尼尔吗？"

米莎惊讶道："你也认识丹尼尔呀？"

列维点头。米莎继续说："这个方法就是丹尼尔教我的。佐伊监视不了原住民，原住民在她眼里就跟不存在一样，所以当我们发现有个原住民不小心闯进了佐伊的身体，我们就赶紧把她留住了。"

"什么原住民？"

"就是你说的艾希莉。"

列维叹了口气，手肘撑在膝盖上，用手掌托着额头。他想感慨的事情太多了，一时都不知哪个才是重点。米莎称艾希莉为"它"，还称她为"原住民"。看来在不认识艾希莉的人眼里，她和一路上可以见到的各种怪异生物没什么区别。

列维问："既然你能出去，为什么不穿着艾希莉的皮逃跑呢？"

米莎回答："没法跑，我们都试过。即使用它出去，时间也不能维持太久，时间一到，它就会自动返回去。它好像喜欢这里。而且，我在外面没法离开它的身体，我试过，根本爬不出去，就像变成了它的一部分似的。

只有在大鲸鱼的肚子里，我才能从艾希莉身体里面爬出来，或者爬进她的身体里。"

"大鲸鱼的肚子有多大？"列维问，"这里肯定是，那辛朋镇也是？"

"嗯，小镇也是。我也在那里生活过，就是你说的那什么镇。我在那里住了很久，那时候我一点也不想妈妈，因为只要留在那里，我就会变傻，会忘掉很多事情。所以我没法在那个镇里找你们，即使我在艾希莉的身体里也不行。不过，正好佐伊也不喜欢我跑得太远，她喜欢让我和伊莲娜藏在很深很深的地方，比如这里。她可能不知道，到这里之后，我反而不那么傻了，还能想起很多事来。"

列维想了想，说："我大概能猜到是为什么。因为这个地方是佐伊做出来的吧……"他看了一眼玩具箱里的布偶熊，还有整个布局混乱的房间，"而'外面'那个辛朋镇，多半是伊莲娜的作品。伊莲娜是资深的导师，她的技艺更完善、更成熟。即使像你说的那样，现在佐伊是这一切的主人，她也不过是继承了伊莲娜的成就，并不能百分之百地控制它们。"

丹尼尔也表达过类似的意思。就在列维偷偷跟着丹尼尔与莱尔德的时候，丹尼尔曾这样说过："如果是伊莲娜要对付我们，我们早就完蛋了，正因为她不在，我才有机会找到你们……"

米莎歪头看着列维，没有答话。列维笑道："怎么？听不懂了啊？我还以为你听得懂呢。毕竟你连什么是学会的猎犬都知道，伊莲娜还教了你导师技艺。"

"我也不是全都懂……"米莎有点不开心地嘟囔着。

她又沉思了一会儿，忽然说："列维先生，我想求你答应我一件事。"

看着她小大人一样的态度，列维有些想笑，但他还是严肃地回答："你先说是什么事。"

"伊莲娜说会送我回家，"米莎说，"等我们回去了，你千万不要把我们谈的这些事告诉我妈妈。"

说着，她走到那形状古怪的床前，看着侧卧的塞西。

塞西被剥夺了感知。列维没经历过，不知道被完全剥夺感知是什么样的体验，他只知道这是导师们可以做到的一种技艺，当年带他的老师也会，但他一直没能掌握。

现在的塞西应该没有任何感觉，没有视觉，没有听觉，没有嗅觉，没有触觉，没有悲伤，没有恐惧，没有痛苦，也不会做梦。也许她根本感觉不到自己的存在，也听不到米莎口中这些陌生的词汇，看不见七岁的女儿有着如此成熟的神情。

列维看着这孩子："你很确定我们能回去，为什么？"

"你先答应我啊！"米莎催促道。

"行，我答应你，我不告诉塞西。"列维说，"换你回答我，你为什么确定自己能出去？"

米莎说："只要伊莲娜好起来，我们就都能出去。安吉拉就是这样离开的。你知道安吉拉是谁吗？"

"知道。她是你外婆。"列维了然地挑了挑眉。

怪不得安吉拉和其他失踪者不一样。

在疑似遭遇"不协之门"的案例里，除了安吉拉几个小时后又出现在了公寓里，其他的当事人基本都永远失踪了。

她画下了辛朋镇的地图，地图内没有任何不属于辛朋镇的区域……如此看来，她应该是直接走进了"鲸鱼的肚子里"，她一直处在伊莲娜的力量范围之内，可能根本没有见过辛朋镇之外的区域。

"那么，伊莲娜要怎样才能好起来？"列维问，"也许我们可以去看看她。她在哪儿？"

米莎指了指上方："她在三层。她不让我上去。"

"楼梯不就在那边吗？"列维问。

米莎说："我知道楼梯在那边。但是，她不让我上去看她。在她的声音消失之前，她叫我一定要答应她，我答应了。"

"她只说了不让你上去？"列维的语调在"你"上加重。

米莎点点头。

列维起身去拉开门，回头瞥了一眼米莎："你还真是个信守诺言的孩子。"

米莎小声说："要遵从上级导师的命令。"

尽管列维是学会的猎犬，十几年前还曾经是导师助理，但听到七岁的孩子说出这句话，他还是不由自主地浑身一颤。

就在列维走出门，面向通往三层的楼梯口时，身后传来一声虚弱的呼唤："等等……列维，等等我。"

列维回过头，通过开着的房门，看到莱尔德从沙发上爬了起来。

莱尔德起身时晃悠悠的，米莎想搀扶他，他伸手揉了一把米莎的脑袋，下手可能有点重，简直像在把人家的头当拐杖用。米莎一脸不悦地躲开了。

列维问："你醒了？什么时候醒的？"

莱尔德靠着门框，一手捏着眉心道："醒了一小会儿，头昏脑涨的，起不来。现在好多了，我们一起上去看看。"

他用力眨眨眼，松开扶着墙的手，往列维所在的方向走。从姿态看，他不仅是虚弱，肢体还非常不协调，就像醉酒的人无法控制自己的行为一样。

路过列维身边时，莱尔德抬眼死死地盯着楼梯，完全没看脚下，结果跟跄了一下。列维一把捞住他，顺势让他靠在自己身上。

莱尔德全身软绵绵的，他紧紧靠在列维身上才勉强找回平衡。

他露出感谢的微笑，可列维的脸色却沉了下来。

莱尔德踏上第一级台阶的时候，列维抓住他的后衣襟，一把将他拽了回来。身体本就不协调的莱尔德没能站稳，直接摔在了地上。

房间门口的米莎惊叫了一声。列维指着她说："回屋里去，关上门。"

米莎听话地关上了门。虽然她被伊莲娜教得像个小大人，但本质上还是个畏惧成年人的小孩。

莱尔德面露惊惶，扶着墙壁想爬起来，列维站在他面前皱眉盯着他，他下意识地停下动作，瘫坐在地上不动。

"你是谁？"列维问。

"你不认识我了？"莱尔德一脸震惊，"我当然是莱尔德，你失忆了吗？"

"你不是莱尔德。"

"我……"

列维突然扑上去，双手抓着他的衣领，把他从地上提起来，紧紧地压在墙壁上。

"莱尔德在哪儿？你把他怎么了？"

莱尔德扑腾了几下，发现自己完全无法挣脱列维的钳制。他叫嚷着，说自己明明就是莱尔德，还说列维脑子有病，是不是刚才在河里进了水什么的。

列维丝毫没有放松力气，冷眼盯着他，评价道："你说话的风格还挺像莱尔德，学得不错。"

"什么叫学？我本来就……"

列维突然松开他的衣襟。莱尔德刚站稳，列维没有给他躲闪的机会，一只手压在他的胸前，另一只手扼住了他的咽喉。

列维想着：如果他是真正的莱尔德，那他的反应可绝对不只是抗议和骂人……他恐怕已经吓得浑身发抖了。莱尔德也会骂人，但他更多的是会瑟缩，说话会前言不搭后语。这不是因为他害怕被伤害，而是他对肢体接触有生理性的恐惧。

从"莱尔德"醒过来的时候起，列维就隐约觉得他有哪里不对劲。

他看米莎的眼神，他的肢体动作，他望着三层时的神态，他走路不稳时的细小反应……每个地方都不对劲。

直到他上楼梯时差点摔倒，列维扶住了他……那时，列维才猛然意识到，那根本不是莱尔德会有的反应。

莱尔德被人碰到的时候，虽然他口头上会故作轻松，但身体会紧绷得像只临死的兔子。当然，他能够忍耐这些恐惧，故意不表现出明显的排斥，但表情和话语可以伪装，肌肉的紧绷或放松却很难控制。

这个"莱尔德"一点也不排斥肢体接触，甚至还因为被搀扶而面带谢意。

列维扼住这人的脖子，但没有过分用力，力度维持在带有明显威胁，又能让他发出声音的程度。

"我很好奇，"列维说，"我一直觉得你好像有点怕我，之前我还想这是不是错觉……现在看来，应该确实是错觉吧？否则……你怎么敢这样大摇大摆地骗我？"

"你在说什么？"被控制住的人挣扎了几下。捏着他脖子的手很有分寸，压在他肋骨上的那只手却用上了很大的力气，让他有些呼吸不畅。

列维盯着他："你知道我在说什么，丹尼尔。"

第三十三章
-Qingwu Dongcha-

妈妈

"莱尔德"先是愣了一愣，接着开始不停地狡辩起来。列维没答话，就默默地看着他说。

最后，"莱尔德"不说话了，他低下头，露出一副认命的表情。

"行了，你先放开我。"口音变了。嗓音还是莱尔德的嗓音，语调却完全变成了丹尼尔的语调。

列维说："不行，你先把莱尔德还来。"

"他又没跑！他就在你眼前呢！"

"那你离开莱尔德。"

"这又不是附身，哪有什么离开不离开的？我就是莱尔德，莱尔德就是我。我把自己送给他了。"

列维皱着眉，下意识收紧了手掌，丹尼尔虚弱地推搡他，却根本挣脱不开。直到列维自己觉得差不多了，才主动松开手，让他跌坐在地上。

丹尼尔喘了半天，才面带怯色地抬起头："你……你以为只要掐死我，莱尔德就能被换出来吗？别这么幼稚！我说了，这又不是附身……"

"我没想掐死你，"列维说，"我依稀记得，这里的生物似乎都不会死。不知道'辛朋镇'里的人是否例外，不过我估计也是一样的，你不会死的。"

"对啊，所以我们和平一点，好好合作，不好吗？"

丹尼尔扶着墙想起身，列维一脚踩在他的肩头，把他踩回了地上。丹尼尔闷哼了一声，眼睛里闪过瞬间的恐惧。

列维默默确认了一件事：丹尼尔的肢体是真的不协调，他没法很精准地控制莱尔德的身体。莱尔德虽然很容易昏倒，但还不至于柔弱到这个地步。

"你不是很怕我吗？真奇怪，怎么这么不听话？"列维的脚踩在"莱尔德"的后颈上，居高临下地看着他。

丹尼尔苦笑了一下："哈，我确实有些害怕你，因为你是……"

"我是什么？"

丹尼尔顿了一下，并没有好好回答："但……现在也没那么怕了。现在我看到的你，只是一个正常的成年人类，而不是……"

他又一次欲言又止，改口说："还有，我经历了很多，如今我很难再去怕什么了。"

列维叹口气："不用提这些，之前我听见了你和莱尔德的对话，你的心路历程啊，你受到的折磨啊什么的，我都知道，不想再听一遍了。行了，你把莱尔德还回来。"

丹尼尔紧紧闭了一下眼睛，一脸不胜其烦的表情："做事情要分轻重缓急！我们现在首要的任务是去见伊莲娜，是去唤醒她……不是吗？"

"是又怎么了？"列维重复道，"你把莱尔德还回来。"

"难道你不想救出伊莲娜吗？接下来你会需要我帮你的！"

"就算需要你，也得等需要的时候再说。现在我不需要你。"

"你……"丹尼尔半侧躺着，艰难地斜眼向上看，发现列维正在把玩着一支笔。那是一支金属的无墨笔，笔尖似乎刚刚被磨过。

丹尼尔叫道："如果你伤害我，就等于是在伤害莱尔德！他并没有被藏起来，他就在这里！他也会感觉到的！"

"我知道。"

列维松开脚，丹尼尔刚要爬起来，列维又踢了他一脚。

丹尼尔蜷缩起来，列维蹲下，拉住他的左手，按住他的手腕，把他压在地上。

列维语气平和地说："快点，把莱尔德还来。我知道你这个人很勇敢，但你也很怕疼。或者说，现在你最怕的就是疼。来，回忆一下那些钢索，回忆一下身体被穿出一个个洞的感觉……仔细品味一下。你最怕回到那种恐怖的场景里了，对不对？"

"但是……如果你想做什么……莱尔德也会……"

列维笑了出来："我一点也不担心他。你刚才说你就是莱尔德，那你是不是也知道他的经历？回忆一下吧，看看我和莱尔德都干过什么有趣的事。或者你在心里问问他，让他告诉你。"列维边说边看了看手里的无墨笔，"那时候可比现在过分多了……我知道他受得了，你就不一定了。"

丹尼尔沉默了一会儿，脸色越发苍白。列维看得出，他听懂那段话了。

"你确定吗？"丹尼尔缓缓摇着头，"你想起之前的大部分事情了，对吧？现在莱尔德也一样，他也能想起你们进入辛朋镇之前的经历……但是，他不能想起来，他会受不了的……"

列维说："我明白。一旦他想起了从前的经历，他就会感受到真实的身体状况。"

丹尼尔仍然试图说服列维："既然你明白，你还要让他醒着感受这一切吗？你到底是重视他还是恨他？"

列维嗤笑道："丹尼尔，你就是不想交出这具身体的控制权而已。你我都知道，莱尔德身上有个叫卡帕拉法阵的东西，你说过，它相当于一个控制台。你可以控制莱尔德的感知，或者他自己也可以学习去做这些。刚才我见到了一个有天赋的导师学徒，她才七岁，就已经学会如何剥夺感知了，并且成功地在她母亲身上施展了这个技能。七岁学徒都做得到的事情，难道你身为资深导师做不到？"

话音刚落，列维手中的无墨笔直戳了下来。丹尼尔注意到了，他拼命缩起胳膊试图躲避，可列维的另一只手攥着他的手腕，他无处可逃。

笔尖接触到丹尼尔手背上的虎口位置，落在皮肉最薄的地方，原本它可以轻易刺穿皮肤，但它在此时突然改变方向，只在皮肤上划出了一道浅浅的痕迹。

列维收起笔，松开了手。

莱尔德在地上趴了一会儿，蠕动着靠到墙根，蹭着墙一点点坐起来。

"吓死我了……"莱尔德长出一口气，"你真是吓死我了……"

这是莱尔德。听他说出第一个音节的时候，列维就感觉到这是莱尔德没错了。

列维站起身，伸出手去扶莱尔德。莱尔德犹豫了一会儿，才搭着列维的手，缓缓站起来。

列维问："什么吓死你了？"

"还能是什么？当然是你啊！"莱尔德说，"刚才我一直在，一直看着这一切呢。"

"你腿都被碾碎过，还会害怕被笔扎个孔吗？"

莱尔德一脸头痛的表情，说："难道你拔过智齿了，就从此不会害怕补牙了吗？"

"我本来就不害怕看牙，"列维说，"还有，我没智齿。"

"你的智齿没发过炎？"

"不，我没智齿，我只有二十八颗牙。"

"确实也有些人会这样……"莱尔德停顿了一下，"我们干吗要聊牙齿的事？"

列维说："是你先提智齿的。你紧张的时候就爱絮絮叨叨，我只是在配合你。"

莱尔德没否认，也没再说话。

列维试着把话题拉回来："我说起腿被碾碎的事，你好像并不吃惊。看来你终于想起我们之前做过的事了。"

莱尔德笑了一下："什么叫'之前做过的事'，听起来就好像我们做了什么很变态的事一样。"

"也确实挺变态的，"列维自我评价道，"我们在'第一岗哨'里找到了路，为了送别人出去，我们不得不让你……变成这样。客观来说，那个过程是挺变态的。"

"是啊……那么痛，我竟然能忘掉……"莱尔德虚弱地感叹着。

离开温暖的河水之后，莱尔德就回忆起了之前的事情。当然，他也回忆起了在"第一岗哨"里的种种经历。

他记得自己的一条腿断了，不只有一处骨折，是从脚尖到膝盖，所有骨头都一点点地粉碎了。他现在暂时想不起来，到底是哪一条腿遭遇了这样的事情。

他的手臂也无法自由移动，身体上更是有很多他没有去看的伤处，有些伤口没有流血，但造成了体内肿胀，还有些伤看似细小，却可以带来下地狱般的剧痛。

现在莱尔德看着自己的双腿，却看不到任何异常。他的裤子上浸透了带腥味的液体，有些恶心，但双腿还很健康，看起来毫无异常，而且腿上的疼痛也被压制住了。

正常来说，一旦他想起那些经历，就会感受到真实的身体状况。现在他之所以能够毫无痛苦地保持清醒，都是因为身体里有那个被称为卡帕拉法阵的东西。丹尼尔藏在他的身体里，操纵着这个看不见的"控制台"。

至于丹尼尔是如何做到这些的……莱尔德想起了自己曾捧过的"蜡烛"。

走在山坡小径上的时候，丹尼尔走在前面，手里有一盏被点燃的"蜡烛"，莱尔德走在后面，捧着没有被点燃却仍然在发光的"蜡烛"。在丹尼尔碎裂消失之前，他手里的"蜡烛"已经不发光了，而莱尔德的"蜡烛"却燃起了明火。

"你想什么呢？"列维打断了莱尔德的沉思，"你是不是在偷偷和丹尼尔说话？"

莱尔德笑道："没有。你为什么会觉得我在和他说话？"

"你刚才话那么多，然后突然就沉默了，脸上表情还一直在变。"

莱尔德摇了摇头："我没法和丹尼尔说话，我们两个不是同时存在的。他确实是以某种方式和我在一起，但不是以你想象的那种方式……用他的话来说，'不是附身'。"

列维问："你们两个不是同时存在，但当他面对着我的时候，你却可以知道他说了什么，也能清醒地看着我？"

"对，"莱尔德说，"现在我感觉不到他，完全感觉不到。至于刚才……

我只是看着你，看到你要拿笔刺我，突然我就意识不到丹尼尔的存在了。我……我觉得就是自己在和你说话，没有别人，直到某个瞬间……直到丹尼尔'走'了，我才突然清醒过来，才突然意识到之前的自己很不对劲。之前那些反应、那些话语，不该是我表达出来的。"

列维耸耸肩："挺难理解。我还以为是'黑暗里囚禁着一个小小的人，无助地看着别人控制自己的身体'什么的……"

虽然莱尔德也很困惑，但这感受对他来说并不陌生。在树林尽头的断崖下，他被那个满身都是手臂的灰色猎人捉住的时候，就有过类似的体验。

现在想来，那时的灰色猎人应该也利用过卡帕拉法阵，用某种方式入侵他的意识。

莱尔德现在仍然保有那时产生的念头：撕毁书页，处决猎犬，杀掉所有拓荒者。

在悬崖边的时候，莱尔德真的对列维开了一枪，幸好当时他头脑昏沉，什么也没打中。那时他也完全没有被谁"操控"的感觉，他的冲动完全出自内心。

"杀掉拓荒者"的念头强烈且炽热，让人无法忽视。直到现在，它也没有在莱尔德心中消散，只是自然而然地沉淀了下去而已。

就像人们在日常生活中的某些念头一样：很多人都有过变得不像自己的时刻，或产生特别疯狂的想法，少数人会付诸实践，多数人最终什么也不会做。

日子一天天过去，当初的冲动渐渐淡去，人们忙着向前走，忙着应付眼前的各种变故，不会再纠结于昔日的一个念头。

但是那些念头并没有消失掉，只要人们愿意，他们就能轻易回想起它们，甚至可能让它们再次燃烧。它们不是外来之物，不是能够被移除掉的异物，从产生之日开始，它们就是自己的一部分了。

在被列维逼问的时候，丹尼尔说了这么一句话："我就是莱尔德，莱尔德也是我。我把自己送给他了。"

现在，莱尔德仔细琢磨着这句话，再想想从灰色猎人那里得到的念头……他对自己身上发生的事有了隐约的概念，却没法用精确的语言去形容它。

这时他正好抬起头，看向前方。走廊里的房门开了一个小缝，米莎站在里面，戒备地握紧门把。她不肯把门再开大一点，只通过门缝往外看。列维站在门前微弯腰地解释着什么，大概是他刚才的动静吓到了小孩。

一开始莱尔德并没有听清他们在说什么，他恍惚地想：列维大概根本不懂怎么和小孩说话吧？他越说，小孩就越会害怕。

可是，当莱尔德仔细去听时，他发现事情并不是自己想的那样，列维和米莎沟通得并不困难。

米莎虽然确实有些怕他，但她仍能正常地与他有问有答。

他们提到剥夺感知，提到法阵，提到三层的伊莲娜，米莎像个小大人一样皱眉摇头，说什么"有些我还没搞懂，我还不是书页"……

看着这样的米莎，莱尔德本该大大松一口气才对。米莎的形象仍然是七岁小孩，她没有长出多余的手脚，也没有失去眼睛或皮肤，更没有忘记他们这些人，没有忘记妈妈，没有忘记自身经历……这实在是太好了。

莱尔德曾经不止一次担心，万一他们带着塞西找到米莎，但是米莎变成了什么不可名状的东西，那时他们要怎么办……估计别人也有这样的担心，但大家都没有说破。

幸好，这种情况并没有发生。

但莱尔德心里仍有一丝隐隐的担忧——虽然这个小孩肢体正常、头脑清醒、记忆完整……但她真的还是原来的米莎吗？

即使她的身体没有发生任何变异，那么她的心灵、她的灵魂呢？

就像我一样……莱尔德低头看着自己的双手双脚。

我还是完整的莱尔德·凯茨吗？

其实丹尼尔说得对，列维确实是更需要他的。

如果要去见不知状况如何的伊莲娜，带着丹尼尔会比带着莱尔德有用。但是列维就是非要让莱尔德在这里。或者说，越是准备面对未知的状况，他越是认为莱尔德应该在这里。

　　如果只是坐在屋子里聊天，列维反而不介意和丹尼尔聊上几个小时。他会很有耐心的，毕竟丹尼尔也是学会的导师，而且和自己还貌似有血缘关系。不过，列维也很清楚，丹尼尔肯定不这样想。

　　他在丹尼尔眼中不是亲属，甚至不是学会的猎犬，而是某种他们谁都不愿说破的"东西"。

　　列维不想看那个"东西"。

　　自从察觉到它后，列维就能越来越频繁地看到它的倒影了。

　　在雾中的墓园内，在丹尼尔的恐惧里，在浑浊的河水中，在记忆里十二岁少年的瞳孔里……每次想到它，列维就会产生无法排解的烦躁。

　　他想起了一些理论，这些理论是很浅显的知识，给小孩子看的科普纪录片里就有：据说，只有极少数动物能认出镜影中的自己，大多数平时被人认为是"很聪明""通人性"的宠物，都会认为镜中或水面上的身影是另一只动物。影子和它四目相接，它感觉到影子的挑衅，于是它露出獠牙，发出威胁，而对面的"敌人"也在对它做同样的事。

　　人类也不是生来就能认出自己的。据说婴儿要成长到十二个月以上才能识别镜影，甚至有的孩子要用更久的时间。

　　婴儿第一次看到镜影时，看到的是蠕动的不明事物。他不掌握任何语言，也没有自我意识。他不知道自己看到的是什么，甚至不知道"看到"本身意味着什么。当婴儿多次接触镜影，他趴在镜子上与镜中的自己双手相贴，张开嘴巴，晃动身体，他意识到了自我，懂得了自己的动作与镜中人的动作之间的联系。

　　当幼儿看着镜影，他仍然不完全将它视为自己的附属物，而是半真半假地把它当成另一个孩子。他对它说话，突然回头看它，懵懂地试图找出它与自己的区别。

　　渐渐地，他终究会明白什么是镜影。镜中人微笑或哭泣的时候，他就会明白：此时我的模样也是如此。

　　列维不是婴儿也不是动物，他早就学会了从镜中辨别自己。不仅是狭义的镜子，其实人所见的一切都是镜子，都是映衬。所以，即使现在周围没有镜子，列维也能经常看到那个"东西"。

身为猎犬，他一直在主动探寻秘密，即使面对再阴森恐怖的传闻，他的应对方法都不是逃离，而是深入。

可是现在，当他在一次次"映衬"中见到那个东西时，他却一点也不想多看它，一点也不想去了解它……可以的话，他希望尽可能地逃避它，忘了它，让别人也不要发觉它。

他希望它只是自己偶然所见的幻觉，只要忽视它，它就会不复存在……但愿它真的是这样的东西。

于是，列维就尤为不愿意面对丹尼尔。丹尼尔也是一件映衬之物，会让他察觉到它。如果接下来他们会见到伊莲娜，也许这种察觉还会加剧。

所以，跟着他去三层的人必须是莱尔德，而且还必须是现在这个身穿脏兮兮的黑色长袍的莱尔德，连十一二岁时的莱尔德都不行。

莱尔德会在害怕的时候废话连篇，说些什么吃汉堡先吃肉、什么灵媒、什么智齿之类的话。和他说话的时候，列维想起的不是它，而是开车迷路的焦躁、疑似被跟踪的烦恼、各种假的工作证、单反相机、手提电脑、褪黑素、旅馆房间……还有令人尴尬的"用疼痛提高感知"和"肢体接触恐惧症"。

当然，也有一些风格不同的东西，比如他们在"第一岗哨"深处的阅读过程，这段记忆虽说有点冗长，但也没有坏处，它可以让列维回忆起身为猎犬的职责，令他有点隐隐的愉快。

现在，列维特别想要这些杂七杂八的东西。

如果他们可能见到伊莲娜，那么列维更希望带着这些东西去。它们就好像是行李号牌，或者社保号码，或者给货物分门别类的标签。

一件无法甄别的事物，被贴了标签，仿佛就有了稳定的归类。如果这件东西在没有"标签"的情况下见到伊莲娜，也许在见面的一瞬间，它就会被重新定义成别的什么。

列维已经走上了通往三层的楼梯，站在了折角的小平台上。这里的高度恐怕已经超过了一层楼的正常高度，但他已经不会感到吃惊了。

他向下看，莱尔德正跟在他身后，向上看，又是一段折角平台，以及尽头的墙壁。

楼梯和普通的室内楼梯一样，比较窄，两个人可以勉强并肩站立，但要并排行走就有点互相妨碍了。他们一前一后，继续向上走。列维走在前面，又经过两个小平台之后，他停下脚步，轻轻"咦"了一声。

莱尔德在他身后歪头问："怎么了？你看见什么了？"

"别这么紧张，"列维向左右伸出手，摸了摸两侧墙壁，"只是这路变窄了而已。"

莱尔德面色复杂，道："你凭什么认为这情况不值得紧张？我更紧张了好吗……"

"你都见过那么多诡异的画面了，怎么还会怕这个……"列维边说边继续向上走，"对了，别再用补牙拔牙做例子了，我不怕补牙，没法共情这件事。"

莱尔德在他身后说："不，我不是怕窄的地方，我是怕这里变得越来越窄啊！万一楼道越缩越小怎么办？比如说，一开始我们毫无知觉，只管继续走，等我们意识到的时候就已经没法回头了，然后我们会被卡住，脑袋都会被墙壁挤扁……"

列维在心里说：好的，开始了，因为害怕而导致的废话连篇开始了。

通道确实变窄了很多，现在两人完全无法并排站立，如果是块头特别大的人在这里行走，恐怕双肩都会擦到墙壁。

他们又走了几分钟，转过一个折角，发现前方楼梯的形状改变了，它从几步一个平台的室内阶梯，变成了直直通向高处的陡峭的长楼梯。楼梯仍然是木质的，两侧墙纸的颜色也和楼下一样。在墙壁高处，每隔几步就有一盏百合花形状的小灯，如果仔细观察，就会发现每盏灯灯罩上的污渍位置都是一样的。

莱尔德所担心的事情并没有发生。楼道一直维持着足够让人通过的宽度，没有继续发生变化，但这并没有安慰到莱尔德。

针对现在这条又陡又窄又长的阶梯路，莱尔德又提出了各种不同的恐怖猜想，比如"一个大石球从上面滚下来"，或者"一个大火球从上面滚下来"，甚至"一个无数尸体构成的大肉球从上面滚下来"……

起初列维边走边笑，当莱尔德把想象加码到"一个有放射性而且带着尖刺的大金属球滚下来"的时候，列维突然停下脚步。

莱尔德也跟着站住。列维回过头，皱着眉，像是发现了什么特别不妙的事情。

看着列维的神情，莱尔德顿时安静下来。他们两人都没有发出任何声音，脚下也没有丝毫挪动……但他们听见了脚步声。

木楼发出吱呀的响声，那是被人踩踏时才有的声音。如果屏息细听，还能听见皮肤蹭过地板的细小摩擦声，像是有人赤着脚正在缓慢地沿着阶梯向上或向下走。

狭长的空间中，这声音像是回荡在任何地方，似乎很远，又好像很近，令人无法分辨它的具体方位。

陡峭的木阶梯直线延伸，狭窄的空间也没有任何能让人躲藏的地方。列维和莱尔德一动不动地站了起码有一分钟，脚步声却一直在不近不远地游荡着，他们的视野内却始终没有出现其他人的身影。

列维对着楼梯低处喊："米莎？是你吗？"

没人回答。其实列维并不认为那是米莎，就算米莎要跟着上来，也不太可能弄出这种奇怪的动静。

在他出声的几秒后，脚步声停了。列维和莱尔德静静地等了好一会儿，脚步声没有再响起来。

于是他们继续向上走，莱尔德不停回头警戒着身后。又上了十几级台阶后，列维放慢脚步，侧过头，一脸无奈地道："莱尔德，你可以揪我衣服，但不要掐我的肉。"

莱尔德如梦初醒般地松开手。刚才他想让列维再走快点，于是伸手推了一下列维的背，然后……他的手就干脆没离开列维的衣服，就这么揪着它走了好长一段路。

"你别介意，"莱尔德耸耸肩，"我都被打那么多次了，那可比被掐一会儿疼多了，我都不介意。"

列维说："你要是特别害怕就直说，现在不会有人笑话你的。"

莱尔德深呼吸了两下："真可惜，我的枪丢了。如果能带着枪，我就不会这么紧张了。"

列维说："也是。我记得你枪法还不错，但是没枪的时候你就是个废物。"

莱尔德目瞪口呆："等等……刚才你还说什么'要是害怕就直说，现在不会有人笑话你'，我还以为你要安慰我。"

"我说的是'不会笑话你'，没说要安慰你。"

"你这个人真是……"莱尔德摇了摇头。

他刚要再说什么，身后传来噼啪一声。在他们身后有一定距离的地方，一盏壁灯灭掉了。

不仅灯光熄灭了，灯泡和百合花形状的灯罩还完全碎掉了。玻璃散落在狭窄的楼梯上，碎裂得十分均匀。

两人还没来得及就此沟通，紧接着，又是接连几声脆响，连续有好几盏壁灯都炸开并熄灭了。

"搞什么！"列维先是下意识地加快脚步，最后在阶梯上跑起来，"我们得快点了，最好离开这里！"

"说得轻巧！哪有离开的路啊？"莱尔德说话的时候，又有大片的壁灯熄灭。

碎掉的壁灯有远有近，位置毫无规律，几秒钟之内，狭长的楼梯走廊一点点地暗了下去。在两人在昏暗中小跑着上阶梯时，他们身后楼梯上的脚步声又响了起来。

这次的脚步声不再缓慢，不再是赤脚轻踏木楼梯的声音，也不再远近难辨。它从很深很远的地方出现，声音越来越大，显然有谁正在向上攀爬。

来者的步子极重，每一步都伴随着踩踏到玻璃的脆响。地上的玻璃咔嚓咔嚓地进一步碎裂，有些尖锐的地方还会划过木楼梯，发出嘶哑的摩擦声。但来者似乎并不会被它们扎伤，甚至步子还越来越快。

列维暂时停下脚步，侧身贴住墙，一把将莱尔德推到了自己前面。这走廊一直保持着仅容一人通过的宽度，他俩必须一前一后行走。

莱尔德本想说什么，列维催促般地在他背上使劲推了两把，叫他快点往前走，不要耽误时间。

还亮着的灯越来越少了。

莱尔德只好继续往上跑，不敢看传来脚步声的后方。

列维却回头看了一眼。

借着昏暗闪烁的灯光，他看到一个黑漆漆的人影。

猛一看时，他吓了一跳，条件反射地攥起了拳。因为它看起来非常近，他还以为它追到了只有几步远的地方。紧接着，不到一秒，他又发现并非如此，那人影分明在更低、更远的地方，离他们还有一段距离。

刚才他之所以以为它很近，是因为它的形态在不断变化，忽大忽小。这不是艾希莉那种变化，不是身体在翻涌着的那种变化，它更像是一组老旧的、颤动着的幻灯片，当它在灯前晃动时，投射出来的形态大小就会来回变换。

影子刚好离开一片黑暗的区域，经过残存的一盏壁灯。在它飞快地从光芒中掠过之后，那盏灯也随之炸开、熄灭。

恰好是那个瞬间，列维借着灯光，看清了它的样子。

那是个女人，长发遮住了脸，衣服十分破旧，已经辨不出颜色。她行走时佝偻着背，脖子向前探出，手臂架在半空，双手随着前进在不断抓挠着狭窄的两侧墙壁，指甲在壁纸上划出数条裂口。

她步态蹒跚，烂成一缕缕的裙子下面露出了枯瘦苍白的腿，一双赤脚上沾了泥土和一些细小的碎玻璃，但她完全没有被割伤，甚至在经过灯罩碎片时，还故意重重踩踏楼梯，让玻璃和木头都发出令人无法忽视的声响。

从她的步态来看，之前那个飘忽的脚步声恐怕也是来自她。那时她的脚步声听起来很近，但他们看不见任何东西。

也许现在她是故意要发出各种刺耳声音的，越是这样，他们就越能察觉到她的存在，越是察觉到她，她的影子就越稳固……

列维不再回头，只是加快脚步，试图不去关注身后正发生着什么。但这很难做到。一旦你留意到了某件事，就很难刻意地减弱它的存在感了。

接着，列维无法自控地回忆起，他好像见过这个人……就在那个虚假的辛朋镇上，在卡拉泽家的房子里。

当时莱尔德昏倒了，列维走出房子，回头的时候，他看到二层的玻璃窗里站着一个长发的人影。他回到室内到处搜索，站在楼梯上的时候，他看到有人走进一层的客厅。由于角度问题，当时他只看到一只小腿和赤脚。

这段经历就在不久前，他对这个画面还记忆犹新。当时他毫无头绪，只能暂时不去想它，而现在……他已经猜到这女人可能是谁了。

一股寒冷的空气从他身后侵袭而来。列维面向前方，在他的余光里，左右墙壁上出现了一双灰白色的手。

与此同时，他听到一段含混的呓语，近在耳畔。他听不清楚全部内容，只辨识出其中的一点点："还给我……伊莲娜……找到了……你们竟敢……"

太近了。那东西就在列维身后，几乎紧贴着他的后脑勺，他起了一身的鸡皮疙瘩。他咬了咬牙，突然刹住脚步，猛地转回身。

这时，前方又有几盏壁灯接连灭掉，只剩莱尔德刚刚经过的一盏灯还完好，它成了楼梯上几十英尺内的唯一光源。

莱尔德只是看到周围越来越暗，并且听到碎玻璃上的脚步声，他并没有听见女人的呓语。但是，当列维停下的时候，他听见了列维转身的声音。于是，他也下意识地回了头。

他首先看到的是那盏仅存的壁灯，列维站在比他低两个台阶的地方，他的目光越过列维的肩膀，望向灯光的边缘。

这瞬间，他还以为自己身在熟悉的噩梦里——在无边的深邃黑暗中，一双枯骨色的手向他伸来。

"今天应该是 2002 年 4 月 16 日。

"我在盖拉湖精神病院的旧院区接受特殊诊疗，今天的晚餐有意粉沙拉，我在晚餐之前肯定能够醒来。

"实习生现在就在我身边，他在监控着仪器上的数据，观察着我的反应。如果我有危险，他一定会及时发现，及时把我带回去……带回今天……带回正确的地方……"

莱尔德拼命地这样告诉自己。

他不仅在脑中重复着这些话，甚至还无法自控地喃喃着说出了声音。

奇怪的是，他说话的时候，虽然喉咙的震动对应着他想说的单词，但他的耳朵听见的，却不是属于自己的声音。

他半个身体埋在泥泞之中，越陷越深，无论怎么挣扎都没有用。这一幕有点熟悉，他好像有过类似的经历。那时他是怎么办的？他是怎么得救的？

泥浆已淹没到了胸口。他继续挣扎的时候，隐隐察觉到下半身根本用不上力气……不，不仅是用不上力，而是他消失了，他正在慢慢变成一种他看不清也理解不了的东西。

他惊慌地大叫起来，挥动还姑且存在的双臂。他把周围的泥浆拼命划拉向自己，想把它们塞进自己的身体里，好像这样就能让自己恢复正常似的。

这时他才发现，这些东西不是泥浆，它们是无数细长的、分不出头尾的、有着生命的东西。它们汇聚盘绕在一起，形成流动的集群，细长身体上长满了小小的蝴蝶口器，像因病竖起的鱼鳞一样，摩擦着、起伏着。

为了对照出这些生物的大小，莱尔德看向自己的手。这是一双脏兮兮的小手，指节不明显，手背圆乎乎的……这么小的手，怎么可能属于十二岁的自己？

然后，他猛然意识到，现在不是 2002 年 4 月 16 日，他不在盖拉湖精神病院，他身边没有人陪伴，他还不认识实习生。

他孤身一人，他才五岁。现在是 1995 年 10 月的某日，前几天他刚刚和妈妈走散。

他和妈妈都进入了一扇红铜色的门，她在黑暗中喊他，他声嘶力竭地回应，但他们就是无法看到彼此。他试图让双眼习惯黑暗，于是接连闭眼再睁开，等他看到清晰而陌生的环境时，妈妈的声音和人都不见了。

五岁的莱尔德不停地尖叫。

他把细长的汇聚成泥潭的生物塞进自己空洞的身体，可是它们根本没法代替他的内脏。他不知从哪来的力气，竟然挣扎着在泥潭里游动，一直到抓住了某个像是岩石或木头的硬物。

他只靠上半身的力气，爬上了那个大概是石头的东西。

虽然他才五岁，但这用不了太多力气，因为他的身体早就不是一个小孩的模样了。

他爬行了一段路，一段好长的路。没力气的时候，他就吃掉随手摸到的东西；如果实在太累了，他就趴在原地睡过去，在梦里喊实习生来救他……不对，不是实习生，他还不认识这样一个人呢，他喊的是妈妈，也喊过爸爸和外婆。

等他再次醒来的时候，他的伤好了很多，他能抬起身体了，但不能像以前那样用两只脚好好走路。他有了力气，就又开始大哭，一边哭一边喊着妈妈，在灰色的天空下到处徘徊。

他不停地告诉自己：现在是 1995 年 10 月的某天，我叫莱尔德，今年五岁，我和妈妈走散了，我不记得我们是在哪里走散的……

他不停地默背家里的地址，默背电话号码。妈妈说过，一定要记得这些，这些能帮他找到回家的路。

现在还是 1995 年的 10 月吗？

莱尔德有些分不清楚了。他觉得时间过了好久，几乎比上个夏天还要久。他比以前更有力气了，可是他的力气也不能做什么，只能让他更擅长走路，哭喊起来的声音更大些。

莱尔德想：这样也不错，声音要够大，才更有可能让妈妈听见。她一定能远远地听见我的声音。

现在依然是 1995 年 10 月的某天。终于有一天，莱尔德找到妈妈了。他向妈妈跑过去，然后被绊倒在地，被困在一堆奇怪的线条里。无论他怎么吼叫，妈妈都只会低着头哭泣。

妈妈没有主动靠近他，反而是另一个年轻女性走了过来。那个人长得很漂亮，她说她叫伊莲娜。

莱尔德做了个漫长的噩梦。

他不记得具体内容，只记得梦里充满了各种残酷的折磨，他哭得满脸都是泪水。

醒来的时候，他躺在柔软温暖的床上。被窝太舒服了，他并不想起床，只是想看看自己在哪里，看自己是在外婆家的自己的房间里，还是回到了松鼠镇的那幢房子里。

现在大概还是深夜，周围一片漆黑，他什么也看不见。就在他又要沉沉睡去的时候，他听见门开合的声音，两组轻盈的脚步声从远处传来。

"我做不到……"这是非常熟悉的声音，是佐伊，是妈妈的声音。

另一个女性的声音说："你已经练习过了，上次你对他的左腿完成了修复，做得很成功，你看，这多像曾经的他啊。"

说话的两个人走近了些。莱尔德睡眼蒙眬地看着她们，她们既像是站在遥远的光芒中，又像是守在自己的小床前。

佐伊的双手合在一起，低着头，伊莲娜站在她身后，两手交扣搭在她的肩膀上，歪着头，面带微笑地看着她。

"其实你真的很优秀……"伊莲娜用手指梳理着佐伊有些打结的长发，"别担心，从领悟力和熟练度的角度说，你的资质非常好，你一定能够成功的。"

佐伊苦笑道："你说起话来真像我的高中老师。"

"怎么，你的高中老师也教你这些？"

"那倒没有。我是说……她总是和颜悦色地夸奖我，说我并不笨，说我低估了自己，说什么'无论怎样我都会支持你''一切都会好的'……"

"她并没有说错。"

佐伊摇摇头："不，她全都说错了。我没有像她期望的那样去申请大学，连服装专门校的课程都没能读完。我做什么都不会成功，最简单的工作都会被我弄得一塌糊涂。我重视的人会离开我，曾经爱我的人也最终会厌烦我，我让爸爸失望，让妈妈伤心。我的孩子也过不上好日子，我养不出活泼的小孩，只能眼睁睁地看着他变成小时候的我，甚至现在他还要受到这样的折磨……"

伊莲娜说："嗯，也对，你对自己的评价很正确，你的人生真的是一塌糊涂。"

突然听到这种"认可"，佐伊擦了一把眼角的泪水，有些震惊又有些愤怒地看着伊莲娜。

伊莲娜笑得更加甜美了："但是亲爱的，你有没有细想过，这一切都是因为你没有早点遇见我。海岛上的树被种在寒冷的半山腰上，它注定是一株失败透顶的植物。"

她的手离开佐伊的头发，抚上她的面颊："按照你提过的那些年份数字，我们应该是可以在同一个时代见面的。唉，如果我们早点见面就好了，我可以引荐你，亲自教导你。我应该提起过吧？我有个助手叫丹尼尔，其实你比丹尼尔更有资质，在他还是助理导师的时候，也许你就已经可以成为正式的导师了……我真是感慨，如果你早点认识我，也许你根本不需要烦恼什么大学、专门校、工作、爱人……你根本不会有这些烦恼，也根本不会因它们而产生痛苦。"

佐伊低着头道："现在说这些……对我来说又有什么意义呢？"

伊莲娜说："对，你没机会重来一次。你早年缺少机遇，没能邂逅最适合你的生活，所以你才会每天都那么痛苦。"

佐伊盯着伊莲娜看了一会儿，有些无力地说："你果然一直是这样……安慰人的时候什么好话都能说，但有时候又意外地刻薄。"

"我只是想让你认真感受一下，"伊莲娜笑眯眯地说，"感受一下，聆听一下自己的内心。当你第一次学会感知剥离的时候，还有不久前，你掌握算式阵原理的时候……你笑得那么开心，你握着我的手，眼睛里的光芒就像宝石一样闪耀。"

伴随着她说的话，佐伊确实回想起了什么。直到现在，她的眼睛里仍残留着当时映下的光彩。

"因为……因为……"回忆着获知的东西时，佐伊说话都有点不利索，"因为它们……太庞大了，太惊人了，超出了我的想象，我……我真的没法形容它们。"

莱尔德躺在床上，能够看到母亲脸上的喜悦。这种喜悦的程度，已经超过了平常可见的快乐，这种喜悦甚至扭曲了她的表情。他从没有在任何人的脸上看到过如此满足、如此富有感染力的情绪。

无论是在工作上获得丰厚收益，还是在日常的娱乐中尽情享受，人们身上都不会散发出如此巨大的快乐。这快乐几乎可以化为有形之物，像水流般扩散开来。

到底什么事情才能让人如此喜悦？电视上拥有好看面孔的人也好，新闻里大权在握的人士也好……他们都不是这样的。即使掌握全世界的财富也不能，即使读懂所有书籍里的知识也不能。

也许这根本不是功利性的喜悦。她变得如此愉快，并不是因为得到了某种生活中的好处。

它更像一种非人的东西。就像凌汛侵袭着河道，像火山喷吐出高热，像每一种物种的出现与灭绝，像已知生物的所有血液奔流时的脉动声音。

莱尔德无法理解。他不仅无法理解这带有惊人感染力的情绪，更是无法理解自己此时的所思所想。

明明是他自己的思想，但他竟然无法理解。

五岁的小孩会想这些吗？其他五岁的小孩子能够理解吗？没人能告诉他答案。他猜测，应该不能吧。

他在心中挖掘答案，试图自问自答：也许因为我已经不是五岁了。现在肯定不是 1995 年的 10 月，我根本想不起来现在是什么时候。为什么我会想这些？也许因为我已经长大了，五岁的小孩子不懂，但我已经不是小孩子了。

我就像爸爸那么大，或者比他还大，比外婆外公和爷爷奶奶加起来还大，比所有泥潭里的蝴蝶还大，比伊莲娜与妈妈还大。

想到这里时，他感觉到一股视线，思维顿时中断了。

伊莲娜望向他，目光仿佛穿透了他的皮肤，能直接看到他体内的一切。

"我们可别光顾着聊天了，"伊莲娜推着佐伊，向莱尔德又靠近一些，"他快要变完整了，我们得开始了。"

佐伊被这话拉回当下，脸上的喜悦渐渐消退。她仍然犹犹豫豫的："为什么不能由你来做……我真怕我会失败……"

伊莲娜的声音仍然很沉稳，但语气中开始蕴含焦躁了："如果我有足够的力气能塑造出适合精细操作的肢体，我当然可以自己来。但现在我没有这些！这正是我需要你的原因，你不是已经很清楚了吗？"

佐伊抱着胳膊，手指几乎掐进皮肤里："如果我成功了，他就可以像我一样了，对吧？"

伊莲娜说："也不完全像你吧。他会比你原始一些，会回到从前那个低层视野孕育期的幼小半成品状态。说得简单一点，就是变回了最开始那个叫作'五岁小男孩'的东西。"

"不能像我一样吗……"佐伊的语气竟然有些失望。

"亲爱的，别犹豫了，开始吧，"伊莲娜说，"我会配合你的。"

佐伊咬着下唇，点了点头。

她走到莱尔德身边，俯身看着他。莱尔德注视着她的眼睛。她双眼浑浊，就像从内部碎开的蓝色宝石，在这么近的距离下，它映出的不是莱尔德的面孔，而是凹凸杂乱的不明画面。

"小家伙，别怕，"佐伊用熟悉的声音说，"妈妈来接你了。现在你生病了，我们会治好你的。"

"生病"这个词让莱尔德心中闪过一个画面：餐桌上的手提包，包里露出几张折起来的纸，纸上写着他看不太懂的语句，纸的角落还有一个医院的标志。

"生病？妈妈，那是什么，是你生病了吗？"

他没有发出声音，但佐伊能够听见。她苦笑着说："哦……你说那个啊。你还记得小狗迪迪的故事吗？我和他的妈妈一样，那时候，我也马上就要到天上去了，所以你才会看到我哭鼻子……"

从前莱尔德对这个故事懵懵懂懂，现在他却忽然明白了其中的含义。

"你要死了吗？"他有些恐慌地蠕动起来。

床边立刻伸出几只手，抓住了乱动的他，把他按回原地。莱尔德不明白为什么需要这样。

佐伊说："不……不……是我要出生了。唉，而且我还提前出生了。我们都是星星，都在天上。现在你升得太快，我们会追不上你，所以我们要治疗你。等我们治好了你，你就可以像我一样了……"

"我们……是准备回家了吗？"莱尔德问。

佐伊摇了摇头。

"家？你是说那个地方啊……不，我们不回去的，"她微笑着，还回头看了伊莲娜一眼，"我们有新家了。"

说完，她立刻转回头了。所以，她没有看到伊莲娜脸上的表情——平淡、漫不经心、些微嘲讽，以及一点不耐烦。

在莱尔德的头顶方向，一些浓稠的黑暗渐渐涌了出来。

第一次眨眼之后，它们糊住了他的眼睛，第四次呼吸之后，他感觉到头顶传来了寒冷的锐痛，第五秒之后，莱尔德意识到有什么东西正在探知自己的身体。

那些液体像是外来物质，也像是来自他体内，他分辨不出到底是哪种。它们流进眼睛里，伴随着强烈的烧灼感，莱尔德频繁地眨着眼睛，视野一亮一暗、一亮一暗，佐伊的双手时隐时现、时隐时现。

她的手在画着庞大的图形，把字写进去，把数字刻上去，编制出螺形的丝线，丝线融合在莱尔德的每一次呼吸里。

莱尔德发出了一种尖锐到刺耳的声音，这声音不像从嗓子发出的，连他自己都不确定这是叫声还是别的什么。他的眼睛仍在一开一合。渐渐地，他看不到明亮的画面了，只能看到漆黑的部分。漆黑的部分空无一物，反而给他带来了一些安全感。

明亮的地方也没有完全消失，总有一些东西会从那边流溢进来。莱尔德看到一双手，一双纤瘦、苍白的手。它们取代了佐伊的脸，遮住了伊莲娜的模样，也几乎占据了他全部的视野。

莱尔德分不清这是现在的经历，还是梦境或回忆。

他分不清这是在 1995 年 10 月的外婆家，还是在 2002 年 4 月的精神病院里，或是在 2015 年 5 月的松鼠镇里。也许这是回忆，很大概率是回忆。他强烈地意识到，自己的很多感知显然超过了五岁儿童的理解范畴。

他无法概括、无法定义这段经历。粗略笼统地说，这是庞大的痛苦，用任何程度词语都无法描述的痛苦。

哪怕这真的只是回忆，他也无法全身而退。他被这痛苦撕成了碎片。即使被撕成碎片，痛苦也没有结束，他的每一块骨头、每一片皮肉都继续在疼痛中号泣，然后再碎裂成更小的东西。当碎片全都慢慢落下之后，那双手开始聚拢它们，把它们修剪成规整的形状。

五岁的小男孩慢慢出现了，佐伊把他抱在怀里，热泪滴落在他的额头上。

莱尔德睁开眼。他飘浮在一片黑暗中，很远的地方隐隐泛起微光。他想走向它，于是他一点点地移动，也分不清自己是在走还是在爬行。

身后有某种东西牵绊着他，或是捆绑着他。他怀疑那是佐伊的手。他坚决地走向那团小小的光，一路都没有回头。因为他怕自己像故事里寻觅冥府出口的人一样，一旦回头，就会再次落入深渊。

虽然看不见任何遮蔽物，但他能感觉到道路越来越窄，窄到挤压住了他的全身。但他已经站在光芒旁边了，一伸手，那团光就穿过了他的全身。

最后的一瞬间，他听见了佐伊的声音。那声音疯狂而嘶哑，就像是她在刻意撕裂自己的声带。

"你竟敢……你骗了我！你骗了我！还给我……还给我……"

从佐伊的哭叫声中，莱尔德隐约辨识出这些词句，但他不明白它们是什么意思。而且他太害怕了，也不敢细听多想。

莱尔德突然想起：对，今天是 1995 年 10 月的某天，妈妈佐伊在试衣服，我陪在一边。我在房间里看到了一扇红铜色的双开门，我走了进去，佐伊也紧随在后，我们俩在一片黑暗中寻找彼此，却最终失散。

莱尔德哭了出来：对，就是现在，我想起来了，我站在一片黑暗中，想起了之前发生了的那些事情。

等清醒过来的时候，莱尔德已经走出了那团光。

他努力回忆着：走出来之后，我在什么地方？然后我做了什么？

他想起来了，他在自己的房间里，不是松鼠镇的家，而是外婆的家。

那是 1995 年 10 月的某个凌晨，距离他和佐伊"失踪"过去了五天。五岁的他突然出现在房间里，面对墙壁，号啕大哭。

莱尔德看着那个小孩。小孩的哭声仍回荡在空间里，他的脸却转了过来，他看着莱尔德身后，脸上的表情惊恐到近乎扭曲。

莱尔德猛地回身，房间门外的黑暗中，那双苍白的手向他伸来。

他大叫着连连后退几步，肩膀撞到某个东西，接着，有一股力气环住了他的腰。

"我得抓着你，忍耐一下。"

耳边突然传来列维的声音。莱尔德愣住了。

小时候的房间瞬间粉碎。

碎片飞散开来，露出狭窄的楼梯和走廊。整个空间里回荡着刺耳的尖叫声，叫声中还混杂着低语和抽泣。

莱尔德和列维已经站在了楼梯的最高点。走廊到了尽头。他们背后不是墙壁，而是一个狭窄的矩形黑洞。他们面对着扑上来的人影，背对着黑洞。

"我得抓着你，忍耐一下。"列维飞快地说。

他抱住精神恍惚的莱尔德，果断向后一退，双脚踏空。

矩形黑洞发出清脆的碎裂声，就像是他们撞破了一面镜子。两人从长廊尽头跌落下去，坠入不见底的深渊。

第三十四章
-Qingwu Dongcha-

镜子

下坠持续了五秒左右。五秒后，列维和莱尔德没有跌落受伤，甚至跌落感瞬间消失，他们直接脚底触地，脚下是浅色的木地板。

他们身在非常眼熟的地方——卡拉泽家。他们身处的位置是房子二层，面对着伊莲娜的个人书房。书房的门关着，它不仅关着，门外还钉着一层层的锁链，密密地交错在门和墙壁上。

"我们怎么回来了？"列维盯着眼前的门，问，"我们是不是被你妈妈抓住了？"

莱尔德苦着脸："我妈妈？"

"佐伊，那个人肯定是佐伊。你应该比我更能感觉到她吧？"

"我……"

莱尔德的手慢慢抚上胸口，他的眼底还留着刚才看见的画面：凌晨的房间里，五岁的小孩面对墙壁大声哭泣。

当莱尔德看见佐伊的双手时，沉寂二十年的记忆也慢慢地浮上了水面。

他记起了自己彻底失去形体时的感觉，记起了佐伊和伊莲娜，他还想起了卡帕拉法阵的位置——在心脏和胸腔的大血管里，被刻在内层心肌上。

在这些记忆中，最清晰的东西是其中两样：恐惧与疼痛。莱尔德从未经历过那样的恐惧，身体除了疼痛什么也感觉不到。当年的五岁小孩根本不记得这些，不然他根本无法继续生活，无法拥有还算正常的神志。

不过，他并没有完全失去这段记忆，他的记忆只是被限制住了。

十岁后的住院期间，来自不明组织的工作人员对他的意识进行过多次探查。他们经常能摸到一些貌似有用的读数，却无法看到莱尔德真正的记忆。这大概是卡帕拉法阵的功劳。

那些人为什么没有发现卡帕拉法阵呢？莱尔德也不太懂。也许是因为伊莲娜和佐伊的手法很特殊，或是因为那个法阵本来就很少见？伊莲娜是个与世隔绝的研究者，她身边的助手只有丹尼尔，其他同僚大多与她相交不深。

现在想起来，当年的意识探查其实是很成功的，每一次都很成功。每次莱尔德进入诱导式沉睡后，他都能回忆起"不协之门"内的所见所感。但是，每当他被唤醒，这些记忆就又会沉入灵魂深处。它们就像水底的细沙，再怎么翻涌，最后仍会沉降下去。

当今天的莱尔德想起这些画面时，他一度分不清它是记忆还是现实。记忆出现在五岁、十岁、十一岁、十二岁，他不仅在二十年前经历过它们，更在后来经历的无数次意识探查中，一次次地重温它们。他每次都会陷入混乱，分不清到底是梦还是记忆，是过去还是现实。

直到今天这次，水底的细沙没有沉下去。它们包围住了他，彻底陪伴在他身边了。

这让他头晕目眩，连回答列维的话都有点困难。

"你好像要吐了……"列维拍了拍莱尔德的背。

莱尔德面色苍白地摇了摇头，双手撑着膝盖，弯腰闭目了一会儿。再抬起头时，他终于能够站直，干呕的冲动也被他压制下去了。

"是丹尼尔……"莱尔德喃喃着。

"什么？他怎么了？"

"刚才他好像做了什么，我没那么难受了。"莱尔德揉了揉胸口，"卡帕拉法阵……对，是它，我能操控它。人的记忆和感受是有联系的，我把这种联系能力降低一些，这样他……我就会好受一点。不是失忆，只是把针对特定回忆的心理反射迟钝化……比起全身麻醉，更类似无痛分娩。"

听完这段看似轻松的解释，列维面色复杂地看着莱尔德。

莱尔德在说这段话时，"他"与"我"的人称来回混用，说话口音飘忽不定。他刚刚开口时，说话的显然是莱尔德，是莱尔德在陈述丹尼尔在他"体内"做的事，说着说着，他的语气和读某些单词的习惯又变得像丹尼尔，接着莱尔德再次"出现"，甚至两个相邻的单词被他读出完全不同的口音……

列维有种想再次逼迫丹尼尔彻底消失的冲动……但这真的是丹尼尔吗？到底是丹尼尔的灵魂在控制莱尔德，还是莱尔德的灵魂吞噬了丹尼尔？

莱尔德左右看了看。从他无意识的耸肩，还有脸上的微表情来看，他应该还是莱尔德。

"刚才你在说什么来着……"莱尔德望着面前门上的层层锁链，"你是说，我们可能被佐伊抓住了吗？我倒不这么想。佐伊也许是发现我们了，然后她追了上来……虽然我不知道她具体是怎么做的，不过，她显然没有抓住我们，我们逃开了。"

"为什么？"列维问。

"如果那真的是佐伊的话……她是我妈妈，"莱尔德叹了口气，"或者说，她曾经是我妈妈。如果她抓住了我们，她怎么会保持静默？她肯定要接着做点什么的。"

列维点点头："也对。她都把丹尼尔扎得像刺猬一样了，没道理对我客客气气的。"

他向前一步，手指接触到门口的锁链，抓住其中一条，用力拉开。锁链顺着他用力的方向移动，发出哗啦啦的声音。那声音一开始像金属的摩擦声，后来变得有些像水流的声音。列维低头一看，手中的锁链已经不见了，取而代之的是从手掌滑下去的一团团黏液。

被他扯住的黏液落在地上，融进了地板的颜色里，残余在门上的黏液也渐渐淡去，像是被什么东西稀释掉了。

书房的门完整地出现了，但他们仍然进不去。列维拉了一下把手，门是锁上的。他退开了一些，然后一脚踹上去。门震动了一下，但没有被踢开。他又试了几次，门纹丝不动，它的结构强度应该已经超过了普通室内木门的结构强度。

"你会撬锁，是吧？"列维回头问莱尔德。

莱尔德笑道："一般来说，难道不是应该先试着撬锁，实在撬不开再暴力破门吗？你倒好，先踢门再问我能不能撬开。"

列维说："我以为我能打开它。你记得吗，我们找到丹尼尔所在的地下室的时候，那些锁啊、金属门啊，都很容易打开。"

"大概有什么不一样吧，"莱尔德说，"最开始那个辛朋镇里的卡拉泽家，在雾里抵达的卡拉泽家，还有现在这里的卡拉泽家，它们肯定是三个不同的地方。"

列维摸了摸身上的所有口袋，从无墨笔的末端抽出一根细铁丝，还找到一张金色的某银行信用卡："我记得你会用这些开门。"

莱尔德点点头，接过东西，看了看卡片的正反面："对了，我有点好奇一件事……你以前是靠什么还信用卡的？"

"不需要我自己还。"列维说。

莱尔德一边试着撬锁，一边说："这么好啊。是学会帮你还？"

列维问："你都不好奇学会是什么了吗？"

"我差不多知道了，"莱尔德说，"它没有别的名字，就叫学会，这不是简称。"

"丹尼尔告诉你的吗？"

"也不算'告诉'吧。而且也不只是他……"莱尔德蹲在门前，仔细听着锁簧的声音，"你看，我都进过'第一岗哨'了。我听到过很多事情了。"

列维说："也对。其实我也不是非得要保持神秘，而是要遵守学会的规定。现在嘛……隐瞒你也没什么意思了。倒是你，你到底是什么人？现在还不能告诉我吗？"

莱尔德说："嗯……这么说吧，你遵守的是学会的规定，而我遵守的，是一些更严格的东西。在没有上级授权的情况下，如果我对你泄密，我就要受到内部规章与法律的双重制裁。"

列维琢磨了一下这话，忽然笑了起来。莱尔德问他笑什么，他说："你知道吗，你那个弟弟杰里，他一直认为我是联邦特工，而你是神秘组织的驱魔人什么的。"

　　莱尔德也笑起来："你是不是想说，结果正好相反，我是联邦特工，你是驱魔人？"

　　"我不是驱魔人。"列维说。

　　莱尔德说："我也不是联邦特工……性质还是不太一样的。至少不是杰里以为的那种。"

　　"在岗哨里的时候，我在你身上发现过隐蔽摄像工具，"列维说，"但你从没启用过它们，直到它们被损坏。为什么，你不是在执行任务吗？"

　　莱尔德停下动作，笑着摇了摇头："大概因为我对任务不够忠诚。"

　　"你只想自己一个人接触这些，不想把调查到的东西带回去。"列维说。这不是一句疑问句，而是一句陈述句。

　　莱尔德说："是的，我是在消极应付工作，甚至可以说是在违抗命令。因为……"

　　他想起一句话，一句灰色猎人的日记中的话。他轻声说："洞察即地狱。"

　　门内传来咔嗒一声。莱尔德拉了一下门把，门锁已经被打开了。

　　莱尔德让门维持着虚掩状态，想再说点什么，但列维大步走上去，直接拉开了门。

　　看到房间内部的景象之后，他轻轻"咦"了一声。

　　屋里的东西倒不可怕，只是有些令人迷惑。与书架一体的桌子正对着门，这点和原本的书房一样。桌面上有个木质置物架，它紧贴在墙壁上，与桌子同宽。现在，置物架贴在墙壁上的部分变成了镜子，猛一看，就像书桌变成了化妆台。

　　置物架最底层有一排书，高处有几个小摆件。镜子准确地映出这些东西的身影，也映出了书桌上的其他物品和附近的摆设。但是，列维直直地面对着它，镜中却完全没有他的身影。

　　莱尔德在列维身后，歪着身子探出头。镜子里也同样没有他。他们走进房间之后，镜中的书房门仍然是完全关闭的。

　　列维拿起书桌上的墨水瓶，在镜子前晃了晃，镜中的墨水瓶还留在原地。这时，莱尔德拍了拍他的肩，指向镜中正前方的深处——镜中的房门上，门把手动了一下。

他们听不见声音，只能看到把手微微转动，门被推开一条小缝。

两人屏息盯着镜子。门又被推开了些，一抹浅浅的灰蓝色出现在门外。接着，一只白净的小手扶住门边，把它彻底推开。

棕发女子从镜中的门外走进书房。她穿着长袖的连衣长裙，布料颜色很淡，介于灰与极浅的蓝色之间，扣紧的立领外面环着银色细链，链子末端是六芒星、衔尾蛇、希伯来文字母 Alef 构成的吊坠。

列维和莱尔德一时震惊得说不出话来。此人正是伊莲娜无疑。列维见过她的照片，莱尔德的记忆中也有她的样貌。

伊莲娜站在书桌前，停了一会儿，拉开椅子坐了下来。她优雅地朝着镜子伸手，莱尔德下意识地后退了一步。

莱尔德害怕的画面没有发生，伊莲娜的手并没有从镜子里伸出来。她抿嘴一笑，摸索着置物架上的一排书本，从中挑了一本抽出来。

在这过程中，她脸上始终挂着明亮的微笑，整个人显得开朗且冷静，和佐伊犹如怪物的身形形成了强烈的对比。但越是这样，莱尔德就越是不安。他看到的是陌生而美丽的伊莲娜，与此同时，他脑海中的另一段记忆——来自丹尼尔的记忆——却在时刻倾诉着它对这女人的敬畏和忏悔。

列维伸手在镜子前晃了晃。伊莲娜正在摊开书本的动作停了一下，她抬头看着他。

"她看得见我们！"列维收回手。

莱尔德说道："很显然她看得见！她进门后一直在看我们啊，你没感觉到吗？"

列维也拉开椅子坐下来，向前探身，抬高音量，问："导师伊莲娜？是你吗？"

莱尔德在旁边小声说："你竟然不叫妈妈。"

列维瞟了他一眼，没有理睬他，伊莲娜也对这句话没什么反应，大概是因为他们的声音传不过去。

就在列维试图触摸镜子的时候，镜中的女子突然抬起头，直视着列维，指了指手中的书。

列维立刻明白了。他在架子上找到了同一本书，那是一本深绿色硬皮封面的 18 世纪的书，好像是某种科学探险读物。他对照着镜子里的画面，把书翻开，找到相同的页数。

伊莲娜微笑点头。她的手拂过书本，书页快速翻动起来，同时，列维面前的书也开始翻动，在没有人触碰它的情况下，它和镜中的书同步了。

"出示你的铭牌或书签。"

列维听见这样一句话。那是一道柔和的女声，显然来自镜中的伊莲娜。

旁边的莱尔德问："你听见了吗？"

列维反问："你也能听见？"

"出示你的铭牌或书签。"伊莲娜重复道。

列维赶紧面向她，从衣领里拉出他的钥匙形项坠，摘下来，举到镜子前。

伊莲娜了然地点点头："猎犬？我可真有点吃惊。"

莱尔德小声问列维："她是不是在怪你没有做导师？"

"能闭嘴吗？"列维指着墙边的一张小沙发，"我知道你又紧张了，去那边坐下，坐着能让你冷静些。"

镜子里的伊莲娜笑出了声。她看向莱尔德，莱尔德不小心与她对视了一眼，然后立刻避开目光，真的去旁边坐下了。

"我记得你，"伊莲娜说，"你叫莱尔德，是佐伊的孩子。不要害怕我，我不会伤害你的。"

莱尔德对她笑了笑。他心里有千言万语，有无数个疑问，真正面对伊莲娜的时候，这些东西全部涌出，反而因此堵塞住了。

他问不出来正事，反而可以随口瞎说一些毫无意义的话。比如，他纠结了片刻，对着镜子比画了一下，说："我突然觉得，这里很像监狱的亲友会面室……"

列维一手扶额，伊莲娜则又被逗笑了。比起列维和莱尔德浑身都不自然的模样，她似乎非常放松，就像已经认识他们俩很久了一样。

"的确有点像，"伊莲娜托着腮，目光在镜子的边缘游移，"我们隔着透明的物质在交流，但我出不去，你们也进不来。现在我就是个囚犯，被关在属于自己的城堡里。"

列维问："是佐伊做的吗？她怎么……"

"哦，等一下，"伊莲娜伸手指着前方，"你们那边的门，看到了吗？那就是书房的门。去把它关上，从门内反锁一下。"

莱尔德站起来。刚才是他撬的锁，他正好想检查一下锁有没有被搞坏。幸好没有。

等他坐回去之后，伊莲娜接着说："让你们去锁门，是因为佐伊就在后面。估计她马上就会赶到。"

她话音刚落，门外传来砰的一声，有什么东西重重撞在了门上。

"别怕，"伊莲娜说，"她进不来的。这地方的内部离我比较近，我还算能控制局面。"

紧接着，又响起几次撞门的声音。那声音沿着墙壁移动，从前方到两侧，甚至是房顶和地下……撞击声在不同的地方响起，有时候房子还会微微颤动。从声音上判断，就像是这间小屋子飘在空中，正在被外面某种极为巨大的事物冲击。

列维和莱尔德都半天没说话，目光随着外面的声音移动。

伊莲娜双手撑在下巴上，一直在叫他们别怕，告诉他们等一会儿就会安静了。

果然如她所言，敲击声越来越少，最后一声敲击声回到了门板上，逐渐变成了抓挠木门的细小声音。几秒后，抓挠声也消失了。木门自身发出了几声低沉的吱呀声，然后一切归于平静。

列维和莱尔德看着书房的门，无意间对视了一下。那一刻他俩意识到，对方和自己一样，他们对门外的声音有着相同的判断：它还在那里，就在门外。它正紧紧贴在门上，贴得一寸空隙都没有。

镜子里的伊莲娜拍了一下手："好了，孩子们，别看那边了，看也没用。把注意力拉回来，我们可以好好说正事了。"

列维和莱尔德坐回各自的椅子上。莱尔德的单人小沙发还挺轻，他把它往前拖了一点，让自己离墙壁远一些，离列维近一点。

伊莲娜保持着微笑，双手交握在桌面上："我想把米莎和塞西送回去。"

莱尔德对"送回去"这个表达有些疑虑。伊莲娜似乎能看透他的表情，她立刻解释道，她所说的"把米莎和塞西送回去"就是真正意义上的送回去，让她们回到她们原来的家，过原来的生活。

莱尔德说："你的意思是'回到低层视野'吗？"

伊莲娜笑了笑："你们是在'第一岗哨'里学到这种表达方式的吗？"

莱尔德点点头。提到"第一岗哨"，伊莲娜露出怀念的表情："雷诺兹满口都是很难理解的用词，对不对？比如高层视野、低层视野等。唉，他脱离真正的'语言'太久了。他以前是信使，而不是导师，他有些缺乏应变能力，也不擅长根据情况改变交流方式。其实你们不该和他交流太久，虽然他的职责是引领别人，但现在的他反而会令你们更加困惑。他那种沟通方式……对你们来说毫无帮助，反而有害。"

"为什么有害？"莱尔德问。

伊莲娜没有直接回答，而是问："你们有孩子吗？不……列维你就算了。莱尔德，你有孩子吗？"

莱尔德苦笑着摇摇头："怎么可能有？"

列维很想问"为什么我就'算了'"，但他没问出口。

面对伊莲娜的时候，他虽然维持着冷静，但全身都莫名僵硬。他难以向伊莲娜主动提问，甚至会感到一丝尴尬。面对这个疑似自己母亲的人，他并没有感觉到有与之交流的冲动。意识到了这一点后，他想开口说话就变得更加困难。

伊莲娜接着说："你们没有孩子，但可以凭空想象一下。你面前是一个婴儿，大概一两个月大吧，如果你想对他表达什么，其实用很简单的发音和表情就可以，如果你想训练他养成某种习惯，你可以用一些实际的引导行为，再配合上声调、态度……人们带孩子的时候就是这样吧？那么，如果你对他使用优美复杂的语言文字，效果会如何呢？显而易见，这样不但无法提高沟通效率，反而会让他什么也理解不了，你不但无法引导他，甚至还会耽误他真正受教育的时机。也就是说，在这一阶段里，你越是用专业词汇、精准语言去指导他，越会让他继续活在混沌里。"

"你是说我们像婴儿吗……"莱尔德问。

"嗯……幼儿吧，"伊莲娜说，"比我举的那个例子里的婴儿大一点点，你们作为很小的孩子，已经能理解'好的''坏的'这些单词了，但是仍然无法理解复杂的词汇。如果大人想和你们沟通，他们就得使用你们能听懂的简单语言。"

莱尔德想了想："现在你就是在用'简单语言'和我们这样的'幼儿'沟通吗？"

"是的。"

"那什么才算是复杂语言？雷诺兹说的话确实很难懂，但我认为还没难懂到那个地步。"

伊莲娜说："是的。雷诺兹的表达用词还是比较浅显的，只是，他稍微有些缺乏技巧。至于真正的复杂语言……你们去过'第一岗哨'的深层了，对吧？在那里，你们见到过一代代沉积下来的拓荒者，读过他们留下的知识。他们之中如果有人还有意识，肯定还非常絮叨，恨不得主动把一切想到的东西都灌输给你们……我知道，我也去过，所以我能从你们身上感觉到这一点。现在，你们回忆一下，你们记得他们说了什么吗？"

莱尔德看了一眼列维，列维低头沉思着，似乎根本不打算回答。

莱尔德说："我记得我读到和听到了很多，但是……我说不出来它们到底是什么，也可以说是我不记得吧。"

伊莲娜缓缓点着头，就像耐心的老师在聆听学生的提问。她说："你知道自己'获取'了很多，甚至有可能获取到了一些极为有意义的东西，但你无法形容它，你仍是什么都不明白。即使你想提问，也不知道应该怎么去发问，对吗？是这样的感觉吗？"

"是的……"

"这是正常的，"伊莲娜说，"你们确实得到了'第一岗哨'内的许多东西，但你们不理解它们，也无法运用它们，这十分正常。我继续用你们能理解的例子来说吧……你在大学里学的是什么专业？"

"没上过大学。"

"哦……好吧，"伊莲娜歪了歪头，"那我用更简单些的例子。比如说，你身体里有五脏六腑，它们就存在于你的身体里，可你并不是医学生，你不知道它们具体是怎么运转的，也解释不清与它们相关的科学道理，对吗？如果是比你更小的孩子，或是没受过任何教育的孩子，他们甚至连那些脏器的正确名称都不知道，甚至不知道自己体内长着什么东西。假设有一个从未受过现代教育的人，他压根不知道什么叫作大脑，也不知道自己在用什么部位想事情，但大脑仍然存在于他体内，仍然在运转着。这时候，如果一位专业人员来为他看病，来研究他的身体，这个专业人员将能够看到他内部的一切，并且能明白它们意味着什么。"

"我能理解这个比喻，"莱尔德说，"但……好像有点不一样？内脏、大脑这些东西是每个人都有的，区别只是人们是否了解它们。但是我们在岗哨里看到的东西并不是这样，还有我们这一路看见过、经历过的事情，也不是这样……并不是每个人都有它们啊。难道有人从一开始根本就没有内脏，后来才渐渐有了它们，然后他再去了解它们吗？"

伊莲娜说："对啊，这样的人是存在的。的确有些人'目前没有内脏'，或者说得准确些，他们是'目前内脏还不完整'的人。在我们的例子里，这类人就是胎儿，是还未出生、还未发育出人的形态的人。"

自从走进"不协之门"后，莱尔德和列维已经很多次听到"出生"这个词了。现在伊莲娜也用了这样的字眼。

伊莲娜问："看你们的表情好像有点紧张。怎么了，想到什么了？"

"如果是那种出生之后，已经长大的人……"莱尔德说，"是不是就再也回不去家了？按照你定义的'简单语言'，我指的是字面意思的回家，离开这个'门'里的世界。"

伊莲娜说："不用担心，你们也好，米莎和塞西也好，你们都还不算是长大的人，都可以回得去。如果变成像艾希莉那种状态，就彻底长大了，就怎么也回不去了。"

"你也见过艾希莉？"

"她进入我的区域，我当然知道。但我们没有直接沟通过。她长大了，回不去了。"

"那……我小时候呢？"莱尔德问，"小时候……五岁的那个我。我变成了什么东西？我为什么能回去？"

莱尔德说完之后，列维皱眉看着他。列维并不知道五岁的莱尔德经历了什么。如今，莱尔德问的不是"我五岁时发生了什么"，而是"我变成了什么"。

列维多少能猜到，现在莱尔德肯定已经回忆起了一些惊人的东西。

伊莲娜微微皱眉："你五岁时的事情啊……这很难解释，其中涉及很多特殊技艺的具体手法，你一时半会儿是听不懂的。所以，我还是用比较浅显的方式来概括吧。"

她顿了顿，说："当年，你就像一只小肉虫。那时你已经在结茧了，但还没有完成羽化。像艾希莉那样的人，就是已经羽化成功了的，而现在的你，还有米莎和塞西，则是在不羽化的情况下进行了继续发育。这是你们的基本区别。至于当时的你为什么没有彻底羽化，这和我有关，也和你的妈妈佐伊有关。我暂停了你的变态过程，然后和佐伊一起把你从茧里面剥出来——别说不可能，我说的不是真正的昆虫学，只是在举例而已。"

"我明白……"莱尔德有些不适地低下头。伊莲娜说的例子还挺生动，莱尔德的脑子里闪现出一帧帧的画面：记忆中的自己完全化为了一只巨大的蠕动的虫子，它沉睡在一具密闭的躯壳里，正在慢慢变成浓汤……

他继续问："那么……我具体是怎么回去的？这地方有什么看不见的通道吗？就像'第一岗哨'里那样。"

"你们连岗哨里的路都发现了啊。"伊莲娜面露欣慰之色，"你们应该知道，岗哨里的那条路是很难被察觉的，只有有一定天赋的人才能看见它。它是天然存在的，我们叫它'逆盲点'。

"理论上说，这世界上还有很多逆盲点，但它们全都非常难以被察觉。有很多拓荒者都能意识到'第一岗哨'里有条路，一代代的人聚集在那里，试图使之成为后人的图书馆和路标。

"他们听着关于'逆盲点'的传说，学着关于它的经验，甚至用算式阵去推算它的位置……但他们就是看不见它。绝大多数人都看不见它。

"所以，它明明在那儿，却很难起到什么作用。而我这里的方式不一样……只要我使用适当的手法，就可以送任何人回家。"

说到这里的时候，她看了列维一眼。

她继续说："我的手法有点像是……把你们生出来。"

莱尔德和列维都怔住了。虽然列维一直没说话，但他在仔细听着所有问答。伊莲娜说的话很容易理解，她一直用便于他们理解的方式进行叙述，而刚刚那句话，是目前为止最让他们不解的一句。

看着两人脸上的微妙表情，伊莲娜了然一笑。她十指交握，指头托着下巴，语调平缓地说："这一切很难用简单的方式描述，所以，以下我要说的概念，仍然是基于想象和比喻，而不是具体现实。你们要记得这个前提。"

莱尔德僵硬硬地点了点头。

伊莲娜继续说："想象一下，现在你们全都是胎儿。凡是没有出生的人，都在做同一个梦。在这个梦里，胎儿们经历着各种丰富多彩的事情，相聚、别离、喜怒哀乐……有舒适也有危险。因为是在同一个梦里，所以梦中大家的模样长得都差不多，度日的方式也都大同小异。

"有一天，某个胎儿醒了，他离开梦境、离开母体出生了。他爬行在真正的世界上，正在面临成长。

"胎儿可以出生，婴儿可以长大，但是成人无法退回母体。这条基本规则很容易理解吧？所以，这样一个已经出生的孩子，是不可能再回到胎儿的梦里的。他也根本不想回去，因为他已经来到真正的世界上，现在他非常快乐，这是真实的快乐，是反复无常的梦境无法给予他的。

"胎儿们'醒来'的方式会有很多种，有时候，某个胎儿可能并不是正常出生，而是……比如流产，被解剖，在意外中从伤口流出……于是，他在异常的情况下，提前醒了过来。

"他爬行在醒来后的世界上，但这样的他……根本就是个小怪物。他很弱小，也很恶心。这世界上正常的生物可能会对他好奇，也可能会很怕他，还有些生物会心生怜悯，试图把他养大……运气好的话，也许他真的能活下来。即使运气不好，他也不会面临所谓的'死亡'。因为这里是真正的世界，不是梦。梦境是会结束的，所以人们的认知里才有死亡。梦里的孩子们以为死亡是生命的一环，殊不知，在梦醒的真正世界里，因为没有梦，所以也根本没有死亡。

"这些异常出生的胎儿还未发育成熟，他们本来是不该醒的。既然他醒来了，而且还相对完好，那么只要医学足够发达，技术足够先进，我们就可以找到一种方法，把他重新安置回母亲的肚子里，让他去继续那场未完的梦境。"

伊莲娜停下来，补充道："对了，刚才我们在聊语言直白或复杂的问题时，我说你们是幼儿，而不是胎儿，请注意，这类表达都仅仅是比喻，刚才的'幼儿'一词，与现在我所说的'胎儿'属于两个比喻，它们并没有真正的关联。希望这不会影响你们的理解。"

莱尔德僵硬地点头。他注意到，列维没有反应，也没有提问，他只是看着伊莲娜，维持着若有所思的表情。

伊莲娜接着说下去："经过很多年的尝试，我已经掌握了重新安置胎儿的手法。拿莱尔德你小时候的事来说吧，我和佐伊去除了你的羽化，然后对你执行了一种类似于'孕育生产'的程序。嗯……有点像是……我们在这边构筑一个母体，通过类似生产的手段，引领你回到沉睡的胎儿状态，等你的状态稳固后，你就被送回去了。当年你的情况比较麻烦，如果对米莎和塞西执行这个程序，步骤会更简单。因为她们根本没有开始羽化，她们更容易回到真正的母体里。"

"真正的母体……"莱尔德小声嘀咕着。

伊莲娜立刻明白了他的迷茫："'真正的母体'指的并不是你妈妈佐伊，或者米莎的妈妈塞西。在这个比喻里，佐伊和你一样是非正常出现的胎儿，你们在此语境下不被视为母子，而是两个在出生前有深刻交流的异常胎儿。最后，你被送回胎儿梦境了，但佐伊还有别的使命，所以她留下了。"

说到这里，伊莲娜叹了口气："结果没过多久……现在你竟然又一次异常地醒来，又回到了我面前。"

"佐伊为什么选择留下？"莱尔德问。

"她接触到了前所未见的奥秘，她对它们有非常强烈的兴趣。"

"强烈到……可以抛下真正的生活？可以离开我？"

这句话问出口后，莱尔德又有点不好意思地低下了头。

他一直在极力保持克制，想以平稳的情绪对话。那个疑似佐伊的怪物就在门外面，越是这样，莱尔德越觉得自己必须冷静。但是说着说着，他一不小心就有些焦躁起来。

伊莲娜笑道："你的观点过于世俗。你还年轻，没有成为父母，你以为事情就像文艺作品里颂扬的那样简单易懂，大家都说父母最爱的永远是孩子……其实事物的本质不是这样。当然了，你们确实彼此相爱，我不否认这份爱的存在，但是，你想一想，你们都是正在做梦的胎儿，你们的爱是梦境的一部分。梦醒之后，人对梦里的东西会有不同的看法，有的人瞬间将它抛至脑后，不再留恋；也有的人希望美梦成真，希望把梦里最喜欢的东西带到现实里，希望这些东西继续陪着自己……所以说，虽然佐伊很容易就抛弃了所谓的'真实的生活'，但她并不是想离开你……"

伊莲娜稍稍向前探身："她根本不想让你回去。她想把你留下来。"

这样说的时候，伊莲娜的目光聚焦在莱尔德和列维身后，看着书房的门。门外巨大的东西蠕动了一下，摩擦的沙沙声在木门和外侧墙壁上响起。

伊莲娜用手指钩起颈间的项链。"记得这个吗？"她晃了晃坠子，"我曾经帮助过一个迷路的年长女人。她的精神状态很差，再加上她比较敏锐，所以不小心踏进了'不协之门'内。幸好那时我就在附近，我让她安全地回了家。我故意把这陈旧的导师书签留给了她，我想以此来传递一些信息，为学会成员们提供研究方向。后来，这东西又回到了我手里……是佐伊把它拿回来的。"

她所说的，就是不久前在米莎家里发生的事情。

当时列维和莱尔德首次接触米莎，他们在她的房间内看到了墙壁上的门。门内灰白色皮肤形成平面，平面上伸出一双枯瘦的手。那双手……或者说那个生物，它对"伊莲娜"这个名字有反应，而且还拿回了这枚项链。

莱尔德问："那时……那双手不是你？"

"是我，也不是我。"伊莲娜露出无奈的神情，"在那次之前……在很久很久之前，掌握主导权的人已经是佐伊了，只不过当时的我还没有被隔绝在这么深的地方。"

莱尔德问："佐伊隔绝了你？"

"是的。简单来说，这个地方是我和佐伊所掌控的某种实体结构。我们原本打算协作，后来发生了分歧，她越发强大，于是取代了我的地位，并且限制了我的行动。"

"她为什么要这样做……"

伊莲娜说："如果要我对佐伊做出评价，我会说她资质优异，性格坚韧，但是她的精神极为脆弱。听着矛盾吗？但就是有这样的人。这样的人非常美丽，但也容易变得非常危险。"

这时，沉默很久的列维终于开口说话了："越扯越远了。你为什么要说这些？"

伊莲娜挑着眉毛望向他，一脸不解，连莱尔德也没有理解他想问什么。

列维慢慢地从椅子上站起来，双手撑在桌上，盯着镜子："导师伊莲娜，你为什么要和我们聊天？我们已经聊了很久了。一问一答，就像在采访你一样。一开始，你说想把米莎和塞西送走，于是莱尔德和你聊了一下关于'送走'的定义，你解答了，然后你主动提到'第一岗哨'的事，你们越聊越多，已经说了这么多话……为什么？"

"我为你们解释疑问，这难道不好吗？"伊莲娜反问，"你为什么要站起来？坐回去，我们还有时间。"

听她这样说，列维心里划过一个模模糊糊的念头。

他来不及细想，立刻凭直觉对莱尔德说："站起来。"

"啊？"莱尔德完全没搞懂他想干什么。

"站起来！从这个该死的沙发上站起来！立刻！"

列维突然如此焦躁，莱尔德虽然一头雾水，但也只好配合。他撑着单人沙发的扶手，准备起身……然后他变了脸色，浑身发凉。

他起不来。他无法从这张布艺小沙发上站起来。

不是被束缚，也不是被粘连，而是身体根本不能执行"站起身离开"这个动作指令。除此之外，他可以在沙发上改变坐姿，也可以自由控制头部和上肢。他试着躺下去，想用滑下来的方式离开沙发，结果同样无法做到。

列维去拉他的胳膊，推他的肩膀，试着从腋下架起他……伊莲娜隔着镜子看着他们，叹了口气说："你发现得很快，但已经晚了。"

"这是什么意思？"列维问。

镜子里，伊莲娜也站了起来。她慢慢后退，退到书房门边，触摸到门板，露出欣慰的笑容。

她把门打开一条小缝，这条小缝只够她侧着身走出去。出去之后，她并没有关门的肢体动作，但门在一眨眼之间就自己回归了原位，与镜子这边的房门一模一样。

列维也望向自己这边的房门。

不知什么时候起，门外那个庞大生物的气息消失了，挤压墙壁与门板发出的细小摩擦声也全都消失了。但他并不觉得这是好事。

他大胆地走过去，拉开插簧，扭动门把……门打开了，外面没有怪物，没有苍白色皮肤的佐伊，这里也不是"卡拉泽家"的二层……外面是又一个书房，与这间屋子一模一样。

他回头望向镜子。现在他和莱尔德才是身在镜中的人。

第三十五章

-Qingwu Dongcha-

他会看见什么

列维抓起刚才坐过的椅子。莱尔德看出了他想干什么，赶紧往后缩了一点，以免镜子的碎片伤到自己。但他的担心是多余的。就在列维靠近墙上的镜子时，下一个眨眼间，所谓的"镜子"消失不见了。

其实这书房里本来就没有镜子。从刚才起一直被他们看作镜子的，只是桌上置物架的正面。现在的书房才是它最初的样子。

列维气恼地丢掉椅子，在屋里来回踱步。走了不知多少圈之后，他又打开门，去相连的另一个书房里绕了一圈。

两个书房一模一样，以房门相连，形成镜像。刚才他们面对镜子，背对房门，房间的出口在身后。现在，即使他打开门，也只能进入另一个同样的房间。他们被困在了闭合的镜像之中。

镜像房间并不与这边完全一致，家具虽相同，但很多小摆设的位置却不一样。总体而言，镜像房间更杂乱，更有被居住过的痕迹。镜像一侧的书桌上也有一本深绿色封面的书，它也摊开在桌面上。列维翻看了几页。虽然镜像房间里的摆设左右颠倒，但书还是原本的样子，封面、标题、内容都没有发生颠倒。

列维把书翻了几页，一开始没发现什么，多翻了一会儿之后，他发现了很多手写的文字：

我很惊讶。我不仅惊讶于有人能够突破所有屏障来到这里，更惊讶于来的人竟然是你们，是如此特殊的你们。

原本我是想让丹尼尔做这件事，现在你们来了，这样更好。

莱尔德，从前我是真心想把你送出去的。现在，我也愿意把米莎和塞西送出去。有越多的人穿梭于盲点之间，盲点两端的世界就越为紧密。所以，我愿意为很多很多迷失的人指路。只要他们还未羽化成功，就都还能找到回家的门。

我没想到，你又主动回到了我面前。

列维，你也是。

你是我留在低层视野的锚，你应该回去。

我以学会导师的身份命令你，协助我，阻止佐伊犯下的错误，完成权限重置。

完成任务后，我同样会送你回去。你的使命还未结束。

列维捧着书不说话。莱尔德着急地探头探脑，又没法起身去看。

"怎么了？你在看什么？"莱尔德对着门叫道。

列维终于返回来，把书丢给了他。莱尔德把写有手抄字的部分翻看了一遍，喃喃地说："但是现在莱尔德身上到底发生了什么事呢？连我也不明白……她从来没有指示过我……"

他的语气和口音又变了。

列维瞥向莱尔德："你又变成丹尼尔了。"

莱尔德无力地说："都说多少遍了，这不是附身。我就是莱尔德。唉，真的很难理解吗？"

这次，列维没有执着地要求丹尼尔消失，他问："伊莲娜原本想让你做什么？这里写着，'原本我想让丹尼尔做这件事'。"

莱尔德说："她受到佐伊的限制，在她还没有被隔绝得这么彻底的时候，她和他……和我……和丹尼尔还有联系，她当然是想让我……让丹尼尔找到她，来帮助她。"

"具体怎么帮？"

"就是帮她离开啊。至于具体的办法，丹尼尔也得听她的引导，才能知道。"

说到这里，莱尔德的语调又变回去了，变回了他一贯的样子。列维面色凝重地看着他。莱尔德自己毫无察觉。

列维说："她是不是已经离开了？在这之前，她故意花了点时间和我们沟通，这过程中她一定做了什么。难道……只要把别人困在这里代替她，她就能自由了？"

莱尔德捧着书想了想："我觉得不对。如果真是这样，她为什么不利诱米莎和塞西到这里来？她应该能做到吧。但她不但没有叫米莎来，反而还让米莎不准上楼找她。再说了，从她表达出的部分内容看，从前的她和佐伊都是自由的，这里似乎并不存在'必须把某个人关起来'的规则。"

"那她就是专门针对你了，"列维说，"她就是要把你困在这里。这到底能起到什么作用？"

莱尔德说："也许我们可以引诱佐伊过来？"

"佐伊不是已经来过了吗？她追了我们一路，还一直在门外徘徊……我能感觉到她。现在她反而不在了。"

莱尔德说："我认为，佐伊虽然试图追击你们，但她并没有认出莱尔德。"这个又是丹尼尔。现在丹尼尔和莱尔德切换得毫无征兆。

列维问："你为什么这样认为？"

"她发现有人在接近伊莲娜，所以追了过来。以前我试图帮助伊莲娜的时候，也曾经被佐伊这样敌对过。我能感觉到她的那种熟悉的情绪。"

莱尔德停顿了一会儿，似乎在仔细回忆着什么，再开口时，他又变回了他自己："至于她为什么没有认出我……我猜，是因为我已经二十五岁了吧。她知道现在是 2015 年吗？她的精神能理解这一点吗？我觉得不能。你看，丹尼尔显得挺正常的吧？能沟通，意识清醒……但他的时间观念完全是一团糨糊。我很确定，我能感知到这一点。所以我觉得，佐伊不可能还保持着原来的神志。她之所以认不出我，是因为我现在是个成年人。"

列维说："这么一想，就是佐伊一直想要个小孩子？最早接触米莎的是伊莲娜，而抓住米莎的是佐伊。米莎自己是这样说的。如果确实如此，佐伊就是一直在透过伊莲娜去看米莎，于是渐渐地……就很想把这个小孩子拉到身边？"

"也许吧，"莱尔德说，"而且米莎六岁左右，个头还小小的。当米莎逃开的时候，她看着一个小孩子远去的背影，也许她会把这画面和昔日的经历重合起来。"

"她连男女都分不清了吗？"

"你还记得我们这一路见过多少怪物吗？你分得清它们的性别吗？"莱尔德说，"如果佐伊也变成了那样的东西……不，我认为她就是那样的东西。她眼里的这个世界，和我们所见到的这个世界，应该会有很大的差别。"

听到莱尔德的话，列维突然想到另一件事：刚才他们面对着伊莲娜，看到的伊莲娜的模样和照片上的她年龄一致。列维见过不止一张伊莲娜的照片，莱尔德则只见过摆在卡拉泽家一层的那张，不管是哪一张，照片的拍摄时间都比1985年要早。拿在卡拉泽家一层的照片来说，画面上的伊莲娜和丹尼尔都还是初入大学的年纪，在这个年纪的伊莲娜还未开始研究破除盲点的算式阵，也没有在房子里消失。

在2015年的今天，如果伊莲娜还正常地生活着，她应该是个五六十岁的中年人。即使她保持着1985年时的年纪，也应该比照片上看起来要大一些。列维和莱尔德都不知道五六十岁的她会是什么长相，甚至也没有真正见过1985年的她。所以，他们看到的伊莲娜也好，佐伊也好，肯定都不是她们真实的样貌。

列维一边想，一边看着书桌，看着曾经出现"镜子"的地方。

这一路经过的辛朋镇、白雾、山丘小径、河水、孤岛、楼梯，还有这间书房……他们看到的这一切，显然也都只是事物呈现在他们认知中的形象。

他们并不是真的在一所房子里，莱尔德也不是真的坐在沙发上。正如他们不是真的回到了1985年的辛朋镇那样。

就在不久前，在"第一岗哨"里，他们也曾有过类似的经验：他们游走在无边无际的图书室里，穿梭在一排排书架之间，但那并不是岗哨深处的真正模样，那只是岗哨在呈现出他们理解中的画面。

之后不久，他们终于看到了岗哨深处真正的样子。在此期间，他们两人都不止一次服用了来自学会的药物——神智层面感知拮抗作用剂。它让他们顺利地接受了一切所见所感。

现在，药片已经全部吃完了。如果再感知到精神完全无法承受的事物，他们就没有办法让自己顺利接受它了。

列维看着书房里的一切，有些恍惚地想着：实际上我正在看着的，到底是什么景象呢？

他们俩都半天没说话。在列维沉思的时候，莱尔德也在想着差不多的事。

过了一会儿，莱尔德缓缓说："也许我们有办法知道原因。"

"什么意思？"列维问。

莱尔德说："我们能看见的全部都是假象。如果我能看见真实的……至少是相对真实的外部环境，我就能知道自己为什么动不了了。也许我还可以看到伊莲娜和佐伊真正的样子，看到她们隐瞒的一切……只要使用以前的那个办法……"

列维听懂了。他摇了摇头："我觉得不行。"

莱尔德说："为什么不行？前几次都很成功，我每次都看到了我们真正需要看到的东西。现在我感觉不到旧伤，丹尼尔肯定用卡帕拉法阵控制着我的感官。假如我撤销这种屏蔽，恢复之前的感觉，也许我就可以看见真正的外部环境了！如果这还不够，你再试着对我用些别的手法……"

列维摇头："之前我动手都有分寸，但那已经是极限了。"

"什么极限？"

"假如你恢复了正常感觉，或者假如你回到原来的世界……能活下去的极限。"

莱尔德露出苦恼的表情，但这表情只持续了一秒："你就别在意这个了，我们都走到这一步了，能不能回去还重要吗？"

列维抱臂而立，用探究的目光看着他："我有点好奇，你究竟是单纯地喜欢折磨自己，还是本来就想死？"

莱尔德因这个问题愣了一下。他沉思片刻，说："我一直追查着关于'不协之门'的事情，你觉得是为什么？"

"难道不是因为这是你接到的任务？"列维说，"当然不完全是任务，其中也有你的私人目的。"

莱尔德摇摇头："不是。"

"那是因为什么？"

"因为我没有别的事情可以做。我的生活，我的人生……在它们之中，我没有别的事情可以做。"

听到这话之后，列维一直盯着他，还是一种毫无自觉的盯视。直到莱尔德有点尴尬地移开目光，列维才察觉到自己的视线。

听到莱尔德那句话的时候，列维一时竟不知道他在说谁：是在说他自己，还是在说我？

莱尔德低头看着自己的膝盖，继续说道："从十岁起，我就没有再踏入普通学校一步。十五岁的时候，我终于离开了盖拉湖精神病院，和外婆去了另一个州，另一个城市……然后进了另一家医院。是的，我没有恢复自由，也没有补上缺失的少年时代。我被特殊部门征召，继续配合研究，并且接受特殊教育。对他们来说，我是难得的培养目标，而我也非常乐于接受这一切。几年后，我二十多岁，没有朋友，没有亲密关系，没有家，没有个人目标，没有对未来的期望……没有正常人拥有的任何东西。我很想找到'不协之门'，想看看自己经历过什么。至于任务……是的，我确实很积极地到处探查，但我做这些并不是在对机构忠诚，我只是在为自己工作而已。"

他停下来，缓了口气，说："所以你也别觉得奇怪。我不怕疼，不怕受折磨。在这里我不会死，而且我根本就不指望回到什么'普通生活'。我本来就没有这东西。"

列维点点头："我明白了。不过我想提出一点疑问。"

"什么疑问？"

"实习生难道不算是你的朋友吗？"

听他突然提起实习生，莱尔德疑惑地皱了一下眉。

随即他想到，刚才自己说了"没有朋友，没有亲密关系，没有家……"这么一段话。

莱尔德苦笑："他算我的朋友吗？"

"以前你亲口说算。"

以前……是什么时候？

莱尔德思索了一会儿，慢慢地，列维所指的那段记忆浮现了出来。

这段记忆没有消失。只不过，在相当长的一段时间里，莱尔德认为它并不重要，所以根本不会特意去想起它。

从前他的记忆就像一排规整的文件柜，有的抽屉上了锁，有的抽屉经常被打开，有的抽屉贴了个"杂物"标签，即使是没有上锁，他也总是忽视它，连打开整理一下的想法都没有。

现在不太一样了，在这么多次奇异的经历之后，他的"文件柜"被打碎了，所有文件档案都直接暴露在空气里。它们虽然杂乱，但令人难以忽视，那些多年未见的经历又展现在他面前。他可以随时翻阅。

莱尔德知道列维说的是什么。

他熟练地在杂乱的记忆中找到了所需的文件。

那是某次打雪仗之后——既然有雪，应该是冬天，或许是圣诞节前后。

他们离开雪地，坐在长廊下。实习生望着雪后晴朗的天空，有些出神。小时候的莱尔德很不明白，为什么有人可以这样直视晴空，他的眼睛不疼吗？他在看什么？

莱尔德用树枝扒拉着两步之外的积雪，画了个圈，再画上简单的经纬线。不知什么时候，实习生回过了神，他伸出脚，在莱尔德画出的图案上抹了两下。

"你在干什么？"莱尔德怒视着实习生。

"你画的是什么？"实习生问他。

"地球。"

"那就对了。我帮你加工了一下。"

"加工成什么？"

"卫星云图。"

莱尔德愣了半天。被毁掉"画作"令他在一瞬间无比气恼，但看到实习生一脸认真地说"卫星云图"时，他又忽然非常想大笑。这种矛盾的情绪撕扯了他好一阵，真是令他哭笑不得。

"你怎么这么幼稚……"最后，莱尔德故作嫌弃地瞪了实习生一眼。

"你特别爱说我幼稚，可能人总喜欢用自己的缺点指责别人。"

这只是一句随口的反击，谁知它真的引起了莱尔德的沉思。莱尔德没有接话，而是安静下来，用手里的树枝轻轻点着地面，在长廊外的雪地上留下一个个小洞。

实习生刚想再说什么，莱尔德忽然道："其实，你也不用特意陪我玩。"

"怎么突然这样说？"

"你总是来陪我，多半是因为你的老师要求你这么做吧？是为了更好地观察我，还是什么特殊照顾？"

实习生一笑："我问你，半个小时前我对你做了一件事，导致你发出惨叫，还引起了路过的护士围观……还记得是什么事吗？"

"你把雪球塞进了我的衣服里。"莱尔德现在还并没有完全原谅他。

"如果我是因为老师的命令来陪你的，我肯定不会干这种多余的事。我是自己想这样做的。"

莱尔德微微鼓着嘴说："那现在呢，你没别的事做吗？"

"我工作不忙。而且其实今天是我的休息时间，难道要我白白闲着吗？"

"既然是休息时间，你怎么不离开医院去找朋友玩？其实我知道的，像你们这种大一些的孩子并不喜欢和小孩玩，你们有自己的社交圈子。我毕竟有病，没法离开医院，所以也没有朋友……你不用同情我的，这样没意思。"

实习生看着他，暂时没说话，就只是沉默地看着他。莱尔德感觉到了他的视线，所以故意没有抬头，等到实在忍不下去了才抬起头，接触到实习生的视线。

莱尔德惊讶地发现，实习生的眼神有些暗淡——他不高兴，又故意维持着平静的表情。

他们再次目光接触后，实习生才又开口："其实，我们到底算不算朋友，这取决于你，而不是我。"

"为什么……"莱尔德小声问。

"就算我同情你，就算我是故意来陪你的，就算这一切都是老师要求的……但只要我确实愿意这样做，那又有什么关系呢？所以我到底为什么在这里，原因并不重要。至于你，你那么怕我们，又怎么会愿意把我当成朋友？

就算我辩解，就算我拿出一百个证据，证明我不是仅仅出于同情，就算我的老师告诉你他没有命令我这样做……那也没用。只要你不把我当朋友，我就永远不会是你的朋友。我只是一个实习生，只是你害怕的对象之一而已，我在这儿陪你，恐怕会让你更不自在，对吗？"

莱尔德想插话，但一时组织不好语言。实习生继续说："大一些的孩子不喜欢和小孩玩？也许吧。我不太了解。我不太会去想这些事。"

实习生沉默下来，又望向天空。莱尔德不止一次看到他这种眼神，平静、空洞，但又区别于大人们的沉思。

莱尔德想了想，挪动了双脚，他的屁股在座椅上蹭着移动，往实习生那边靠近了一些。

"抱歉，"莱尔德小声说，"我不该那样说。现在我发现了，我只是因为圣诞节也没法回家，所以有点烦躁。我是在拿你撒气。"

"我没有生气。"实习生抬起手。莱尔德以为他又要拍自己的脑袋，但这次没有。他的手落在莱尔德的肩膀上，还用力按了按，就像对待同龄的人一样。

莱尔德说："对我来说……你当然是我的朋友，真的是。从前上学的时候，其实学校里没什么人理我，我休学了之后，当然就没有人来看我……今年圣诞节我也不回家……爸爸说这是医生的建议，他听医生的……"说着说着，他有点鼻酸，声音有点发抖，"真要说起来，你是我唯一的朋友了……可是……"

莱尔德想说：可是，早晚你也会离开的。要么你先离开医院，要么我先出院回家。虽然这样也很好……但之后呢？我们真的能够再取得联系吗？你连名字都不能说，我也同样对你有所隐瞒。我不能告诉你，我曾经在你身上看到过噩梦般的景象；而你肯定也没有告诉我，在你眼中重要的究竟是我，还是我经历过的秘密……

当年，莱尔德自始至终也没能说出这些话。他无法把此类疑惑组织成流畅的语言，更是不敢将它们宣之于口。

肩膀上的手离开了——只是短暂地离开了。下一秒，它落在了莱尔德另一侧的肩膀上。

　　实习生收拢手臂，揽着莱尔德的肩，把他拉近了些，让他靠在自己身上。莱尔德的头靠在实习生胸前，感觉到那只手在轻拍自己的背部，一下一下，十分有规律，也十分僵硬，令人联想起妈妈拍着小孩入睡的手法。

　　莱尔德忽然想到，刚才实习生长篇大论了半天，全都在指责"你没拿我当朋友"这一点，而现在，他却一言不发，只是送来一个僵硬而笨拙的拥抱。莱尔德默默给自己"唯一的朋友"定下一条罪名：指责别人的时候说话无比流利，却完全不擅长安慰别人。

　　现在想起来，当年的实习生在休息日也不离开医院，真是合情合理。

　　列维·卡拉泽这个人真是没什么朋友。就像莱尔德一样，他也没有亲密关系，没有家。当年他应该也才十几岁，那时的他又能好到哪儿去？他只有导师、教官，他不会有同龄朋友，也不会有私人兴趣爱好。

　　但是他并不寂寞，他不需要同情。凭今天莱尔德对列维的了解，即使给他机会，让他去过普通人的日子，他也肯定不会去的。

　　他还是更喜欢游离在人群之外。他和世间琐事的联结，就是如此之浅。

　　而在这一点上，我也一样。莱尔德对自己说。

　　我们与世间琐事的联结，都是那么浅、那么松散。偏偏正因如此，现在的我们才会站在同一个地方，看着同样的假象。

　　莱尔德听到有人在叫自己的名字。

　　他想分出精力去回应，但好像办不到。这感觉有点像被人从熟睡中唤醒，他能听见有人在叫他，他似乎回答了，又似乎没有，他根本没有醒来。

　　渐渐地，声音越来越远，他又回到了梦境中。

　　他盯着面前的画面。那是一片苍白的雪原，无边无际，一直延伸到视野尽头。

　　空中晴朗无风，但天穹上却没有悬挂太阳。不知哪里来的光映在雪地上，世界洁白得令人目眩。

　　他眯着眼睛，看到远处的地面上好像有什么东西。

　　他走过去，看到雪地上被划出了一道弧形，像是有人拖行什么东西造成的痕迹。他沿着弧形走了一会儿，发现了更多交叉的线条。线条在他脑中逐渐组合成画面，他惊讶地意识到，这是一个画在雪地上的地球。

画技很拙劣，上面只有不圆的外轮廓和几条经纬线。靠近一侧的经纬线上被涂抹了几下，仿佛是卫星图案上变幻的云流。

不知什么时候，莱尔德拿到了一根小树枝。他扒拉着积雪，试图把被涂抹掉的部分还原回来。他把雪涂上去，补上去，把断掉的经纬线再连接起来。

在他低着头忙于此事的时候，天空的一隅裂开了一条缝。

从这时开始，平湖般的晴空上逐渐浮现出一道道血色的疤痕。

"莱尔德！"

列维已经叫了他不知多少次，他毫无回应。

几分钟前，列维正在和他说话，莱尔德忽然没有了动静。这次他没有昏倒，他睁着眼睛，眼珠在不停转动，追踪着这里不存在的东西。无论列维对他说什么，他似乎都完全听不见。

"丹尼尔！"列维叫道，"滚出来！告诉我这又是怎么回事！"

这当然没用。莱尔德和丹尼尔告诉过他好多遍了，这不是附身，不是一个人藏起来、另一个人出来这么简单。

列维一边呼唤，一边扇了莱尔德两巴掌。莱尔德倒靠在沙发一侧，仍然没有恢复清醒。

他会看见什么？

莱尔德倒在沙发上，睁着眼睛，嘴里不停地默念着一些东西。列维把耳朵贴过去仔细听，能听到莱尔德细碎、快速、连绵不断的发音。这些发音其中夹杂着带有拉丁语、印加语等风格的词汇，只是发音风格近似，无法确定语义，还有一些是数学符号，但学会内部对它们重新造义和发音了，除此外，大多数是列维完全没接触过的陌生音节。

"丹尼尔？"列维不知应该怎么做，甚至开始对着空气喊话，"导师伊莲娜？佐伊……莱尔德？"

他会看见什么？

　　"有谁能听见吗？莱尔德，你能听见我说话吗？"列维捧着莱尔德的头，试图让两人对视，"如果能听见，给我个提示？你怎么回事？这和以前不一样，以前你是抓着胸口昏倒，现在这到底是……听着，你不要启动那个法阵！我觉得这不是好事……"

　　卡帕拉法阵的全面启动肯定不是好事。至少对莱尔德本人来说，那肯定不是好事。大概当年留下它的人也这么觉得，否则，她们何必要把它设置为默认禁用状态？

　　有时候，莱尔德察觉到的东西会与法阵的禁用状态产生冲突，这会让他很难受，导致他最终昏倒。醒来之后，他会丢失掉昏倒前察觉的信息，于是他就可以继续处于相对平稳的状态。

　　莱尔德不懂如何使用法阵，但学会的导师知道。丹尼尔知道，山谷里的灰色猎人恐怕也知道……"第一岗哨"深处的书本们也都知道。

　　它们都与莱尔德深刻地接触过。莱尔德和从前不一样了，他的灵魂中已经掺杂了太多别的东西。

　　列维想起伊莲娜之前说过的一个例子：你体内有各种器官，但如果你没有接受过教育，你就不知道它们要如何运转，甚至不知道它们的名字。在这种情况下，它们依然在正常运转。

　　那么，如果这个人在不知不觉间，突然获取了相关知识呢？

　　如果他有相关知识，并且认为自己的安全与生命都不重要，他会对自己的身体做出什么事？

　　他会看见什么？

　　莱尔德的手按在胸前。列维发现后，立刻掰开他的手按在沙发上。列维估计，自己应该已经来不及阻止了，莱尔德已经在尝试使用体内的卡帕拉法阵了。

　　他会看见什么？

　　也许他说不出使用方法，也许他根本不知道自己在哪一刻启用了它，但只要他产生了要用它的念头，他就有可能在意识深处摸到开启它的按钮。

他会看见什么？

带着怀疑，列维解开莱尔德的衣领，把黑色长衫和衬衫的前襟向两边扯开。看到莱尔德的皮肤时，他倒吸一口凉气。

莱尔德胸前浮现出了一个算式阵。列维没见过它，但能从大致风格认出它是导师们的技艺。算式阵的中心是个不断变换的字符，它浮现在莱尔德胸骨体中心的位置，随着心跳节奏一亮一灭。以它为中点，各种线条、字符和算式不断明灭着，形成一道道藏在皮肤下面的伤口。

是那种很奇特的伤口，是从皮肤下面、肌肉下面，从胸腔的一侧开始割破血肉的伤口，而不是那种划开表皮造成的伤口。

他会看见什么？

列维伸出手，去挡住莱尔德的眼睛。忽然他转念一想：或许我不应该这样。或许我应该逃走，至少……我应该站到莱尔德看不见的角落去。

他会看见什么？

列维后退了几步，退到门口，又返回来，试图推拉莱尔德坐着的沙发。他没能把沙发推倒。明明这单人沙发一点也不重，之前莱尔德还移动过它。

他会看见什么？

列维去沙发后面试了试，似乎把沙发向前推动了一点点，又似乎没有。他意识到，并不是沙发重，也不是自己没有力气，其实沙发动了，他也动了，墙壁也动了，书桌也动了，房子也动了。

列维再一次试着叫醒莱尔德，没有成功。

他不停地犹豫着：我应该躲进门后面，还是应该留在这儿？如果留在这里，那我做什么才是对的？

他会看见什么？

他会看到周围是什么样子？他会看到我是什么样子？

列维在屋里走了几圈，打开所有能开的抽屉和柜门，试图找点用得上的东西。其实他也不知道什么是用得上的东西。最后，他烦躁地把桌上的书拂到地上。就在书本离开桌面的一瞬间，列维感觉到房间的地板出现了轻微震动。震动只维持了一秒左右。

列维又一次试着唤醒莱尔德。

他回忆起在盖拉湖精神病院的日子，那时莱尔德是病人，也是实验对象，那时如果莱尔德昏睡着，自己是怎么唤醒他的？

对比了昏迷状态的体征之后，列维恍然大悟：现在莱尔德根本没有失去意识，他是醒着的。既然没有睡，那又谈何"唤醒"？

他会看见什么？

莱尔德的眼球快速移动着。这种动眼速度在日常生活中很难看到，根本没有人会这样看东西。

他会看见什么？

莱尔德的脸色越发苍白，脸上呈现出一种极为不自然的表情，面部肌肉的动态与眼睛不协调，同时他的嘴巴还在不停翕动，念诵不明语言的声音时常被抽气声打断。

他会看见什么？

睁眼状态下，如果故意无规律地快速转动眼珠，人很快会觉得难受，甚至出现眩晕恶心之类的症状。莱尔德脸上有明显的不适，只不过，尽管不适，他的眼睛仍然在快速移动。

列维观察着他，不知道他的目光到底是在追踪，还是在躲避。他是在紧紧盯着某些东西不想断开视线，还是想不看某些东西但无处可遁？

他为什么不能闭上眼睛？他会看见什么？

列维产生了奇怪的想法。他开始跟随莱尔德的目光，去摸索他所看的地方。莱尔德的眼睛动得那么快，列维有点不明白，为什么自己能跟得上？

莱尔德看着五斗橱上方的墙角，莱尔德看着顶灯，莱尔德看着地板上木纹形成的眼睛，莱尔德看着棕色皮质的书脊，莱尔德看着右边第一个抽屉……

　　列维打开抽屉，抽屉内部被粉白色的半透明薄膜覆盖，下面有些东西在缓缓流动。它流向更深的地方，仿佛抽屉的深处不是空荡荡的柜子，而是深不见底、远无尽头的暗渠。

　　然后是棕色皮质的书。它被拉出书架，粘连住了它两旁的其他书籍，书本被撕裂开。撕开它们的时候，那感觉就像撕开皮肤上的倒刺，揪住一小块，不小心就剥掉了一大片皮肤。先是松弛坚硬的死皮，无论撕掉还是咬掉，都毫无痛苦，但它连着更新鲜的皮肤，下面是粉色的肉，书和墙的连接缝隙里渗出了一丝血，皮肤上的倒刺掉在地上，墙式书架整个歪倒在旁边，中间是死皮，两边是柔软的、不能再撕开的软肉。

　　木地板有着不规律的纹路。正对着单人沙发的地方，正好有个眼睛形状的斑纹。斑纹看着莱尔德的脚尖，在列维走过来的时候，它闭上了眼睛，移动到墙下，沿着墙壁爬到了天花板上。列维伸手触摸它，它瞬间分散为无数只同样的眼睛，在整个天花板以及四面墙壁上游走。

　　顶灯啪嗒一声掉落在地上，陷入了软泥般的地板里。原本挂着顶灯的地方，露出一个圆形的洞口，洞口先是漆黑一片，然后外面传来砰的一声。鲜红色的物体堵住了洞口，并且从圆形的边缘溢出，就像变成了新的顶灯，悬挂在不断震颤的房间里。

　　还有五斗橱上方的墙角。列维趴在墙壁上，靠近了三条线汇聚的地方。他的指尖触到那一点，钩破了褪色的黄色壁纸。壁纸一条条地被剥开，一直剥到天花板中心的圆形附近。最终，壁纸的豁口和圆形连接起来了，鲜红色的物体从上方垂落下来，壁纸全部裂开，屋子被它劈成了两半。

　　周围传来了吱吱、沙沙的声音，是土石坍塌、家具碎裂、骨头折断的声音。

　　房子裂解的过程中，列维挡在莱尔德面前，同时拦在莱尔德背后。他低头看去，怀中的单人沙发上出现了一块块棕黑色的斑，那斑类似金属上才会有的锈蚀。

　　当沙发向前倾斜时，莱尔德的身体也向前扑去，列维接住了他。诡异的沙发仍然在莱尔德身后，它用数条手指紧紧抓着他。

　　列维推了一下沙发靠背。靠背仍然在试图粘住莱尔德，但现在它的力气好像不够了。它的坐垫上出现锈斑，这还只是一小部分，在沙发的更下方，在连接着沙发底部的两条白色肌腱上，锈斑更加密集、更加严重，它们已经侵蚀了肌肉。肌肉断开的地方出现一束束穗状物，一开始它们是鲜红色的，然后以肉眼可见的速度枯萎、变黑。

列维和莱尔德并没有下坠，而是在横向移动着。列维能够感觉到，自己并不是受重力束缚，而是在洪流中被推挤。

他四下环顾，试图寻找书房的痕迹，可书房已经彻底不见了。但他看到了之前走过的楼梯，就是那座长得要命的、墙上有花朵形状壁灯的楼梯。

从外部看去，这座楼梯其实也没有那么长。它正在一伸一缩地蠕动着，从洪流中挣脱出去。

它的顶端融进天上无数气孔之一，底部则连接着一座孤岛。

列维认出了那座孤岛。之前他和莱尔德游过一条河流，来到岛上，进入了被切割下来的排屋的一部分。排屋里住着米莎和塞西，据说艾希莉也住在这儿。

现在米莎和塞西也还在。她们在房间里蜷缩着、沉睡着。薄膜包裹着她们，岛屿上生出的触肢状手臂保护着她们。伊莲娜曾经说要送她们离开，列维很想看看这究竟该如何办到。

在他观察小岛的时候，他也看见了艾希莉。艾希莉正在岛外面的河水里蠕动着，不断流动的身体上泛着一层层震波，想必她也为此感到惊奇，正在好奇地欣赏这一刻。

与列维和莱尔德不同的是，艾希莉非常自由，她不会被触肢绊倒，也不会被断断续续的洪流推挤，她可以像小鸟般灵敏地向各个方向移动。大概她已经习惯了这里的地形，或是她与它们已经融为一体，而她只是其中的一个部件。

列维想过去和她说几句话。他一手拖着莱尔德，其他手扒开面前的各种障碍。他好不容易才走到艾希莉附近，可艾希莉转身就逃。她一路逃到天空上，从夜空中随便找了一颗星星，从星星的亮光中钻出去，彻底不见了。

列维想起来，以前也有过类似的情况：他们曾经在一块巨石附近与艾希莉遭遇，那时艾希莉也非常排斥他。

刚才的那个艾希莉明明已经不一样了……她看起来非常正常。她不再长着奇怪的灰黑色手臂，也不再在两个形态之间频繁变换，更不会发出意义不明的笑声。列维无奈地摇摇头。他仍然不明白她为什么这么怕自己。

想到"怕"，列维猛然意识到一件事：从书房裂开开始，他一直在拖着、抱着莱尔德。莱尔德对肢体接触极为排斥，甚至可以说是恐惧，如果现在莱尔德是清醒的，他肯定很不好受。

列维低头看了看。在判断莱尔德的状态之前，他首先看到，莱尔德身上竟然还粘着单人沙发的一部分。沙发已经被扯掉了，大部分不在了，只有两条肌肉还缠在莱尔德腰上，形态就像巨大的食指和拇指。

列维顿时感到自己的罪责减轻了。如果莱尔德因为肢体接触而难受，他可以推卸一下责任，"主要都是沙发干的"。不过，他还是好心地扒掉了那两根手指。它们勒得有点紧，莱尔德也许会难以呼吸。

在他清理莱尔德身上的东西时，莱尔德的眼球仍然动得很快，但口中不再念诵陌生的词汇了。

列维查看他的胸口，皮肤上的血痕还在，但颜色比之前浅了很多，像是在缓缓恢复。

这并不值得高兴。

因为，与此相对的，莱尔德身上的其他伤口都维持着原样，并没有恢复。列维很熟悉那些伤口，毕竟它们都是他弄出来的。

莱尔德的呼吸很急促，进出气都非常弱。当列维把手指竖在他眼前，问他能不能看到这是几的时候，他猛地扭开头，脖子向后仰去。

他似乎用上了目前最大的力气，进行极为微弱的挣扎。

列维用手垫在他脖子下面，控制住他，防止他看到什么难以承受的东西。

毕竟列维也不知道他会看见什么。

"我知道你不喜欢被人接触，但是没办法……忍耐一下，"列维说，"不知道你发现没有，我们好像逃出来了。抓住你的那只手断开了。"

莱尔德的目光向下偏移，列维捂住了他的眼睛。

"算了，别看了，其实那不是手……我只是口头上说那是手。"

这并没有让莱尔德平静下来，相反，莱尔德挣扎得更厉害了。他的嗓子似乎无法正常说话，只能发出嘶哑而细小的声音，那声音颤抖着，口中还带着一股血腥味儿。列维认为莱尔德一定已经看见了什么，所以才会有这么激烈的反应。

莱尔德说不出完整的话。这样也好，列维并不想听他描述他看见的东西。

无论卡帕拉法阵让莱尔德看见了什么，只要莱尔德不说出来，列维就不会跟着察觉到它们。列维一点也不想知道莱尔德看见了什么。

在莱尔德破碎的声音中，列维也能偶尔分辨出几个单词。

"米莎……"他听见莱尔德叫了那个小孩的名字。

列维望向孤岛："米莎没事。别担心。我正在观察她的情况。"

他继续望着米莎和塞西所在的孤岛。河水已经汇成了深潭，孤岛正在缓缓沉入潭底。列维正琢磨着这是怎么一回事，这时，他听见了伊莲娜的声音。

准确地说，也不是"听见"，而是他感觉到了来自她的语言表达。这感觉对他来说也不陌生，在"第一岗哨"里他也有差不多的感觉。

"我正在送她们出去。"伊莲娜说完这句，停顿了相当长的时间。

列维想进一步询问。

伊莲娜却传来了带着烦闷感的语言："你怎么……唉，算了。"

"什么？"列维一头雾水，"导师伊莲娜，怎么了？"

伊莲娜暂时没有回应他。她的注意力主要集中到了孤岛上。她用修长的血管拥抱住薄膜里的那对母女，把甜美的声音传达到她们脑中。

列维听不见她说的话，只能看到薄膜从半透明逐渐变得浑浊，塞西和米莎静静地蜷缩在里面，就像是琥珀里的小虫。

在浓浆彻底遮蔽住她们之后，琥珀慢慢变小了，它与孤岛一起坠入潭水的最深处，在接触潭底的瞬间，它们瞬间消散，整个消失在深渊之下。

第三十六章

-Qingwu Dongcha-

画框外

"她们离开了吗……"列维恍惚地看着这一切。这并不是在对伊莲娜提问，更像是他在自言自语。

伊莲娜的声音再次响起："猎犬，列维·卡拉泽，看着我。"

虽然她似乎表达了"看着我"的意思，但她并不在列维面前。列维面对的，不再是那个穿着连衣裙的年轻女人，而是她的其他部分。听她说话的时候，列维会产生一种视觉上的通感，觉得自己站在幽邃的森林深处，抬头看着茂密枝叶间的点点光斑。

于是，列维凭直觉注视着那些光芒。这应该也符合伊莲娜的要求。

"我已经基本完成了权限重置，"伊莲娜坚定的语言传达过来，"但还不够。佐伊的疯狂没有被完全平息，我只是压制了她，却没法让她永远安静下来。"

列维说："她在哪儿？现在我并没有看到佐伊。"

"你当然看不到。你能看见莱尔德身上的丹尼尔吗？"伊莲娜的语气中带着笑意，列维敏感地察觉到，这仿佛是一种嘲笑。

列维说："我不明白这种现象。如果可以的话，我很希望你能为我解释一下。"

"没有必要，"伊莲娜说，"导师不必对猎犬解释言行。"

"但之前你不是这样，你对我们说了那么多话。"

"你已经知道我是故意那样做的了。"

"我就是不明白你为什么故意那样做！"列维有些着急，下意识地向着高处的光斑伸出手。人们在交谈时总会有一些不自觉的肢体动作，比如靠近对方一步，比如把手搭在对方的手上。

当列维的指尖穿过其中一小块光点时，那片光在瞬间爆发，四下变成一片纯白。光照来自各个方向，强烈到令人睁不开眼，也令人分辨不出方向。列维赶紧查看怀中的莱尔德，还好，莱尔德还在，而且他也被强光晃得紧闭上了眼。

列维眯着眼睛，随便向一个方向摸索。他前进了好一会儿，走了不知多远，周围没有任何有意义的东西，他越来越烦躁。

他大喊着伊莲娜，甚至喊着佐伊。四周非常寂静，他的声音很快就被这寂静吞噬了。他打了个冷战。被吞噬的不仅是声音，他发现自己的身体也在被光吞噬。他的脚、手、肩膀……他顺着自己的肢体，看到被他卷在身边的莱尔德，莱尔德的身体也正在融进光芒中。

莱尔德受伤的腿消失了，莱尔德的双肩消失了，莱尔德左边的腹部消失了，莱尔德的两只手先后消失了。列维自己的手也消失了，但已经消失的那几只手并没有抓着莱尔德。

在意识消失前的一秒，列维才突然意识到：为什么我有这么多手？这是手吗？为什么我的手和他的不一样？

恐惧只出现了一小会儿，还没来得及从身体蔓延进灵魂，然后，他就被白光完全吞噬了。

雷雨交加的夜晚，驱魔人来到了辛朋镇。他随便找了一家还亮着灯的房子，敲开门，向屋主出示一张字条，字条上面是他想找的地址。

驱魔人做好了被无视、被驱赶、被辱骂的心理准备。毕竟不是每个人都能理解他做的事。出乎他意料的是，屋主竟然十分配合，不仅耐心地为他指明了位置，还友善地拍了拍他的肩，祝他一切顺利。

"杀掉所有拓荒者。"他离开的时候，屋主对他祝福道。

驱魔人打开直伞，走入雨幕之中。在这么大的雨里，伞其实根本没什么用，他的裤子和黑色长衫都已经湿透了。

布料被冰冷的水浸透，贴在皮肤上，冻得他一阵阵发抖。特别是右腿，他的右腿膝盖以下都快没知觉了，不知是不是因为鞋子整个踩进了冷水坑里。

现在应该是晚餐时间，因为雨太大了，连镇上最繁华的地段也空无一人。驱魔人想去商店随便买点东西做晚餐。他走进一家似乎在营业的店，想拿一份三明治，他说了好几次，柜台深处的红发女孩却一直不理睬他。

他疑惑地摘掉眼镜，抹掉上面的水汽，再仔细观察——原来那根本不是什么女孩，而是柜台内部墙壁上的一幅画。他认识画上的女孩，她是个高中生，不是本地人，也不知道她现在人在哪里，这里又为什么会有她的画像。

画是直接画在墙上的，是小镇的一部分，但那女孩原本不属于这里。驱魔人记得她的家乡应该叫松鼠镇。不知道现在她人在哪里。

离开商店之后，驱魔人再次查看地图。他距离目的地很近了，再拐个弯，穿过一条街，那幢坐落在小山丘上的房子就是他要去的地方。

当他站在小山丘下面时，在他身后，对面的街道上，每一座房子都亮起了灯。一个个人影站在窗口，他们站在逆光的小格子里，静静地把目光汇在他的身上。

他踏着雨中湿滑的石阶，穿过草木茂密的小径，来到了房子正门前。他犹豫了，没有立刻敲门。

恶魔站在他背后，伸出一条手臂，越过驱魔人的肩膀，替他推开了门。

恶魔在他耳边说话。不是那种带有诱惑意味的低声细语，而是焦虑、急不可耐的催促声。

恶魔想走进房子，因为他的魔王在这里。驱魔人也应该走进房子，因为邪恶就在这里，魔王就在这里。

驱魔人和恶魔踏入房子之后，门重重地被关上了。薄薄的木门完全隔绝了雨幕的声音，驱魔人和恶魔站在一片黑暗中，雷电和暴雨被驱逐到了遥不可及的世界。

恶魔在房子里寻找魔王，驱魔人则在寻找受害者。

他们迷失在房子中的第七天，魔王从房子中最暗的影子里走了出来。魔王的身上缠绕着白色的幽灵，原来魔王也会被鬼魂纠缠。驱魔人打开空空如也的工具箱，找不到任何能用的法器。

他们迷失在房子中的第十三天，白色幽灵离开了魔王。幽灵紧紧拥抱着驱魔人，魔王则从影子里挣脱，逃出了房屋。

房子继续被黑暗包围，驱魔人沉睡在幽灵的怀中。魔王站在雷电下，站在辛朋镇的大雨中，而白色幽灵只能蛰伏在漆黑的房子里。

闪电击中了屋顶，雨水淹没了山丘。幽灵在震耳的雷鸣之中颤抖，却不愿离开房子一步。她紧紧拥抱着驱魔人。他曾经是敌人，他曾经是祭品，现在她终于认出了他——在更早之前，在她还未成为幽灵的时候，他曾经是她的光芒。

只要祭品还在幽灵怀里，幽灵就永远不会离开这幢房子，永远不会再获得自由。

洪水将房子淹没，房子沉入万钧巨石之下。恶魔花了七天时间，徘徊在每一寸影子里，点亮了屋里的每一盏灯。

耀眼的强光刺入驱魔人的皮肤，他睁开了沉重的眼皮。在如此强烈的光芒中，驱魔人与白色幽灵的身影都暂时消失了。

恶魔再次抓住了自己的友人，用尖刺将他固定在自己狰狞的脊背上，带着他穿破了泥土，浮上了水面。

魔王嘉奖了恶魔，称赞他的智慧与忠诚。她抚平水面上的波纹，平湖中映出了辛朋镇的面貌。平和的小镇迎来清晨，暴雨仍在继续，人们撑着伞离开家，漫无目地走在熟悉的路上。

魔王俯瞰着这一切，忧伤地怀念起了白色幽灵。

"她的颜色曾比我还要黑暗，但她在灵魂里藏了一块极小的光芒。那火焰如此微弱，却从不熄灭，它从内部灼烧着她，令她逐渐忘记本来极为珍贵的黑暗，把她折磨得陷入疯狂。"

魔王用触肢抚摸恶魔的轮廓，亲吻了他的每一颗眼睛。他是她在黑暗中创造的一件器具，是钥匙，是抛向海底的铁锚，是算式阵里最不可少的一组数字，是能藏在影子里的、能登上夜空的长梯。

她告诉恶魔："你的使命还未结束，你要回到世人中去。"

恶魔颔首领命，棘刺上还挂着驱魔人几乎破碎的身体。

驱魔人听到了他们的私语，他睁开了双眼，盯着恶魔与魔王低垂的所有眼睛。

他完全清醒过来了。

莱尔德握住从侧腹穿出来的长刺，把自己一点点拔出来。他翻过一块坚硬的不明物，跌落在黑红相间的广阔筋膜上。

他忽然想起很久以前的事。其实也不算久，可能就两三年前吧。他上过一种课程，那种课程需要让受训者学会抵抗刑讯，同时还要保持冷静，保持头脑明晰，防止被人诱导而泄密，等等。

以往，只有特工课程里才有此类训练，他的职位原本是不需要学这个的。当时他所在的部门经历了一次小变动，培训方案有变，于是他和几名其他部门的非涉密人员被调到了一起，一起生活和受训了一段时间。

那时莱尔德的表现震惊了所有人。他是崩溃得最严重的一个，但他什么秘密都没透露。

与其他学员不同的是，别人是用自己坚定的一面来面对挑战的，而他则放任恐惧，不加掩饰，崩溃得令人印象深刻，但完美地没有透露任何秘密。因为，只有保留着基本神志的人才能"泄密"，而他在面对那些故意为之的压力和痛苦时，他的精神溃散得像山洪一样，别说透露事先接到的密令了，他甚至连自己叫什么都说不出来。

培训还未结束，他就在心理专家的建议下被单独观察。没过多久，他又调回了原机构，不再参与之前的课程。

主管培训的上司对他的评价并不好。他还记得，那人当着他的面，指着他，对他的教官说："这已经不是结果上是否合格的问题了，他是真的不对劲！你们真的要用这样的人？"

但我就是很适合呀。莱尔德在心里默默说。

　　在那段培训中，他并没有真正受到伤害。培训者并不会真去殴打学员，而是在专业人员的协助下，以安全但有效的医学手段诱导痛苦，同时模拟侦讯过程，对学员施加压力。

　　后来莱尔德想过，也许问题就是出在"医学手段"上，他们剥夺了他的一部分神志，方式和他接受过的意识探查有一些相似之处。也就是说，导致莱尔德崩溃的根本不是教官假扮的敌方，而是来自莱尔德记忆里的东西。

　　别的学员都不会这样，他们的意识都能留在当下。同样的诱导手段，对莱尔德的效果和对其他人的截然不同。他的个人档案是保密的，教官不知道盖拉湖精神病院的事，也不知道什么是"不协之门现象疑似幸存者"。

　　那之后的很长一段时间里，莱尔德没有再经历过那么巨大的压力。他偶尔会自残，偶尔会要求别人打他，以便自己在痛苦中得到灵魂浮于事物之上的效果。这些对他来说都是寻常事，不至于引发出那么强烈的惊恐。

　　直到他再次走进那扇门。

　　直到今天，他从混沌不明的梦中清醒过来。

　　他发现自己又经历了一次意识崩溃，就像小时候他一次又一次经历的那样，就像偶尔在培训中出现的意外情况一样……今天这次更加严重，记忆也更加清晰。

　　从前，即使他一度记起了什么，也会在卡帕拉法阵的影响下，在苏醒时瞬间忘掉；而现在不同，法阵恢复了启用状态，而且他也学会了如何操纵它。按理说，应该是丹尼尔在操纵它，但他根本感觉不到丹尼尔，他觉得就是自己做的。

　　他仰面朝上，直视着面前的一切。

　　他没法说出自己正在看着什么，那是无法用任何他已知的词语来描述的东西。

　　他握住从侧腹穿出来的长刺，把自己慢慢拔出来。长刺在他身上留下一个孔，它只对穿了一部分薄薄的皮肉，没有伤及内脏。流出来的血很少，甚至没有滴落，只是在他的黑衣上默默洇开。

他从比人略高的高度跌落下来，手撑在像筋膜一样的物质上。他说不出它到底是什么，只是眼前这一小片，看起来像是扩大无数倍的筋膜。

有某种黏腻的东西缠在了他的后腰上，用轻缓的力道把他往回拉。他想反抗，又确实没力气。他右腿膝盖以下的骨头全都碎掉了，连站起来都办不到。那股力气把他拉到一个弧面旁边。他没有回头看，所以不知道它具体是什么，只能用后背感受出那是个弧面。

它再次抱住他。抱住他的每种触感都不太一样，有的是手，有的是他没法辨认的形体，有的是细小的刺，有的是细如发丝的线，有的是长着骨质瘤状物的触肢，有的是流沙一样的下陷平面……有些东西像人类的肢体一样抱着他；有些东西钻进他的伤口里，甚至血管里；有些从他的每一根发丝之间穿过，包裹着他的头部……

莱尔德回忆起了从前接受过的培训。他曾以为那没什么用，现在却突然想试试看：

把你的意识和感觉分离开来。想象现在是冬天，你赤脚站在沙滩上。

海水正在退潮。每一次你感觉到疼痛、屈辱、恐惧……甚至快感，那就是极为冰冷的海水在触摸你的脚尖。

海浪每一次离开，都会再返回来，又一次吞没你的双脚。但是只要你坚持下去，你就会看到它们逐渐远去。

海水一波一波被推远，你脚尖上的刺痛也随着浪花走进了大海深处。你远远地看着它，既是看着远方海面上的泡沫，也是在看着自己皮肤上的疼痛。

它随着海浪一起被推远了。而你一直看着它，一直看着它……你不会再感觉到刺骨寒冷，只能看到漆黑的海面。

就像是你站在画框之外看着一张油画，上面是退潮时的海滩。

莱尔德故意闭上眼睛。为了保持记忆，保持清晰的意识，他没有尝试使用卡帕拉法阵。他只是看着自己的"海滩"，试着退出画框。

海浪最后一次包裹他的双脚。

他依旧闭着眼，却能看见自己身在长廊里，坐在一张皮面长凳上，面前悬挂着一张油画。画面上并不是海滩，而是他没法概括的某种事物。

列维·卡拉泽抱臂站在油画下面，有点不耐烦地看着他。

奇怪的是，这不是现在的列维……他最后一次看到列维时，他身上颇为狼狈，半长的头发也没扎好。而眼前这个列维不是这样的。他的衣服十分整洁，像是还没进入"不协之门"的时候，也有点像四年前他们刚见面的时候。那时列维在假扮地产中介，穿得比后来斯文一些。

而且，这个列维看起来年轻了点，眉眼有些近似于那个十几岁的实习生。莱尔德再仔细看，又觉得他也没年轻到那个地步。他不像十几岁，也不像三十岁，总之叫人看不出具体的年纪。

"我突然想起，"莱尔德抬头问列维，"你之前好像带了个背包，怎么不见了？丢在哪儿了吗？"

列维的表情有些呆滞，眼神远不如莱尔德记忆里的那个列维灵活。不过，他说起话来的语气倒是没变："你怎么突然想起它了……好像是的，我确实带着个包。"

莱尔德问："我的追踪终端呢？在包里吗？"

"在我口袋里。"列维说。

上一秒他似乎穿着地产中介的衣服，当他去摸索那个仪器的时候，却从摄像马甲的大口袋里找到了它。从这一刻起，摄像马甲和休闲长袖T恤取代了地产经理的套装。

莱尔德伸手过去，列维把追踪终端还给他了。

莱尔德把它拿过来，熟练地划开屏幕，在上面操作着什么。

"你在干什么？"列维问。

"清空数据。"

"为什么？"

莱尔德没有回答。而是说："你知道吗，我无法杀掉所有拓荒者，因为在这里，我们根本没法真正的死亡。"

"你在说什么……"列维朝他走近了一点。

"我们不会死，也不会回去，"莱尔德看着他，"列维，我们不能回去。"

"我们不能回去？"列维疑惑道，"为什么？伊莲娜有办法，我们可以回去的。"

莱尔德摇摇头："我们不能让她这样做。没能阻止她送塞西和米莎回去，我们已经犯了一个很大的错误了。我们不能继续错下去。"

列维想了想，道："我不明白你为什么这样想。不过你先说说看，是你知道了什么吗？"

莱尔德说："有那么一小会儿……真的就是很短的时间，我忽然非常清醒。在不丢失感知也不失去记忆的情况下，仍然保持清醒，这可是我人生中极为罕见的时刻。正是因为这个时刻，我忽然明白了……我明白什么是'不可混淆'了，也明白那个灰色猎人在怕些什么了。"

列维静静看着他，等着他说下去。

莱尔德说："1982年，伊莲娜首次完成了主动破除盲点的算式阵，并启动了它。她召唤了'不协之门'，然后走了进去。三年后，也就是1985年的时候，'不协之门'在辛朋镇大范围出现。当时伊莲娜并不在辛朋镇，她在这里……在门的这一边。"

"按照现在我们知道的情况，确实如此。"列维说。

莱尔德说："那么，1985年的那些'门'，或者说那些盲点，又是怎么出现的？它们的出现不是偶发现象，它们大范围地、密集地出现在同一片区域里。伊莲娜不在辛朋镇，不在低层视野中，不在我们熟悉的那个世界上，那么，这些盲点是怎么出现的？是纯属偶然吗？难道辛朋镇的每个人都有了破除盲点的能力？"

列维的表情凝滞了片刻。他低下头，双手慢慢握紧。

莱尔德说："想想吧，除了居民失踪，1985年的辛朋镇还发生了一件很重大的事情。你知道那是什么吧？"

列维抬头看向他："你是说……我的出生？"

说得更准确一些，应该是他的"出现"。这个婴儿不是出生在医院的，而是直接出现在卡拉泽家的二层房间里。没人知道他医学意义上的父亲究竟是谁。

"你认为辛朋镇发生的事和我有关？"列维问。

莱尔德说："你是装傻还是怎么的……当然和你有关了。你就是她抛过来的锚，你根本就是某种隐匿技艺的一部分。"

列维总觉得这句话怪怪的，不是内容怪，而是被莱尔德说得很怪。他思考片刻，忽然明白了原因：刚才莱尔德在说"锚"和"隐匿技艺"的时候，在这两个词上用的是学会导师们的念法，因为在导师们的话语中，它们特指一些别的东西。除此之外，其他部分倒是莱尔德本来的语调。

莱尔德察觉到他的目光，问道："怎么，是不是我的口音又变得像丹尼尔了？"

"其实没有。"

莱尔德耸耸肩："哦……反正这是因为他，我才知道的。一开始丹尼尔也不明白伊莲娜的全部想法，这些也是他逐渐琢磨出来的。"

列维问："你是说，直到现在他还在思考着吗？"

"他当然在思考着，毕竟我也清醒着、思考着。他是我的一部分。"

列维说："这和我们现在是否能回去又有什么关系？"

莱尔德从长椅上站起来。现在他在"画框"之外，所以他的腿没事，能站起来。正如此时列维看起来是人一样。

长廊上只有那一幅画，正对它的墙壁上则是一片空白。莱尔德来到白墙下，举起手，轻轻闭眼，凭记忆画出由多个几何形体嵌套成的图案。基本构架完成后，他又在图案上的多个位置加入了繁复的各类字符。他花了一段时间后，白墙上布满了暗红色的图案，它们看起来像是用血液画成的，虽然此时莱尔德的身体上看不见血迹。

莱尔德转回身，指着白墙上并列的两个图案，猛一看去，它们十分相似，但又有一些细小的差别。

"这是丹尼尔记忆中的算式阵，也就是 1982 年由伊莲娜还原出来的版本。"莱尔德指向其中一个图案。

列维发现莱尔德是闭着眼画完它的。他问莱尔德为什么闭着眼，以及为什么闭着眼也能画出这东西。莱尔德说，如果睁着眼，他反而会受到自己思绪的影响，会回忆不起来丹尼尔的知识。

"虽然我凭记忆把它画出来了，但我们用不了它，"莱尔德说，"因为我们不在低层视野，它在这里是无效的。就好比吹风机只能吹风，不能吸气，工具不能反着用。"

列维说："这个我知道。所以你画它干什么？"

莱尔德指着旁边的另一个算式阵："别急嘛，你再看这个。它是 1822 年的首个破除盲点算式阵，当年残留在甲板上的它只剩下很模糊的局部了，你们那个学会花了很多年才把它还原出来。对了，我们见过这位最初的研发者，这个东西就是我凭着他的记忆画的。"

列维说："是那个不知名的导师吗？死在峡谷里的那个，浑身是手的灰色猎人？"

"就是他，"莱尔德说，"他的故事暂时不重要。你看，这两个算式阵有一些区别。"

列维的目光在两个算式阵之间移动，观察了一会儿之后，他说："嗯，是有区别。变的不是坐标之类的表面参数，而是……哦，是一些代表观察难度的指数。更多的我就不懂了。我只能认出它代表的是观察难度，但解读不出来更具体的东西。我又不是丹尼尔和伊莲娜那种导师。"

其实猎犬根本不该懂这些，一点也不该懂。但列维毕竟曾经是导师助理，而且现在他的那部分记忆回来了。

"唉，我也不懂。"莱尔德说。

"那你是怎么画出来的？"

"凭记忆啊。"虽然不是莱尔德自己的记忆。

列维问："既然你不懂，那你想表达什么？这么故弄玄虚。"

说完之后，列维竟忽然感到一阵放松。某种熟悉的情绪涌上心头，让他有种错觉，他觉得回到了自己的两厢小车里，正在和莱尔德进行毫无意义的拌嘴。这种微妙的安心感稍纵即逝，当他意识到它的时候，它就被时刻盘旋的焦躁驱走了。于是列维又板着脸，催着莱尔德有话快说。

莱尔德指向一串字符："这些就是你说的，代表观察难度的指数吗？"

"是的。"列维说。

"那么这个指数所衡量的观察难度，跟 1982 年和 1822 年的比起来，是变难了，还是变简单了？"

看着列维的眼神，莱尔德补充道："别瞪我，我没有故弄玄虚，也没有学伊莲娜的模样给你讲课，我是真的看不懂才问你的！我并不能调取丹尼尔懂得的全部东西……我不知道将来会怎样，反正现在的我不行。"

列维叹口气："这个挺复杂的，我也说不太好……如果理解得简单粗暴一点，可以说是变简单了。"

莱尔德点点头："果然如此……"

"什么意思？"

莱尔德没有直接回答，而是说："关于这组指数，它是侦测出来的硬性指标还是人为设定的数字？也就是说，它是类似于温度、湿度、长度这种性质，还是类似于设计图上的大楼高度、计划书里的经费预算？"

列维说："它不是人为设定的，不是人们想设多少就能设多少的，但也不是长度那种直观的东西，人们得需要使用一些很专业的手段才能得到它。比起长度，它应该更类似地震烈度什么的吧……"

说着说着，列维的声音越来越小，最后他沉默下来，抱臂思索。莱尔德等着他，没有催促。

本来列维想说，他对破除盲点算式阵不够了解，对它的理解不一定对……但他至少可以确定，自己确实能明白这两组指数所指的含义。这就已经够了。

如果指数错了，施展它的人就无法主动破除盲点，既然1822年的那个人成功了，1982年的伊莲娜也成功了，就说明他们使用的算式阵都是成立的。在他们分别使用两个算式阵时，两者使用的指数都是对的。

从他们分别使用的指数上看来，比起1822年的"不协之门"，1982年的"不协之门"更容易被人们看到，人们被动观察到盲点的难度更低。

从1822年以来，学会的导师们一直在还原算式阵，但一直不成功。除了有其他技术问题，恐怕也和这组指数有很大的关系。这不像量个身高体重那么简单，而是要经过长久的复杂工作。于是，即使导师们还原了百年前的算式阵，也很难将它成功启用。因为上面的指数是错的……现实已经改变了。

之所以伊莲娜成功了，不仅是因为她完成了还原工作，还因为她重新测量了代表观察难度的指数。

列维看向莱尔德："如果这两组指数都是对的，那就说明低层视野一直在渐渐发生某种变化，导致人们越来越容易看到'不协之门'。"

莱尔德长出一口气："我也是这样想的，但没敢直接说。"

"有什么不敢？"

"你比我懂，怕你笑话我。"

莱尔德脸上挂着一种真假参半的表情。列维嗤笑了一下，暗暗又觉得自己回到了两厢小车里，或者某个"鬼屋"门前……仿佛他身边的这位不是莱尔德·凯茨，而是昔日那个烦人的霍普金斯大师。

列维决定继续说正事："不过这也只是理论上的。"

"不仅仅是理论上的。"莱尔德摇着头说。

列维催促道："有话直接说，别露出一脸属于丹尼尔的表情。"

莱尔德笑了笑，他突然很想照一下镜子，好看看自己的表情和过去的有什么重大差别。

他说："由于我的本职工作，我能接触到很多疑似遭遇'不协之门'的案例。案例中分为三类：一类是基本确认遭遇，尚未查明；第二类是怀疑遭遇，尚未查明；第三类是已查明，非范围内。翻译成大白话就是，'这群失踪者肯定进了"门"'和'这帮人可能进了"门"'，也可能只是普通的失踪案'以及'虽然看起来很像与"门"有关，但这件事和"门"确实没有关系，就是普通的失踪案'。"

列维抱臂点点头："嗯，然后呢？"

"这类案例从古至今有一大堆，但总体来说，它们出现得并不频繁，甚至世界上根本没有留下太多关于它的传说。连关于大脚怪的传说都比它多。从19世纪到20世纪中期，'门'的案例出现的频率一直很稳定，很少大量爆发。绝大多数时候，某年全年也找不到一个疑似案例。

"到了20世纪末，'不协之门目击记录'与从前相比似乎越来越多，21世纪之后也在继续增多。正因为如此，这些案例才终于引起了我们的注意。唉，我们显然比你们那个学会慢了很多步。

"很多人认为，案例增多是因为现代的信息流通更快，还有人认为这是无规律的，也有一些人觉得事件增多绝不是偶然。但大家找不出每次目击之间的相关性，也梳理不出证据。"

列维认真听着，等着莱尔德说下去。他已经懒得问莱尔德口中的"我们"

到底是谁了，现在讨论这个根本没什么意义。

莱尔德继续说："从前我没想过这些，因为那时我完全不懂你们那个体系的东西。现在我才发现，算式阵上的数据和我已知的案例，二者的变化趋势完全吻合。比如说1985年这一年，在辛朋镇事件发生以后，各地遭遇'不协之门'的案例也变得越来越多……还有在1995年的10月，以及2009年年末，这些关键时间点之后，案例数量都出现了指数级增长，而且一直没有下降的趋势。"

除了1985年，莱尔德提到的另外两个年份也有点耳熟。列维问："1995年？是不是你五岁的时候？"

莱尔德点头："1995年10月20日，我失踪几天之后，被人发现坐在自己的房间里大哭。2009年12月23日，保姆安吉拉女士自称在自己家中走入'不协之门'。她只'迷失'了几个小时，从那天开始，她的精神情况加速恶化。"

"但这两次并不涉及算式阵，"列维皱眉，"这不是有人主动破除了盲点，而是你们被动地'回家'了啊……"

莱尔德说："不，这两次也有人在'主动'地破除盲点。只不过，她不是在我们熟悉的世界里做的而已。"

列维明白了。很显然，这几次关键的时间点，都和伊莲娜的行为有关。

莱尔德停下来片刻，终于说出他最终的推测："我是这样想的……我们可以简单地认为，我们的世界上盖着一层纸。纸上本身就带有一些自然磨损的小洞，原本它不常见，人们可能会不小心掉进去，但这种情况很罕见。然后，每次有人主动去破除盲点，就是在纸上故意戳开一个洞。穿过洞来到这边的人想要'回家'时，如果他找不到自然形成的洞，就得再在纸上穿出一个洞……于是，这张纸上面的孔洞越来越多，甚至最终有可能完全破掉。伊莲娜把我送回去了，把安吉拉送回去了，刚才还把米莎和塞西送回去了。无论她具体用的什么办法，她都是在不停地在那张纸上'打洞'。与其说她是在送人回家，不如说那些'人'是她使用的工具，就像算式阵上的一个必要符文一样。'打洞'才是她真正想干的事情，'送人回去'只是打洞的附加效果。"

莱尔德观察列维的反应。

列维若有所思地看着别处，没有与他的目光接触。

于是，莱尔德接着说："其实，我想起了'猎人'说的话。他说"不要混淆界限""杀掉所有拓荒者"……他救助过艾希莉和罗伊，这是因为他们已经变成了某种别的东西；而当他发现了我们，还发现我们想带着那两个人离开后，他就开始对我们发动攻击……就算没法让我们'死亡'，也可以让我们在痛苦中变成和他一样的东西。我想，他应该是在漫长的探索中意识到什么了。但他不再是过去的那个研究者了，他没法表达清楚，于是他只记住了结论，并且反复强调着这个结论……"

列维突然打断他的话："那你的结论又是什么？"

他的语气很刻意。

莱尔德看着他，从他低垂的眼神里看出一种清晰的抗拒。

莱尔德无奈地叹气："列维，我一开始就说过了，而且说得很直接……我们不能回去。特别是你，你不能回去。"

列维的声音很冷静，双手却悄悄在身边攥紧："什么叫'特别是我'？"

"我还以为你已经明白了……"莱尔德无力地说，"事到如今，关于你自己……你真的什么也没有想过吗？"

列维没有马上回答。

其实他的眼神已经替他做出回答了，但他还是强作镇定，维持着平稳的声调："我当然想过很多。我有任务在身，现在我正在想怎么完成它。"

莱尔德说："你明明知道我指的不是这个……"

"那你是指什么？"

莱尔德长叹一声。他坐在长凳上，手肘撑着膝盖，低着头，眼睛正好盯着列维的脚尖。他们站在"画框"之外，所以那暂时是人的脚尖。

"你真的要这样吗？"莱尔德问，"难道你希望我直白地说出来吗？"

列维又沉默了好一会儿。最终，他轻声说："不用了，别说出来。其实我知道你的意思。"

莱尔德点头："是吧？我也觉得这样更好。"

列维忽然轻笑起来。莱尔德疑惑地抬头瞟了他一眼，他解释说："我突然觉得不可思议。你肯定早就有所察觉了，但你竟然从来没有直接说出来，说我是个……"

他停下来，没有说出后面的单词。

其实他也不知道应该在这里用什么词。

莱尔德放松了一点："看来你明白啦。那就好。"

"那肖恩和杰里呢？"列维问，"他们在'第一岗哨'里看到了一条路，从那儿回去了。这和伊莲娜无关，那地方是一条天然存在的路，他们是被动发现它的，而不是主动用学会内部的技艺去开启它的。如果用你刚才说的'纸'的例子，那他们就是看到了纸上本来就存在的磨损小洞，而不是自己打了新的洞。"

"道理上是这样……"

列维说："那我们为什么不能去试试？我们回到'第一岗哨'去。"

列维走近些，居高临下地看着坐在长椅上的莱尔德，肢体动作上有些催促对方同意的意思。

尽管此时莱尔德看到的他是人类躯体，但莱尔德还是感觉到一种令人不适的压迫感。他强忍着跳开的冲动，要求自己像过去一样与列维·卡拉泽这个"人"交流。

莱尔德说："我不能确定那样做就绝对安全。也许他们带去的危害不如我们大，但也不是绝对没有任何影响。"

"我们还是可以试试。"

莱尔德开始露出有些烦躁的神情："天哪……列维，你是故意要这样装傻吗？我不知道我还能维持清醒多长时间，可能我不能和你交流太久了……你想象一下，我们不能确定某一次'打洞'的行为会不会引起某种质变，上次是从一增长到十，这次是从十增长到百……说不定你下次就会让数字从百变成千甚至万。"

他抬起头，列维正静静地看着他。虽然有些畏惧，但莱尔德还是继续说了下去："上次是辛朋镇的灾难，以及各地目击数量的一次又一次上升……这次呢？我们会给低层视野带去什么？还是不要冒这种险了。"

列维慢慢蹲跪下来，双手撑在莱尔德身体两侧的长椅边缘上，直视着莱尔德的脸。过近的距离令厌恶肢体接触的莱尔德更加不安，他悄悄咬紧牙，与列维对视。

"你还记得吗？"列维说，"在山谷下面的时候，你和我偷偷谈话。我说想把艾希莉和罗伊带回去，因为他们很重要。而你不想带他们，你觉得他们很危险。"

"我记得，"莱尔德说，"现在我更加这样认为。"

"你还记得我们最后达成的共识吗？"

莱尔德等着他说完。

列维说："我们决定，一旦有机会，就先让杰里和肖恩回去。而我要继续调查，待到直到我认为确实需要回去的时候为止。我还说，那时我要带上他们，哪怕只是其中一个，或者只是尸体，甚至是身体的一部分……你知道为什么我坚持如此吗？"

"因为这是你的使命？"

"是的，我是学会的猎犬，"列维说，"我首先忠于学会，而不是导师伊莲娜个人。所以，我同意你的部分看法，我们离开伊莲娜和辛朋镇吧。回'第一岗哨'去，去试试那条更难看到、更安全的路。"

"列维，你……"莱尔德想站起来，却没有成功。

他刚一动，列维就把他压回了原地。他低头看向身侧，列维原本撑住椅面的手不知何时按在了他的手背上。

长椅下面也突然出现了一双手，那看起来是双人类的手，甚至上面还附带着眼熟的袖子，它们抓住他的双脚脚腕，像铁箍一样令人难以挣脱。

列维微笑着道："你看，现在情况变了，带艾希莉和罗伊回去显然很有难度。但是幸好，我和你都改变了很多。对学会来说……我们两个，都变得非常有研究价值了。"

第三十七章

-Qingwu Dongcha-

出生前

走廊在慢慢变短。黑暗从左右两侧蔓延过来，从远到近，一点点吞噬可见视野。地板微微震动，然后墙壁也开始摇摆，墙上的画被摇得歪掉了，一滴浑浊的液体从画框边缘滑了出来。

画框里的东西不再静止，开始慢慢蠕动。不同质地的有机物彼此摩擦，远远地听起来，竟然有些像是风吹过茂密树叶的声音。

莱尔德好不容易把一切隔绝到画框里，现在画框即将崩毁，所有东西都将回到他眼前。

他的双手双脚被列维的四双手分别握住，每只手的每根手指里又各自分化出新的手臂，然后展开五指，指尖上又再出现手臂，展开五指……他徒劳地挣扎，而这些东西像网一样围住了他，并且还在继续生长、互相纠缠。

莱尔德闭上眼，但闭眼根本无济于事，他的皮肤、听觉比视觉更灵敏，它们会继续把所有事情传到他的视野中。

"列维·卡拉泽，如果你那么在乎'研究价值'……"莱尔德扯着嗓子大叫，"那么当初你就不该离开那个精神病院！你们为什么不留在那儿继续折磨我……为什么不干脆把我变成白痴，随便怎么研究……"

列维的声音响起在四周，莱尔德根本分辨不出方向。

　　"那样毫无意义。当年的情况，即使再继续，也得不到任何结果。只是重复地、徒劳地折磨你而已。我并不想那样做。"

　　列维重复了一遍："毫无意义。"

　　"现在就有意义了，是吗？"莱尔德吼道，"因为'第一岗哨'，因为丹尼尔，因为1822年的那位导师，因为卡帕拉法阵，因为我现在重新回忆起来的一切……我又有意义了，是吗？"

　　莱尔德的声音颤抖起来："奇怪了，那时候在医院里……你为什么要送我那些书和笔？为什么要陪我打雪仗？你为什么要在我画的地球上乱涂什么云彩？你为什么……为什么要让我觉得生活多少还有点趣味……"

　　莱尔德有些无法控制情绪，但他已经尽己所能地保持冷静了。他说起这些，并不是为了控诉和指责什么，而是他希望这些久远而细碎的记忆能把当初的实习生带回来。

　　如果学会的猎犬不能理解他，那么也许实习生可以。那时的列维·卡拉泽虽然是导师助理，距离神秘之物比猎犬们更近，但他更像个普通人，他的眼神更简单、更容易让人看懂。而如今，他身上盘踞着令人窒息的混沌气质。这并不是因为正常的年龄增长所带来的。

　　"你问，为什么？"列维的声音里带着疑惑，"大概因为……那时我就是想那样做，想陪你聊天，想离开医院，想让老师放弃对你的研究。就这么简单。"

　　一只手接触到莱尔德的后背，似乎是想把他歪斜的身体扶正一些。莱尔德的背上传来清晰的触感，那只手能完全覆盖他的躯干，手指的数量他一时数不清，每个指腹上都带着无法清晰感知形状的实体。身边各个方向传来闷闷的摩擦声，莱尔德感觉到自己的位置正在变化。他正在被移动。

　　莱尔德无力地问："那么你能理解吗……我不想回去，不想再让这种悲剧……这种恐怖，再继续扩散……你能理解吗……"

　　"那么你又为什么'不想'呢？"列维突然反问。他的声音同时响起在莱尔德的左右耳边，语气很平静。他是在认真提出疑问，而不是在故意和人叫板。

　　莱尔德哭笑不得地想：我对这个人的语气可真熟悉啊，哪怕到了现在，我竟然还能分辨出其中的情绪区别。

莱尔德说："我想让'不协之门'减少，甚至，可以的话……让这一切结束。"

"为什么？"

"没有它更好。"

"为什么？"

莱尔德说："我曾经很羡慕杰里。我羡慕他的人生，但并不嫉妒，也并不想破坏它。因为我知道，我已经有我该扮演的角色了。所以，当我知道杰里和肖恩也看到了'不协之门'时，我……不说那时了，就说现在，我不喜欢再看到另一个辛朋镇，也想不让这世界上多几个、十几个、更多个'莱尔德'或者'米莎'这样的人。这样没意思，没必要。"

"那么配合学会的研究是没意思和没必要吗？"列维声音中的疑惑更加浓郁，"意思和必要是什么？有必要是什么？你为什么会去玩雪？为什么想回家？为什么会在圣诞节前哭泣？为什么会觉得生活里有趣味？为什么要调查辛朋镇？为什么要做现在的工作？"

一开始，莱尔德还条件反射地回答了一句。忽然，他觉得不对劲。

列维的声音改变了，从清晰的句子，渐渐变成了电流一样的杂音，最后变成了无处不在的、高频的蜂鸣。

"为什么在坐车的时候想吃口香糖？

"为什么'就是想吃而已'？为什么要换我安全带上的护肩套？换护肩套为什么要问我？

"为什么会'感觉好'？什么是必要？什么是意义？为什么？

"为什么普通的生活就是这样？为什么想回家，不想留下？想盖拉湖的地球卫星云图，想回家？

"为什么是有意思的生活？你几岁了？明天有个特殊检查不用害怕。

"为什么要哭？你五岁时发生了什么？谁是……是谁？你有……你想达成什么愿望？

"为什么要有愿望播放器？听什么歌？我去帮你。你想要笔吗？

　　"为什么会觉得有意思、有必要、有意义？我是地产中介。你是不是跟踪我？

　　"为什么人人这样醒着、活着？他们知不知道怎样活下去？

　　"为什么觉得生活有趣味？什么趣味？玩雪、回家，人这样活下去？

　　"为什么什么是什么？叫作什么？定义在哪里？是谁这样活下去？

　　"为什么活下去？

　　"为什么人……"

　　莱尔德想捂住耳朵，但他办不到。不仅是因为他的手没法自由移动，更是因为那种声音无处不在，甚至是直接挤进了他的耳道内。

　　声音像洪流般碾压着他。

　　一开始，他的大脑被撕扯得一片空白，就是在这种空白之中，他渐渐感知到了一股既强烈又淡漠的情绪。这看起来很矛盾，但他真的同时感觉到了"强烈"和"淡漠"。

　　强烈的，是某种不知名的执着。这股执着在他脑中奔流着，像疯狂的野兽一样四处乱撞。他无法得知它所执着的东西是什么，甚至可能它根本没有某个具体的对象；也许它正是想找到某个可以为之执着的具体目标，但它无法找到任何一个。

　　淡漠的，是关于之前那一连串"为什么"的答案。

　　列维·卡拉泽在认真地回答问题。列维·卡拉泽无法回答问题。

　　莱尔德眼前浮现出十几年前的一幕幕。每一幕有实习生在画面上，实习生的身影都逐渐消失了。取而代之的，是那个出现在他半梦半醒间的庞大怪物，那个他至今无法进行清晰描述的东西。

　　它藏在每次眨眼之间，挤压着狭小诊室内的空气。对那时的莱尔德来说，他既是一直看着它，也是从未注视它。

　　在莱尔德的记忆里，实习生的形象开始溃散，开始变成那个比噩梦恐怖千倍的实体，现在，连"凶巴巴的地产中介"和"一脸假笑的节目制作人"都开始变模糊了。

因为他们真的变模糊了。

他们就像映入湖水的星空。

星空的范围局限在湖中，以水的姿态模仿着波纹，以水的面貌与船上的游人对视。它觉得自己是水面，是黑绸缎上粼粼的光，是总面积等于某个数字的不规则区域……但它不是。

其实它永远无法被装在这片湖床里。当它以为自己是湖时，它以水的样子被叙述、被描绘过；等到它意识到自己不是水的时候，它就突然变成了俯瞰着湖的姿态，关于湖的一切都开始变得混乱、陌生。

因为它是星空，是和湖水截然不同的物体，它甚至不是口头上、狭义上的"物体"。

这种情况，让莱尔德想起了一个病友。

当年在盖拉湖精神病院的时候，他见过不少真正的病人，其中有个与他年龄相仿的女孩。他不了解女孩的具体病症，只知道她一直以奇怪的姿态匍匐着生活，似乎在模仿某一种爬行动物，模仿得极为严谨。她不和人沟通，也不会用人类的语言自称是某某动物，她不参与任何正常孩子的娱乐，不喜欢任何可能吸引到小孩的玩具或饮食，她甚至还有一定的攻击性，会做出很多真实动物才有的行为。

有些病人给她取了绰号，叫她"蜥蜴"。莱尔德曾经看见过她，那时她被束缚在一架推床上，没有被麻醉，恍惚之间，莱尔德竟然觉得她真的就是某种蜥蜴。

后来这个女孩的情况好转了。莱尔德十五岁之前，女孩已经能情绪稳定地直立行走了。远远看着她的时候，莱尔德意识到，那只"蜥蜴"消失了。

或许她还能想起做爬行动物的日子，但"蜥蜴"确实正在慢慢淡化、分解、消融。总有一天，她会彻彻底底回到人类状态，她会用人类的眼睛俯瞰着所有"蜥蜴"，包括草丛里的、宠物店里的，和昔日她自己灵魂中的那只。

小时候的莱尔德曾经忍不住想过：她在做蜥蜴的时候，会不会曾经有过蜥蜴朋友呢？也许某只蜥蜴会以为她是真的蜥蜴，只是个头比较大，也许他们还曾在一起晒过太阳。

现在，她恢复成了人类。她把那只蜥蜴朋友捧在手里，塞在罐子里，对它温柔地微笑，给它喂食……这时候，蜥蜴朋友会有什么感觉？会茫然吗，还是会恐惧？

当她隐约知道自己是人类的时候，她就开始忘记蜥蜴如何生活了。一天天过去，她越像人类，就忘得越多。当她彻底意识到自己是个小女孩的时候，当她对别人说"我曾经以为自己是蜥蜴"的时候……那只"蜥蜴"就彻底瓦解了。

她可以把自己是"蜥蜴"期间做的事娓娓道来，但她只是在俯视那些记忆而已。她完全忘记了蜥蜴的思考方式。蜥蜴的灵魂碎片也许散落在她的心灵深处，但碎片就只是碎片，只是从星空上方投下来的光斑。

星空始终不是湖水。

莱尔德悲哀地意识到，他已经不可能与列维交流了。

无论他说什么，列维都不会理解。相对的，他也不能理解列维。

列维想回去，因为他仍然在模仿当初的他。人类模仿其他同类，或模仿某种动物的时候，会先去模仿最简单直接、最有代表性的姿态。列维也是在模仿自己最容易模仿的部分——他作为学会猎犬的那部分。

他要回去，他要完成任务，他要带回重要讯息，他要忠于学会，他要服从导师，他要配合研究。而且，他身边总是跟着一个叫"霍普金斯大师"的冒牌灵媒，此人的真名叫作莱尔德·凯茨。

莱尔德脸上泥泞一片，他分不出这些东西究竟是什么，也许是自己的涕泪，也许是他无法辨识的不明黏液。有些东西甚至流进了耳道，但没有影响他的听觉。

他听到，不远处传来类似闷雷的声音。声音一波波回荡着，有着语言般的节奏。他分辨不出任何类似词语的发音。

那是伊莲娜。现在他听不懂她说的话，但他就是可以认出，那是伊莲娜。

在伊莲娜的声音之中，还混杂着各种或强烈或微弱的声音。

有些不是声音，是图案，是光，是影子；是吐息，是视线，是霉斑，是尖牙，是笑容；是心脏上的外骨骼，是广袤的灰色沟回；是树状肢体，是红色薄膜，是沉睡的面孔。

是连接在一起的无数丘脑，是英式排屋，是寻人启事，是乔尼，是杂货店的梅丽；是碎成粉末的骨头，是刺穿身体的锁链和钢丝，是地下室，是雾。

是治安官，是捕鼠员，是初春的小镇；是羽化，是单人小沙发，是嵌合的触肢构成的手，是白色幽灵；是佐伊，是妈妈。

是苍白色的双臂，是发不出声音的佐伊，是伸手抱住一个小孩子的妈妈；是"不协之门"；是辛朋镇；是 1985 年 3 月。

没有面孔，又有无数面孔。

没有声带，但能发出震耳的响声。

莱尔德睁开了眼，平静地看着身边飞逝而过的一切。它们不是记忆，不是幻象，而是真实存在在他身边的事物。

佐伊在这里，辛朋镇的一切也在这里。

除此之外，还有艾希莉，还有很多他根本不认识的个体。它们在神经、骨骼、脏器、血肉之间起起伏伏着，有些以极快的速度游荡，有些正在沉睡，还有些孜孜不倦地追逐着他和列维，无数手与脚摩擦、弹滑在与它们同样质地的东西上，发出清脆的声音。

他听见一声来自高空的嘶吼，接着是帛裂般的声音，伴随着液体与固体滑落的滴答声，这些声音同样非常巨大，且出现在四面八方。

"我们离开辛朋镇了。"

耳朵旁传来了列维的声音，声音直接贴在他的耳道内部。

这句话让莱尔德更清醒了一点，他用仅有的注意力，尽量让双眼对焦。他看到了一片灰白色的布，仔细看去，它其实不是布，更像是薄膜……也不对，这是皮肤。

他面前是一片灰白色的皮肤，上面布满不规则的瘢痕，皮肤微微蠕动着，挤压出不同角度的皱褶，皮肤下面紧贴着大大小小的不明物体，它们到处游移，使皮肤时凸时凹。

莱尔德想起来，他见过这样的东西。当时他在塞西的家中，在米莎的房间里。

他看见了墙壁上不该存在的窄"门"，当时，"门"内就紧紧贴着这样的一片皮肤。皮肤上浮现出了一双手，除了手，他看不到任何属于人类特征的部位。

现在也是，现在他仍然看不见属于人类特征的部位，甚至，他看不见任何除皮肤以外的"部位"。因为他眼前的这个实体……实在是太庞大了。

无论向上看，还是向左右看，他都看不见它的尽头。他没有尝试向下和向后看，因为他不想。他知道那些方向有什么。

他悬在空中，锁骨旁边的皮肉上有四个对穿的洞，两根能够弯曲的尖刺从洞里穿过去，再闭合成环，将他挂在某个实体身上，他没有任何挣脱的可能，他的手脚和腰部也被某种东西缠绕着，他没有低头看，不知缠绕在身上的具体是什么形态的物质。

他知道这整个"实体"是谁。所以他并不想低头或回头去看。

这个"实体"撕破了眼前"皮肤"的一部分，它带着莱尔德离开了辛朋镇。

离开了 1985 年的 3 月。

离开了永远留在这里的佐伊。

离开了伊莲娜。

莱尔德感觉到自己在向后退。灰白色的皮肤与他拉开距离，越来越远。即使如此，他仍然看不见皮肤的尽头，看不见这个物体的全貌。即使拉开目测近百英尺的距离，他能看到的仍然只是灰白色的一块局部。这个东西横亘在视线可及的所有地方，他根本看不见它的整体。

很快，灰白色皮肤蠕动着追赶过来了。有时候它几乎贴到了莱尔德的脸上，有时候又再度被甩开，远得像一堵无边际的城墙。

当皮肤远到一定程度的时候，莱尔德抬起头，终于看到了似乎是天空的东西。

高空依然灰暗、稳定，没有任何天体。这正是他在"门"里的世界一直看到的天空，只不过，现在他不太确定那能不能叫"天空"……他不能确定这里任何事物的名字。

　　高空上闪过一抹黑影，像是陈旧胶片上的瑕疵。黑影增多之后，莱尔德定睛观察，看到了一只乌鸦。

　　乌鸦黑得吸收了所有光线，只能看见它们的轮廓。它们没有眼睛，莱尔德却觉得自己与其中某只乌鸦四目相接了。

　　雷诺兹。他无声地喊道。

　　莱尔德还记得第一次远远看到乌鸦的时候，那时鸦群的姿态更稳定、更优雅，而现在它们却像暴风一样翻飞，甚至偶尔会彼此相撞。

　　雷诺兹自称信使，信使的职责就是为导师与猎犬服务。现在雷诺兹应该正面对着一位导师和一位猎犬，但他身上却传来一种浓重的恐慌。不知道他看见了什么？不知他能否看到那个灰白色庞然大物的全貌？

　　既然已经到了雷诺兹的警戒范围，"第一岗哨"应该就在背后不远处了。

　　莱尔德想：我应该做什么呢？如果我不想回去，也不想让列维·卡拉泽回去，那么……也许只要我看不见那条路就可以了。他想启用卡帕拉法阵来剥夺自己的感知，但是他太痛了，也太累了，他的视觉一直被眼前难以忽视的骇人事物占满，他根本无法维持专注。

　　他想闭眼却闭不上，想遮住眼睛也做不到。他的手被束缚在身体旁边，完全动弹不得。

　　远处的灰白色巨物忽然停下来，不再追赶他们了。随着距离越来越远，莱尔德能看到它越来越多的部分，它延伸出很多条管道一样的东西，一部分伸向他们，就像惜别时扬起的手，另一部分聚集在一个巨大如洞窟的破处上，正在慢慢梳理从伤口里流淌出来的东西。

　　莱尔德看到了艾希莉，她以流动的形态从一块纠结的血管瘤上滑下来，嘴里哼着轻快愉悦的声音，自如地攀着灰白色的外部皮肤，越爬越高，像是在翻越一座高峰。她不是辛朋镇的居民，但小镇非常包容好客，她可以前来暂住，也可以随时离开。

　　他还看见了乔尼，就是那个到处贴寻人启事的中年男人。他用黏液一遍遍地贴寻人启事，动作间，他身体的一部分差点从破口处漏到外面来，他用另外一部分身体扭曲地盘绕在电线杆上稳住自己……两名警官发现他昏倒了，立刻把他带了回去。

"欢迎来到辛朋镇"的牌子背后则是"欢迎下次再来"，牌子在气流中招摇着，让深红色半透明的凝块洒在山区的隧道里。

隧道里的捕鼠员挥了挥手，他在表皮下面穿行。皮肤和肌肉之间的缝隙中有如蚯蚓般的凸起，那是禁酒令时期留下的秘密隧道，隧道的另一头就是刚刚出现的破损之处——列维·卡拉泽和外乡来的假灵媒就是从这里离开的。

是的，他们没有走来时的那条路，也没有从小镇第一大道通向公路的那条路离开。

一阵尖锐的电子警报声传来。

声音极为刺耳，它取代了之前莱尔德听见的所有声音。

他花了一点时间才辨识出这个声音，这是追踪终端的示警音效。如此高频急促的声音，说明被追踪的个体近在眼前，但是他已经把自己的追踪终端停掉了，这一路上内部记录的数据，也全部被他清除了。他亲手做的。

声音不止一组，它到处都是，交织成了令人头昏脑涨的嗡鸣。有多少终端在响？是谁的终端在响？

听见声音之后，莱尔德先后看到了两个画面。

第一个，是旧得看不出原色的壁纸，顺着壁纸向下看，墙壁下方有个矮柜，矮柜上摆着一只浅黄色小熊，小熊戴着黑领结。这是他小时候住过的房间。

第二个，是崭新的淡橙色壁纸，上面挂着几个相框，还贴了一张蜡笔画。不是米莎的画，也不是他小时候的画。他不认识它。

然后他就昏了过去。在清醒着的最后一刻，他忍不住祈祷：如果我不会再醒过来就好了。

也许真理不等于幸福。

如果二者对立，而且只能选择一个，你要选哪一个？

　　如果你厌恶、畏惧的东西，才是世界真正的样子，而你所熟悉、认可的东西，全都是虚假的泡沫，你要选哪一个？

　　这不是电影里的红色或蓝色药丸。在电影里，如果他选了当下，他就可以舍弃真相，继续平凡地活下去。

　　但在这里不行。

　　无论如何，我们最终都会奔向那片令人战栗的光芒。

　　通常在文学作品里，我们用"黑暗"来给反面的、邪恶的事物命名，但我们最终要去的地方确实不是黑暗之处。它是光芒所在之地。

　　我们身在一片黑暗中，必然畏惧着光芒。

　　有些人无意中瞥见了它，也许仅仅是瞥了一眼，他们的灵魂被它撕碎，眼睛几乎被烧毁。他们哭泣着、质疑着：这样的东西有什么意义？有什么趣味？它凭什么就是光芒？它凭什么是真理？它能带给我们什么利益吗？

　　尽管问吧。没人会回答，也没有必要回答。

　　也许胎儿在出生前，他曾经在自己的思维体系内，近乎崩溃地这样质疑：我们为什么一定要去往那么恐怖的地方？那不是地狱吗？

　　胎儿眼里的世界和我们眼里的世界不一样。他们看不见这世界真正的样子，即使他们看得再清晰，也最多只能看到他们能理解的极限。我们习以为常的东西，可能在他们眼里极为恐怖。

　　恐怖不代表有害。

　　只不过，人们会把令自己感到恐怖的东西定义为有害。

　　胎儿也最终会成为和我们一样的东西。

　　就如我们最终也会成为……

　　胎儿们规避恐慌的唯一方法，就是蜷缩着沉睡，忘记偶尔瞥见的光芒。

不去注视它，不去思考它，不要意识到它。就这样……让一切自然而然地发生。这才是对任何人都好的方式。

不要提前注视光芒，更不要混淆界限。

洞察即地狱。

——第二闭环书页，页码 085

于 1822 年

于，不对，已经过了很久了，应为 1823 年

1880 年？应该没超过 1900 年

——不是我写的，2015

其实也是我。但是

女孩盯着面前的悬浮投影。投影中展示着一张复印纸，纸上是歪歪扭扭的字迹。与女孩一桌之隔的地方，年轻男人控制触控钮，调整着投影图片的角度和页面的大小。

女孩不仅在观察那张纸，她的目光还不时穿过半透明的投影，偷偷观察这个男人：颇为年轻、表情严肃、头发极短、深色皮肤、身穿军装……如果她没搞错的话，他的军衔应该是中校。

"他们是让你来看它，不是看我。"年轻的中校说。

女孩不好意思地笑了笑。她撒了个小谎，以掩盖自己盯着他的真正原因："抱歉。因为我事先知道你的名字，而且我妈妈提起过你，所以我总忍不住对你有点好奇……"

军人说："你是觉得我太年轻了，很不可思议，是吧？"

"是有点……"

"我不需要对你解释自己的工作经历，所以，把好奇心收一下。"

"好的……我知道。很抱歉。"

军人又重复了一遍之前的话："他们是让你来看它，不是看我。你对纸上这些话有什么想法吗？"

女孩问道："这个落款的年代是怎么回事？什么 1822、1880……他进入'不协之门'时是 2015 年吧？这是普通的复印纸，而且很新，显然这些

字是他回来之后才写的，而不是他从那个地方带来的。他怎么了？"

"我想，这应该不是他的思维内容。"

女孩恍然大悟："也对……我也听说了一点他的情况，他回来之后，曾经展现过不属于他的人格。那就对了。刚才我还想接着问呢，他竟然会用'第二闭环书页'这个词……"

"说具体些。"军人双手交叉，撑在下颌边。

女孩说："'第几闭环'这种表达方式，是他们的……是学会的早期用语。我并不了解其中的含义，只是知道这个概念的出处。在很早很早的年代，他们用这类词表达导师的权限等级。但我不知道'第二闭环'的权限是高还是低，可能是高吧。还有'页码085'这个词……你知道'书签'代表导师吧？页码其实就是导师们的编号。他们非要用这种怪怪的名称。"

军人点点头。

女孩接着说："比如，伊莲娜的页码是042。我看见过她的项链，上面有号码，位置很不起眼。"

"她的编号这么靠前？"军人问。

"我的理解是，这些号码不代表某人加入学会的日期，也不代表时代和年龄。大概它们是可以被继承的吧？比如孩子可以继承父母的，或者老师的某些东西。除非多了新人，又没有可继承的号码，他们才会编入新的数字。当年我只了解到这么点，而且不一定对。那时我太小了。"

"好的。这些你可以写进书面陈述里。"军人说。

"嗯，我会记得写的。有些只是我自己的猜测，没有实际根据，这种也可以写进去吗？"

"没关系，都写进去。"军人把投影上的纸张拉动了几下，慢慢调整正文部分的位置，"除了落款，你对他书写的具体内容有什么想法吗？"

内容并不长，女孩已经来回看了好几遍了。她说："我确实有个疑问。他'回来'这么多年了，就只给你们说了这么点东西吗？"

军人说："当然不止这些。他一直在接受长期治疗，情况十分不稳定，我们很少有机会能顺畅地沟通。这是他第一次主动拿起笔写字，写完之后，他的情况又不太好了……我们来不及和他多谈。所以我想和你聊聊，你的看法也许会对我们有帮助。"

女孩一手像弹琴般敲着桌子，又继续盯着投影看了半天，最后说："抱歉……我也不太明白他具体在说什么。也不能说完全不明白，我只能理解到，他在警告别人不要去找'不协之门'，也最好别研究它。但这个解读并不稀奇，你们肯定也能解读出来，毕竟很多人都这么想。除此之外，我还知道他说的蓝色药丸和红色药丸是什么，因为我看过很多老电影……"

说着说着，她停下来，眼睛渐渐睁大。

"啊！这不对啊……"她惊讶道，"他用了学会的古老称呼，还觉得自己是1822年的人，甚至他的用词文笔都挺老派的……但他怎么又会拿红蓝药丸打比方？《黑客帝国》是千禧年前后才出现的电影。"

军人说："是的，我们都意识到了这一点。先搁置它，那其他内容呢？在你看来，还有什么值得关注的地方吗？"

女孩说："没有了。我能给它拍一下照吗？我回去再想想。"

军人点头同意后，她用刚刚发给她的新手机拍摄了纸张的投影。她说："如果能想起什么，我肯定会告诉你们的。嗯……是告诉你，还是告诉马特医生？"

军人说："你已经被调到了这边，马特就不会再和你见面了。我并不是你的直接负责人，只是在你来这里的第一天想与你谈谈而已。如果你有什么事情，无论是日常需求还是什么，都可以直接和你的监护者谈，就是带你来的那位女士。"

女孩了然地点头。经过几秒的沉默后，军人刚想通知她谈话可以结束了，女孩突然问："对了，今天下午我可以去看我爸妈吗？"

"去和你的监护者谈。她负责给你安排。"

这个答案基本等于"可以"。女孩露出满足的笑容："那我先去吃午餐啦！以后再见，肖恩。"

"别这么叫我。"

"好吧好吧。再见，中校。"

女孩离开后大约十分钟，肖恩·坦普尔的私人电话响了起来。他的拇指条件反射地悬在"拒接"上，看清了来电人的名字之后，他把电话接通了。

没有任何寒暄，电话里立刻传出他熟悉的声音："我们不是说好了吗？"

肖恩说："你所指的是什么？是关于米莎·特拉多的培训事宜？"

"不然呢？"

"这不是由我一个人决定的，我只负责与其相关的一部分工作。"

"但是你在支持这件事！我们不是说好了吗，对她和她的家人加以特殊照顾就足够了……而现在，你们竟然让她直接辍学了？"

肖恩长叹了口气："这不是辍学，她读完高中了，现在只是转入专门的培训机构而已。"

"她这样还怎么申请大学？"

"她不申请大学。她自己决定的。"肖恩的语气非常冷静克制，一点也没有被对方的情绪影响，"杰里，无论是特拉多小姐的培训，还是其他生活安排，它们都不是你应该过问的事情。你们的工作和我们的工作确实有交集，但不重叠。我们私下沟通的时候，我可以参考你的建议，但是也仅仅是参考。这是私人交谈，不是工作。"

电话另一边的人，正是杰里·凯茨。他坐在卧室里，面前的床头柜上摆着已经凉掉的外卖快餐。

他一只手拿着手机，另一只手是自由的，但他就是迟迟不对面前的食物动手。

杰里稳定了一下情绪，说："坦普尔，你应该知道，当年米莎·特拉多被招募时还没成年，你们这样真的合法吗？"

现在杰里一直用姓氏来称呼肖恩。

高中毕业后，他们都离开了松鼠镇，走上了各自的道路。他们有一段时间没有见过面，等到再次重逢之后，杰里就只用"坦普尔"称呼肖恩了。起初肖恩表示有点不习惯，现在倒是无所谓了。

肖恩说："当年的一切安排都得到了她父母和她本人的同意，现在他们也没有改变想法。一切都很顺利。"

杰里无力地说："你们是想再培养一个莱尔德吗……"

"你这句话很奇怪。"肖恩说，"第一，莱尔德不是我们培养的，他当年受训的时候，你和我都还是小孩子，我根本还没参军，更没有成为授权特工，也不认识现在的上级和团队。第二，特拉多小姐也不是我培养的，在我参与这件事之前，她就已经与这个部门合作了好几年了。第三，当年莱尔德从十岁开始辍学，十五岁就开始接受特殊培训，而特拉多小姐已经基本读完了高中课程，她的心理和生理都比莱尔德健康。他们两人并不相似。"

杰里沉默了好久。肖恩并不催促他，他不回应，肖恩就这么干巴巴地等着。

杰里把电话夹在耳朵和肩膀之间，一手拿起砂糖包，想把它撕开，倒进已经凉掉的纸杯咖啡里。他成功地撕开纸包，把它靠在装食物的袋子上，再小心翼翼地去抠咖啡杯的盖子。盖子被他的右手掀开，又被他的左手推倒。

杰里咒骂了一声，条件反射地从床沿边站起来。他肩膀上的手机摔在了地上，幸好地板上铺着厚地毯，这部定制的手机也足够结实。

"杰里？"电话那头的肖恩听到了动静，"你那边有什么麻烦吗？你还好吗？"

杰里说："没什么。算了，我不和你讨论米莎了，你们爱怎样就怎样吧。你说得对，反正这又不在我的工作范围内……"

肖恩似乎根本听不懂他语气中的不悦，也可能是他虽然听得出，但并不打算进行回应。他说："好的。那么你打这个电话，主要就是想讨论米莎·特拉多吗？"

"不是，还有一件事。"杰里的声音也冷静了很多，"我们又要准备结束他的诱导昏迷状态了。"

肖恩停顿了一下，问："怎么，他确实好多了吗？"

"好多了。起码能肯定没有生命危险了。"

"你们要先唤醒他，再转移他吗？"

"嗯，先唤醒。转移还不急，上面还没批准让他们面谈。预计明天上午他就会醒过来。"

"为什么要以私人身份告诉我？"肖恩问。

"反正早晚也得告诉你。正式通知你下午应该就能收到了。"

肖恩再次追问："我懂。但你究竟为什么要抢先以私人身份把这件事告诉我？"

杰里支支吾吾了一会儿，不耐烦地嘟囔着："哪有那么多为什么？我就是告诉你了又怎么样……"

肖恩说："我想，我知道原因。我们四个人，可能还要加上塞西·特拉多和她的女儿，我们六个人有过共同的经历，所以你觉得我们算是某种意义上的'同伴'。你总想持续这种特殊联系，你会不由自主地这样做。你的想法不是出于理性判断，甚至有时你也知道自己的观点站不住脚，但你还是忍不住因此投入感情。对吗？"

还没等杰里回答，肖恩马上继续说："如果你有意愿，你与我亲近当然是毫无问题的，与特拉多一家保持较为熟络的关系问题也应该不大。但是，不要再把那两个人当作有特殊关联的'同伴'了。他们和我们不一样。你应该明白我的意思。"

杰里一手扶额，发出苦闷的低吟。

他顾不得身上的污渍，向后倒在床上，望着天花板："你知道吗，从那以后……我一直在讨厌你，一直一直在讨厌你。"

"我知道。"肖恩端坐在桌前，平静地回答，"你说过永远不会原谅我。我仍然记得这一点。"

"我要挂电话了。"

"稍等。"

"你还有什么事？"

"是你先打给我的，竟然还问我有什么事？"肖恩似乎轻笑了一下，杰里不确定是不是自己听错了，"有一份给你的包裹，运往了你现在住的公寓，预计明天清晨会送到。我预订了精确的送达时间，那时候你应该还没出门。如果明天包裹迟到，你已经出了门，寄送人员会把它存放在公寓管理员的办公室里。"

听了这一串话，杰里有点发蒙："什么……你给我寄什么东西了？"

"一份礼物。"

"没事送我礼物干什么？"

肖恩说："明天是你的生日。"

放在任何人身上，如果自己的童年挚友清晰地记得自己的生日，并且提前准备了礼物，这个人肯定会很感动。如果是善感的人，甚至可能会一时眼睛发热，感动得说不出话来。

杰里也一时说不出话，也眼睛发热，但他不觉得自己正在"被感动"。他只感觉到被某种沉重而冰冷的东西迎面击中，导致他头晕目眩，眼前黑沉沉的。

从十六岁之后，他只正式过了一次生日。那时应该是 2017 年。他觉得自己仍然是十六岁，但按照通常意义上的时间标准，他应该是十八岁了。他少过了一个 2016 年的生日。

杰里平安回家之后不久，凯茨一家搬到了新房子里，新房子的位置在距松鼠镇不远的城市郊区。

杰里的"十八岁"生日显得有些特别，父母鼓励杰里在新家办个派对，请一些要好的同学来，他拒绝了。最后，父母还是宴请了一些邻居和专门从别的州赶过来的几个远亲。

生日派对上，一开始杰里还尽量维持着正常，当父亲以"劫后余生""感谢上苍"的语调说起 2015 年松鼠镇的一个个失踪案时，杰里当着所有人的面崩溃了。

他冲出了家门，下意识地想跑去肖恩家。他沿着陌生的街道奔跑，跑到气喘吁吁时才慢慢清醒过来：我已经不在松鼠镇了，而且，就算我在，我也不想去找肖恩·坦普尔。

我不想，我不想，我一定不想见他。

从那以后，杰里再也不过生日。独居之后，杰里每年的生日都在工作中度过，这一天变得毫不特殊。

几年前，他与肖恩重逢了。他们必然会重逢，因为他们在追寻同样的东西。之前肖恩并没有提起过关于生日的话题。

"为什么……"杰里轻声问。

"你是说为什么送礼物吗？"肖恩说，"大概是因为……这个生日比平时特别一些？明天是你的三十岁生日。我知道，在你的个人感受里，其实这应该是你的二十八岁生日。我们都少了两年……或许也可以理解为多了两年。

不过，毕竟在社会意义上的你是二十九岁，明天你就满三十岁了。"

杰里面无表情，很缓慢地点头。隔着电话，肖恩看不见他的动作，只能感受到他的沉默。

"好……我知道了。我要挂电话了。"杰里说。

"好的，回头再见。"

挂上电话后，杰里呆呆地坐了很久。今天他休息，他的每个休息日都是这样度过的：一个人待在家里，随便吃点什么，一整天头脑放空，什么也不做。

2017年的时候，他觉得自己仍然是十六岁，他的模样也确实和十六岁时一样，也一点都没长高。但是按照正常的标准，他已经十八岁了。毕竟他失踪了两年。

2024年，他名义上是二十五岁。他作为受训实习人员参与了一次意料之外的行动，在追踪终端和探知仪器的帮助下，他再次见到了仍然是二十五岁的异母哥哥——莱尔德·凯茨。

明天他就要三十岁了。明天莱尔德将再一次从诱导昏迷中苏醒。

杰里苦笑着想到：那人比我大九岁，但明天的我俩都是三十岁。

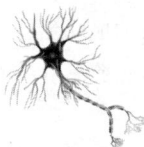

第三十八章

-Qingwu Dongcha-

欢迎回家

2015 年，松鼠镇与圣卡德市接连发生了数起失踪案，失踪者中包括一名服务于国防机构秘密单位的特工，此人被授命长期调查此类事件。

从 2017 年至 2019 年，接连有四名幸存者被找到。他们每个人都有关于那名特工的记忆，有的是在自己遇到危险之前，有的是在走入不该存在的"门"之后。对于此特工的身份与工作内容，四人均不知情；对于此特工的具体下落，他们同样毫无头绪。

四名幸存者回家的消息仅被他们的亲友知晓，没有被任何媒体报道。相关工作人员表示这是对他们的保护，以免他们今后的人生受到干扰。

2017 年 3 月的某天，松鼠镇的爱芙太太丢了一只狗。她养了三只吉娃娃，每只都岁数不小了，这是三位凶暴的"中老年"，它们被当地青少年戏称为"迷你地狱犬"。

当日凌晨，爱芙太太被犬吠声惊醒。三位凶暴的"中老年"经常狂吠，但通常不会在这个时间吠叫。现在外面安安静静的，有谁会来招惹它们？松鼠镇几十年没出过盗窃抢劫之类的案子，所以爱芙太太也没怎么害怕。她猜想应该是院子里进了别的动物，比如散养的猫咪什么的。

等到爱芙太太披着衣服来到院子里时，狗已经不叫了。三只吉娃娃少了一只，剩下的两只蜷缩在花花草草的阴影下，死死地盯着爬满藤蔓植物的那堵墙。爱芙太太对自己的狗很了解，它们谁都翻不过那面墙。她在附近找了一圈，却怎么也找不到失踪的那只狗。

爱芙太太在小镇里贴了寻狗启事，最后一无所获，只能不了了之。她当然很伤心。

只可惜吉娃娃不会说话。剩下的两只小狗只能用凸出的、水汪汪的眼睛看着主人，却不能陈述出同伴的失踪过程。《巴别塔之犬》里的训练法是不会成功的。

同一天中午，两名警官在执行任务途中，开车经过位于巴尔的摩与华盛顿之间的某条僻静路段。

警官在路旁发现一名衣着古怪的年轻男子。男子穿着类似屠宰用防水的连体衣，衣服破破烂烂的，透过巨大的豁口，能看到内层的卡通造型家居服。男子意识很清醒，但身体比较虚弱，在他的指引下，警官们发现不远处还躺着另一名青少年。

他们二人被带回警局。经过询问和比对，警方惊讶地发现，这二人竟然是2015年著名系列失踪案中的两位当事人。

2015年的4月到5月，松鼠镇里有四名青少年接连失踪。过了这么长时间，人们普遍认为他们已经凶多吉少了……谁也想不到，两年后的这一天，他们中的两人竟然突然出现在这里。

两名少年被送往医疗机构进行检查。在这期间，有更加专业的机构介入此事，当地警方从案中彻底撤出。

两人身上的外伤不太重，比较令人惊讶的是他们的脑部检查结果。

杰里·凯茨被检查出有严重的脑炎，中枢神经也出现了损伤。他的父母接到消息后赶到了他身边，但他有严重的意识障碍，无法与父母沟通。医务人员本以为情况不妙，但一段时间后，他的状况又出现了奇迹般的好转。

肖恩·坦普尔虽然神志清醒，肢体有力，但他的情况比杰里更加骇人。通过检查发现，他的额叶和杏仁核均受到了一定程度的破坏。

他的头面部外表上没有任何伤口，从检查结果来看，他的损伤又不像是因为自身的病变引起的。医疗组对此有各种猜测，有人认为是某种实体穿透了黏膜和结缔组织，它在颅底找到一处薄弱接缝，从此处抵达了杏仁核；也有人认为是实施者使用了某种微小的仪器，让它通过视神经孔，或者筛骨板；还有人认为是通过内耳……但无论是哪一种，按道理说，都会给肖恩留下更多损伤，比如失明、骨折、内耳和神经的破坏。而肖恩看起来并没有这些方面的问题。

可以说，肖恩根本就不像受过严重脑损伤的人。他认知能力正常，情绪稳定，十分配合医疗检查，还对人很有礼貌。医疗组能查到的类似病例并不多，无论其中哪个，都和现在肖恩的状况不相似。

因为他过于"正常"，所以有很多更加奇怪的地方在一开始就被忽视了。直到肖恩的母亲和一些其他亲属赶到他身边，他们才渐渐指出肖恩身上的异常。

用他母亲的话来说——"这个人好像根本不是我的儿子"。

对肖恩本人的询问也没有结果。如果普通医务人员问起他失踪期间的经历，肖恩会故意带开话题，如果实在无法规避，他就明确表示：他并不是非要隐瞒，而是需要和其他人谈。

又过了些日子，肖恩被带往另一机构，与权限更高的部门进行面谈。等他再回到病房，医务人员就主动减少了和肖恩的沟通，他们只默默做好眼前的事，再也不会询问他任何失踪期间的事情。

同年的晚些时候，肖恩和杰里基本上恢复了健康，并被允许和亲人回到家中。在回家之前，他们都经历了特殊的面谈。

之后，他们与相关部门建立起长期的合作，在生活之余接受定期访问、定期检测。

2019 年 11 月某日，失踪四年多的塞西·特拉多和米莎·特拉多同时出现在了圣卡德市。

当时是傍晚，小女孩站在人来人往的街边，身边躺着她的妈妈。目击者均感到疑惑——没人看到她们两人是何时出现的。人们的视线稍微移开，再转回来，路边就多了两个人。

当晚母女二人由警方送往医院。塞西·特拉多的丈夫在次日凌晨得知了这一消息，一开始他并不激动，他认定这只是个认错人的误会。当他被接到医院，亲眼看到妻子和女儿时，他在扑向她们的过程中当场昏了过去。幸好他很快就恢复了意识，经检查并无大碍。

塞西不记得失踪期间发生的事，只记得自己与女儿遭遇了某种危险。米莎比母亲记得多一些，接受特殊询问的时候，她以一种超过年龄的成熟态度回答了大部分问题。即使如此，她能够提供的线索也不够清晰，不足以让人查明失踪案背后的真相。

塞西的身体足够健康，比当初杰里和肖恩的情况好很多。米莎也没有明显的健康问题，唯一令人担忧的是，按说今年她已经十一岁了，但她的外貌看起来仍然只有七岁。人们认为这是经历苦难、缺乏营养造成的。

医疗组认为有可能是精神原因造成了母女俩的失忆症。医疗组为母女俩申请了催眠治疗，但这一建议几年之后才被批准，而且收效甚微。

2024 年，杰里·凯茨作为实习人员，与另外十几名同事来到一段僻静的小路附近。这一带位于巴尔的摩与华盛顿之间，正是当年他与肖恩·坦普尔被人发现的地方。

几年前，相关机构仔细分析了杰里与肖恩陈述的个人经历，决定在此地不远处建立一个简易的监测站。

很多工作人员对这一决策不抱什么希望，毕竟大多数人都不知道自己要监测的是什么，也不知道到底应该注意哪些读数的变化。

2024 年 10 月的某天，监测站收到了强烈的信号，是可追踪药剂形成的反馈。莱尔德·凯茨曾经成功将药剂注射入来自"不协之门"的生物体内，这一信号可能就是来自那次注射的反馈。

十几人的搜索小队带着手持终端出发了。行进到某区域时，每个人的手持终端警报声都变得极为急促，这说明他们追踪的事物几乎近在眼前。

那时候，不仅是杰里，小队每个人都不太能理解一件事：为什么要让追踪终端发出如此刺耳的声音？就不能设计成更安静、更隐蔽、更令人舒适的提示方式吗？为什么要这样设计它？是此类产品的历史遗留问题，还是故意把它设计成这样的？

后来杰里才渐渐明白，它就是必须发出这样的噪声。而且不能是平稳的噪音，必须是急促、高分贝、令人难以忽视、令人心生烦躁的噪音。因为它的作用不仅仅是"提示你"，还有"打扰你"。

当你顺着它的提示，找到被追踪的对象时，你可能会看到永远想象不到，也永远不想看到的东西。这不仅仅是视觉意义上的"看"，更接近于察觉、辨识、沉浸。越是靠近目标，追踪终端的声音就越会打扰到观察者。它不仅仅是声音，更是一根"安全绳"。

其中道理就类似于……如果你的老妈老爸或配偶正在你耳边发脾气，隔壁房子里的冲击钻正在疯狂怒吼，那么你就很难将身心都沉浸于眼前的景观。无论那景观是美好的风景、迷人的画作、体验极好的游戏，或是无比幸福的梦境。

追踪终端要将人带到某种东西面前，既要让他们直接看到它、感知到它，又要尽量让他们不要过度沉浸于所见之物。听起来挺矛盾的，但目前为止，他们只能在矛盾中尽量谋求平衡。

当然，一开始需要有某人先见过被追踪体，并且给它注入药剂，终端才能对目标进行追踪。这个人动手时，他身上是毫无保护的，就像曾经的莱尔德·凯茨那样。但在后续的行动中，拿着追踪终端的不一定还是那个人，即使不能保护他，"安全绳"能多保护几个人也是好事。

近些年里，追踪终端和与其相关的设备又有了些改进，据说敏锐度更好，"安全绳"提示音里还加入了具有心理暗示功效的高频音。

在 2024 年 10 月的这次行动之后，杰里才真正体验到噪声的必要性。他通过亲身经历认可了其中的道理。

那天他们找到的并不是一开始他们认为的目标，不是与莱尔德接触过的那个生物。

他们见到的是莱尔德本人。

2015 年，莱尔德在进入"不协之门"前，也给自己注入了可追踪药剂。

这么多年过去，按说药剂在人类体内早已代谢完毕，但莱尔德身上的药剂仍能引发示警。

莱尔德的出现本该是好事。他不是问题，真正的问题，是他身边的那个实体。

没人知道该称它为什么……生物？物品？好像都不太对。

当这一景象闯入视野，搜索小队当场溃不成军。有的人转身就逃；有的人无视命令直接拔出了枪；有的人保持着一定理智，阻止了试图射击的同事，但他们自己并不敢做出更多行动；有的人尖叫着匍匐在地；还有人做出毫无道理的行为，比如攻击同事，用匕首伤害自己。

每个人都被无法形容的恐惧碾压着，没人能说出自己到底在害怕什么。即使是影视或游戏中最恶心的怪物，身上也会有现实存在的事物的影子，而他们看到的东西不是这样……人们回顾过往的人生，提取不出任何关于这个形象的形容词。

开枪的同事全部阵亡。杰里根本没看清他们是怎么死的。有些人在痛苦地挣扎，只有少数人还能保持一定程度的冷静，他们一致决定撤退，当然也要尽可能救助崩溃的同事……

在所有人之中，只有杰里向着那个实体走了过去。

他把胸前的追踪终端拿下来，贴在耳边。那种声音不但尖锐、急迫，而且音质完全是带有劈裂感的，如果被这声音围绕超过一个小时，任何人都会被逼疯。

但这对当时的杰里来说刚刚好。

他努力把"莱尔德回来了"和"声音好烦"两个念头留在脑子里——

是莱尔德，莱尔德回来了；这声音真恶心，烦死我了。

是莱尔德，莱尔德回来了；气死我了，我要疯了，录音的和调音的是谁？我真应该揪着他的脑袋撞墙。

是莱尔德，莱尔德回来了；烦死人了，我宁可听左邻右舍都在装修的声音也不想听这个……

恍惚之间，他好像又看到了爱芙太太家的小院子。当年他回家的时候，也看到过这个地方。

在岗哨的方尖碑顶端房间里，他和肖恩一起爬上了布满植物的矮墙，从上面跳进院子……但他们没有出现在松鼠镇的爱芙太太家，而是出现在这里——华盛顿与巴尔的摩之间的某处，和现在莱尔德所在的是同一个地方。

当年在他离开之前，莱尔德对他说："如果你能回到家，之后就不要找我们了。"

他没有同意。他不太记得自己是怎么回答的，反正他没有同意。

其实不只是他，肖恩也没有放弃寻找那几个人。不仅是莱尔德、列维、塞西和她的女儿，还有艾希莉和罗伊。

虽然对现在的杰里来说，与肖恩相处是一件非常难受的事情，但他还是得承认，肖恩确实一直在为此而努力。只可惜他们都没有做到，这么多年里基本没有进展。

现在，他竟然偶然地看到了莱尔德，无论这是真实还是幻象，他都必须朝莱尔德走过去。

离开松鼠镇、离开父母、离开肖恩之后，杰里越发能够理解曾经的莱尔德。他的哥哥在十岁时就被迫离开了家，然后一直想回去，一直无法回去，也一直没有人想接他回去……直到最后，连他自己都放弃了回去。

在噪声中，杰里渐渐走近自己的异母哥哥。

他努力不看别处，只盯着莱尔德身上的无数伤口，即使它们再骇人也没关系，他正好可以顺便观察它们的情况，让注意力不被别的东西牵走。

他向前方伸出手——现在我是个成年人了，代表凯茨家的不仅是我们的父亲，还有我。我来接你回去。

出乎意料的是，莱尔德身边的不明实体并没有发动攻击。

它接触了杰里，杰里没有感觉到疼痛，肢体也没有缺损……所以它应该是没有攻击他吧？杰里听到了一些无法理解的声音，像树叶的沙沙声，或者掌心用力摩擦的声音，还有点像电流音。他说不好那到底是什么，因为他听不清楚，追踪器的噪声快把他的脑子占满了。现场不仅有他耳边的追踪器在发声，更远一点的地方，同事们丢下的几个追踪器也在不停地鸣响。

杰里碰到了莱尔德，但他不知道该怎么接过这具身体……莱尔德身上的伤让人不知道碰哪儿才好。那个不明实体似乎也没打算放开莱尔德，杰里不知所措，大脑渐渐变得一片空白。

不知什么时候开始， 他失去了意识。也许是他大脑的负担太重，像机器一样暂时崩溃了。

幸好，追踪终端还有另一个作用，这也是它的主要作用：它会把记录到的信息实时传送给相关部门。在杰里昏倒大约一分钟后，增援的正式部队赶到了简易监测站。

后来的事情，杰里没有亲眼看见。听说原本正式部队也毫无办法，而一切的转机，出现在莱尔德苏醒之后。

莱尔德发出了一点声音，似乎是在说"不应该回来"之类的话。有几个士兵距离不明实体较近，他们听到了，但只能辨识出一点词汇。

接着，令士兵们大感不解的情况出现了：前一秒他们还手足无措，丧失冷静，甚至有人四散奔逃，这会儿，当有人无意间避开目光，再看向同一个方向，却没有看到那个不明实体。

他们看到的只有莱尔德，以及一个陌生的棕发男子。在这之前，谁都没看到现场还有这么个人。

陌生男子把浑身是血的莱尔德抱在怀里，他们两人的旁边还躺着昏迷的杰里·凯茨。 棕发男子一点也不客气地把杰里的制服夹克脱下来，盖在了莱尔德身上。大概他想让失血过多的人保持温暖。

在士兵尝试与他们互动时，行动队负责人接到了一条实时命令。于是士兵服从命令，未与对方进行沟通，直接以非致命武器将棕发男子击昏。

莱尔德·凯茨与其他受伤人员被立即送往医疗机构，棕发男子则被单独转移至保密设施。这期间一切顺利，那个无法描述的不明实体没有再次出现。

经过确认，众人所见的棕发男子名为列维·卡拉泽，他是 1985 年辛朋镇事件的幸存者。他成长于一个孤儿福利机构（现已经解散多年），成年后一直处于无业状态，在社会上几乎没有留下什么个人轨迹。有证据认为，他一直为名为学会的神秘学组织服务，掌握着许多尚不为外界所知的秘密。

为了充分确认此人身份，在杰里恢复健康后，他们就把他带去对列维进行辨识。

　　他有点犹豫，但还是去看了一眼。他没有再看到奇怪的东西，看到的就是列维本人。列维和多年前一模一样，只是现在的他穿着囚服般的服装，半长的头发也没有扎成小球。

　　肖恩也被要求去辨识此人。面对这一命令，肖恩竟然罕见地表示了反对。

　　肖恩认为，杰里可以去，其他工作人员也可以，但唯独他……他与杰里不一样，他绝不能直接去见列维·卡拉泽。

　　有人陪伴他也不行，他单独面对列维也不行，除非满足以下条件：让他独自一人在绝对封闭的空间里面对列维，会面结束后，他将不会提起任何与列维有关的话题，不能侧面谈及此事，也不能对他施加暗示，就像彻底没有这件事一样。这个要求其实不难做到，可问题是，如果只是让他看一眼，然后他什么也不表示，那安排这种见面又有什么意义？

　　肖恩特意强调，这不是因为他对此人恐惧，而是这么做会引起极大的麻烦，甚至有可能会引发灾难。当被询问原因时，他不肯回答，他只说贸然解释原因也有可能会引起同种灾难。

　　但他也说，其实他可以给出解释，只是他不能简单粗暴地现在就解释。他们应该协调各方，进行一些有必要的前期准备，他会在安全的环境下配合调查。

　　肖恩的上级不相信。上级让他服从命令，必须去面见列维·卡拉泽。肖恩抗辩不过，同意了会面后，他又提出了一个要求：将还在接受治疗的莱尔德带过来，或者至少将莱尔德唤醒，并且在现场准备好实时视频通话。

　　当时，莱尔德伤势过重，且和当年的杰里一样出现了严重脑炎，他已经被执行了诱导昏迷。考虑到他的身体情况以及他的珍贵程度，上级不同意将莱尔德转移到列维·卡拉泽的所在地，但可以对他安排一次唤醒，并且准备好实时视频通话。

　　事情发生时，杰里不在现场。

　　据说，当时列维坐在审讯室里，双手被铐在桌面上，脚上也戴着镣铐，他的身边站着两名持枪警卫。肖恩将与他隔着一道单向玻璃见面。列维在屋里坐了很久，根本不知道玻璃那边何时有了人。

一名长官与肖恩前后进入了房间。一开始肖恩低着头，这副消极而畏缩的态度与平时的他简直判若两人。在长官的命令下，肖恩还是不可避免地看到了列维·卡拉泽。

这一瞬间，长官从椅子上跳起来，紧紧贴在墙壁上，尖叫着问："那是什么？！"

单向玻璃的另一边，两名警卫同时开枪，也同时被庞大而黑暗的东西紧紧挤压在墙壁上。尖叫的长官哆哆嗦嗦地拔出配枪，试图向玻璃射击，肖恩立刻将他制伏，把枪推到较远的角落。在场的所有人里，只有肖恩还完全清醒，并且保持着冷静。

除了现场人员，还有一些工作人员在通过摄像头观察情况，他们也观察到了同样的东西，并且也有人当场崩溃。但他们的总体情况要比现场人员好一点，能保持基本清醒的人更多些。

人们看到，那东西占满了整个房间，没人能说出它是什么，或像什么，没人能分辨出它的生理结构。

它有的地方是坚硬的，有的地方是较为柔软的；有的地方很密集，有的地方很广阔；有的地方很尖锐；有的地方很清澈；有的地方看着你的眼睛，有的地方看着你的背后；有的地方像是某种你见过的生物，但没人能想起是什么；有的地方超越了房屋空间本身的大小，却可以被房屋容纳。

应急预案被及时启动，房屋内出现一道投影影像。画面中是身在另一机构的莱尔德。他已经被提前唤醒。

莱尔德身在一大堆复杂的维生设备中，被医疗束缚器具固定住，床铺被稍稍摇高，方便他看到对面。屏幕同侧坐着一名医生、两名特工。根据事先收到的命令，他们全程面向莱尔德，绝对不去观察屏幕画面。

莱尔德并不是十分清醒。起初他有些抗拒，还挣扎了几下。与此同时，屏幕里传来了一些声音。

在后来的报告中，医生认为那是一位男性低声说话的声音，但听不清内容，一名特工认为那是野兽的喉音，另一名特工认为那是从窗缝里传出的狂风的声音。

　　莱尔德看了屏幕一会儿，脸上渐渐显出疑惑的神色。他平静了下来，试图对屏幕说话。屏幕里传来对面的声音，但病房这边并没有麦克风，即使有，莱尔德浑身都是各种管子和贴片，脸上还戴着呼吸面罩……他根本说不了话。

　　在这期间，肖恩带着昏倒的长官匆匆离开了房间，把长官安置在相对安全的角落，再绕到单向玻璃另一边的入口，打开门，拔出泰瑟枪，将两个瘫在墙角的警卫彻底击昏，然后退出房间。在更多警卫赶来之前，他从另一处出口离开，直接赶往机构指挥中心。

　　在后来的报告中，肖恩解释了自己的行为：不是为了躲避麻烦，而是为了不与其他警卫见面。他认为这样更有利于警卫们完成任务。

　　在肖恩击昏屋里发疯的警卫时，列维·卡拉泽仍然被铐在桌上。列维惊讶地盯着肖恩，一句脏话还没骂完，肖恩就像风一样离开了。

　　在其他人赶来之前，列维先是大吼大叫地让肖恩回来，喊着什么"我认出你了不要假装没见过我"，然后又重重地叹气。他试图对着视频投影问话，当发现对面的人可能没有麦克风时，他气哼哼地嘟囔了几句，表情十分凝重。

　　另一波警卫和几名技术人员很快就到达了。这批人在附近待命，既不在指挥中心，也不在第一现场，而且他们都没参加过之前的行动。他们谁都没见过刚才的不明实体，甚至不知道它的存在。

　　抵达之后，他们看到的"目标"就只是被铐在桌子上的列维·卡拉泽而已。要是非要问这个"目标"有什么特殊之处，他们只能勉强概括出：这个人显然非常生气，而且非常困惑。

　　那些事过去很久了，现在一切都暂时平静了下来。那次由会面引发的事故受到极大重视，肖恩一直积极地参与后续调查。

　　杰里对那件事所知不多。他有他自己的任务，有些事情他也无权过问。

　　昨天，肖恩在电话里说要送杰里生日礼物，包裹会在早晨送到，送达的时间会保证在杰里出门之前。于是第二天一早，杰里提前一个小时起床，匆匆离开了家。

　　杰里一边锁门一边唾弃自己，一大堆念头在脑子里盘旋：生日礼物是善意的，肖恩也是善意的，肖恩的变化不是他本人的错……那时候，他手里的冰锥、电击设备，以及他那无法沟通的态度……这些明明都不是他本人的错。都怪那些诡异的脑损伤，都怪那个被叫作"第一岗哨"的地方，都怪"不协之门"……可是为什么，我就是没法面对他？我就是没法原谅他……

这么多年来，杰里一直不愿意主动与肖恩沟通。因为每次他们见面交谈后，接下来的几天里，杰里就会时时刻刻被那些念头折磨。

这种折磨会持续很久，直到杰里遇到工作或生活上的其他困难，被这些困难夺去注意力后，他才能暂时解脱。

他看到肖恩就难受、害怕、排斥。他一边排斥肖恩，一边又厌恶做此反应的自己。

在松鼠镇的老家里，他还留着很多他俩小时候的东西。比如肖恩送他的乐高颗粒，两人共享的游戏主机和碟片……他不舍得丢掉它们，但又根本不能去看它们，即使只看一眼，当晚的他就得在头痛中整宿失眠。

如今，肖恩竟然又要送他礼物，还要直接送到他现在的住处……

于是杰里经过深思熟虑做出决定：今天决不能在上班之前看到它，它会影响他一天的状态。

今天他是要面对一件大事的。

今天，莱尔德再一次从诱导昏迷中被唤醒。这次与以往不同，莱尔德的身体状态在逐渐好起来，现在他已经没有生命危险了，如果不出什么意外，他应该可以保持长期清醒了。

虽然杰里与莱尔德有血缘关系，但高层人员认为他不必避嫌，这层关系反而会给他的工作增添优势。杰里也认可这一判断。等莱尔德再次醒来，并且状态稳定之后，杰里将长期负责与他沟通合作。

杰里的上班路线颇为迂回。他得先乘坐公共交通工具，抵达某个有点偏僻的车站，再徒步几分钟，去工厂停车场里找到一辆毫不起眼的老旧商务车——那是他和另外两个员工的短途班车。

他不会开车。不是不擅长开，是他根本没有驾照，他也不可能去考驾照。从"门"里回来之后，一些后遗症伴随他至今：他的左右手经常不协调，几乎无法完成攀爬、球类运动动作、舞蹈动作等；他仍然可以用手书写文字，但双手打字速度极慢；他仍然可以流利地讲话、思考，但如果要他一边讲话一边用双手进行其他活动，那么他手头上的工作就会做得一塌糊涂。

这所有的后遗症，很可能是因为多年前他吃的那四片药。药是列维·卡拉泽的，当年接受询问时，他不记得它叫什么，不过肖恩还记得它被称为神智层面感知拮抗作用剂。

医疗部门在几十年前接触过类似的药品，当年的样本也来自被称为学会的组织。杰里服用的版本大概是经过了改良的，由于没有完整样本，医疗部门很难给出严谨的诊断。

即使是这种药的旧配方，也一直属于高级机密。即使杰里都吃过它了，医药部门也不能把药的具体原理告诉他。杰里只知道一些宽泛的表面结论：通常情况下，一片药就能给服用者造成某些很明显的反应，每天连续服用会带来极大的健康风险。莱尔德也服用过这种药，而且不止一次，估计药品也会对他造成一些影响。但他至少是分批次服用的，而杰里一次就吃掉了四片。

杰里并不怨恨这四片药。当时如果没有它们，他就要被肖恩电晕过去，被尖锐的东西探进脑子里……他的脑子会变得比肖恩的更糟糕。肖恩的"手术"是由某个不明生物执行的，那生物破坏了肖恩脑内的相应区域，却几乎没怎么影响他脑子里的其他部位，而肖恩肯定没有同等的技巧去给别人做这样的手术。

药带给杰里的最大烦恼就是，每当他认识新的工作伙伴之后，他经常会因为后遗症而制造出一些尴尬场面，然后他得一次又一次地解释原因。

当他没法一边吃饭一边聊天的时候，当他非常缓慢地敲键盘的时候，当他看文件的同时把自己绊倒在楼梯上的时候……他周围都是健全的同事，身体素质良好的特工，一旦他们得知了原因，他们都会表示关怀，表示理解，但杰里能够敏锐地察觉到，从那一刻起，他们看他的眼神就变得不一样了。

他们不是在看一位同事，而是在看一个有着特殊经历的罕见观察对象。

今天也是如此。

班车将杰里按时送到目的地，这是他调过来的第一周。杰里走过每一道门，遇到许多刚眼熟起来的面孔，他的每个新同事都在极力克制自己……杰里仍能从他们的眼神中看到鲜明的好奇心。

杰里不是很排斥这一点。这是正常的。当年莱尔德的生活大概也差不多，他整个少年时代都是在这种目光的包围下度过的。

在杰里抵达岗位之前，莱尔德就已经被唤醒了，但他暂时还不能与杰里见面。他从漫长的昏睡中醒来，需要一点适应时间，医疗人员也要确认他状态是否稳定。

为了与莱尔德面谈，杰里这几天一直沉浸在各种相关材料中。这么多年来，他隔着玻璃看过莱尔德很多次，但还没有和莱尔德说上过话。

下午三点多，杰里终于接到通知，莱尔德的状态不错，他们可以进行面谈了。面谈地点在病房里，莱尔德还不能下床。到时候，医护人员会全部撤出，如无呼叫不得入内。在杰里与莱尔德谈话的同时，房间内的监控设备会把实时画面传输到上级面前。

下午四点整，杰里走进十分宽敞却没有窗户的病房。

病床前的帘子是打开的，他站在门前就能直接看到床上的人，一点缓冲余地都没有给他留。

杰里刻意控制了步伐的轻重，争取营造出平静轻松的氛围。

护理人员已经在床边准备好了一张椅子。在坐好之前，杰里没有出声，他必须完全坐定，调整到比较舒适的姿势，才有足够的力气抬起头，近距离看着病床上的人。

虽然刚从昏迷中醒来，但莱尔德的状态也比前些日子好多了。医疗组精心安排着他的营养摄入，护理人员也十分细心尽责，不仅保持着他的身体清洁，连胡子也帮他刮得干干净净。

因为长期卧床，再加上极少摄入食物，莱尔德无法避免地比从前瘦弱了很多。从前的他喜欢搞那种老派的发型，把头发向后梳得服服帖帖，再配上古怪的衣服，活像黑白恐怖电影里的角色；现在他没有讲究造型的条件了，护理人员的剪发技术也十分堪忧，他的头发凌乱地散在枕头上，似乎连颜色也比过去暗淡，从阳光下的金色丝线变成了淡色的稻草。

他的面孔倒和过去没什么区别，几乎还是多年前那样……但杰里很清楚，从 2015 年到 2024 年的这段时间对莱尔德来说其实是不存在的。

"嘿，"杰里坐下来有一会儿，终于开了口，"感觉怎么样？"

莱尔德从刚才就看着他，现在微微皱起了眉。

他的目光投过来，杰里立刻避开了视线，然后才柔声问道："你能认出我吗？"

之前医务人员就为莱尔德做了一些测试，认为莱尔德已经可以与人沟通了。确实如此，莱尔德开口说话时，他的嗓子一点也不干涩，声音也很正常。

他看着杰里，用很轻的声音说："我有个问题……"

"你说。"

"你是真的近视眼，还是像我从前一样戴着平光镜？"

杰里一愣，伸手摸了一下鼻子上的镜架，扑哧一声笑了出来："挺好的，看来你还认识我。"

"所以你不打算回答我吗？"莱尔德说。

"我是真的近视。"杰里说，"嗯……在我来之前，医生已经和你谈过一些基本的情况了吧？比如你的状态，现在的日期什么的。"

莱尔德说："是的，他们也和我聊过一些事了。真可怕，都 2029 年了，我穿越时空了。"

没等杰里接话，他又自言自语道："其实也不至于是穿越时空……毕竟中途我也有清醒的时候。我早就知道是什么情况了。"

杰里说："以防万一，我还是得问你，我叫什么名字？你得说出来。"

"你是杰里，我同父异母的弟弟。如果你没有和人结婚并改姓的话，你应该还姓凯茨。"

杰里笑着点点头。莱尔德说起话来和过去一模一样，他有种恍若隔世的感觉。

"我也想问你一些问题，"莱尔德说，"我们现在在哪儿？"

杰里说："这个……我不能告诉你。"

"我猜猜，是不是在内华达州沙漠里，一个干涸的湖床下面？"

杰里摇头。他很努力地控制了一下表情，争取让莱尔德看不出什么。他们当然不在内华达州的沙漠里，但不久之后，莱尔德很可能要被转移过去。

与莱尔德同时出现的另一个人现在就在那边。他比莱尔德危险得多。

莱尔德微噘着嘴："竟然不是吗……哦！难道我们在格林布莱尔，离地下六百多英尺的那个地方？"

这个倒是可以说。杰里摇头道："不是，我们早就不用那个地址了。别猜了，我不能告诉你。等将来得到准许了，你自然会知道的。"

于是莱尔德没有再问。他躺在那儿，静静地盯着杰里看了一会儿，说："听你这样说话真别扭。你在这里是做什么工作的？这个能说吗？"

"和你过去一样。"杰里说，"严格来讲，比你当年的职位好像还高一点点。"

莱尔德做出轻轻叹息的样子："哦……大概懂了。那我呢，我已经被辞退了吗？"

"没有。不过，也许算是降职吧。"

"啧，真伤心。"

杰里瞄了一眼手里的打印纸。由于身体原因，现在他不喜欢在需要思考时操作电子设备，他觉得用纸张更便捷。纸上有一句提前准备好的话。上级交代过，在这次面谈中，他必须对莱尔德正面陈述出这句话的意思。

"你仍然非常重要，"杰里说，"我们仍然要保持深度合作，但是，我们不再默认信任你。"

莱尔德一点也不觉得意外："很合理。我知道原因。进入那扇'门'之后，我一直在消极对待任务。他们肯定看出来了。"

杰里说："但我个人仍然信任你。"

莱尔德笑了一下，没有针对这句话做出回答。

"好吧，"莱尔德说，"那么来吧，记者凯茨先生，你是不是准备开始正式采访我了？"

"也没那么正式，"杰里又被逗笑了，"我只是先和你聊一聊，用不了很久。将来还会有很多人来'采访'你呢，他们比我更资深、更专业。"

"作为一个大牌人物，你想采访我，得先同意一个条件。"

"你说。"

"我回答完一个问题，你也得回答我一个问题。"

杰里说："只要是我能答的，就可以。"

莱尔德迅速说："那由我先开始。"

杰里无奈地点点头："好，你问吧。"

"杰里，你背后有什么？"

杰里既没有回头看，也没有回答。他避开了莱尔德的视线。在他看来，莱尔德的目光中有一种令人不安的东西，像是担忧，或者是好奇，又或者是某种热忱。

刚才莱尔德问他"你背后有什么"……结合莱尔德的神色来看，这句话并不是拿他寻开心，更不是恶意恐吓。莱尔德是真的对此感到疑惑，所以想从杰里口中获取一个答案。

杰里久久不回答，莱尔德就一直看着他……或许是在看着他身后。病房里保持着静默，只剩下杰里翻开下一页打印纸的声音。

过了一会儿，杰里说："我背后有仪器、地板、病房内的其他设施，还有房门和走廊。"

莱尔德问："你知道我在问什么吗？"

杰里问："这算是你的下一个问题吗？"

莱尔德说："不算，这只是我随口一说。行，轮到你问了。"

杰里点点头，照着打印纸上念道："你去过辛朋镇吗？"

"你竟然先问这个？"莱尔德惊讶道，"我还以为你得反过来问我'在你看来，我背后有什么'呢！"

杰里轻笑了一下："我不会这样问的。"

"为什么？"

他们的提问规则有点被打乱了，现在根本不是轮流提问并回答。不过，杰里还是回答了："我接受过一些相关培训。你刚才提的问题很可能是一种感知唤醒，属于高危行为，我无法独自确认风险程度，所以不会去配合你，也不会主动追问。"

"什么玩意儿？"莱尔德一脸诧异，"你说的是什么？我没听懂……我怎么就没接受过这类培训？"

杰里说："对你来说，大概这些是新东西吧。莱尔德，从 2015 年至今，已经过去十几年了。对于像我这样的……像过去的你一样的工作人员们来说，现在这类培训是必不可少的。你当年确实没有经历过它们。"

莱尔德想了想："你的意思是，这十几年里，我们对'那些事'的了解变多了？"

"是的。因为'那些事'发生得也更多了。"杰里说。

莱尔德愣了愣。

杰里发现，他又在看自己身后。但杰里没有过多地探究他的目光，更没有尝试回头或侧过头。

"你说的'更多了'……是有多少？"莱尔德问。

杰里说："你又在问我问题了。在这之前，你还没回答我提出的问题。"

莱尔德皱着眉想了一会儿："是吗……刚才你问我的是什么来着？"

他好像是真的忘掉了……杰里观察着他的眼神和微表情，认为他并不是在玩什么花招，他与人沟通起来就是这么困难。

于是杰里重复了一遍问题："你去过辛朋镇吗？"

本章特别鸣谢微博上的几位大夫！

其实是这样的：我求助了一些医学问题，大家很热情地花时间为我解释了很多。本章医学相关内容虽然很简略，而且本书说到底是奇幻，但因为我心里没底，还是请求了这些大夫的帮助，谢谢你们！

感谢名单：怪兽打炮，nightmarial，AA 要去月亮上喝茶，尚书府前卖冰糕的，月月半半子，芊 1881（排名不分先后）。

第三十九章

-Qingwu Dongcha-

混淆

杰里花了好几个小时才聊完所有问题。

他们从临近傍晚，一直聊到夜幕已浓，谁也没吃晚饭。莱尔德目前吃不了东西，他是靠营养补液活着的，而杰里习惯了不规律的生活，并且今天他也没什么胃口。

其实杰里事先准备的问题不多，也不深入。他只是来进行初步沟通的，这次沟通更多的是为了评估莱尔德的个人情况，而不是询问他失踪期间的全部经历。至于那些更深入的东西，将来会有更资深的团队来负责调查。

当年，杰里和肖恩也经历过这类面谈，他们已经把能提供的东西都吐干净了。莱尔德身上的秘密比他们更多，也更复杂。他们的记忆比较连贯，陈述能力也正常，而莱尔德不是这样。今天杰里强烈地感到，与莱尔德沟通是一件非常困难的事情。

杰里原本以为一个多小时他们就能聊完重点，他还留出了点余量，预计傍晚六点左右就能结束。他没想到，这次的谈话无比凌乱，莱尔德经常无法集中注意力，并且频繁使用与他过去性格不符的表达方式。

杰里的第一个问题是问莱尔德是否去过辛朋镇。在他的预设中，只要莱尔德能给出是或否的回答就足矣，他不准备一上来就深挖太多。莱尔德很配合地开口回答，但他没有给出是或否的明确答案。

他先是描述名为《奥秘与记忆》的旧杂志，杂志的某期深入剖析了1985 年的辛朋镇事件。其实这杂志在机构内部早就不是什么秘密了，杰里认识一个外勤人员，那人就是当年参与调查的记者之一。

莱尔德讲到"女士站在窗口，看到四个青年失踪"，这时他突然话锋一转，说到一个名叫乔尼的中年男人，说他的模样，他的言谈，他的寻人启事，他的女朋友玛丽·奥德曼……

莱尔德有时候称呼玛丽·奥德曼为"那个幸存者"，也有时候称呼她"玛丽"，还有时候叫她"那个信使"。他有的时候以分析者的旁观视角讲述辛朋镇事件，有的时候又像是在以居民的身份自述。他多次提到"姐姐"如何如何，说着说着又停下来，露出恍然大悟的表情，又把话题转回《奥秘与记忆》杂志。这次他又提到一个图书馆，说起他当年是如何掌握列维·卡拉泽的行程，如何确定那间图书馆的特殊性……

莱尔德的思维很灵活，说话却不快，而且他没什么精力，经常需要停下来歇一会儿。在他讲述的东西中，有些是杰里和其他人早已知道的，也有些是尚不明确的。

杰里没有强行打断他的陈述，只是加以适当的引导。比如当莱尔德颠三倒四地详细描述他如何给婴儿冲奶粉的过程时，杰里就得让他回到还未讲完的上一个话题上。

"所以，显然你们去过辛朋镇，对吧？"杰里确认了一下他提问的核心。

莱尔德已经说了很多关于辛朋镇的细节，但他说："不，没有。"

"什么？"

"我没有去过真正的辛朋镇，从来没有。"

"那你刚才讲述的是什么地方？"

莱尔德说："是伊莲娜。"

"什么？"

"那是伊莲娜·卡拉泽，"莱尔德的语气很肯定，表情也十分平静，就好像他说的是一件极为正常的事情，"我说的地方其实不是辛朋镇，是伊莲娜，也是我妈妈……不对，她当然不是我妈妈，我的意思是，佐伊也是她，我刚才说的……我和列维去过的那个地方，是她们。"

"地方"和"她们"根本不该是一类名词。杰里向他确认："是你们去了属于她们的某个地方，这个地方类似于辛朋镇；还是你们进入了一个地方，这个地方是由她们的身体构成的？"

后一个说法过于疯狂，一般人根本不会做此推测，但杰里认为，莱尔德的描述十分接近于这种情况。

莱尔德否认了前者，但也没有完全承认后者。他认为后一种说法很生动有趣，但不够准确。

杰里追问他准确的描述应该是什么，他绞尽脑汁想了半天，尝试了好几种说法，却一个比一个混乱难懂。他自己也有点着急，累得直喘气，最后他只能无奈地表示他说不清楚，用语言……甚至用他能掌握的所有语言，都无法把这个概念说清楚。

莱尔德休息了一会儿，试着再次梳理思路："她们不是身体，不是我们理解的这种身体。说她们是'地方'反而稍微更准确一点。如果要我简单概括，那么，她们是一种'混淆'。"

他把"混淆"当作名词。他认为，如果简单粗暴地把"不协之门"当作界限，这边称为 A，那边称为 B，那么这种"混淆"就是 C，是与 A 或 B 都不相同的地点。

莱尔德五岁的时候与母亲一同失踪，他们走进的是 B，然后再进入 C，最终从 C 处回到 A。

2009 年，安吉拉在自家公寓里短暂失踪，然后迅速返回。她曾无数次感知到 B，但并未与 B 进行深入接触，她那次是直接迷失在 C 中，根本没有进入过 B，所以她非常迅速地回到了 A。

还有米莎和塞西。莱尔德专门问了一下她俩是不是早就平安回来了，杰里告诉他确实如此。

莱尔德表示，米莎和塞西也是先进入 B，然后进入 C，从 C 离开，回到 A。

五岁的莱尔德，2009 年已经有些发疯的安吉拉，2019 年的米莎和塞西，他们都是经过 C 再回到 A 的。莱尔德认为，这些人是从"混淆"回来的，而不是从"门"里回来的。

这几个人有一些共同点。他们回来得相对顺利，不需要看到什么特殊的通道，他们回来后，身心都相对比较健康。虽然安吉拉有严重的精神疾病，但这是她事发前就有的，并不是由 2009 年的那次迷失造成的。

而其他人不一样。比如杰里与肖恩，比如 2024 年的列维和莱尔德（而不是当年五岁的莱尔德）……他们"回家"的方式和前一类人不同。他们没有去过 C，是从 B 直接回到 A 的。

除了他们，杰里在之前的工作中还了解到一件事：在近两百年前，出现过一次与他们的经历极为相似的案例。当事人是一位对后世来说相当知名的作家、诗人，他被认为有极大可能性遭遇过"不协之门"。

此人经历了短暂的行踪不明，又很快出现在了巴尔的摩附近。那时他的身心均遭到极大创伤，且无法描述自己所经历的事情，由于当年医疗技术有限，他很快死于脑血管疾病。

根据仅存的一些涉密文件来看，此人的各类症状与杰里、肖恩极为近似。

不仅如此，在肖恩接受漫长的调查和访谈时，他在叙述中提起了那个将近两百年前的案例当事人。他详细描述了"第一岗哨"内的人形生物，正是此生物向他描述了那个人。肖恩的转述与涉密文件中的描述高度一致。

莱尔德总结说，19 世纪案例当事人、肖恩、杰里、2024 年的他与列维，都是以同类方式回来的。他们都进入了名为"第一岗哨"的人造建筑，而此建筑是围绕某种隐秘道路建成的，他们使用了该条道路。

五岁的莱尔德、米莎、塞西、安吉拉，则是用另一种方式回来的，和前面那些人不一样。

一个最直观的差异就是，从"第一岗哨"里回家的人，全都是在巴尔的摩附近的一个区域被发现的；而从"混淆"里离开的人，则出现在各种他们自己很熟悉的地方。五岁的莱尔德出现在外婆家的自己房间内，安吉拉也是出现在公寓里，塞西和米莎出现在圣卡德市，位置据说是一条街上。

其实莱尔德不知道米莎和塞西出现在哪儿，但他知道她们是在哪里失踪的。2015 年的时候，塞西开着车，与米莎在圣卡德市老城区的某处失踪。

据杰里所知，2019 年的时候，米莎和塞西出现在圣卡德市一处大卖场附近的街边，街道旁边是一家甜点店。在米莎接受面谈时，曾经有人问过她那个地点是否有什么特殊意义，她的回答是"在我和妈妈'迷路'之前，我特别想去那家甜点店"。

两类人，用两种不同的方式回来，出现在规律不同的地方。莱尔德并不是第一个做此总结的人。在莱尔德还昏迷着的时候，肖恩、杰里和其他工作人员都隐约察觉到了这些。

在莱尔德发散式的陈述中，杰里留意到一件事。莱尔德不仅会改变表达方式，还会突然改变语调和口音。他没有改变完整句子的念法，也不是在刻意模仿某人，有时候他需要在一段话里多次重复使用同一个词语，那个词一前一后相隔不远，发音方式却完全不同。

杰里暂时没有主动询问这一点，他认为还不是时候。而且隐蔽式耳机里传来了一声简短指令，让他顺其自然地继续交谈，不必纠正莱尔德的表达方式。于是杰里顺着莱尔德的陈述，改变了提问顺序，并且默默记下一些可能需要重点关注的细节。

终于，莱尔德提到和列维在小镇里寻找艾希莉，还反复说到一名叫丹尼尔的人。此人是辛朋镇居民，是 1985 年事件发生时的失踪者之一。提到他之后，莱尔德突然开始用第一人称描述他。

杰里没有对此进行纠正，继续配合着莱尔德往下聊。其实杰里脊背已经发凉，还开始走神。他有点后悔来做这个调查，此时他非常想找个别的同事来代替他。

"所以我用了一些方法，"莱尔德的脸上呈现出一种陌生的神态，语调和口音不规律地变换着，"具体方式很用难三言两语说清。总之，我把自己送了出来。因为我一直在伊莲娜的控制下，我本来根本没机会再回来，但是伊莲娜有意愿把别人生出来……不是，我的意思是'送回来'，所以我就想出了这么一种方式……"

他说的话变得有些难懂。杰里问："简单来说，是否可以理解为'丹尼尔借助莱尔德把自己送出来'？我的理解对吗？"

莱尔德说："算对吧。"

"我可以把这种方式比喻成寄生或附身吗？我知道不是这么简单，仅仅是比喻。"

莱尔德摇着头。他是躺着的，摇头的动作很不明显，看着只是在枕头上轻轻蹭了两下。"不能这么说，这样比喻不对，"他说，"如果我是丹尼尔，他寄生在我身上，那么现在我就是丹尼尔，就不是莱尔德了。"

"你现在是莱尔德吗？"杰里问。

"我当然是，我把一切都给我了。你们不是有一大堆问题吗？有些问题靠我是搞不清楚的，但是我却可以。我们肯定需要身为学会导师的我，虽然这需要一点时间。现在我说不清楚，我的记忆……我的思维太杂乱，我得梳理它才行。"

这个表达十分混乱，杰里必须仔细跟随着每个词，留意着每个重音，才能勉强确认每一个"我"到底是指谁。

杰里说："你出来了，但是你并不认为自己是丹尼尔。"

"因为我确实不是丹尼尔。我是莱尔德，从大脑到这个乱七八糟的破身体，都是莱尔德。"

杰里心里有个隐隐约约的猜测，不严谨，但是他觉得应该跟事实差不多——丹尼尔把自己所知所想的一切都倾斜到了莱尔德身上，这些东西不仅包括他身为学会导师的知识，也包括无关的经历和思维习惯之类的。

莱尔德当然没法把它们全都讲清楚，任何人都没法讲清楚自己拥有的全部思想和记忆。人们可能会记得自己高中同学的名字，记得在大学里学过某个课程，但没人能够清楚地回忆起与同学的每一段对话，上过的每一次课程。这些东西没有丢失，它们只是蛰伏起来了，只是从表面的记忆，融进了更深的地方。

丹尼尔就以这样的形式蛰伏在莱尔德的身心中。某种意义上说，丹尼尔根本没有回来。他把自己当作一台电脑，硬件可以全部烂在隔离区内，只要数据跟着移动设备出来了就好。

但人类始终不是电脑硬件，也不仅仅是数据。丹尼尔事先知道他的自我认知会消失掉吗？或是他知道，但他认为这样就足够了？

对于上级机构来说，莱尔德·凯茨简直是个失而复得的宝藏。他的脑子里携有大量未探明的信息，其中很可能包括不止一位学会导师的记忆。可是对杰里来说……他忽然感到一阵失望。

其实他的心中不仅仅有失望，也有点难过，有点畏惧，有点担忧，有点惊奇。他能够允许自己产生后面那几种情绪，却不能接受自己竟然在"失望"。

他一直想接自己的异母哥哥回家。从小时候起，他无视这个人很多年，现在他似乎终于有机会弥补这份亲情……

但是，此时他面前的这个人……这到底是什么？

杰里感到一阵恶心，"失望"是对莱尔德，"恶心"则是对自己。

大概像他对肖恩的态度一样。他一边排斥，又一边痛恨做出这种排斥姿态的自己。

杰里的打印纸上还有几个问题。比如"你记得的最后一件事是什么"之类的。他准备的问题都不复杂。

他问不下去了，也没必要再问下去。

莱尔德也过于配合了吧？在杰里沉默着的时候，莱尔德仍然在用凌乱的词句试图讲明白一些东西。但他讲得一点也不明白，杰里也听不明白。

在交谈开始时，莱尔德说的话还算好懂，再之后，他的用词变得很奇怪，但基本的语法和语言能力还是正常的……而现在，在他通过不懈的尝试着解释之后，他的语言逻辑能力似乎开始崩坏了。

起初是莱尔德念错了某个单词，说了一个毫无意义的发音。然后，他忘记了正确的表达顺序，开始把毫无关系的单词一个个送出来，而这些单词根本组不成句子。他自己也意识到了沟通不畅。他有点着急，但他的身体又太虚弱，说话不够快，在十几秒内，他连有意义的单词都说不出来了。他一脸认真地说出各种颠三倒四的发音，然后又陷入呆滞和迷惑……

杰里不得不制止他。同时，耳机里也传来了指令，让杰里适当安抚莱尔德，温和地结束这次对话。医疗人员在别的房间监控着莱尔德的体征，他们认为莱尔德必须休息一下了。

幸好莱尔德还能听得懂正常的语言。杰里叫他歇一歇，在他皱着眉喘气时，杰里对他说："显然这些事很复杂，一言难尽。我认为以书面方式汇报会更好一点，这样你也可以把事情解释得更精准些。"

莱尔德沉默了大约两分钟，再开口时，他的语言能力忽然恢复正常了："可惜我现在没法写报告，我拿不动笔，也打不了字。"

杰里说："不用急，将来还有时间。等你的身体慢慢好起来，你还有很多工作要参与呢。"

余下的一小段时间，杰里把话题带回了当下。他不问莱尔德的经历，也不问"不协之门"，而是给莱尔德讲了一些有关家里的事，还有一些昔日莱尔德也认识的同事的事。说这些的时候，莱尔德的语言能力一直保持正常，没有再出现刚才那种令人困惑的情况。

杰里准备离开的时候，莱尔德还有些意犹未尽。但杰里已经接到了来自上级人员和医疗组的多次催促，他不能再和莱尔德聊下去了。

杰里收拾好带来的东西，叫莱尔德好好休息，站起来，转过身……

这时，莱尔德忽然说："你看不见的，是吧？"

杰里的脚步顿住。他想起莱尔德最开始问他的那句话：你背后有什么？

此时，他正看着之前背对的方向。房间的唯一出入口是可密封的半自动门，他和门之间还有一段距离，两侧墙边摆着不少医疗专用仪器。他没看到任何异常之处。

莱尔德在他身后长出了一口气，又说："嗯，你确实看不见。挺好的。好了，不用紧张了，你看不见。我也问过别人，比如那个医生……我忘了他叫什么。原来你们都看不见啊……"

如果还是十六岁的自己，杰里一定会忍不住问：那你看见了什么？但现在的他绝对不会问。即使要验证这类事情，也不是由他来做。

他回头对莱尔德说："以后不要再向别人求证这种事情了。凡是被允许接触的人，全都是基本'看不见'的人。"

莱尔德说："也对，这样的人才是大多数。"

杰里走到门边，门自动向两边打开。出门前，他留下一句话，他没有回头看莱尔德对这句话的反应。

"曾经这样的人是大多数，现在不是了。"

至2019年，尼克·特拉多的户外用品店已经经营了三十多年。前十几年，生意不好不坏，日子平淡无奇。从2019年开始，这家店变得越来越有名气，几乎成了圣卡德市的一处景点。

那一年，尼克失踪多年的妻子和女儿回来了。也是从这时起，尼克开始改造自家和店铺。他卖掉旧屋子，买下与店铺一墙之隔的小户型二手房，从此家庭和商店连成一体。他把店铺和新家一起重建，新房子使用了大量金属建材和强化玻璃，远远看去，整栋建筑剔透而冰冷，根本不像户外用品店和民宅，更像是什么高端神秘的设施。

不仅外墙，尼克家的大多数墙壁和每一扇门也都是透明的。稍有例外的是卫浴等隐私区域，以及必须进行视线隔离的区域，比如店铺和私人区域的分界处。在这些地方，他们在玻璃上贴了半截磨砂膜，辅以特殊角度的通道，还配上了一些单侧挂帘。

新房子不是尼克一个人设计的。在重建期间，他充分参考了妻子塞西的建议。由于身体原因，塞西没怎么去过施工现场，一直到房子能入住了，她才第一次看到它的全貌。

她立刻就爱上了这个新家。通透的墙壁和门扉给了她极高的安全感，当她入睡的时候，一翻身就能看到隔壁书桌前的女儿，这样她才能安然入睡。

搬家以后，塞西基本不出门。即使出门，也只是在同一条街上随便溜达两步。受到她的影响，尼克也很少出门，他们只信任自己家的玻璃门，或者通透毫无遮蔽的开阔地形。

如果没有必要，他们不会进入任何复杂建筑。黑名单第一位是各类主题乐园，其次是需要通过隧道或桥洞才能抵达的任何地方，再次是酒店或大型商业中心。

令人意外的是，夫妇俩好像并没有约束女儿米莎的行动。米莎一直保持着正常外出，也经常在同学家留宿。

后来的几年里，塞西用从前的笔名出版了两本小说。小说和从前一样是末日题材，但销量比从前差很多。有一次，身穿军服的肖恩·坦普尔来探望她。他特意提前买了那两本小说，带来请她签名。

肖恩不是一个人来的，他身边还有两个穿西装的人。门外停了三辆车，车里的人没下来过，一直在里面等待。除了要签名的时候，肖恩就没和塞西说上几句话，他们三人主要在和米莎聊天。等他们离开的时候，米莎和他们一起走了。

塞西和尼克当然很担心，但他们没有阻止米莎。在此之前，米莎已经和他们认真谈过了，她希望自己能去帮助其他人。

这几年里，圣卡德市又发生了失踪案，很多细节与松鼠镇失踪案极为相似。这类案件越来越多，在其他城市甚至其他国家也频繁出现。有些人认为他们是被外星人绑架了，有些人认为是一些团伙用新型致幻剂犯下的罪，还有人拿出很多神学观点去解释它。

一开始有人把它当作都市传说和网络谣言……然后，也就一两年吧，人们终于无法忽视那些失踪案的共同点了。

它们的共同点就是"门"。

关于"门"的说法很多，人们对这一现象的称呼也千奇百怪。又经过了一段时间，人们开始遵循比较古老的习惯，用"不协之门"这个词来称呼它。

这词在几十年前就出现过，那时没人把它当一回事。一年年过去，这个别扭的生造词越来越多地出现在各种地方，先是小众论坛上，后来是主流社交网站，甚至蔓延到人们的生活中。

到了2024年以后，连阿拉斯加小镇上与世隔绝的年迈猎人都开始害怕这个词。他的孩子要跨海离开的时候，他要去反复检查小型个人飞机的门还是不是他认识的模样。

一些志愿者开始走入社区和教堂，教授人们如何辨识"不协之门"。父母不仅会教孩子提防陌生人和雷雨时不能站在树下之类的常识，还要多教一项：不要走进从没见过的门。

不要走进从没见过的、没人帮你确认安全的门。如果你身在一个很熟悉的地方，比如你的家里，比如天天都去的学校……一旦看到了一扇从未见过的门，千万不要因为好奇而走进去。如果你身在完全陌生的环境，比如户外、新学校、朋友家……在你要走入某扇门之前，一定要和熟悉此地环境的人进行确认，要确定这扇门是真正的门。

"不协之门"是一种感知现象，而不是真正的道路。它可能出现在任何地方，比如你每天经过一条走廊，突然发现走廊尽头有一扇门；比如你在家中储藏室深处发现一个地道，但据你所知，你家的房屋没有第二层地下室……

甚至，有时它不是以门扉的形态出现的，可能是墙上多了一扇窗，或者衣柜里多了一个出口……那可不通向纳尼亚。

如果你遇到了，一定要无视它，不要好奇，不要走进去。

短短几年之内……以上这些知识就传得到处都是。神秘的东西如果出现得太多，即使人们仍然不了解它，它也不太可能继续保持机密状态。

当然，并不是每个人都见过这种"门"。就如同，并不是每个人都经历过枪击惨案，并不是每个人都见识过自然灾害……即使只有少数人经历过它们，大多数人也会知晓它们的存在。

人们理所当然地戒备它、畏惧它，担心有一天它会降临到自己的生活中。

杰里回到公寓时，零点刚过，他的三十岁生日已经不知不觉地过完了。肖恩说过的包裹还在公寓管理员的屋里。管理员肯定已经睡了，杰里决定不去打扰他。

他进了门，刚脱掉外套，可能还没过两分钟，外面就响起了敲门声。听起来是公寓管理员惯用的敲门频率：力气很轻，但是一种连续快速敲击，中间没有一刻停顿……

杰里无奈地转回身，拉开了门。他以为来人一定是管理员，所以根本没打开通话屏幕去看——他的屋子有可视屏幕，但他总是把门铃弄成静音，门铃声会让他焦躁和头疼。

打开门之后，杰里愣住了。肖恩穿着一身整齐的制服站在门前，他手里抱着那个早晨就已经送达了的包裹。盒子并不大，一只手就能拿住。

杰里一手扶着门，呆呆地看着肖恩。肖恩抓住他的手腕，拉到一边，用膝盖把门顶开，侧身挤进屋来。

"你忘记去取包裹了。"肖恩反手关上门，"生日快乐，杰里。"

杰里像被按了定格键一样，半分钟之后才缓过来："你这是……在干什么？"

肖恩说："包裹送达时你已经出门了，所以送货人员依照我的要求，把它寄存在公寓管理员那里。你下班回来后并没有去找管理员，所以我帮你把包裹拿来了。"

杰里在心里默默骂了两句脏话。他当然能看懂肖恩在干什么，他想问的也不是这个。肖恩一脸理所当然的表情，没有半点心虚，好像他是在做一件特别正常的事似的。

"你……你在跟踪我吗？"杰里问。

"不。这不属于跟踪，属于提前蹲守。"

杰里一手扶额，简直接不上话。

肖恩把包裹往前递了递："你可以打开它了。"

杰里把包裹接到手里。肖恩递过来，他就下意识去接，真把它拿在手里之后，他又有些恍惚，盯着它半天没动。

肖恩自顾自地脱掉皮鞋，拉着杰里走向餐桌。

桌上躺着一堆纸杯、铝饮料罐和炒面外卖盒，肖恩把它们扒拉到一边，腾出一块地方，从杰里手中拿过包裹，把它放在上面。肖恩不知从哪儿掏出一把小刀，熟练地拆开纸盒。杰里用手拿过这个包裹，就算是已经接过礼物了。肖恩现在只是替他动手打开。

外包装里面是深蓝色带着小星星的包装纸。杰里僵硬地看着它。他还记得，小时候肖恩每次送他生日礼物，用的一直都是这类配色的包装纸。

肖恩撕开包装纸，看着里面两本叠在一起的平装书——《深坑之牙》和《我不是泽西恶魔》，作者是詹森·特拉多。塞西仍然在用这个男性风格的笔名。

肖恩向杰里展示了两本书的第一页。上面有塞西的签名，签的也是"詹森"这个名字。

"我记得你很喜欢她写的东西，"肖恩说，"我们在'那边'的时候，你好几次提起过《火山冬季的幽灵》。"

肖恩可以非常平静地提起从前的事，甚至比一般人提起自己的高中时代还要平静。但杰里不行。只是这么短短一句陈述，就已经让杰里感觉肩膀上压了万钧巨石。

杰里慢慢地滑坐在餐椅上，双手扣在面前，低着头："肖恩……我该怎么跟你解释呢……"

"你想解释什么？"

"我……"杰里瞟了一下那两本书，"我……算了。我说得明白吗？反正你根本理解不了。"

肖恩哗啦啦地翻了一下书，微笑着说："不，我明白的。你认为塞西会在新书中描写她的亲身经历，你很害怕看到这些。放心吧，没有这些，买书之后我自己读过一遍了，她写的是纯虚构的末世探险故事，和她过去的题材一样。书里面没有任何桥段与我们的经历相似，而且都是常见的大团圆结局，根本不恐怖，你一定不会害怕的。"

杰里苦笑了一下，也没反驳什么。他拿起书，慢悠悠地走去卧室，把书放在床对面的书桌上。书桌上堆满了东西，没有露出一点桌面，两本书躺在杂物顶端，像是给土坯墙垛又加了两块砖。

肖恩跟在他身后走了进来。其实这是肖恩第一次参观他的新住处。屋子里摆设不多，家具款式极为简洁，却仍然乱得要命。肖恩左右环视，评价道："我记得你小时候的房间没这么糟糕。"

"那时候我又不管收拾屋子。"杰里坐在桌前的椅子上，椅背上挂满了衣服。

"你可以约一个定期保洁服务。"肖恩说完，又忽然想起了什么，"哦，我意识到，你现在因为后遗症而不擅长打字沟通。这不要紧，你也可以使用语音服务的。或者你告诉我要求，我去帮你预约。"

"不用了，我自己去约……"杰里说。

肖恩点点头，在床沿坐下，双手放在膝盖上，一如既往地用平静而坚定的眼神看着杰里。"你和莱尔德谈了很久，谈得怎么样？"

杰里没有回答，他盯着杂物上的两本书，陷入了发呆状态。

肖恩问："你在想什么？"

"我在想……"杰里的目光落在书脊的作者名上面，"突然看到你的包裹，我想起了那个粉色的盒子。"

"什么粉色盒子？"

杰里说："你还记得塞西的车吗？"

"记得。"

"我们看过塞西的后备厢，里面有两个包装盒，一个被她拆开了，里面是双高跟鞋，是她丈夫送的；另一个是粉色的盒子，是米莎要送她的。那时候米莎刚过完生日，再过不久塞西的生日也快到了，她的家人瞒着她，提前准备了礼物。"

肖恩说："嗯，我也记得这些。粉色盒子怎么了，你想起什么重要的事了吗？"说着，肖恩掏出了工作用的微型平板，表情严肃，正打算记录线索。

杰里简直哭笑不得。他摆了摆手，叫肖恩收起那东西。

"没什么重要的事。"他说，"那时候塞西去后备厢里找东西，提前发现了礼物。她拆开了丈夫送的礼物，却一直没有拆米莎那份。当时她还在找米莎，她想在找到米莎之后再当面拆礼物，否则米莎会生气的……"

杰里的目光不再聚焦于书脊上，渐渐飘向远方，仿佛穿过墙壁与一切实体，隔着时空，遥望从前的那一幕。

肖恩看着他的侧脸，沉思了片刻，问："我没有理解你想表达的重点。"

"谁都没有再回去找那辆车，"杰里说，"塞西没能享受那年的生日。米莎到底准备了什么礼物，我们一直都不知道。"

肖恩微皱的眉头顿时舒展开了："我知道。"

杰里转头看他。肖恩很高兴能解决这个疑问，他面色明快地说："招募米莎之后，她和我们聊过很多东西，可以说是事无巨细。她提过那件礼物。她做了一个坐垫，就是在布里面塞一些珍珠棉的那种。手工材料是她爸爸买的，是不需要自己剪裁的半成品。还有，虽然那件礼物被遗失了，但米莎本人并不觉得可惜。"

杰里机械地点点头，除此之外毫无表示。

肖恩打量了杰里一会儿，说："杰里，我不仅要建议你预约定期保洁，还要建议你联系一下心理支持部门。我认为你的身心都极为不健康，而且这种不健康与药物后遗症无关。"

每次肖恩很认真地说完什么之后，杰里就会发愣一会儿。不光是现在，从前他也经常这样，无论是面对面交谈，还是用电话交谈。肖恩肯定不能理解这是为什么。其实杰里自己也不是完全理解。他听着肖恩熟悉的声线，声音中的单词经常擅自飘荡到十几年前。

他的目光被声音引领着，穿过眼前这个身穿军服的成熟男人，看到曾经爬进他房间窗户的儿时挚友。声音，形象，记忆，两人共同的经历，肖恩·坦普尔的年少时代，肖恩·坦普尔的此时此刻……对杰里来说，这一切十分熟悉，又极为陌生，非常温暖，又无比伤人。

杰里长叹一口气："谁都可以建议我去做心理辅导，就你不行。"

"为什么？因为我的脑损伤吗？"肖恩对此类话题毫不排斥，"这不影响我的沟通与判断能力。"

"不。因为现在的你根本就……"杰里说着，又停了下来。他意识到，即使他说下去，哪怕他说得再细，也只会给自己带来无意义的痛苦，给肖恩带去无必要的疑惑。

杰里有些不自在，他站起来，嘟囔着要去厨房倒点水喝。在他转身时，肖恩突然拉住他的手腕。他打了个趔趄。

肖恩也站起身，直视着杰里的眼睛，道："我并不是临时起意要过来找你的，我一直想和你谈谈。"

杰里问："你想谈什么？"

肖恩答："主要是想劝你接受心理支持部门的帮助，这样你才能更好地投入工作。"

杰里泄气地笑了笑。他想抽回胳膊，但肖恩没有放开手。

肖恩说："如果是我们小时候，我不会这样建议你。至少不会一开始就这样建议。那时，我会先陪你打打游戏，看点惊险的恐怖片，一起熬夜、赖床，然后叫几份比萨，吃完继续玩游戏。根据我记忆中的经验，通常经过这一系列流程，你的情绪就会恢复正常。"

"你在说什么……"杰里避开目光。

肖恩说："但现在，我无法再与你做这些事。我对你的痛苦无能为力。你有神经损伤之类的后遗症，你不玩游戏了，你也不再喜欢任何的恐怖电影，你平时天天吃外卖食品，它们对你来说不再具有特殊吸引力……我熟悉的流程已经无效了。而且……"

"而且什么？"杰里问。

"而且你说过，你永远不会原谅我。这意味着，我们之间不再存在较为亲密的私人关系，所以我无法尝试用其他点子来安抚你的情绪。"

　　杰里的鼻子发酸。如果他低着头，眼泪可能随时夺眶而出；如果他抬起头，万一眼泪流出来了，就会被肖恩清楚地看到。他非常轻微地摇头，害怕摇头的力道会把眼泪推出来。

　　"肖恩。"他极力维持着正常的声音，"算了，别没事就提那句话了。我只是……再也不想提那件事了。"

　　"好吧。这是一个良性的改变。"

　　肖恩放开了杰里的手腕，向前走了一步。杰里还没来得及走开，肖恩伸出双臂，给了他一个久违的拥抱。拥抱的力道不轻不重，姿势标准得像影视剧里演的那样。但杰里身体僵硬得像一根木头，在被拉近的那一刻，他甚至短暂地全身发冷。

　　肖恩说："这类行为一向能提供短暂的抚慰效应。试试看。"

　　过了一小会儿，杰里身体渐渐温暖起来，肩膀也放松了一些。他能感觉到，现在自己的表情肯定非常扭曲，不像哭也不像笑，比笑和哭都难看。

　　幸好他的额头靠在肖恩肩上，肖恩看不见。

　　肖恩继续说："根据我的观察，这些年来你长期处于负面情绪之中，这对你个人和对工作都非常不利，你应该尽早解决这一问题。"

　　"没那么严重……"杰里小声说。

　　他闭着眼睛，感觉到肖恩的手移到他的脑后，在慢慢摩挲他的头发。

　　"其实我曾经想过，"肖恩说，"当初真应该让你接受手术。如果你像我一样，现在就好多了。"

　　杰里的呼吸停了一拍。他沉默着，血液仿佛从指间开始慢慢地凝结，在几秒钟内，一路凝结至心脏。

　　"你为什么要发抖？"肖恩疑惑地侧着脸，看了看他的头顶，把他抱得更紧了些，"你真是的，还像个未成年的孩子。我只是在感慨往事而已，我不会伤害你的。不要担心，现在手术已经毫无必要了。"

　　杰里突然想起了和莱尔德的谈话。

　　不是想起具体内容，而是想起莱尔德从自我认知混乱，到语言完全崩坏的那几分钟。

　　他还想起了列维。不是被关押在内华达州基地里的列维，更不是无法确认的不明实体，而是那个还假做《深度探秘》节目制作人助理的列维。

接着，他又想起他看过的最后一期《深度探秘》。2015 年 5 月的某一天，那是他最后一次看这个节目。后来尽管他平安回到了家，却再没有看过它。

他想起很久没回去过的松鼠镇。不知罗伊和艾希莉各自的家庭成员是否还住在那里。与他不同，肖恩曾经不止一次回到松鼠镇，还与罗伊和艾希莉的亲人保持着长期联系，以便随时对他们进行面访评估。杰里难以想象，要拥有什么样的心态，才能平静坦然地面对那些人。

杰里不但没有停止颤抖，反而开始慢慢地抽泣，最后他无法自控地号啕大哭起来。

肖恩皱着眉头，左顾右盼，看到了被丢在床上的家居系统遥控器。他把窗户和窗帘都关好，免得屋内的声音被公寓里的其他住户听到。卧室里一开始也没开灯，所以他决定让房间保持黑暗。角落里的电子钟上，亮着红光的数字一闪，后两位数从 59 变成了 00。

身体状况稳定一些后，莱尔德拿到了一台没有联网功能的轻型电脑用来书写文本报告。医学诊疗通常安排在上午，下午是复健训练，晚上莱尔德会利用独处时间来写东西。平时他去做检查的时候，会有专人到他房间拿走电脑，收集信息。

杰里来探望他时，莱尔德不止一次抱怨：我知道你们不能让我擅自接触外界，现在我的内网权限肯定也被取消了，但是为什么不能让我自己选择提交报告的时间？你们每天早上拿走电脑，我连给报告润色一下的机会都没有。

杰里知道他在介意什么。杰里每天都要看他写下的东西，在这些内容被提交到上级部门之前，杰里算是第一个读者。

莱尔德的报告写得很规矩，是标准任务报告的格式，行文中使用的词汇也都很严谨。这看似极为正常，其实杰里早就知道了，这是莱尔德故意掩饰后的结果。

因为莱尔德用的电脑被做过手脚。他每一次修订词汇，每次编辑、覆盖、取消、删除……全都会留下痕迹，最后一并被提交上去。在每一份冷静克制的报告书完成之前，原稿中还存在着好多透着疯狂的叙述。

被覆盖的文件"疯狂"程度不一。有时只是行文颠三倒四一些，但内容基本与最后版本一致；有时候莱尔德会写下具有强烈主观情绪的大段文字，里面几乎没有对客观事件的描述，全部都是主观感受，内容黑暗、扭曲，散发着他无法言说的痛苦；还有少数时候，被覆盖的文本过于凌乱，根本不像是有清晰意识的人写出来的，其中偶尔蹦出几个还算能被理解的词句，绝大多数文字都处于语言逻辑彻底崩坏的状态。

从每份报告来看，只要莱尔德试着讲述他的"工作经历"，叙述一段时间后，他必定会陷入恐惧和疯狂。然后他会花很长时间找回正常的自己，让情绪尽可能抽离，渐渐冷静下来，假装在写别人的事情，一点点修改掉之前写下的那些混乱词句，最终修订成简洁的成品。

显然他不想让人看到他的修改过程。如果不是每天早晨有人拿走电脑，他会继续修改文本，争取让它们更加像"正常人"写下的。

工作人员故意不给他留太多时间，不想让他花太多时间去润色文字，这事没太大意义，只是他自己在和自己过不去而已。

为莱尔德配置这台特殊设置的电脑，是杰里想到的主意。在莱尔德苏醒后的首次面谈之后，杰里就有了这样的想法。事实证明，他的办法很有效，被莱尔德删掉的废稿往往有着独特的意义，或许里面还隐藏着莱尔德不想坦白的信息。

欺骗莱尔德令杰里产生了一点罪恶感，但他也没别的办法，他不愿意用逼迫的方式让莱尔德说话，他希望能尽可能地让莱尔德感觉到自己有尊严。

一开始，杰里每天都担心莱尔德会发现他们做的手脚，毕竟这只是个很简单的小手段。结果一天天过去，莱尔德竟然从没发现过。

他甚至开始把电脑当作"国王有个驴耳朵"的树洞来用。有时候，他显然是神志清醒的，但他会故意发泄一通，比如他写过"都多长时间了，为什么还在给我吃流食，吃流食也就算了，还基本不放盐，我又不是几个月大的婴儿"这类内容。等抱怨够了，他再把这些自以为能彻底清除的话删掉。当然，第二天他的饮食安排并没有太多变化。

一段日子之后，莱尔德不仅在继续书写报告，还开始主动提出各类问题。

他把问题和相关申请写进电脑文档里，与杰里见面时，他会再口头提起一次。

他申请浏览从2024年至2029年的"不协之门"目击记录，这申请还真被允许了，但给他的只有简报，没有细节资料。

莱尔德拿着打印稿纸看了一下午，杰里来见他的时候，他问起一条2024年的记录。

目击记录发生在2024年10月，就是莱尔德与列维回来的那天。事件发生在一家儿童福利院内，两名护士与一些社会志愿者同时看到了不该存在的门。事件中无人失踪，当时没有任何病人在场。福利院的名称与地址全都被隐去，但"门"的形态与它当时于室内的位置，都有较为详细的记录。

莱尔德非常在意这个目击记录。引起他注意的，是其中关于墙壁和相框的描述。

记录中，"门"出现在活动室的地板上，看起来像是树屋地板上的木门。除此之外，记录中还提到活动室内有淡橙色壁纸和一些相框，相框内装裱有儿童病患的画作，还有一些比较新的画直接贴在墙上。

莱尔德认为自己曾看到过这一地点。他在报告中提到，他"回来"的时候能够听见追踪终端的示警声音，同时，他看到了两个画面。

第一个是他小时候住过的房间。他认为这是一种幻觉，当时他正在使用"第一岗哨"内的道路，他看到了小时候的房间，但他真正所处的地点与它无关。在杰里与肖恩离开时，此类现象也曾发生过。那时他们看到的是松鼠镇爱芙太太的小院，甚至他们还触摸到了围墙，但他们并没有回到围墙附近，而是出现在巴尔的摩郊外某处。

莱尔德看到的第二个画面，是一个他完全陌生的地方。那里有着崭新的淡橙色壁纸，上面挂有几个相框，还贴了一张蜡笔画。那不是米莎的画，也不是他小时候的画，他根本不认识它。在很长一段时间里，莱尔德根本就不记得这件事，直到最近他才渐渐想起来。

对比了这些年的目击记录之后，他认为自己看到的很可能是那家福利院的活动室。他认为这个地点极为重要，应该对此进行重点调查。

一开始杰里没有明白莱尔德的思路。于是莱尔德开始解释自己的想法。

现在莱尔德有活力多了，他坐在轮椅上，腿上放着一块写字白板。他在白板上画了一个圈，再在圈下面画出数个图形：三角形代表屋子，屋子里画了个火柴棍小人，屋外面有两个同样的小人，一个抬头看天，一个低头看脚。最后，他把最上面的圆圈涂黑。

"'不协之门'是一种现象，"莱尔德说，"就像阴天、晚霞、日食和月食。当它发生时，人们可能会看到，也可能看不到，有些人有较高概率看到，也有的人因为种种原因就是看不到，但总之它就是在发生。关于这方面的观点，我们已经有共识了，不用多说了吧？"

杰里点点头："当然。这些年来，我们已经了解到这一特性了。"

"好。那你来看一下 2017 年的那条目击记录，就是你和肖恩回来的那次。"莱尔德把有目击记录简报的打印纸丢给杰里，"有一件非常重要的事，我认为上面没有记录。"

"什么事？"杰里问。

"你和肖恩回来的过程中，你们都看到了爱芙太太的院子。"

"这件事是有记录的。我报告过。"

莱尔德说："不，我的意思是，在同一天的目击记录中，并没有关于爱芙太太家的实际观察记录。你们有没有去调查过她在那一天的经历？"

杰里抿了抿嘴。当然有人调查过。只是那时候他和肖恩都还小，没有亲自参与。

他迅速判断了一下，那天爱芙太太家发生的事并不属于任何机密。

于是他告诉莱尔德："她家确实发生了点事，但事件性质存疑，没有被列为目击记录，因为爱芙太太什么都没看见……你还记得三只'迷你地狱犬'吗？"说这个绰号的时候，杰里忍不住带了点笑意，"那天，爱芙太太听到异常的犬吠，她去查看，发现少了一只'地狱犬'。她再也没找到它。这件事只有爱芙太太的事后口述，没有目击者，我们不能断定小狗的走失一定和'门'有关。"

听完他说的，莱尔德慢慢点着头。他擦掉白板上的简易日食图，画上新的东西：上面一排是火柴棍小人，旁边有个长着叶子的长方形，下面一排，分别是另一个火柴棍小人、一只玩具熊头、一个医院十字标志。两排图形的中间，莱尔德画了一个叉号。

莱尔德指着第一排："这是 2017 年，你和肖恩回来的时候。这个小人是你们，这个方形是爱芙太太的院墙。你们看到了它，还觉得自己翻过了它，同时，爱芙太太那边疑似也出现了'门'，一只'迷你地狱犬'可能还因此失踪了。然后，你们出现在了这个地点。"莱尔德用笔帽点了点中间的叉号，"这个叉号，代表你们实际回来的位置，它大致对应着'第一岗哨'的位置，对吧。"

杰里点点头。

莱尔德继续指向第二排："下面这排，表现的是 2024 年，我和列维回来的时候。这个小人是我们。小熊代表我看到的第一个地点，也就是我小时候住过的房间。那个房间在我外婆的房子里，你们肯定去调查过了。这座房子应该还是空置的，即使那天有'门'出现，也没人能看到它。"

接着，他指向中间的叉号，又转向医院十字标志。

"接下来，我也出现在了叉号这里。你和肖恩也是出现在这里的。我们都走了'第一岗哨'里的路，所以出现的位置也差不多。但在此之前，我还看见了另一个地点……"他在十字标志上戳了戳，"我很可能看到了这家福利院的活动室。但问题是，我根本没有去过这个地方。我为什么会短暂地看到它？"

杰里看着他膝上的白板，渐渐皱起眉。福利院的目击事件中并没有失踪者，几年过去，已经没人再跟进这件事了。

"我明白你的思路了，那你的推测是什么？"杰里问。

莱尔德说："我认为，有人在那个地点使用破除盲点算式阵。我在报告里写过这个东西，你看过了吧？"

前两天，莱尔德在报告里提交了关于算式阵的内容，但他写得并不详细，充其量只能算是简述。说得通俗点，就像是游戏设定集里对火球术的描述——它告诉了你什么叫火球术，火球术能干些什么，可即使你读完了它，你仍然不知道火球术到底是怎么实现的。

莱尔德为此解释过，他会进一步陈述相关事实，但他需要时间去慢慢整理、回忆。复现这些古怪知识是很困难的，进行回忆的时候，他的头脑常常会被纷杂的信息占据，出现之前那种语言能力崩溃的症状，所以这事急不得。

杰里暗暗怀疑，也许他就是故意不说得太详细的。他用脑子出问题当借口，尽可能地拖延和糊弄我们。他只想描述陷阱的模样和种类，不想把如何设计陷阱教给别人。

但杰里从没说破过。他认为，将来他们还有机会进一步沟通，现在没必要把他逼得太紧。

杰里说："我看过你的报告，知道你说的那种算式阵。你认为有人在那所福利院里主动观察'不协之门'，也就是说，那个机构里可能有学会的导师或猎犬？"

莱尔德说："我没有证据，也可能我想的方向是错的……我只是建议你把这件事报上去，重新调查一下那家福利院。调查一下2024年的那天都有谁在现场。"

杰里答应一定会跟进这件事。莱尔德想了想，忽然问："对了……列维那边怎么样了？

"你是指什么？"杰里问。

"他提过这些事情吗？关于我们回来的过程，他说过什么吗？"

杰里叹了口气："我只知道他目前很好，也很配合我们。至于其他的事……我不负责他那边，也没有权限过问太多。"

杰里故意没有提起他看见过的不明实体，也没有提起前些年的那次事故——肖恩被安排与列维见面之后，那起奇怪的意外事故。从那次意外之后，上级部门改变了一些策略，重新组建了团队，列维与莱尔德被完全分开管理，杰里和肖恩也重新被分配于不同部门。

到今天为止，上级部门对列维·卡拉泽进行的相关措施均为机密。因为杰里和肖恩偶尔要配合调查，所以他们知道少量相关信息，但也仅此而已。

莱尔德问："那他知道我的情况吗？"

"我不清楚，抱歉。"杰里不得不继续隐瞒一些事。

其实据他所知，上级正打算把莱尔德转移到列维所在的基地，也就是莱尔德自己提过的地方——内华达州沙漠里的一个干湖床下。从前莱尔德以工作人员的身份去过那里。杰里不知道他们为什么需要莱尔德，也不知道他们是暂时安排的，还是打算把莱尔德一直留在那儿……

杰里忽然有点好奇，他很想问莱尔德"你为什么要说起列维？你是想和他见面，还是害怕会见到他？"。

当然，他没有真的问出来。问了这个问题，就等于在对莱尔德泄密。即使他想偷偷问也不行，他们的每次会面都会被监控摄录下来。

第四十章

-Qingwu Dongcha-

去见你

现在米莎长期住在培训基地里，每个月回家一两次。她的父母没有任何怨言，因为他们根本没有抱怨的机会。

这天下午，米莎在玻璃房子的户外用品营业区徘徊。一个背着双肩旅行包的女人走进来，问她店里是否有防水袋卖。米莎向她确认："有是有，不过你是真的需要防水袋吗？"

背包女子说："我确实需要。当然啦，我不一定非要在你这里买，但反正我来都来了……"

米莎给她指了货架方向："如果你真要买，我得把我爸爸叫出来。我不知道怎么收银。"

背包女挑好了东西，在款台等着米莎。米莎穿过金属与强化玻璃构成的通道，掀开透明门后的帘子，回到家庭生活区。

她的妈妈塞西躲在书房里，沉迷于撰写新的小说，她已经整整一下午没有走出房间了。爸爸尼克平躺在卧室床上，眼神放空，手里握着电视遥控板。电视在隔壁房间，屏幕上放着一个又一个广告。

米莎没有去打扰妈妈。她走到爸爸身边，用右手手掌覆盖在他的双眼上，左手在右手手背上拍了两下，同时轻轻念了几个发音。她移开手掌之后，尼克眨了眨眼，有些迷糊地转头看向她。

"我睡多久了？"尼克爬起来，晃晃悠悠地去关电视。

米莎说："我也不知道。爸，外面有人要买东西，你最好去看一下。"

尼克出去收了钱，夸了两句顾客的冲锋衣。当他在款台内侧的椅子上坐下时，米莎在他耳边小声说了一句话，他的目光再次变得迷离起来。他缓缓站起身，像梦游一样走向居家区域，躺回床上，还拉起毯子自己盖好。

米莎去检查了一下大门，把"正在营业"的牌子翻成"休息中"。

背包女望着通向生活区的半磨砂玻璃门，小声问："这样就可以吗？他们……听不到？"

米莎说："听不到，你放心吧。"

"真是惊人，我从没见过哪个导师能把感知剥夺灵活运用成这样，"背包女感叹着，"何况是像你这么年轻的……"

米莎抱臂看着她："我从没见过哪个信使喜欢说这么多无关的闲话。"

背包女尴尬地低了下头："好吧。抱歉，我说正事。之前你的建议是对的，我们发现确实有人又开始调查那个地方了。现在我们做了安排，待命的猎犬随时可以撤离。"

米莎说："别撤离，那样看起来更可疑了。她们又不是没有合法身份，跑什么？"

"那怎么办？"

"首先，最要紧的一点，就是把恒定算式阵藏好，不要让那些外勤特工找到。现在莱尔德·凯茨醒了，他可能会提供一些信息，在新的一批调查人员中，很可能会有人认出算式阵。所以，我们要比从前更小心。只要算式阵不被发现，那几个猎犬就没有任何可疑之处。如果有人想找她们谈话，就去好好谈，如果需要描述之前看见过的盲点，就好好描述，不需要刻意撒谎。"

说完之后，米莎叫背包女稍等。她暂时离开了一下，回来时拿着三只黑色皮夹。

"给她们的？"背包女问，"给了这个，就是打算派她们'出发'了吧？"

米莎问："我都还没说呢。看来你做信使的时间够久，什么都很熟悉。"

背包女抓了抓蓬松卷曲的头发："我以前也向猎犬转交过这个。是好多年前的事了……对了，那个猎犬你也认识。"

"卡拉泽？"

"对……"

米莎说："我明白了。好啦，我们言归正传。根据比较可靠的消息，莱尔德·凯茨与列维·卡拉泽很可能被安排在近期见面。在那个时期，也许盲点的显现率会明显升高。一旦出现这类情况，我会根据自己的判断，帮那几个猎犬远程启用算式阵。所以你一定要跟她们说清楚，让她们时刻做好准备。"

信使记下了全部命令，收好东西，与米莎告别，带着新买的防水袋离开了商店。

米莎回到居家区域，帮尼克脱掉了鞋子，给塞西续上了热咖啡。尼克当然不会这样一直睡下去，再过半个小时，他就会在闹钟响起时醒来。这个午觉有点太长了，可能会影响到他今晚的睡眠质量。塞西也不会永远坐在书桌前打字。现在她的注意力高度集中，全部精力都汇聚在写作上，当隔壁尼克的闹钟响起时，她的注意力就会被分散，她会感到疲倦，然后会离开书桌，恢复对外界的兴趣。

尼克与塞西各有一枚铂金吊坠，他们一直把它戴在脖子上，从不摘下。吊坠的薄片是爱心形状的，上面雕刻着极为精巧复杂的几何图形。这是他们某年的结婚纪念日礼物，是米莎送给他们的。

比起全面剥夺感知，持续的感知操控要困难得多。米莎需要使用额外的法阵来加强技艺效果。

确认好父母的状态之后，米莎走进厨房，开始为他们准备晚饭。明天一早，她又要辞别父母，被接回基地接受训练。她在学会是导师，在培训基地却是外勤特工。训练还挺辛苦的，她告诉自己，既然当年病病歪歪的莱尔德都可以做到，那她当然也可以做到。

把饭菜端到餐桌上之后，她一回头，正好看到矮柜上的相框。

相框中，妈妈塞西怀抱着还是婴儿的米莎靠在外婆安吉拉身边，安吉拉的表情有些呆滞。

米莎抬起头，环顾四周，她的目光穿过玻璃房子的墙壁，扫过视野能触及的所有角落。

"外婆，"她微笑着，轻声自言自语，"长大之后，你就再也不会害怕了，对吧？"

在列维·卡拉泽与莱尔德真正会面之前，他们先进行了几次视频交互。第一次交互过程仅仅是间接接触：提前录制规定时长的影片，然后由工作人员转移交换。

具体操作起来还挺麻烦，因为双方所拍摄的视频资料的保密等级并不一样。莱尔德的影片保密等级很低，它是杰里拿工作手机录下来的，录完之后，杰里再通过内部网络发给审核人员。杰里录的时间太长了，最后递交的成品还被人剪掉了一些。

而列维那边的录制十分复杂。他的影像被封存在拍摄设备内，不会进行任何形式的上载和复制，除了指定人员，任何人都不会接触和观看这段影片。

储存着影片的设备由专人携带到莱尔德所在的医疗机构，由工作人员选择一个适宜的播放场所。在播放之前，工作人员会进行相关区域的清场，保洁人员、医务人员、安保人员等全都会离开，只有指定人员和莱尔德本人可以观看视频。

莱尔德被带到一间完全密闭且隔音的房间，他还开玩笑说这里像个录音棚。他坐在轮椅上，两个人陪在他身边，一个是携带影片来这儿的陌生特工，一个是杰里。杰里也算是指定人员之一，可以观看关于列维的影像文件。

影片被保存在款式极为古老的手持式家庭录像机里，录像机不连接任何其他设备，由陌生特工为莱尔德手持播放。影片比莱尔德想象的要长，列维的状态也比他想象中好。列维说话不多，其中一大半是在抱怨"为什么要录这个东西"。

在播放影片的过程中，杰里数次留意到那名外来特工的神态。在恒温的室内，这个人紧张得脑门上都浮出了薄汗。

这次交互过程很顺利，顺利得几乎有些平淡。几个小时后，杰里就接到了通知，要准备为莱尔德安排转移了。莱尔德将被送往内华达州基地，第二次交互将在该基地内部进行。据说第二次交互会安排实时视频，过程中使用的网络必须与外部隔绝。

杰里有点不能理解。从前这两人也视频连线过，传输时还用到了公共网络。既然从前可以，为什么现在反而增加了这么多严苛的条件？

这天，肖恩又去了杰里的公寓。自从杰里生日的那一晚之后，肖恩把"定期过来做客"变成了自己的例行任务。

在这段日子里，杰里也暂时找到了与肖恩舒适相处的方式：和他聊工作。聊工作是最稳妥的，杰里不会难过到想大叫，肖恩也不会徒增不必要的疑惑。

杰里拿来威士忌杯，倒了可乐，放了冰块，像喝酒一样跟肖恩碰杯。他说了莱尔德即将被转移的事，也说了自己的种种担忧。

肖恩认真听着，偶尔回应，他比杰里知道的情况更多，甚至有些事情他还亲自参与了，但他不能透露内容。一旦遇到涉密话题，他就直接说"我不能说"，杰里会点点头，继续说下一个话题，并不追问。

"我就是随便想想、随便说说。"杰里缩在沙发上，晃着杯子里的冰块，"也许我不小心就说对了一些事，也许我的想法全都错得离谱……这不重要。既然你不能泄密，那你也不用纠正我。我就是觉得啊……他们着什么急？他们为什么突然变得这么着急？"

肖恩问："谁着急了？"

"我说的是湖床基地那边，"杰里说，"你还记得吗，当初是他们要将列维与莱尔德分开管理的，现在他们又要把莱尔德弄过去……而且，前些日子他们还不紧不慢的，只是预备着要转移莱尔德，但不太确定要安排在什么时候；现在他们突然急切起来了，这个周末就要进行转移。唉……这方面你比我清楚。你就是湖床基地那边的人。"

肖恩捧着空杯子，没答话。杰里又递给他一瓶可乐，他拒绝了，说对牙齿不好。杰里扑哧笑了出来，显得比平时放松很多。明明喝的是可乐，他却表现得像是喝了酒一样。

杰里继续说："我琢磨着，为什么你们派来的人那么紧张兮兮的？为什么列维的影像文件保管方式比从前更严格了？为什么你们又要让这两人见面，又显得缩手缩脚的？如果他们见面会带来危险，那干脆别让莱尔德去不就得了？"

肖恩说："湖床基地做出这些安排，当然是有一些特定的原因。"

说了就跟没说一样。杰里笑了笑："我猜，是列维·卡拉泽的情况又有变化了……对吧？你们试过了很多方式，一开始还管用，随着情况变化，渐渐要控制不住了。"

肖恩问："什么是'方式'和'控制住'？杰里，你认为我们在对他做什么？"

"不，根本没到'做什么'的那一步，"杰里说，"恐怕……你们连他'是什么'都还没搞明白吧？"

这次，肖恩没有说"我不能说"，也没有说"不是这样"。他沉默了一会儿，问："那你所说的'有变化'又是指什么？"

杰里说："我哪知道细节？我只是猜想，那肯定是很不妙的变化，足以引起上面的重视……足以引起任何人的恐惧。为了应对这些变化，你们就打算再用用莱尔德。你看，莱尔德就像一把南方老女巫新摘的草药似的，药理不明确，副作用不明确，不能随便想就用，但它从前在危急时刻起过作用，所以现在你们打算冒着风险，再试用一次。"

肖恩把杯子放回了桌上。杯底与桌面碰撞出轻响时，他的嘴唇微微抿了一下。杰里敏锐地辨识出，那是一个还未展开就被收回的笑容。

其实肖恩经常微笑，即使是现在的肖恩也经常微笑。他在几年前甚至去做了美容牙冠，杰里一直觉得那些牙齿实在是白得过于严谨了。在陌生人眼里，肖恩的笑容正直而热忱，十分能博人信任，但刚才那个细小的表情不一样。别人也许看不出区别，杰里却能看出来，这次肖恩没有"故意"露出微笑。

"你还真的挺会说的，"肖恩稍微侧过身，直视着杰里，"你说的只是些模棱两可的词汇，没有术语和细节。这么一来，你似乎猜到了很多不该知道的事情，又似乎什么都不知道。"

"如果我说对了细节呢？会怎么样？"

肖恩说："要看具体内容。轻则要接受调查，如果风险太高的……"

杰里苦笑了一下，又从地上拿起一瓶可乐："没关系，瞎猜又不算泄密。你看，关于51区的话题满天飞了好几十年，只要没标出湖床基地的入口位置，没描述你们办公室的摆设，就不需要对那些发帖人封口，不是吗？"

肖恩笑了笑。这次是假笑——杰里在心里判断道。

杰里说："这些话题对现在的我来说是机密，也许将来就不是了。"

"什么意思？"

"我提出调职了。"

"调去哪里？"

"跟着莱尔德一起去湖床基地。当然不是这次，但将来我有可能调过去。"

肖恩微微皱眉，说："我不建议你过来。我可以诚实地告诉你，如果有人询问我对这件事的意见，我会明确表示反对。"

杰里问："怎么，不愿意让我过去吗？既然这么不乐意和我共事，干吗还没事就往我家跑？"

肖恩说："小时候，我也经常往你家跑。"

这句话让杰里恍惚了一下。语言往往能带动画面，在短短几秒内，杰里又看到了当年肖恩爬屋檐的画面，听到了他敲窗户的声音。这些东西就像海岛上的对流阵雨，突如其来，又转瞬即逝。

但肖恩没有给他太多回味往昔的时间。肖恩继续说："闲谈与工作不同。杰里，我不建议你过来。相信你也知道，湖床基地在这几年撤换了大批工作人员，也更改了安保方式。因为这里比从前更加危险，而且……是那种尚不明确的风险。"

杰里笑了笑，把玩着杯子。里面的冰已经全都化了，新倒进来的可乐还是满的。他已经喝不下更多碳酸饮料了，但他就是要盯着杯子里的黑色液体。

他低着头说："还记得吗，某种意义上来说，这一切是从我这开始的。我和你在派对上看到了那扇'门'，我缩到一边，让你去面对各种询问，然后我偷偷联系节目组，找来了列维·卡拉泽，接着，这件事又吸引到了我哥哥莱尔德……"

"我不认同这个说法，"肖恩说道，"我们是经历者，但不是引起事件的人。"

杰里没有理会肖恩的反驳。他继续说："你还记得过去的我吗？十六岁的我。我对那扇'门'又怕又好奇，非要拿手机拍下来，非常想参与探秘……你就当我还是十六岁吧。我没变，还是那么愚蠢，那么不知深浅。肖恩，我一定会争取到湖床基地去。"

肖恩说："如果你只是担心莱尔德，我可以向你承诺，会有专业人士尽心地照顾他的。我个人坚决反对你调职，如果你还是不放心，我的建议是……"

杰里打断他的话："我才不管你怎么想呢。你忘了吗？我从小就很自私。我一直都这么自私。"

被转移之前，在这个医疗机构的最后一个晚上，莱尔德像从前一样整理着自己的记忆，先随便写下来，再慢慢修整成易于理解的标准报告。

今天他睡得比平时更晚，一方面是因为他的体力比以前好，另一方面是因为他知道自己明天就会离开这个地方，他不能带走这台电脑。

莱尔德在午夜前后入睡。平时，他会在清晨五点多醒来，因为六点需要进行一次采血。莱尔德曾经问护士能不能不要起床，能不能继续睡，护士想扎就随便扎好了。答案是不行，他一定要彻底醒过来。过了一段日子，他的生物钟慢慢形成了，他每天醒来的时间前后差不到五分钟。

被转移的这一天，他却没有在五点醒来。他继续舒舒服服地沉睡，做着很长很长的梦。

人记不清睡眠时的每一个梦。当后一个梦开始上演，前一个梦就会粉碎在记忆中。可不知怎么的，莱尔德似乎记住了这次他做的每一个梦，甚至还记住了每个梦切换的瞬间。

也许只是错觉，也许他根本没记住那么多，也许这些单元剧属于同一个梦境，只是时间跨度太长而已。

也许在它们之前，还有更庞大、更细密、更幽邃的无数个梦境……莱尔德不知道事实究竟是如何。谁都不知道。

第一个梦，是他在和杰里谈话。梦中他没有坐轮椅，他的身体完全康复了，杰里仍是现在的年纪，但没戴眼镜。他们坐在没什么特征的家庭餐厅里，吃着普通的快餐。他桌上的酱汁没有味道，盐和辣酱好像也坏掉了，他向服务员要了新的，新的也一样没味道。

杰里坐在他对面，絮絮叨叨地说着什么，看上去完全像个成熟的大人，有些神态甚至会让他想起他们的父亲。

在他拿到第四瓶酱汁时，列维·卡拉泽从门外走进来，一脸的不高兴。他双手撑在桌子上，质问莱尔德为什么迟到，为什么还慢吞吞地在这里吃东西。莱尔德解释说：酱汁没有味道，任何食物都没有味道……说到一半，他自己也意识到，这好像和迟到没什么关系。

于是他站起来，嘻嘻哈哈地道歉，跟着列维走向门外。杰里独自去结账，看着还真的有点可怜。

推开餐厅大门的那瞬间，莱尔德想起来了，今天他要和列维一起去调查某个鬼屋，他们约好了在鬼屋门前见面，但他一直在餐厅里耗时间。

列维先走出去，莱尔德紧随其后。餐厅的门很重，要两只手顶上去才能推开。

第二个梦里只有莱尔德一个人。他蜷缩在宿舍窄床的一角，橘色的柔和灯光从肩膀斜上方投下来，只能照亮眼前的一小块区域。

他读着厚厚的资料，试图从各种笔录和采访记录里寻找值得注意的东西。他不停地揉眼睛，因为视线实在是太模糊了，像是隔了一层水雾。他拼命想看清，想把所有线索尽收眼底，可越是这样，那层水雾就越是厚重，几乎要从眼前蔓延向外界，占满这间本来就不大的培训人员宿舍。

他渐渐意识到，这层水雾也许是自己的眼泪。因为，虽然他看不清资料中的细节，却能看清那些浸透纸张的痛苦。

他看到，黄昏的时候一群孩子在嬉戏，其中一个男孩消失在篱笆墙后面。从这个黄昏之后，他的父母再也看不见清晨，他最好的朋友终生不敢念出他的名字。

他看到，一家六口走入游乐园中童话般的城堡，长子领着三女儿走进一扇门。出来的时候这个家庭只剩下四个人，这四个人的人生从此坠入深渊。

他看到写访谈的人强调着悬念和恐惧，可在悬念与恐惧之外，真正蚕食他们灵魂的是无尽的悲伤。他看着这些留在原地的、未曾出生的人，同时也看着自己的过去与现在。

他站起来，推开宿舍的门。与昏暗的宿舍相比，训练基地的走廊明亮得晃眼。

他擦干眼泪，走出门去，被白光吞没。

第三个梦里他是丹尼尔。他在房子里漫无目的地走来走去，手里拿着一份纸质资料，资料上面印着某个婴儿的生日和姓名。他根本不知道这个婴儿是什么时候出生的，反正不是纸上说的那个日期。

他想起了自己的父母。妈妈生下了伊莲娜，生下了他，胎儿的梦境结束了，他们出生了。他们出生了，他们的梦境结束了。多年后，父亲和母亲病逝，他们出生了，他们的梦境结束了。

丹尼尔注视着楼梯，伊莲娜站在楼梯转角的平台上，怀抱着那个"东西"。方尖碑在她身后投下巨大的黑影，黑影把丹尼尔的身影也笼罩其中。丹尼尔先是向着方尖碑伸出手，接着又畏惧地开始后退。

全世界都睁开了眼睛。看着伊莲娜怀中的那个"东西"，丹尼尔想起了自己刚刚出生的时候。他第一次睁开眼睛看着这个世界时，世界也是第一次凝望着他。

但是人怎么可能记得自己出生时的画面？这肯定只是文学性的想象。

丹尼尔转身跑向房门，姐姐的声音一路跟随着他："不是异常，不是灾祸，不是圣恩，也不是天罚。不是狭隘的、功利性的知识。这是新生。学会为人类引路，而我为学会引路。"

跑出门之后，莱尔德来到了第四个梦里。

风暴与巨浪合奏成怒吼，漆黑的天空被银光劈裂。灰色猎人从甲板落入大海，走进"门"中，开始了漫长的跋涉。他做了无数的梦，忘掉了无数的梦，他只能记得最近的梦境。忘掉的那些就算了，他不想回去找了。

他走出灰色树林，望着悬崖下面。他看到了莱尔德。他像从前一样告诉莱尔德，杀掉所有拓荒者……杀掉所有拓荒者……

莱尔德问他为什么，他指着莱尔德的心脏。

莱尔德低头看着自己的胸口，卡帕拉法阵发出微弱的光，细小的线条浮现在黑色衣襟上，慢慢爬满他的全身。莱尔德意识到：其实我知道"为什么"，只是我无法完全理解它。

就如同，我已经知道我在做梦了，可我仍然无法理解什么才叫作"醒来"。

莱尔德转过身，背对灰色猎人，望向悬崖高处。

一只手从崖顶蜿蜒而下，它细长而锐利，穿过莱尔德的指缝，缠绕着他的手臂、肩膀与腰背，沿着他身体内部的脉络，缠绕住他的全身。

莱尔德慢慢升高。靠近崖顶时，列维一脸焦躁地握住他的手，对他说："快点，我们得继续走了。"

他与列维先后推开门，身后依稀还是第一个梦里的餐馆。他们走上僻静的街道，站在盖拉湖精神病院的山丘下。

第五个梦刚开始的时候，莱尔德还以为自己醒了，很快他又意识到他并没有醒。

实习生坐在他身边，一只手拂开他额头上的乱发。他抬起手，仔细观察，想看看自己是小孩子还是大人。可他分辨不出来，因为他的手深陷在他无法理解也无法定义的物质之中，他看不见它。

实习生说自己和老师就快离开了，但将来他一定会回来探病。那时候，他们就不再是医患关系了，他可以把名字告诉莱尔德，甚至在莱尔德出院后，他们还可以继续见面。

后来的几年，实习生一直没有回来，莱尔德也根本不在乎这件事。

莱尔德看着自己溜进工具间，爬上窗口。他认出了这个画面，这时的他大约十五岁。他没想死，但也不怎么在意这具身体。推开窗户的时候，他心怀希望，期待着见到父亲，见到外婆，甚至也想见继母和弟弟。虽然他与继母没什么深厚感情，但她唱歌真的很好听，比这几年他听过的所有声音都好听。

他隐约感觉到，他想见的名单里还有某个人，但他一时又想不起还有谁。

他想见的人太多太多了，也许是其他亲戚，也许是他幼年认识的邻家的小孩子，也许是学校里的谁，也许是哪个对他非常好的护工……他懒得再想，干脆地一跃而出。

第六个梦是最后一个梦。

莱尔德在佐伊的房间里，站在衣柜前，背对着佐伊。佐伊把衣服铺了满床，一件又一件换上，每次换好了，她就叫莱尔德转过身来，帮她参谋一下好不好看。

莱尔德在这耗了快一个小时，已经有点不耐烦了，但他不想让妈妈失望，还是耐着性子认真给出建议。

再一次转身看着衣柜，背对佐伊的时候，佐伊轻笑着说："你可不要又钻进衣柜里去。"

莱尔德抱着双臂说："当然不会了，我都二十五岁啦，又不是五岁。"

五岁的时候，他也曾这样看着妈妈试衣服。佐伊在小事上多少有点神经质，明明只是个同学小聚会，她却会为此抓狂好几天。莱尔德有些无奈，但他并不排斥这样的妈妈。

今天的妈妈也在为老友见面而急得焦头烂额。她从来不擅长打扮，却又非常介意别人对她的看法。于是莱尔德向她提议："我的眼光也没多好啊，你应该问问你的女性朋友。"

这倒提醒了佐伊，她去打了个电话，邀请了一位女性朋友来吃晚饭，顺便帮她选选衣服。

佐伊的朋友如期而至。莱尔德为她打开门，她与莱尔德拥抱了一下。她是个娇小的女人，笑容犹如晨曦，柔顺的棕发披在一侧肩头，身上浅浅的蓝灰色连衣裙有种80年代的复古韵味。

为她打开门之后，莱尔德不自觉地望着她身后，久久没有关上门。

佐伊问他在看什么，他回过神来，自己也说不清是在看什么。他总觉得应该还有谁……还有谁，与这位美丽的女士有所关联，也与他有所关联。

他总觉得，当他打开门之后，看到的应该不是那位女性，而是另一个人……或者别的什么。

莱尔德真正醒来的时候，他躺在一间陌生的房间里。

对面墙壁上挂着银边黑底的电子钟，显示的时间是下午三点多。这个房间的风格和上一处地点类似，都包含一些病房的标准设施，但莱尔德能看出二者之间的差别。

他暗暗感叹，多年前他进入涉密基地的时候，只是被戴上了隔音耳机和黑色布袋而已，现在这些人也真是厉害，干脆让他全程沉睡。

梦境在他脑子里逗留了不到五分钟，等他慢慢爬起来的时候，六个梦的片段全都烟消云散了。

两个医生模样的人走进来，一个拉过椅子坐在床边，问莱尔德感觉如何；另一个一言不发，默默确认着各种监护设备的读数。

简单沟通之后，医生叫进来两个强壮的男人，据说他们是莱尔德的护工。有些区域医生不会进入，但护工会跟随他一起行动。

接下来，莱尔德要跟着医生去别的房间进行进一步检查。一名护工迎到他面前，看样子打算伸手过来抱他。

莱尔德仍然很排斥与人发生大面积的肢体接触，前些年他昏昏沉沉倒还好，反正什么也感觉不到，现在他有精神了，就尽可能地自己移动自己。

被有肉有温度的东西碰触，总会令他想起黑暗中苍白双手的触感，想起体腔内侧的每一道肉眼不可见的伤痕，想起羽化过程中再被搅拌回毛毛虫状态的感觉。在另一个设施中，莱尔德能自己挪到轮椅上，他已经有这个力气了，但在这里不行。护工直接过来把他抱上轮椅，他不断谢绝，护工却理都不理。

莱尔德总觉得这些人怪怪的，医生和护工都是。是他们的态度太冰冷吗？好像冰冷并不足以形容他们。其实他们的态度并不坏，但都透出一股慵懒的漠然感。

完成检查后，在这天接下来的时间里，莱尔德基本没有事可做。护工还挺体贴，给他拿来了一些杂志。杂志都是几年前的，旅游资讯都已经过期，时尚图片恐怕也不是当下的流行方向，但对莱尔德来说，它们却都是未来的景象。

晚餐之后，莱尔德本来以为今天自己会失眠，毕竟他下午才醒过来，谁知生物钟如此管用，他在午夜之前就靠着床头睡着了。

这一晚，莱尔德没记住任何梦。

莱尔德再醒过来的时候，首先映入他眼帘的是那两个护工的脸。一名护工帮他把床头摇起来，整理好颈枕，另一人则检查他身上的各种设备。两人各自忙碌，根本不和他沟通。

他不在之前的地方，而是身在一个更昏暗、更空旷的房间里。室内摆设只有他身下的简易医疗床，以及对面墙上的一块屏幕。屏幕是打开状态，桌面上呈现出一张森林的照片，很像那种家用电脑系统的开机屏保。

莱尔德低头看了看自己，他佩戴着挺复杂的无线体征监护设备，头上有个圆环，圆环上弯下来的弧形物似乎是摄像头。这东西肯定让他看上去像条灯笼鱼。他唇边有麦克风，两个护工塞了耳麦，但他没有。

现在莱尔德对这个基地非常有意见。他们怎么动不动就麻醉别人？明明用黑口袋、黑眼罩、隔音耳机就能在他不知情的情况下将他带过来，他们却非要把人弄昏迷。

这时，护工对他说了见面以来的第一句话："准备，已接通，开始了。"

屏幕上的森林消失了，取而代之的是一面墙壁。墙上铺着减震层，减震层的颜色是干净的淡绿色。

镜头突然切换，出现了一张塑料小圆桌，画面只持续了几秒，又变了。这次是另一处墙壁，绿色减震层有些破损，墙下面的地上摆着个款式古老的电视机，屏幕上是莱尔德的面孔，显然它正在接收这边的画面。电视旁边还有播放器、碟片和一些书本，大概平时列维可以拿它们排遣一下无聊。

莱尔德注意到，其中一名护工的手插在上衣口袋里，正在点按着什么。随着他轻微的动作，画面又换到了另一处，这次是个墙角，画面中有矮墙和马桶。这和他想象中不同。他还以为列维会坐在桌子前与他视频对话……现在看来，他们没有专门给列维设置摄像机，而是直接把监控镜头连接过来了。因为不知道列维在哪个角落，所以这名护工正在切换不同位置的摄像头。

莱尔德非常困惑："为什么要用监控画面？为什么不让他在一个地方等着？"

护工模糊地应答了一声："嗯……是啊。"

"你们这么缺人手吗？"

"嗯……"

莱尔德叹口气：看来没法跟他沟通。他再抬头看向屏幕时，屏幕右下出现了一块黑斑。

莱尔德呼吸一窒。

有时候，人会产生错觉，以为余光里出现了什么东西，或是突然抬头看向某处时，把正常的物体错看成其他形态。一旦你专门盯住那些方向，你只会看到很普通的东西。比如你以为你看到的是一张脸，其实那只是衣服的皱褶，形状也根本不像脸。

当莱尔德看到列维时，也差不多是这个感觉。

棕色头发的列维·卡拉泽一闪而过，但他只是莱尔德余光里的错觉。

当莱尔德完全看清屏幕中的画面时，他看见的是另外某个东西。他对它很熟悉，他与它相处过很长的时间了。

莱尔德注意到身边的两个护工。他们多半也看到了同样的画面，从他们的反应里，莱尔德能分辨出，他们正看着的画面里，绝对不会是平凡无奇的棕发男人。

护工们的眼中有一丁点畏惧，也有一些困惑，肢体动作上显现出些微厌恶，但他们表现出的抗拒并不算严重，完全在可接受范围内。他们的神色令莱尔德想起一种状态：人们在电视前看《灾难实拍记录》，一边看一边啧啧感叹，他们心中确实有敬畏，但更多的其实是淡漠和随意。

莱尔德忽然明白，这地方的医师和护工之所以有着奇怪的气质，多半是因为他们服用了神智层面感知拮抗作用剂。即使服用的不是它，也是类似于它的某种药物。

甚至有可能不是药物，而是某种更永久、更彻底的改变……

"你们都干了什么啊……"莱尔德低着头嘟囔着。他知道麦克风的另一边会有人听见。

一名护工提醒他："看屏幕。"

"我看了。"

"继续看。"

莱尔德没有立刻服从指令。他重重地闭了一下眼睛。眼皮遮罩形成的黑色之中，渗透着深红色的斑驳杂色。他抬起右手，放在胸口，视野里擦出一道火星，就像有人在黑暗中擦燃火柴。

卡帕拉法阵启用时，他的心脏爆发出锐痛。

莱尔德向后靠在垫子上，咬着牙。疼痛从他胸口开始蔓延，行走在他五岁时留下的所有拼接痕迹上。痕迹位于每个内脏的表面、腹腔壁、肌外膜、皮肤内侧……现在莱尔德再也不会因此而昏倒了，他保持着清醒，维持着对法阵的控制，抬眼望向屏幕。

同一时刻，屏幕突然变得很近。两个护工也都感觉到了，屏幕近得贴到了鼻子尖，不仅贴着自己的鼻尖，也贴着其他人的……明明三个人的前后位置相差很大。

空间感完全错乱了，屏幕边框形成抖动的黑色烟雾，甚至尖叫着蒸腾起来，空气里充斥着窸窸窣窣的絮语声，听不懂，也驱赶不掉。

前一分钟，护工切换着不同位置的摄像头，寻找列维身在哪个角落。而现在，无论他们怎么切换，每个镜头里都有"那个实体"的肢体。

它盘踞在极宽阔的空间里。空间中有大量宽阔且作用不明的区域，也有些小角落带有人类生活气息，当"那个实体"在其中游移着、挤压着、收缩着、感知着、闪烁着、变换着的时候，整个空间区域就好像大块未完成的楼层模型，有的地方极具细节，有的地方毫无特征，还有的地方被黑暗吞没。

莱尔德注视着它。小时候在医院里，他也见过它很多次。在他完全清醒时，他看不见它，只能看见实习生；在他意识飘散时，半梦半醒时，他只能看见它，看不见实习生或其他医护人员。

现在……这一切好像反过来了。

刚才，莱尔德"一不小心"看到列维·卡拉泽，就只在短短的半个眨眼间。现在他精神专注地看着前方，他能看清的只有"那个实体"。

天花板和四壁呈现融化扭曲的状态，屏幕仍被固定在原处，又同时贴在莱尔德的眼球表面。画面里的实体向他探近，在他面前划出一道小小的波纹。

莱尔德双眼的对焦改变，从盯视远处改为注视着那些小小的波纹。波纹就像细小的灰尘，也很像望着晴亮的空旷处时，眼睛会看见的那种小小"爬虫"；波纹还很像海面上的旋涡，在"唐璜号"的船体下打开一扇通向天空的门……莱尔德的眼前绽放着无数这样小小的波纹，它们一个个都形成了门扉，色彩各不相同，如针尖般细小，又如辛朋镇一样宽阔，可以融入室内每一颗尘埃中，也可以张嘴把整片沙漠吞下。

莱尔德的指尖轻轻触到一条波纹，关上了其中一道门，但更多门扉仍然对他展开着怀抱。屏幕里的触肢好奇地在门外晃动把手，同时又把尖刺从门内伸向门外试探着。

实习生说："别怕，就快结束了。"

"'快结束了'是指什么？"莱尔德问，"是我快可以出院了吗？"

实习生撇了撇嘴："出院的事我们说了不算。我们只管专项治疗。"

莱尔德问："那你说什么快结束了？"

实习生小声说："你的专项治疗就要收尾了。"

突然，视野一片漆黑，伴随着低沉而微小的嗡嗡声。

波纹不见了，融化的屏幕边缘也看不见了，其实它还在那儿，而且并没有融化。接着，莱尔德又听见咔嗒一声，黑暗被应急灯光照亮，室内呈现一片晦暗的红色。

断电了。两秒钟前，这个区域的电力被切断了。屏幕黑掉了，监控设备下线了，网络传输也中断了。

莱尔德身上的无线监护设备还在运作，护工的耳机也还能传输。大概远程工作人员使用的是另一套路线。

一名护工根据耳机里的提示，语气平缓地对莱尔德说道："这次交互结束了。"

莱尔德仍然靠在倾斜的医疗床上，他注意到头环上折向自己的摄像头，以及那条让他像灯笼鱼的连接线。摄像头原本向着他的脸内扣，形成弧形，现在它偏向一侧，就像是被什么东西挤压所致。

反正莱尔德是根本没有碰过它。

第二次交互结束了。事后莱尔德得知，断电并非意外，而是有人故意为之。有人认为交互必须结束，而且最好能采取最快的手段结束。

这里的人不需要他写报告，只对他进行面访。接下来的两天里，莱尔德见过几位不同的医师，其中多半不是医师，他们带来的检查项目不同，提的问题不同，但在莱尔德看来，他们的气质全都惊人的相似。

第三天的凌晨五点，莱尔德听见脚步声，从又一次无梦的睡眠中醒了过来。只有一个医生走了进来，护工不在。医生看他醒了，就叫他准备一下，出去做其他检查。这一次，莱尔德终于可以把自己移动到轮椅上了。

到了临近中午的时候，医生端着装午餐的托盘，叫莱尔德跟着他走。莱尔德跟着他，摇着轮椅进入了一间小会议室。医生把托盘放下，默默离开。莱尔德知道这些人古怪，所以也没多问，问了也没意义。

他花了十几分钟吃完东西，把轮椅摇到门边，仔细听着外面的动静。走廊里很安静，但并非空无一人，在比较远的地方有人踱步，忽近忽远，多半是安保人员。

莱尔德忽然想起自己的少年时代。那时他也经常像这样趴在病房门口，分辨走廊里是否有声音，判断巡夜的护士是否在附近。

他从门口移开，回到之前的位置。这时，门动了，一个身穿军装的青年男人走进来，反手关上了门。会议室足以容纳几十个人，但要参加会议的人并不多，只有他们俩。

青年军人拉过一把椅子，滑到莱尔德面前："我们正在准备第三次交互。在开始之前，还有一些时间，我来和你谈谈。"

"你是……肖恩？"莱尔德盯着他。

莱尔德听杰里提起过肖恩的近况，但还没有真正与他见过。

肖恩没有半句寒暄，脸上也没有一丁点久别重逢的好奇。他只是轻轻点头，以示应答，然后问："关于这次交互，你有什么疑问或者建议吗？"

莱尔德对肖恩的印象还停留在从前，他只能回忆起那个穿着恐龙家居服、一脸气哼哼表情的黑皮肤高个子少年。看着现在的肖恩，他总觉得有些不适应。

他叹口气，问："那两个护工是怎么回事？"

"你的护工？"

"还能是谁的？"

肖恩微微歪头："你的疑问是什么？他们有任何不妥之处吗？"

莱尔德看着肖恩，呆滞了好一会儿。他想象过肖恩的近况，有一定的心理准备，可是真面对面交流起来，他的喉咙就像被什么东西粘住了一样。

莱尔德组织了一下语言，决定不再绕圈子，直接问了："他们不太一样……和一般人不一样。他们吃了什么东西？或者……做了什么手术？"

肖恩说："如果你指的是我的脑部损伤……他们没有。他们并没有接受过类似的手术。"

"那就是药物了？"莱尔德问，"我吃过那个药，杰里也是。你应该比我更清楚杰里现在的样子吧？他连打字都打不了……"

肖恩说："我们使用的药物配方并非来自学会的原版本，安全性已经有了很大的提升。接受此项医药辅助的工作人员，也都经过了严格筛选。"

"停药后他们就能恢复原来的样子？"

"不能。"

"什么？那……"

肖恩打断了他的话："2024年，你和列维·卡拉泽回来的时候，一支十五人组成的探索队与你们正面相遇，其中包括杰里。在那次行动中，六名队员阵亡，七名队员出现严重精神障碍，并伴随各不相同的躯体症状，其中三人病情较重，表现出彻底的定位能力丧失与人格解离，余下的两人受影响较轻，其中包括杰里以及一位中年女性。有专家认为，此二人受影响较轻可能与他们的病史有关，他们都曾损伤过中枢神经，并且都出现过意识障碍，并有明显的后遗症。"

莱尔德静静地听着，一时没明白肖恩想表达什么。他听说过2024年那天的事，但知道得很笼统，也不知道那些人的后续状况。

肖恩接着说："同年的不久后，我与列维·卡拉泽进行面谈。这一不谨慎的行为引发了意外事故。在场人员中，两名警卫与一名管理人员因此身心重创，其症状与搜索队员们类似。同时，在另一地点，通过实时视频观察情况的人员也受到了伤害，但多数人只被短暂地影响了，其中少数人出现后续精神障碍，但程度尚可接受。只有两人病情严重，程度与现场人员相当。从

2024年至今的几年里，类似事故又小规模地发生过几次，累计共涉及六名工作人员，均为安保人员与护理人员。事故均发生在与列维·卡拉泽进行正常交流的时候。"

"那些人……现在还在治疗吗？"莱尔德问。

"不。病情严重的人员都已经结束治疗，并调职到了这里。到这里之后，他们接受了必要的医药辅助，继续在新的岗位上工作。现在，他们生活能力正常，精神高度稳定，既可以保持警惕，又不会出现认知崩溃。测试与实践证明，他们已经变得非常适合参与这类事务了。"

莱尔德花了几秒钟消化这些东西。

他渐渐露出惊讶的表情："你的意思不就是……这些年里疯掉了不少人，于是你们把他们搓成了一堆，让他们全都留在这里工作？多亏了那个来自学会的药物配方，现在他们什么都能接受……就像被切掉了某些脑区的你一样？"

肖恩说："我与他们并不一样。我与他们的相关检查结果并不吻合，甚至有些地方截然相反。我的认知会引起洞察效应，他们则不会。但从另一个角度说，我们又确实很相似，我们在面对列维·卡拉泽的另一特征时，精神都较为平稳，即使出现负面的心理反馈，也能保持在可接受范围内。"

莱尔德苦笑了一下："听你这么说完，我已经能猜出自己在哪里了……这地方在沙漠里，戒备森严，周围荒无人烟，你休假时要靠飞机离开。这里不是湖床基地，它比我所知道的那个湖床基地更加偏僻、更加隐秘。"

"为什么你会这样猜测？"肖恩没说这个猜测是对还是错。

"因为你们一定察觉到了，有列维在的地方，就很可能会变成另一个辛朋镇……甚至更糟。"莱尔德的双手交握在一起，以此来抵消它们的颤抖，"列维不仅要在地理上与世隔绝，也要在感知上被隔绝……一旦发生了某些事，这里就要完全远离一切文明。那些工作人员……他们也是墙壁的一种。他们无论如何也不会陷入狂乱的状态，所以也不会散播恐慌。至于你，也许当你面对列维时，你的观察会引发一些事，但你毕竟影响不到这些'绝不会发疯'的人，所以你和他们是绝佳的搭档。"

莱尔德提起辛朋镇时仍然心有余悸，但肖恩的情绪没有任何波动。肖恩注视着莱尔德，似乎是等着他继续说下去，但莱尔德不再说话。

等待了一会儿之后，肖恩问："上次你是怎么做到的？"

莱尔德抬头："做什么？"

"让他回到稳定状态。"

莱尔德琢磨了一下，问："你是说，让他看起来像……我们都认识的那个人？"

肖恩点点头。

莱尔德缓缓摇头，说不清楚。

2024年，在他与列维回到"这边"的时候，他的所有伤口都开始大量失血，所有痛苦加倍浮现，生命开始从每个毛孔里流逝……那时候，他闭上了眼，迷迷糊糊地说着"我们不该回来的"，然后，他试着使用卡帕拉法阵，想把算式阵画在自己的身体内。他一边尝试，一边睁开眼，在迷离的视线中，他看到了列维·卡拉泽。

那是从前那个列维，他有着微长的棕色鬈发，穿着摄像背心，全身的衣服都有点脏。这个画面一闪而过后，莱尔德因为重伤失去了意识。

同年不久后，他从诱导昏迷中被唤醒，整个人虚弱得像一片枯萎的草叶。他在墙上的屏幕中看到了列维，列维穿着灰色的圆领套装，双手被铐在桌子上，一脸焦急与迷茫。那时莱尔德的身体情况还很差，他基本说不出话，眼睛也很快就看不清东西了。

莱尔德说："我明白你们想让我做什么了。"

肖恩说："好的。那么你打算怎么做？"

"我没法解释。我不能解释清楚，也解释不清楚。嗯……我想一下……"他来回扫视房间，看到天花板上的顶灯。

"你知道从前有一种灯泡吗？"莱尔德指了指灯，"那种灯在我小时候很常见，它的光很亮，好像还挺节约能源的。有人认为它对眼睛不好，因为它会产生比较严重的频闪效应。把一个旋转测试物放在它下面，在一定条件下，测试物就会一动不动。"

"我知道你所指的现象。"肖恩说。

莱尔德说："你们可以认为，列维在旋转，而且你们能看到他在旋转。

如果我可以打开那盏灯，他看起来……就会变成静止的东西。"

"那么你可以打开那盏灯吗？"

莱尔德轻轻一笑："即使我可以，它也不可能永远发光。"

"那你要怎么做？"

"点亮它，然后再用别的方法。我没法说得很清楚……"

肖恩刚要回答，他的微型耳麦里响起了声音，他一手按在耳边，仔细听着，最后回复了一句简短的确认口令。

他又看向莱尔德："交互已经准备好了。所剩的时间不多，我得把该说的话说明白。这次你仍然会佩戴无线体征监护设备，但不会再有麦克风，也不会有护工陪同。在你进入交互区域后，我们会封闭该区域，以你的体征监控数据来判断情况。"

"好的，怎样都行，反正我又管不着这些。"

肖恩看了一眼手表："时间不算多了。你还有什么别的问题吗？"

"有。"莱尔德抹了把脸，问，"之前我看录像的时候，是一个普通特工和杰里陪着我的。他们没有危险吗？"

肖恩说："他们没有危险。录像和实时互动不太一样，在测试你对录像的反应之前，我们已经用其他方式验证过这一点了。至于具体的验证过程，我不能对你多说，这可能会影响你将来的认知。"

"是因为录好的东西不会收到反馈，不会产生实时变化？"

"可以简单地这样理解。"

莱尔德说："好吧，那么，最后我还想说一些建议，希望你记下来，它不多，但很重要。"

"我会记下来。"肖恩点点头。

"我建议你不要故意去修补和杰里的关系，顺其自然更好，否则你会一直很困惑，不知道怎么做才对，杰里也会一直很痛苦，会更加疲惫。"

肖恩没有任何表示。没质疑，没有反驳，也没有认同。

莱尔德又说："据我所知，我的父亲和继母目前身体健康，生活得还算平稳。杰里告诉我，父亲知道我再次失踪的事，但不知道我又回来了。我建议……不，我希望，希望你们能为我伪造一段经历，随便什么都好，内容要显得幸福一点，比如我移居到了其他国家什么的，一看就是不会回来了的那种。不要虚构死亡，也不要搞成入狱，这些会让别人徒增愧疚……还有，这份消息要经得起验证，看起来像是最终的真相。这真相要被传到我父亲耳朵里，让他知道我根本没有失踪，只是不辞而别，抛下了原来的生活而已。这个任务不要让杰里来做，杰里对我的行踪'毫不知情'。他目前对外是这么声称的，那么将来也是。"

莱尔德说话的时候，肖恩在手中的平板上写写画画。对莱尔德提到的事情，他一件也没有反驳，最后，他郑重地点了点头："好的。"

"还有一件事，"莱尔德说，"我名下有一间老房子，是我外婆留下的。杰里告诉我，房子仍然被保护着，也仍然归我所有。我失踪期间，从前的部门同事们帮我处理了一切麻烦事。现在我想把它卖掉，钱交给罗伊和艾希莉的家人，至于为什么给他们钱……你们可以编出一百个理由。你应该还记得罗伊和艾希莉是谁吧？"

肖恩说："当然记得，我与他们的家人保持着联系。"

"哦，还有，这件事也不要让杰里经手。让其他人去做，谁都可以。"

"这不难。"肖恩问，"还有吗？"

"没有了……"莱尔德伸了个懒腰，轮椅发出轻轻的摩擦声，"那么，带我去和他见面吧。我还怪想他的。"

第四十一章
~Qingwu Dongcha~

孤灯

提出调职申请后，杰里原以为得等几天才能有回复，谁知第二天一早他就收到了结果。调职被拒绝了，上面并不解释原因。

杰里没打算就此放弃，他决定花点时间做做准备，寻找下个机会。

莱尔德离开后的第二天中午，杰里和几名同事驱车来到一座看上去有点年头的庄园门前。门边的木头立牌上写着"晨曦儿童之家"。这就是莱尔德提到的那个地方。2024 年，莱尔德与列维出现的同时，这里也有人目击到"不协之门"。目击地点是一间活动室内，里面有淡橙色壁纸，上面挂着相框，贴着蜡笔画。

为调查相关事件，杰里提前做了充分的准备。他查了关于这家福利院的各种负面消息，翻出了一件多年前的案子。案子内容大致是工作人员过失导致两名儿童受伤，和"门"没有半点关系。如今，当年的受害人已经离开了福利院，有了新家庭，而杰里打算利用这件事，假装是因为种种原因旧案重提，回到福利院再次与相关人员见面取证。

之所以选择这件案子打掩护，是因为这件事就出在 2024 年的目击事件之后，涉及的人员也有所交集。其实他们完全可以直接说实话，说是来调查"不协之门"目击事件的，因为现在和过去不一样了，"不协之门"作为一种灾害现象，已经被绝大多数公众所知晓了，但杰里认为，还是要尽可能地以其他理由来掩饰他们真正的目的，参与者也要伪装成其他部门的执法人员。

因为，如果真的有人在这里使用破除盲点算式阵，那么他们要面对的就不仅仅是普通公众，还有一直藏在暗处的学会成员。

见到福利院负责人之后，另一名特工和负责人去办公室里谈话，杰里留在外面等待。其实杰里才是主导这次行动的人，但他长得实在是没有气势，很难给人聪明、威严的感觉。而且，由于那些该死的后遗症，他很可能在一手端杯子、一手搅勺子时打翻咖啡。负责谈话的那名特工可不一样，她是从反恐事务组调来的，很擅长交涉，也很擅长施压，而她所交涉的内容，则全部是杰里所设计的。

杰里的假身份是儿童心理学家，这样他就有借口到处走来走去。前不久他才知道，很多年前莱尔德也假冒过心理学家。

杰里站在三楼走廊的窗前俯视着院子里的孩子们。晨间的阳光洒在他们身上，在他们脚下拉出冷色的影子，当他们跑动着追逐皮球时，那些影子抖动、挤压、交融在一起……杰里看了一会儿，就移开了目光。

明明是如此正常的场面，却令他莫名地心惊胆战。

调查之余，杰里接到一通电话，电话是前几天常见面的同事打来的，那个人负责整理莱尔德的电脑。同事说他在电脑里发现了一封信。信并不是像报告书一样储存好的，而是莱尔德全部打完之后，再把文字全部清除掉，就像对待那些发泄般的胡言乱语一样。

从信的内容来看，它并不是疯话，和从前被莱尔德删掉的内容截然不同。莱尔德把一封清晰的文字打下来，再删掉，只能说明一件事……他知道有人会查看所有他键入过的东西，他从一开始就知道。

尽管如此，从前写下的那些疯话也不是他乱写出来的。这次的信也一样，它被修改了六次，才有了最终版本。然后莱尔德又删掉这个版本，用一份关于近日感受的报告将其覆盖了。

至于他为什么要这样做，也许他在报告里给出了回答：如果你们真的那么想知道，我就随便说一说；如果你们不想知道，那你们就不会去看了。

表面上看，这句话指的是他自己的医疗感受，但结合被覆盖掉的信，显然另有所指。

同事讲了这么多，就是没提莱尔德在信里写了什么。杰里追问了一句，同事说："它很长，很难一两句话说清楚，我可以把它单独发给你。"

杰里想了想，决定现在还是不要去看。他得专注于当下的任务。既然莱尔德使用这种方式留下信，说明他写下来的东西虽然重要，但并不紧急。

接下来，杰里和同事分别见了几个保育员和护士，与他们一一面谈。其中只有两名护士是他们真正想见的。当年还有个外来的志愿者也目击到了"不协之门"，他们说，如果需要，他们会改天去找他。

杰里名正言顺地进活动室观察了一圈，看到了淡橙色壁纸和莱尔德描述的画。他的同事们负责吸引人们的注意力，他则尽可能到处寻找算式阵。

杰里也想过，这么多年过去，算式阵肯定早就被擦除了，但莱尔德告诉过他，算式阵是很精密的东西，不像学生黑板报一样随便就能画好。使用者通常会把它留下来，让它在尽可能长的时间里持续地起效。而且算式阵必须足够清晰，要占用的面积不算小，为了更好地破除盲点，它最好是被恒定在某些位置。当年辛朋镇的算式阵就是这样的。

到了午餐时间，杰里徘徊在孩子们的餐厅附近，他发现了一个很明显心神不宁的孩子。小孩看上去四五岁，一只眼睛有残疾，他频频从座位上站起来，趴在窗台上，双脚离地，脸几乎贴在玻璃上，静静向外张望。餐厅里只有一个保育老师，她一边应付不能自理的孩子，一边多次把这个孩子叫回座位上。

单眼的小孩又一次趴上窗台时，杰里凑过去，问他在看什么。小孩的表达能力不怎么好，他指着楼下院子的一角："好看。"

他指的是一小块儿童游乐区域，里面有一些塑料滑梯、秋千、攀爬架和圆盘转椅。现在没有孩子在那里玩，只有一个年轻女人坐在秋千上，她低着头，脚边放着一个包。

杰里一时不知道这孩子指的是什么。是他太想出去玩，还是他认为那个女士好看，或是他看到了什么别的东西？

于是杰里问："那个小游乐园很好看，对吧？"

小孩一脸嫌弃地摇头。

"嗯……那就是秋千上的女士很好看。你喜欢她？"

杰里故意这样一点一点地问，而不是一上来就问小孩是否看到了什么怪异之物。果然，小孩更用力地摇头："我不喜欢汉娜！"

这时，坐在秋千上的女人正好抬起头。杰里能看清她的侧脸了，他认出来，她正是他们刚面谈过的几个人之一，而且还是2024年的目击者。她确实叫汉娜，是这里的护士，她现在换下了工作服，穿着便装，身边还放着中等大小的提包，像是要出远门。

杰里迅速回忆起，在与这些人面谈时，他留意过贴在门上的值班表。汉娜今天并没有休假。

杰里心头升起一种不祥的预感，他盯着楼下，从孩子身边慢慢站起来。小孩不满地抬起头，他说某种东西好看，但他所指的内容被大人连续两次猜错……对于某些小孩来说，你直接问他，他也许会羞怯不言，你越是猜错，他就越执着于要说个清楚。

在杰里掏出联络器，转身快步离开时，小孩稚嫩的声音在他身后响起："你看啊，那个窗户好看！"

杰里不用再去确认也知道，小孩指的方向根本没有什么窗户。

莱尔德摇着轮椅，在空旷的通道里哼着歌。一开始他没留意自己哼的是什么，完全是出于本能地哼唱，哼到一半他才意识到，他哼的是《加州旅馆》。他会的歌不多，这首算是他比较熟悉的了。

从基地外层走入列维所在的区域，需要经过好几道气密门，最初三道门的门口设有检查岗，再往深处就空无一人了，要莱尔德自己走进去。从那里开始，摄录设备全部下线，工作人员与莱尔德不会再有沟通。区域内的地板有感应压力功能，工作人员可以用此来大致了解莱尔德的行踪。

出发之前，有个医生提议让莱尔德不要坐轮椅，改用便携型外骨骼，但莱尔德缺乏培训，适应不了，穿那玩意儿反而寸步难行，于是这个提议只能作罢。最后，护工找来了一架更轻便的轮椅，替换掉了莱尔德的医疗轮椅，虽然舒适度差一些，但行动起来更方便。

通过最后一道检查岗时，莱尔德向守卫人员敬了个礼。守卫并不理他，他无奈地耸了耸肩。

走入深处之后，莱尔德意外地看到了很多生活设施。通道里有饮水机和零食贩卖机，旁边的垃圾桶里留着几个饮料罐和食品包装袋，透过强化玻璃窗望向封闭的房间，他能看出那是一间会议室。会议室里的投影幕还没收起来，椭圆会议桌上遗留着一些水杯，有人落下了平板终端，一把椅子上还披了件西装外套。

通道并非直来直去，也有转向其他方向的岔路。岔路上的门大概坏掉了，卡在一半，莱尔德站在旁边望进去，看到了健身房和浴室的标志。

这些空置区域只有最低程度的照明，所以气氛有些阴森，但从种种痕迹来看，显然这里也曾经热闹过。曾有人在办公室里埋头熬夜，在会议室里拍着桌子咆哮，在跑步机上放空大脑，靠在饮水机旁边唉声叹气……然后，突然某些情况发生了，人们顾不得收拾，抛下手头的一切，完全撤出了这一区域。

距离撤离应该还没过去多久，这里的设施都还很新，垃圾桶附近也几乎没有异味。忽然，莱尔德又有了其他想法……他们真的撤离到外面了吗？还是走进了其他地方？

这让莱尔德想起了"第一岗哨"。岗哨浅层有许多人类生活的痕迹，那些人也曾经保持着心智，作为人类研究者生活着、观察着。不知从哪个时刻开始，他们抛下了关于衣食住行的玩意儿，向着深渊沉下去……

莱尔德找到了墙壁上的消防地图，以此来寻找他要去的地方。那是一扇通往设施更深处的密码门，门只能从外侧打开，一旦进入后，想再返回，就必须由高权限的人进行远程操作：门的内部没有任何开关装置。

进来之前，肖恩把密码告诉了莱尔德，还给他讲了门里面的结构。门内是一条缓冲廊，尽头是现已废弃的人工检查岗，里面有防护服和一些必要的器械，再往里走则是防疫消毒区，操作台在检查岗里。肖恩说："你想穿防护服就穿，想拿什么就拿，想消毒就自己去按键，虽然这些做不做都没什么区别。"

当时莱尔德笑着叹气。他忍不住猜想，在得出"做不做都没什么区别"的结论之前，这里的工作人员究竟付出过什么样的代价。

找到检查岗之后，莱尔德确实看到了防护服，但他没想穿，身为一个还需要坐轮椅的人，他也很难给自己穿上这玩意儿。

他在检查岗里拿了一包纸巾和一盒巧克力饼干。它们就在桌面上，包装完好，巧克力饼干甚至没有过期。

通过防疫消毒区之后，又是一道密码门，这次的门后是电梯，密码生效后，电梯会自动开门。莱尔德使用的两个密码都是一次性的，用一次就会自动失效。今天之前，这些门全部被设定为闭锁状态，为了让莱尔德进去，才被暂时调整为能用密码打开的状态。

莱尔德在电梯里打开饼干包装，吃掉了两块。他把瘦长的饼干盒塞进了衬衫胸前的口袋里。饼干盒只能塞进去一半，剩下一半仰面朝天敞开着，他能从里面直接掏出饼干来。

莱尔德意识到，自己很可能发明了一种"便携吃饼干器"。他满意地微笑着，拍掉残渣，用纸巾擦干净双手，手指梳进头发里，把额发向后拨弄。没有定型啫喱的帮助，头发无论如何也弄不成从前那样，他只能尽力而为。

这时电梯门打开了。电梯厢内灯光明亮，门外更大的空间却是一片漆黑。

人的眼睛注视这片黑暗时，根本分辨不出空间的纵深。梯厢内的灯光完全渗透不到外面，连一步也无法照亮。

黑暗深处传来啪的一声，像是按下什么开关的声音。随着声音响起，很远很远的地方出现了一小团光。

起初的两秒里，那团光微小得犹如萤火，接着，一闪念间，它变大、变近了很多。

它变成了一小块长方形，形状是一道已敞开的门，门内灯光明亮，墙壁和地板都铺有淡绿色的减震层。房间深处，正对门口的地方，一个人背对着门，坐在地上。他面前有一台款式古老的电视，旁边散落着些碟片和书，左手边露出半个塑料小圆桌。

也许因为距离太远，莱尔德看不清电视屏幕里的画面，只觉得那是一团团闪动的无规律色彩。他轻轻移动轮椅，轮胎和电梯地面摩擦出细小的声音，听到这个声音，长方形区域里的人稍稍动了一下。

那个人慢慢站起来，转过身。

当杰里跑到院子里的时候，秋千旁边不仅有那个叫汉娜的护士，还有一男一女。

那位女士也是这里的护士，2024 年的目击者之一，他们上午刚和她谈过话，她和汉娜一样换掉了工作服，换成了夹克和裤装，也带了一个软旅行包；那个男的很面生，他应该不是福利院员工，他没带什么东西，只有左手抓着一只长方形黑色皮夹。

杰里向他们走去时，汉娜明显神态紧张——但只有汉娜留意到了杰里，另一个护士与男人都歪头看着塑料滑梯，注意力完全被它吸引。

更准确地说，他们在看滑梯下方的空隙。

其他特工也收到信息，赶到了院子中。这么多人突然靠近，那一男一女也意识到了不对劲。

之前负责谈话的女性特工暗暗骂了一句脏话，突然掏出枪来，高声命令那三人不许动。这一行为看似鲁莽，但同事们都没觉得有什么不妥，他们神色紧张，也跟着拿出了武器，围拢在那三人周围。

他们包围了小型儿童乐园，没有一个人靠近塑料滑梯。尽管没人靠近滑梯，但很多人还是会时不时瞟它一眼。

杰里主动走到了滑梯边，用身体挡在它前面。杰里没有看见任何东西。

自从被确诊脑神经受损之后，他再也看不见那些东西了。

这么多年里，民间对"门"的目击事件越来越多，但杰里却没再见过那样的"门"。即使是目睹莱尔德与不明实体的那天，他也没有看到附近有门或其他形式的通道。

其实这些特工也都是不敏锐的人，他们都经历过问询和测试，在日常生活中，他们也几乎发现不了"门"。但现在的情况有些不一样，从他们的神态上看，他们显然看到了一些从前看不见的东西。多亏了多年培养出的专业素质，他们才没有像普通人一样大惊小怪。

至于他们为什么会看见……那显然要问被围在中间的三人。

杰里走到那名男性面前："你们要去哪里？"

听到他的问题，男人显然暗暗吃了一惊。杰里要他交出手里的东西，他迟疑着，但脑袋后面的枪口催促着他，他最后还是把皮夹扔在了地上。杰里拾起黑色皮夹，果然，里面是无墨笔、银色钥匙形吊坠，还有几板没有任何标识的药片。

"药的量变多了啊。"杰里感叹道。

然后他朝向那两名女性道："你们的呢？也拿出来。"

汉娜拿起提包，要把手从包里抽出来的时候，她身旁的女特工敏锐地察觉到危险，扑上去利落地将她按倒。汉娜的力气出人意料的大，幸好有另一名特工上去协助，两人彻底压制住了她，从她手里夺下手枪。另一名护士没有反抗，交出了背包。她一言不发，只是冷笑着扫视这些人。

杰里在她们的包里也发现了黑色皮夹，里面的东西一样。只是汉娜已经把猎犬铭牌戴在了脖子上，所以皮夹里没有银吊坠。

杰里走到被按住的汉娜面前："算式阵在哪里？带我们去找出来。"

汉娜不吭声，也不再挣扎。杰里无意间抬头，正好望向旁边的矮楼，视线对着餐厅方向。那个男孩还趴在窗前，但他没有看这边。他歪着头，看着室内某处，杰里看不清他的表情。

矮楼的窗口基本是空荡荡的，零星有一两个人看向这边。虽然院子里发生了一场突兀且吓人的行动，但绝大多数人似乎并不关注。此时此刻，在福利院内多数人的视野中，一定正发生着某些更令他们关注的事情……那肯定不是什么好事。

杰里望向被枪指着的三人，最终目光停在汉娜身上："带我们去找算式阵。如果你们配合，我可以把这些还给你们，"他晃了晃手里的皮夹，"让你们去想去的地方。"

汉娜趴在地上，诧异地看着他。不仅汉娜，特工们的目光中也有些疑惑。

杰里说："算式阵只能在这边使用，你们去了那边也用不着。如果你们死活不愿意……那我们就只好把你们带走，大家换个地方慢慢聊。我们有这个权力。汉娜，我明白你们的执着，你看，你们交出算式阵，我们目送你们离开，然后我们做自己的事，这样两全其美。否则只会是两败俱伤的结果。"

他说完之后，汉娜眼中似乎有什么一闪而过。不是动容，绝对不是，但也不是怀疑，更不是畏惧……他一时无法判断她的情绪。

杰里得不到回答，也不能一直等待下去。他让其他特工将这三人带走，留下两个特工，让他们与他继续搜寻算式阵。三个猎犬的手被尼龙扎带绑在身后，特工们将三人押往准备好的封闭厢型车。车子都停在庄园外，从院子走出去还有挺长一段林荫路。

当杰里和两个特工回到楼内时，正好有个年纪大些的女孩迎面撞上来。杰里扶住她，故意挡住她的路："别过去，那扇窗户很危险。"

女孩皱了皱眉："我倒没注意窗户。但是刚才餐厅的那个，还有二楼转角的那个……你没看见吗？"

听她这样说，杰里身边的特工立刻跑上楼梯。女孩喊道："现在去看也来不及啦，已经不见啦！"

"不见了？"杰里问，"你确定吗？"

"刚刚不见的，"女孩说，"老师说，看见那种东西就不许动、不许跑，也不许靠近，只能停在原地。现在它不见了，我想去告诉其他人。"

一个念头从杰里脑中闪过。

他猛地回身，望着院子另一端，其他特工离开的方向。他拔腿跑出楼门，同时对身边的特工喊道："我们走！去追上他们！"

同时，他打开通信终端，呼叫离开的同事。对面接起联络之后，杰里立即要求他们不要上车，原地不动，但要保证控制三名猎犬的行动。

远远看到停车场时，杰里已经跑得上气不接下气，比起跑在他前面的另外两个特工，他看起来简直毫无形象。令他欣慰的是，那三个猎犬依然被绑着手，被枪指着，靠在厢型车的侧面。另外三辆小型轿车也没有出发，都停在原地。

两个特工靠近车子，其中一人轻轻"咦"了一声。另一人顺着他的视线望去，两人一起注视着厢型车的后门。

猎犬所在的角度看不见厢型车门，但他们注意到了特工的表情。汉娜对同伴使个眼色，三人突然向车后部冲去，甚至不畏惧近在咫尺的枪口。

"拦住他们！"杰里高喊道，一名特工开了枪，打中了男性猎犬的小腿，在他倒下来的时候，汉娜和另一个女人已经扑到了车后，汉娜撞到了一名特工身上。那个特工手里有枪，但他没有动，甚至没有看汉娜。他只是微微抬着头，盯着厢型车的后门。

杰里意识到大事不妙。他们肯定看到了某些东西，而且，那东西绝不仅仅是"门"这么简单。

在院子里的时候，这些特工也在滑梯下看到了不该存在的门，他们都是训练有素的专业人员，即使对此心存好奇或畏惧，也不会让情绪影响到行动。而现在……杰里在他们脸上看到了熟悉的表情——在 2024 年，杰里所在的搜索队遭遇到"不明实体"时，当时的同事们也露出了这种表情。

在杰里扑过去抓住汉娜的时候，女特工也扑倒了另一个护士。汉娜应该接受过训练，她在双手被反剪绑住的情况下以膝盖反击，杰里的腹部结结实实地挨了一下，他坚持着没有放手，和汉娜一起倒在了水泥地上。

倒下的瞬间，杰里听见了一种沙沙的声音，就在头顶不远处响着。

紧接着，刺耳的示警声接连响起，最后连成一片。是追踪终端，是他们每个人身上都带着的追踪终端。当被注入可追踪药剂的对象显现在可检测范围内的时候，终端和远程中心都会开始示警。

莱尔德回来的时候就是这样的。搜索小队的示警声吵得能把人逼疯。但……现在的示警声又是因为什么？莱尔德显然并不在这里，而且他回来之后，他体内的药剂就慢慢被代谢掉了……

杰里立刻想起了莱尔德写过的所有报告。2015 年莱尔德消耗过两支追踪药剂，一支用在他自己身上，另一支用在了某个"门"内的东西上……关于这个东西，莱尔德在报告中先后换了数个用词：伊莲娜、我妈妈、佐伊、卡拉泽家、辛朋镇……最后他对那东西确定下来的描述是由于体积过于庞大而无法观测其外形的表皮呈灰白色的未知生命体。

在一片尖锐的示警声中，杰里缓缓抬起头。他仍然没有看见"不协之门"。即使在这种情况下，他还是看不见与不同视野相通的入口。

但是他看见了伊莲娜的眼睛。

它镶嵌在厢型车的后车门门，边缘被金属车门挤压出凹陷，但同时它又遮挡住了厢型车，也遮挡住了停车场内的一切。它比车子小，比人类小，是眼睛应有的大小形状，同时它又比车门大，比视野范围大，能一直从天空连接到地面。

它并不是忽大忽小，也没有移动，但是在看着它的时候，包括杰里在内，每个人都得出了矛盾的观察结果，无论他们如何强迫自己保持冷静，也没法让感官彻底理解它的结构。

那眼睛的玻璃体光滑如镜，能映出地面的纹路和特工们的脸。瞳孔先是一片漆黑，然后泛起波纹，凸显出数个形态复杂的几何形体，它们向着特工们伸缩、试探，片刻后又缩回黑暗的瞳孔中。

在杰里恍惚时，一声枪响将他的意识拉了回来。他的视线摇动着低垂下来，起初，他迷茫于视野为何一片暗红，当第二声、第三声枪声响起之后，他才突然醒悟：他面前的水泥地上已溅满鲜血。

那个不知名的护士死了，女特工却仍然压在她的身上，整个人陷入呆滞状态。

第二声枪响来自另一个特工，他朝着深渊般的瞳孔开枪，眼睛外面的膜被打出一个小洞口，洞口里吹出类似潮湿植物的气息。

第三声枪响也是来自他，这次只打中了地面，但他仍然端着枪，枪口朝着杰里、汉娜和女特工。他的手抖得非常厉害，杰里甚至看不出他到底想瞄准谁。

特工们的行为看似不可理喻，但杰里从中看到了提示。显然他们都意识到了，现在的情况与这三名猎犬脱不开关系。他们仍然能做出基本判断，但因为受到观察感知的影响，他们意识在崩解边缘摇摇欲坠，灵魂中仅剩的理智无法完全支配肢体行为。

杰里的侧腹一阵剧痛，他这才发现，汉娜已经快要挣脱他的钳制了。她又给了他一下，并且挣扎着向旁边厢型车所在的位置爬过去。她的衣服沾到了同伴的血，但她毫无畏惧，她只是痴迷地盯着前方，盯着杰里看不见的东西。

杰里伸手抓住她的脚踝。他从腰带上解下一把小型折叠户外刀，忍着呕吐的冲动扑上去。这把小刀极为锋利，毕竟它是上级机构统一配发的专用装备。刀刃顺利地撕破了外套和其他布料，割伤了汉娜的皮肤。

无论是面对枪口还是面对同伴的惨死，汉娜都毫无反应，但在受到刀伤时，她却突然惨叫了起来。她的叫声和追踪器的示警声交融在一起，甚至压过了示警声。那只蠕动的眼睛震颤了一下，被子弹洞穿的小缺口忽然变得完全透明了。

不是能看到眼球内部的那种透明，而是透过它能看到真正的天空——午后白光耀眼的天空。

杰里盯着那透明的一小块看了一会儿，再低下头。一开始，猎犬剧烈挣扎，杰里的鼻子流着血，他都不知道这是什么时候受的伤，也不知道是被踢的还是被撞的……现在，猎犬的抵抗变弱了不少，她仍然在发出愤怒的呜咽，但似乎已经对挣扎失去了兴趣。

汉娜的外套和里面的 T 恤已经破烂不堪，她的肩膀、背部、腰部和臀与腿上分布着数条鲜血淋漓的伤痕。在其中一些位置上，刀刃把衣服撕开了较大的口子，不仅露出了下面的伤口，还露出了一小块文着青黑色线条的皮肤。皮肤被划伤和擦伤时，线条也被割裂了。规律的数字符号被打断成错误的组合。

杰里喘息着，停下了手上的动作。看来莱尔德猜得没错，福利院里确实有破除盲点算式阵，算式阵不在任何房间，它被直接藏在了猎犬们的身体上。

算式阵要清晰，要稳固，要占用一定的面积。所以，它不是小小的图形，而是占据大片皮肤的文身。

杰里丢下汉娜，走向仍在发呆的女特工，将她一把推开，跨坐在不知名护士的遗体上。杀了她也没用……必须破坏她身上那些几何形状和数字……

刀刃切割皮肤时，震颤与阻力从无机物上传递到握着刀柄的手上……杰里边动作边干呕着。他还从没这样粗野地对待过任何人，无论是活人还是死人。

渐渐地，他感觉到了旁人的目光。女特工回过了神，目光明朗起来，刚才一直端着枪的男特工也放下了枪口，愣愣地看着杰里。

有效了……杰里想着。他停下动作，一手捂着嘴，从尸体上站起来，又走向那个腿上有枪伤的男性猎犬。

来到基地深处之后，莱尔德终于理解了当年辛朋镇的状态。1985 年 3

月期间的辛朋镇是一种"混淆"。它不在这里，也不在门的另一边。莱尔德可以判断出它"不属于"什么，却没法定义它"是什么"，因为他仍然受制于人类的五感、语言和思维，他没法描述这些体系中没有的东西。

现在莱尔德所在的地方，也变成了这样的"混淆"。这次"混淆"比过去更混沌，更难掌控，而且它的存续不再需要破除盲点算式阵来辅助。在它面前，人类没有盲点，它会占据人的全部感官，人只能被迫直面一切。

如果说1985年的伊莲娜抱着一颗火种，那么，现在那颗火种已经变成了难以扑灭的林火。而这座基地，以及其内部浑浑噩噩的人们，则是一道防火隔离带。

在1985年事件的末尾，有观察能力的人一个个消失，留存的算式阵也被逐步毁尽，辛朋镇的"混淆"状态渐渐结束。这就好像一场无药可医的疫病，被感染的人全部病殁，于是疫病也就停止了传播。

外来者再进入小镇时，视野内的盲点已经恢复，它再次遮蔽住了人们的感官。于是，人们正常活动，并且将那颗"火种"视为"婴儿"。至于它为什么是个婴儿……莱尔德调取了一些丹尼尔的记忆，试图从中分析。

"也许……它确实就是个婴儿。婴儿与火种又不矛盾。"莱尔德用丹尼尔的语调说道。

莱尔德捏了捏自己的膝盖，薄薄的皮肉下面，是扭曲的坚硬骨头。确实，人类和骷髅不矛盾，躯干和心脏不矛盾，婴儿和火种不矛盾。

如果有一种人，他的感官系统与我们不一样，观察我们时，他只能看到一颗心脏，在他的认知里，那就是一种正常普通的人类形态……那么，一旦他看到狰狞的颅骨、扭曲的皮肉，看到被称为"身体"的赘物……他能理解这些吗？他会认为这是"人"吗？

莱尔德合上书本，然后在书本上敲键盘似的，写下对那个婴儿的看法：也许，我们自己就是这种"只能看见心脏"的生物。而那枚火种不是，他是另一种作品。只不过，因为他也确实有"心脏"，所以他曾经以为自己只是一个"心脏"。

写完这句话，莱尔德暂时肯定了自己的推测。于是，书本和键盘溶解在了他的视线中。

身后响起了敲门声，但莱尔德后面的门应该是开着的。他所在的位置一片漆黑，所以他不需要回头，也能感觉到身后有冷白色的光线。灯光在黑暗中勾勒出一块长方形区域，长方形深处的房间里铺着淡绿色减震垫。

身后再次响起敲门声。莱尔德从轮椅上慢慢站起来。他的腿仍然没有康复，但在这里他可以使用它们。

他没有回头，而是继续向前，向黑暗深处行走。卡帕拉法阵沿着他的肌肉层内侧闪烁，从皮肤表面透出隐隐的光芒。

他关闭了自己的一部分感知，同时强化了另一部分，并且操控着生理上无法使用的双腿。在"混淆"之中，他可以借助这些技艺来使用自己，让自己无限近似于那些已出生的人、那些有身体的心脏。

莱尔德一路前进，敲门声一路跟随在他身后。方形的灯光区域不断向他逼近，却一直维持着差不多的距离。

过了一两分钟后，灯光开始闪烁，白光变得不那么稳定了。莱尔德忍不住猜想，如果他不用卡帕拉法阵关闭一部分感知，现在他会感觉到什么？会看到和听到什么？

前面的黑暗中隐隐有人站立着。莱尔德停下了脚步。很久以前，他见过这个人，当时他也是在这样的一片黑暗中。

那是个瘦小的中年男人，扁鼻子，蓝眼睛，留着缺乏打理的络腮胡子。他的表情以缓慢但匀速的方式变化着，从畏缩的模样，变成狰狞的怒容。

男人抬起左手，指着莱尔德，更是穿过莱尔德的身体，指着他身后的某些东西。与此同时，莱尔德的右手也跟着移动，抬起来，指着前方。

莱尔德身上只有基本的衣物和一些无线监护设备，还有一盒插在胸前口袋里的饼干。现在这些东西都不见了，莱尔德的灰色睡衣变成了黑色的长衫。他被动抬起的右手上并非空无一物，而是握着一只小口径手枪。他还记得它，2015 年的时候他一直带着它防身。

莱尔德嘟囔着："唉，明明我已经不需要这个了。"

"杀掉所有的拓荒者……"他提醒着自己。

"好吧。"他无奈地回答。

恍惚间，他似乎回到了灰色的树林中，这次他看见的不仅是没有皮肤的鲜红人体，还有更多面目模糊的东西。因为他关闭了一部分感知，所以很遗憾地无法看清它们的真容。

他已经很多年没拿过枪了，年轻时受过的训练也抵不过重伤和昏迷多年的消耗，他的手臂比从前瘦了一圈，枪变重了不少。但这不要紧。

卡帕拉法阵的光线攀缘到小臂上，莱尔德对着那些围拢过来的模糊个体连续开枪，每一下都命中了似乎是头部的位置。枪械本身没有发出任何声音，空气中只有柔软物体破裂时的扑哧声。

最后一个形体消失的时候，枪里刚好没有子弹了。莱尔德弯曲手臂，把枪口对着自己的额侧，按下扳机。

砰！只有这次，枪械发出了声音。子弹的冲击将莱尔德震倒在地，血从他躺着的地方渗出来，而不是从他身上流出来。

莱尔德躺了一会儿才爬起来。在这个过程中，他仍然没有回头看亮着灯的门。

来自1822年的中年男人消失了，莱尔德再次回到绝对安静的黑暗中。

"你知道吗，"他轻声自语着，"伊莲娜带着辛朋镇做过的事，现在的我也能再做一次。也许我还能做得比她更好……"

他继续向黑暗深处迈步："当然，这可不是因为我有什么本事。她的学识比我的深奥多了，我到现在也并不理解她……我能做到这些，其实是因为有你。"

"她是个发明家，更是工程师，她制作了一件伟大的东西，而我只是普通的产品使用者。也许我能比她操作得更流畅，这不是因为我比工程师聪明，而是因为……那件产品越来越完善了。"

莱尔德停下脚步，摇了摇头："我也真是脑子有问题，说这些干什么，一点帮助也没有。而且……现在你也听不见。还没到时候。等到了时候，我会让你听见的。"

但这种感觉还挺爽的。别人听不见你说的话，但又知道你在说一些事，这种状态，最能激起人说八道的冲动。如果别人听得太清楚，那绝对不行；如果别人根本没留意你，也不行，说了也没意思。

这就像他用杰里给的电脑发牢骚一样。莱尔德知道有人能查看他键入的所有内容，但又不知道他们是不是真的会看。在这种状态下，他每天都很乐意写下无数的埋怨和发泄。这样做挺扭曲的，毫无效率，仔细想想又有何意义呢……莱尔德自己也明白，但他仍然选择这样做。

"扭曲、无效率、无意义，"莱尔德把这些说出了声音，"何止是用那台电脑的时候？我经历过的大部分人生……不都是那样的吗？扭曲、无效率、无意义。"

他的步伐越来越快。脚下的地面发生了变化，它不再如周围般漆黑，一些纹路渐渐地浮现了出来。纹路不断改变着，线条越发规律，最后呈现为常用于门廊的木板地纹理。

莱尔德停下了步伐。他正前方不远处出现了一扇门，门框和门板的颜色与地板搭配得相当和谐，而且门的款式十分眼熟。

在过去的日子里，他看过和听说了很多千奇百怪的门。比如衣柜里的红铜大门，货架上的金属门，卫生间外墙上的双开复古门，浴室里的古老木门，脆弱篱笆上的黑洞，城市里的过山隧道，城堡墙上的银色自动门……门的形态各异，但也有着共同之处——它们全都令人感到陌生，与所在的环境格格不入。

但眼前的门不一样。它出现得很突兀，但它散发着熟悉的气息。

"我们到了。"莱尔德微笑。

与此同时，他身后的敲门声又一次响起。声音断断续续地跟了他一路，灯光明亮的门口有时与他仅有一步之遥，但他不曾回头，门内也没有人出来。

咚咚咚。

敲门声再一次响起时，莱尔德转过身，背对木门，面对亮着灯光的房间。

在他转身的那一瞬间，他坐在了轮椅上，穿着灰色的睡衣，胸前口袋里插着一盒打开的饼干。

他身上的设备早已散落下来，恐怕不能再起到监护功效。

他操控轮椅的双手垂在身侧，手腕上布满了粗细不一的瘀痕，甚至还有极为细小、类似针孔或牙印的痕迹，就像是有什么东西曾经不得章法地拉扯过他。

　　人在拉扯另一个人的时候，通常会优先抓扯其手臂或肩部，所以，不仅莱尔德的手腕上有痕迹，他的衣袖和肩膀一带的衣服也出现了明显磨损。这可不是医疗行为留下的痕迹。在第三次交互之前，莱尔德的手腕上绝对没有这些痕迹，衣服也干净崭新。

　　莱尔德并不害怕。他只是笑了笑，不去细看它们。

　　他似乎回到了电梯门打开的那一瞬间。遥远的黑暗深处亮起一个小小的长方形，里面的房间铺着减震垫，房间里的人起身，回头，望向他。

　　莱尔德摇起轮椅，将自己送入那个灯光明亮的小小房间。在他的身影被吞没时，在他身后，那扇令他感到熟悉的木门慢慢打开。

第四十二章

-Qingwu Dongcha-

松鼠镇飘着绵绵细雨

这一天夜幕降临之后，各地均出现了大量关于"不协之门"目击事件的报道。有分析认为，在过去的十几个小时内，"不协之门"现象出现了一次较大规模的爆发。

在同时间段的记录中，圣卡德市的晨曦儿童之家内的目击事件最为密集，地点分别发生在餐厅、走廊、游乐场地、停车场等多个区域。事件中出现了三名失踪者，其中两名为福利院内的护理人员，一名为附近小镇的居民。但据知情人透露，有人在目击现象的同时听见了枪声，故不知这起失踪事件是否属于其他性质的事件。

现象结束时，相关人员迅速赶到福利院，对福利院进行了暂时的封锁。消息发出时，封锁已经解除。

当天下午三点左右，增援人员抵达福利院。

头脑清醒的特工们开着自己的车，一路沉默不语，谁都没有提刚才看见的东西。三个猎犬和状态较差的特工则被送上医用车辆。三个猎犬的情况有所不同：汉娜身上血迹明显，猛一看惨不忍睹，其实她只有不深的皮外伤，没有生命危险；男性猎犬除了身上有同类伤痕，还因腿部中弹失血严重，正在进行急救；那个直接被枪击头部致死的护士身上也有很多刀伤，而这些刀伤显然都是在她死后发生的。

　　杰里坐在一辆黑色商务车后座，双手紧紧握在一起，自己与自己角力，颤抖的两只手互相遏制着。他回忆着福利院停车场上的状况，那些血，那些头颅炸裂开后留下的物质和渣滓……不知善后人员要怎么处理这些东西。

　　在一系列冲突发生的时候，行动人员中唯一全程保有理智的只有杰里·凯茨，所以，他一回到机构内就开始接受问询。渐渐地，问询演变成了会议，会议又一直持续到夜里。

　　杰里陈述了所有的前因后果。莱尔德给出的警示没有错，那家福利院确实藏着来自学会的人员，他们确实使用了破除盲点算式阵，而且他们多少知道自己正在被人调查。如果今天没有人前去阻拦，那三个猎犬现在已经跨过某扇"门"，成了又一批拓荒者。

　　其实杰里本可以不这么急地阻止他们的。就算能拦住这三个人又如何？在世界上无数的角落里，今天不知道有多少人走进了形态各异的"门"。所以上级人员很想知道，杰里为什么要如此重视这三人，为什么要把现场搞得那么难以收拾。

　　杰里能解释自己的粗暴行为。因为他要以最快的速度，破坏掉那些文在猎犬身上的诡异玩意儿。如果它们持续起着作用，特工和现场的其他人也许会陷入更大的危险中。

　　至于他为什么重视这三人，他倒是一时说不清……一半是出于对莱尔德的信任，另一半是出于模糊的直觉。他总觉得，汉娜似乎知道自己是被什么部门抓住的……但她不该知道。

　　会议结束时，已经是夜里十点多了。杰里觉得还挺庆幸，他早早地受完了苦，那些同事却还在裹着毯子接受心理援助，一旦他们能好好交流了，他们也逃不了各种报告和谈话。他们比杰里看到了更多可怕的东西，而且，接下来他们还得回忆好几遍。

　　回到办公室之后，杰里用电脑查看邮件，终于看到了下午同事发给他的东西。邮件来自莱尔德使用过的电脑，是莱尔德的信。莱尔德把它修改了好几遍，逐字修改成最终的语句通顺的信，又逐字将它删除。

杰里花几分钟看完了信。

之后，他呆呆地对着屏幕，一动不动。他的私人电话响了一阵，他没接。接下来的几个小时，他一直坐在屏幕前，来回地读着这封信。

凌晨两点多的时候，安静的走廊里响起脚步声。

肖恩直接推开门走了进来。

杰里一开始仍然低着头，直到肖恩靠近过来，一手撑住桌子，阻挡了杰里的视线，杰里才恍惚地抬起眼。

"你……你怎么来了？"杰里揉了揉眼睛。

肖恩说："我听说你今天参与的行动了。"

杰里笑了笑："先跟你说，我的顶头上司可没有骂我，他觉得我鲁莽了点，但是行动是有意义的。我们会继续跟进这些事，所以你也别念叨我。"

"你误会了，我也觉得你们的行动很有意义，"肖恩说着，看了一下手表，"已经凌晨了。来吧，我送你回去。"

"什么？"

"我可以开车载你回家。"

杰里确实疲惫，大脑的反应有点慢，所以半天也没理肖恩。肖恩伸手过来想扶他，他这才回过神来，连连说"不用"。

肖恩说："你不用担心，我在飞机上睡了几个小时，现在头脑很清醒，完全可以安全驾驶车辆。"

飞机……杰里这才想到，是的，肖恩去湖床基地了，从那地方回来当然要坐飞机，但是……

"你怎么回来了？"杰里问，"据我所知，湖床基地的人员刚刚轮换过，还没到下一次倒休时候。"

肖恩半靠半坐在办公桌上，居高临下地看着杰里。他的眼神一贯冷静克制，很难从里面看出情绪波动，或者说，他的情绪一贯稳定……但在这一刻，杰里总觉得他的眼神有些复杂，一旦他开口，似乎就要说出什么极为不妙的消息。

沉默片刻后，肖恩说："首先，我可以告诉你一件事，这件事曾经是机密，不过，现在可以说了。至少对你这类工作人员是可以说的。"

"什么事？"

"我并不在湖床基地。曾经我确实在那里，将来也会去那边，但这一段日子，其实我在另一个地点，位置和名称暂时保密。"

"也就是说……莱尔德也没有去湖床基地？"

"是的。他在我那边。"

杰里问："你刚才说'首先'，那'其次'又是什么呢？"

肖恩说："其次，因为发生了一些特殊情况，上述地点内的人员已经全部撤离。所以，我又回来了。"

"那莱尔德要转移到哪儿去？"杰里问，"是送回之前的地方吗？"

肖恩摇了摇头。这让杰里的脊背上蹿起一股凉意。

肖恩接着说："那个地点应该会被列入一级闭锁区域。正式命令还没下来，但我估计……"

"发生什么事了？"杰里打断他的话，"莱尔德出什么事了？"

肖恩不急着回答。他拿出随身携带的工作用的终端，在掌上投影出几份文件，点点划划地挑选着。

"他还活着吗？"杰里站了起来，"还是……是不是你们那边也出现了'不协之门'？所以莱尔德又进去了？又失踪了？"

肖恩说："不。我们撤离之后，依然能远程监测到他的生命体征，从监测数据看，他也仍有活动身体的能力。"

虽然得到了答案，但杰里并没有放下心："那就是列维有什么问题了？莱尔德受伤了？没法转移出来？"

肖恩说："我们无法确定……也无法观察。"

这回答让杰里大惑不解："什么意思……怎么会无法观察？"

这时肖恩打开了想找的文件。他把终端放在桌面上，投影出来的页面清晰地立在终端上方。他示意杰里去看。页面展示的是一些医疗监测数据，肖恩把它左右划动，上面有心电图和脑电波图之类的图形。

杰里粗略地看了一下："这是莱尔德的吗？"

"你看图形，只仔细看图形就可以。"肖恩说，"你还记得从前受训的时候吗？有些东西，那时我们都学得很扎实，现在却用得很少。比如，一些经典的古老电码之类的。"

听了他的提醒，杰里把终端拿起来，近距离细细地观察投影页面。肖恩在旁边轻叹了口气，如果想看得更清楚，一般人的正常做法应该是用手指去缩放页面。

看着那一列列图形，杰里的眼神从疑惑转为恐惧，连呼吸都渐渐变得急促起来。他并不懂医学，看不懂心电图上的起伏意味着哪种病变，但是，他至少能认出一份正常的心电图应该是什么样子。

他眼前的东西……无论它是什么，它都不该是人类的心电图和脑电图。甚至，它不可能是任何客观监测的产物，它不合理……除非它是艺术作品，否则它作为任何东西，都不可能合理。

它用折线的起伏，写出了含有具体语义的句子——这是莫尔斯电码。

这绝不是误解，不是牵强附会。图上折线的形状猛一看就已经非常奇怪了，如果仔细总结起伏，就能发现其起伏完全符合莫尔斯电码的规律，并且每一段都能被解读出准确的词语。

比如现在杰里盯着的那份心电图。这是被观察到的第一段电码，句子大意是叫设施内的人员在一个小时内撤离。同一时段得到的脑电波图上，也呈现出了一模一样的"句子"。

这根本不可能，这不可能是人类能做得到的事情。

杰里划动着投影页面，看到了所有监测图。监测图上除了提到撤离的电码，还提到了种种建议措施，比如封闭设施，比如不要再派人找他……电码形成的词句十分简洁，和莱尔德日常说话的感觉完全不同。杰里一边看，一边想起他刚刚看过的东西，那封来自莱尔德的信。

这些东西，都是莱尔德的留言。只是留言，而不是对话。孤身走向某个地方之后，他留下的声音才传到别人的耳朵里。

看着杰里的表情，肖恩知道他已经看懂这些东西了。

肖恩说："我们还在研究接下来的措施，而不是就这么彻底撤离。但很多东西已经超出了我的权限，还要看上面的意见。我只有一定范围内的紧急处理权，不能做最终决策。"

杰里看完了全部文件，又往回翻了几次。他问："还有吗？其他的呢？"

"其他的什么东西？"

"莱尔德身上有实时监控设备吧？现在他怎么样了？除了这些他还说了什么？他的实时监控数据呢？你们试过与他沟通吗？我可以去看他的实时数据吗？我……"

面对杰里急促的提问，肖恩双手按住他的肩，试图让他冷静一些。

"杰里，没有其他数据了，"肖恩捏了捏他的肩膀，"撤离后，我们一直对他保持着远程监测，那之后不久，各类监测手段开始逐步失效，现在我们已经收不到任何数据了。我们认为，这是因为他身上的设备受外力影响脱落了。那座设施的地面设有压力感知和温度感知系统，系统运行良好，所以我们仍然能够检测到他的活动痕迹。这些痕迹不连续，断断续续的，但足够证明他还活着，而且没有离开。"

这让杰里更加迷惑了。他想了一会儿，问："那……那你之前说的又是什么意思？我问你莱尔德怎么样了，你说无法观察……你们的摄像监控系统呢？难道全都坏了？还是你们怕看到列维？我记得你是可以看的……只要你在看的时候把自己隔绝起来就行……你可以看啊！"

"杰里，我还没说完，"肖恩的声音仍然十分平稳，"问题就是，我们看了，我们看过摄像头了。撤离之后，我在机场附近的临时办公区里继续留意着设施里的情况，我们冒了一下风险，在临时办公区自我隔离了一下，连通了视频设备，试着观察设施内的情况……但是，我们什么都没看到。"

杰里微微歪着头："什么……什么叫没看到？"

"就是字面意思，我们什么都没看到。我们成功连到了每个摄像头，还根据地面压力数据来选择相应区域观测……我们什么都没有看到。设施内是空的。"

目前为止，针对已封闭基地的措施均属于临时应急处置。各个相关部门正在积极配合，对该区域内的情况进行长期研究。

设施封闭后的第三天，上级部门牵头成立了专项小组，负责研究莱尔德在电脑里留下的信。

压力感应系统仍在持续运作。反馈显示,疑似为莱尔德·凯茨的人形实体在设施内间歇性移动,其压力特征符合人类的重量与体态。同时,另一不明实体的活动范围发生了变化,较之前涉及了更多区域,但它总体在一定范围内徘徊,尚未表现出试图离开的迹象。

设施封闭后的第五天,肖恩与杰里一同前往真正的湖床基地——杰里的调职申请已被通过。

设施封闭后的第七天,汉娜与另外一名男性猎犬被押运离开医疗机构。同天下午,女性背包客再次来到圣卡德市,进入特拉多家的户外用品商店,与米莎·特拉多的母亲塞西见面。此时米莎正处于封闭受训期间,不在家中,也不在圣卡德市内,但塞西可以不使用任何科技通信手段把所知的一切转达给她。

设施封闭后的第九天,杰里第一次看到设施内的实时监控。他执着地搜寻了一下午,并申请连通麦克风。但此申请遭到严厉拒绝。

设施封闭后的第十二天,研究信件的专项小组提出建议,希望将莱尔德的信交与米莎·特拉多阅读,因为米莎曾在特殊情况下接触过伊莲娜,接触过学会内部技艺,她或许可以从信件中发现有价值的线索。杰里对此提议表示坚决反对。

设施封闭后的第十五天,上级部门做出决定,不接受米莎·特拉多进入专项小组。信件内容仍将供有关人员在内部研究使用。

设施封闭后的第六十二天,杰里因突发急病被紧急送医,经抢救,已无生命危险。随后,上级对其下达强制休假通知书。

设施封闭后的第七十四天,杰里回到松鼠镇老家。其母凯茨夫人刚刚结束了一场音乐剧巡演,在家陪伴儿子;其父凯茨先生在次日结束出差归来。凯茨先生的情绪极为低落,已经严重影响到工作和生活了。

杰里与父亲交谈。起初父亲不愿多说,在杰里的坚持下,他终于透露出情绪低落的原因:通过一些意外渠道,他得知了莱尔德在2015年"失踪"的真相。原来莱尔德并非失踪,而是出国后驻留在了当地。当年,他作为某小众教会成员前往亚洲,参与该教会的公益传讲活动,途经南亚某地区时,他与一名当地人结识并相爱,如今已经组建家庭,并长期定居海外。凯茨先生动用一切可能的资源进行求证，现在基本可以确认此事为真。他告诉杰里，起初他感到欣慰，但逐渐又陷入无法言明的痛苦之中。

杰里适当地安慰了父亲，并表示自己也可以适当利用职权，尝试联系莱尔德。

当天夜间，杰里以提前结束休假为由，连夜乘坐公共交通离开了松鼠镇，投宿于四十多英里外的汽车旅店。他在旅店房间中通宵未眠，次日白天才陷入昏睡。

杰里沉睡期间，肖恩多次拨打其私人电话，均未能打通。肖恩直接定位该手机，掌握了杰里所在位置，于同一天晚上九点赶到汽车旅店。二人见面后，肖恩认为杰里面色苍白，双眼红肿，精神状态极为不稳定，应当立刻前往医疗机构进行检查。经多次沟通后，第二天杰里做出口头承诺：等他返回工作岗位后，一定会去相关部门申请心理援助。

设施封闭后的第六百七十一天，关于"不协之门"现象的知识点首次正式进入基础教育课堂。

设施封闭后的第一千零一天，松鼠镇飘着绵绵细雨。

设施封闭后的第一天，清晨六点三十分，列维·卡拉泽把他的两厢二手车停在路边，观察着右侧斜前方的房子。

现在时间尚早，小镇安静得犹如空无一人。在如此氛围之下，这幢房子就更加显得诡异。

镇上的房子大多数是新建的，风格简洁，色调柔和明快，房前草坪基本都修得整整齐齐，还动不动就摆个狗屋或者充气泳池，就像生怕别人不知道屋主家庭和睦似的。相比之下，眼前这幢房子可谓风格迥异。它具有一两百年前的西班牙式风格，从未翻新过，如今外墙和屋顶都已褪色暗淡，爬满了地锦，房前还堵了两棵老树，树枝能直接碰到房子二层的窗户上。

列维打开手机备忘录，再次确认房子的情况。这是附近知名的鬼屋，已经空置了好多年，房主从祖辈手里继承了它，但并不居住在这里。

不久前，几名在附近工厂上班的年轻人一起租下整幢房子，他们一点也不介意它鬼屋般的外表，更不介意关于它的种种传闻。以戏剧俗套来说，通常这种胆大行为会以他们后悔和哭着求饶为结局。

"现在会不会太早了……"列维自言自语着，看了看表，"这时间，恐怕住户还没起床。"

他转念一想，这可是鬼屋啊……住户亲自说它是鬼屋的。鬼屋里的居民能睡得着觉吗？昨天房子的租户连夜拨打电台灵异节目的热线，哭着求"专业人士"快去救救他们……昨天他们肯定彻夜难眠，说不定好几个人正挤在客厅里，裹着毯子在发抖，就和恐怖电影里演的一样。现在去敲门应该没什么问题，屋里的人会很开心的。

于是列维下了车，拿上背包。外面还真有点冷，他把夹克裹紧了点，向路边的鬼屋走去。

房子大门是深棕色，表面的油漆已经有些斑驳。这房子没安电铃，只能敲门，列维故意用较大的力气敲击，敲了三遍，却久久无人回应。

他继续一边敲门，一边拨打那些人昨天留下的联系电话。电话打不通，他们留的手机关机了。这一点还挺吓人的。不知道他们是在手机没电的情况下吓昏过去了，还是真的遇到什么危险了。

敲门敲了不知多少遍之后，列维简直想试试干脆翻窗户或者撬锁。这时，他听到门内传来了脚步声。那是皮鞋踩在木地板上的声音，有人从房子二层走下来，靠近了大门。

列维调整好了表情，在面色和善的基础上微微皱眉，力求让自己看起来沉稳严肃。木门被打开了。看到屋内的人时，列维继续端着准备好的表情，心里却暗暗念叨了一句"什么玩意儿"……

为他开门的人一点也不像鬼屋受害者，反而有点像正在闹的那个鬼。

来者穿着一身黑漆漆的修身长袍，就是类似神父们穿的那种衣服，他没戴白色环领，而是戴着深灰色的复古丝绒领巾，领巾下面是一条细细的链子，链子垂到腰际，末端挂着小小的白水晶灵摆。从面相看，这人年纪没多大，应该还没到三十岁，他的发型十分复古，淡金色的头发全部拢向脑后，梳得十分服帖正式，这种发型再配上一副带挂链的金丝眼镜，让他整个人有种说不出的怪异气质。

看着这个仿佛从黑白哥特电影里走出来的人，列维准备好的开场白用不上了。这和他想象的不一样，他本以为会看到瑟瑟发抖的二十岁女孩……昨天那通电话里她自己是这么说的。

屋内，黑衣的金发青年双手抱臂："我知道我特别奇怪，但你也不用这样一直盯着我吧？"

原来你知道自己奇怪啊！列维清了清嗓子，问："昨天这里有人拨打了《守密者热线》？"

"是呀，是有人打了。请问你是？"

列维递上来一张名片："我来自与《守密者热线》长期合作的研究机构，专门调查超自然现象与各类民俗。"

金发青年把名片正反面都看了一下，轻笑道："怎么，竟然不是地产中介啊……"

"什么地产中介？"

"没什么，"金发青年侧过身，示意列维进屋，"租户觉得这屋子闹鬼，他们找地产公司说过这个事。"

列维觉得有点怪怪的。其实他以前真的冒充过地产中介，但愿这个浮夸的家伙只是随口说说。

进入房屋之后，列维踱着步子，简单看了看近处的陈设。屋里安安静静的，好像只有金发青年一个人在。

列维琢磨着金发青年说的话，这才留意到某个用词："你刚才说'租户觉得这屋子闹鬼'，难道你并不是租户？"

"对，我不是租户。"金发青年摸了摸身上，又去角落打开一只银色小手提箱，终于摸出一张名片，递给列维。

名片是黑纸烫金，上面写着"霍普金斯大师"，身份是灵媒、驱魔师、巫术历史学家、自由撰稿人、探险家、神秘学研究者。

"灵媒？"列维皱眉看着他。

霍普金斯大师走进客厅，坐在单人沙发上，还示意列维也过来坐下。

"昨天晚上，不只是你接到了求助。"霍普金斯大师说，"我是在圈子里很有名的灵媒，所以我当然也知道这件事。和你不一样，我可是分秒必争地连夜赶到了这里。"

列维无视了他言语中的冒犯，这个人的模样和腔调都太像骗子了，他提不起劲来和他生气。

列维问："租户去哪里了？"

"我让他们先离开了，他们叽叽喳喳的，影响我调查。"

"那你调查出什么东西了吗？"

霍普金斯大师摇了摇头："不用调查，这房子根本没闹鬼。它年代久，管道老化，而且还有一部分区域因为设计缺陷，偶尔会有老鼠甚至浣熊钻进中空的墙体里。我已经联系了捕鼠公司，他们中午左右会过来。"

这人的态度也太过于坦诚了吧？列维问："你怎么了解得这么清楚？"

霍普金斯大师说："因为我是房主。"

"等等……什么？你是房主？你不是灵媒吗？"

"我是灵媒，也是房主啊，"霍普金斯大师说，"这房子是我外婆留下的，我到处跑来跑去，不在这里住。哦，我没把这件事告诉租户，他们以为我就是普通的灵媒。"

房主的情况倒与列维事先了解的一致。列维问："也就是说，你收着他们的房租，还要骗他们的钱？"

"我没有骗钱，找人检修管道和清理老鼠难道不花钱吗？我只是收点中间的手续费而已。"

如果这不算是骗钱，还有什么能算是？列维无奈地摇了摇头。

即使如此，鬼屋的传闻也不仅是管道和老鼠引起的，这幢房子过去也有一些不知真假的传闻。列维问："如果你是房主，二十年前那件事是怎么回事，你知道吗？"

霍普金斯大师扬了扬眉毛："你是说那个女性命案吗？"

哦，他还真知道。列维点点头。

霍普金斯大师说："其实传闻有点变味了。这幢房子里根本没有发生过命案。二十年前，我妈妈本应该在家休息，后来她莫名其妙地失踪了。没人知道她去了哪里，总之她不在家里。事情一直没个结果，时间一年一年过去，后来她就被宣布死亡了。"

听他说完，列维一时有些尴尬，不知道是应该故作平淡地讨论案情，还是先说一声"抱歉"。

正在他想开口的时候，霍普金斯大师突然抢话打断他："我先说清楚，当年我才五岁，我杀不了人，即使杀人也藏不了尸。我家另一个成员是我外婆，她们母女关系很融洽。我爸妈早就离婚了，我爸在另一个城市，有不在场证明。而且外婆和我爸都被调查过，镇上邻居也被调查过，他们没有杀人嫌疑。"

"我又没问这些……"列维感到更尴尬了。

他下意识地用手指捻着那张黑纸金字的名片，看到"霍普金斯大师"的名号时，他忽然想起，之前调查房屋背景时，他好像看到过房主的姓名。

这正好让他可以换个话题："'霍普金斯'不是你的真名吧？"

霍普金斯大师说："当然不是。你肯定查过这房子的事了，你已经知道我叫什么了吧？"

列维只是匆匆看了一眼影印合同，也没太记住上面的名字。他拿出手机，在储存的资料中翻找了一下，终于找到了那个名字。

"莱尔德·凯茨。"

霍普金斯大师满意地笑了一下。

对列维来说，他眼前的应该是个完完全全的陌生人，可就在此刻，他忽然觉得这个笑容有些眼熟。不仅是笑容，连这个名字也十分眼熟。

列维仔细回忆了一下，最终确认，他是真的见过这个姓名。

"我问你一件事，"于是，列维问道，"你小时候是不是住过院？"

这次换霍普金斯大师吃惊了："是啊。你连这个也知道了？"

"红桦疗养中心，"列维说，"以前的旧称是盖拉湖精神病院。你是十岁的时候过去的，因为一些挺严重的儿童精神障碍……"

他说这话的时候，留意到对面霍普金斯大师的表情变得有些僵硬，面颊也微微涨红了。灵媒把目光收回来，看了一会儿地面，犹豫着问："你知道得这么清楚？"

列维说："提醒你一件事。刚才你根本没有看我的名片，也没有问我叫什么名字。现在，你不妨好好看看。"

经他提醒，霍普金斯大师拿出那张名片，盯住它之后，目光便不再移动。

"想起来了吗？"列维微笑着，忽然觉得眼前这个骗子没有刚才那么招人烦了，"这么多年过去，你的样子变了太多，所以我一时没认出你。可是你呢，你竟然也没认出我？我的长相没发生很大的变化吧？"

好一会儿之后，霍普金斯大师才终于望向他，轻笑着摇头："不，你的变化可太大了。你和从前……完全不一样。"

设施封闭前的两小时。

"你说什么？你们要走了？"病房里，小莱尔德抓着中学生的袖子。

中学生点点头，说："因为我要开学了。假期志愿服务就只有这么长的时间。"

"那你还回来吗？平时的周末能来吗？"问出口之后，小莱尔德又赶紧解释，"我并不是要占用你的周末时间……但是……"

中学生坐回病床边，揉了揉小莱尔德软乎乎的金发。"周末可能不行，"说完，他能明显看到小莱尔德的肩膀塌了下去，"下学期我要去别的学校了，离盖拉湖有点远，周末过不来。我只能等到下个假期，看看还有没有申请志愿服务的机会。即使没有也不要紧，我可以过来探望你啊。"

听他这么说，小莱尔德抬起头，目光一下就亮了起来："真的？你一定会来吗？"

"当然。我骗过你吗？"

"骗过。昨天刚刚骗过。你把我好不容易堆的雪人踹烂了，骗我说是医生要求你这么干的。"

中学生摸了摸鼻子："我不是赔你一套桌游了吗？"

"但是……"小莱尔德低下头，"我要那玩意儿又有什么用，你走了之后，又没人会陪我玩……"

"我都说了，会回来看你的！"

小莱尔德问："万一将来你回来探病，可我已经出院了，那该怎么办？"

"如果你出院了，我可以通过医院找到你的联系方式。现在不行，我不能问这些，我签过一个协议，在志愿服务期间，我们不能和你们交换联系方式什么的。"

小莱尔德也不懂这些，不知道中学生说得对不对。他思考了一会儿，郑重地点点头："好，那我会等你的。"

因为坚信中学生会回来探病，小莱尔德并没有表现得太依依惜别。中学生曾把 iPod（便携式播放器）借给莱尔德听，他离开的时候，就干脆把它送给莱尔德了。可惜的是，他离开之后没人帮莱尔德储存新歌，莱尔德得一直循环有限的那几首歌了。但莱尔德并不介意，他最喜欢其中的《加州旅馆》，经常一遍又一遍地听。

除了播放器，中学生还留下了桌游和一些小文具。莱尔德也想回赠他礼物，但实在没什么可送的，就把日记本送给了他。日记本里有一些莱尔德画的漫画，画得要多难看有多难看。原本莱尔德不好意思拿它当礼物，他觉得大孩子们不喜欢这些。中学生把日记本拿过来，翻了几页，说很想看完这个故事，很想知道特工和驱魔人后来的命运。

于是小莱尔德兴高采烈地又抱出来两本日记，把整套极为难看的个人漫画都送给了他。

设施封闭后的第一千零一天，松鼠镇飘着绵绵细雨。

列维坐在驾驶座上，看着街对面的莱尔德。莱尔德在一幢房子前敲门，按门铃，绕到屋后从厨房的窗户往里看。最终，他垂头丧气地过了马路，回到车前，拉开副驾驶的门。

"你把我的车座都弄湿了。"列维抱怨道。

但莱尔德还是坐了进来，嘴里说道："这雨又不大。再说了，谁叫你车上没有伞的？"

"是你要下车回家看看的，凭什么还怪我没有伞？"列维伸手到后座，拽到一条毛巾，丢在莱尔德身上，"怎么样，你家里果然没人吧？我说什么来着？"

莱尔德只是擦了擦头发和脸，衣服上的水依然是被车座擦干的。

"也是，这个时间实在不巧，"他嘟囔着，"我爸应该还在国外，他老婆比他更忙。今天是星期二，杰里上的是寄宿学校，当然也不在家。"

"既然你知道，为什么还非要去敲门？"列维问。今天他和莱尔德只是路过松鼠镇，并不是专程回来的。

莱尔德的声音中透着些疲倦。

"我是知道……但是……万一能见到谁呢？哪怕是假的也行。"

列维觉得这话有点古怪，但又觉得不该再纠缠在这个话题上，于是他没有再问。

他多少知道莱尔德的家庭情况，"家"对莱尔德来说并不是个温馨的词语。其实他也差不多。他的母亲也在很久以前失踪了，他从小在福利机构长大。与莱尔德不同的是，他对"家"根本没有什么概念，当然也不会因为它而心痛。

在列维沉默着思前想后时，莱尔德忽然恢复了活力，打破车内的寂静："前面路口直行，看到医院后右转，拐出去上公路。"

列维刚发动车子："我手机上有导航软件，不用你扮演它。"

莱尔德托了托眼镜："现在时间还早，我想带你去个地方。我们要调查的失踪案里，不是有一对母女吗？"

"是有。怎么了？"

"那位妈妈的妈妈……嗯，有点绕。成年女当事人的母亲曾经在盖拉湖精神病院长期住院，这期间，女当事人经常去探望和照顾她。也许我们去那边能找到些线索。"

"好吧。"列维遵从了人体导航仪的指示，在看到医院后右转，离开了松鼠镇。

设施封闭后的第一千零三天，列维在圣卡德市郊外找到了一间汽车旅馆。

拿到房间钥匙之后，他负责出去买晚饭，莱尔德则留在房间里整理线索。

久别重逢之后，他们一直在一起调查各种室内失踪案。他俩的家人有着相似的失踪过程，类似案情至今还在不断发生着，已经形成了都市传说般的未解之谜。

说是一起调查，其实基本上是莱尔德钻进列维的车里赖着不走。

列维在快餐店排队的时候还在想，赶走莱尔德是不可能的了，当务之急是，在他开车时，该如何阻止莱尔德对他指手画脚。什么停车不到位，并线方式不规范，安全带保护套太脏……他在陌生的路上开得犹豫一点，莱尔德也要大声嚷嚷"你又迷路啦"。真是烦得要死。

　　前面一个人走开了，柜台里的服务员问列维要点什么食物。列维先点完了自己的，再回忆莱尔德要点的：洋葱圈和牛肉汉堡，多加酸黄瓜。于是，列维告诉服务员："还要薯条和猪排汉堡，不要酸黄瓜。"

　　返回旅馆后，列维走到房间门口，发现窗帘拉得不够严实，他能从门廊里看到屋内。莱尔德侧坐在桌子前，面对着墙，低着头，肩膀微微发抖。

　　列维站在门口，暂时没有动。因为他发现，莱尔德好像是在哭。

　　列维是走着去买晚餐的，没开车。因为莱尔德没听见汽车的引擎声，所以他没发现列维回来了。列维想了想，在门口站太久也不是办法，他蹑手蹑脚地走下门廊，再返回来，故意发出较大的脚步声，然后不使用兜里的门卡，而是用膝盖敲门。

　　几秒后，莱尔德来开门了。他的脸上没有水痕，但眼球有些发红。

　　列维假装没看见。

　　莱尔德在放晚餐的袋子里翻了好久，失望地看向列维："你就是故意的，对吧？"

　　列维说："对，就是故意的。那家店的牛肉汉堡很差劲，汉堡肉又薄又焦。他家胜在连锁店多，我经常吃，所以帮你买了相对好吃一些的食物。"

　　"行了，随便吧……"莱尔德拿起自己的食物，背过身去。

　　"你干吗要转过身去？"

　　"我不想看你吃东西的样子。你吃汉堡的时候先把肉排叼出来，还翻开面包舔酱汁，把菜叶子弄得到处都是，太恶心了。"

　　列维嗤笑了一声。他心里明白，莱尔德也知道哭过后的眼睛会发红，怕被看出来。可惜他已经看出来了。

　　他没再说什么，只是按照从前吃汉堡的方式，捏住包装纸，门牙咬住肉排，把肉慢慢拽出来再吃掉。

　　晚上，莱尔德去洗漱的时候，列维查看了桌上的一堆资料。他有点明白莱尔德偷偷哭泣的原因了。

　　在他们调查的其中一个案子里，有个小孩和莱尔德的经历十分相似。那个小孩也和父亲、继母和弟弟共同生活，也因为精神问题而长期住院治疗。案例中的失踪者是小孩的生母，她在失踪前已经被确认罹患绝症，失踪后更是被认为凶多吉少，甚至有人怀疑她是自知时日无多，所以消极地远离了亲人。后来那个小孩的情况越来越糟糕，不仅是精神方面，身体方面也出现了严重病变。他被完全隔离在医疗机构里，现在的家庭不再接触他，外人想探视也一概遭到了拒绝。

今天上午他们就尝试去探望他了。当然，他们没能见到他。据说现在任何人都见不到他。

浴室里的水声结束了。列维把资料放回原位。

列维经常会在睡前吃一片褪黑素，有时候他问莱尔德要不要，莱尔德从来不要，他说这东西对他没有用。今天倒是稀奇，莱尔德主动要了一片，头发都没弄干，就迅速陷入了沉睡。

列维关掉灯，靠在床头捏着手机，浏览他们这段日子一起调查和总结过的东西。

他们不是警方，也不是什么私家侦探，调查这些失踪悬案到底有什么用呢？他们失踪的那些亲人还会回来吗？列维理性地认为，他们不会回来了，一点回来的机会也没有了。

但他们还是想查下去。也许他们能找到室内失踪案的共同点，也许他们明天就能发现什么今天尚未察觉的东西……曾经，列维以为世上只有自己一个人这么闲，喜欢干没意义、没未来的事情，现在他倒是有了志趣相投的旅伴。

借着手机屏幕的微光，他侧头去看莱尔德。莱尔德背对他，被子盖得很严实，身体过于僵直，一点也不放松。

如果要回顾莱尔德至今的人生，可以说，只有他十岁以前的生活是正常的。列维自己的人生也不太正常，但他从未想过，还有别人也如此奇怪。

列维熄灭手机屏幕，准备睡觉。就在意识刚刚昏沉下去时，他又被啜泣声惊醒。

这一瞬间，他好像回到了很多年前。

那时他作为高中志愿者，在医院里为小孩子义务服务。他和莱尔德就是那时第一次遇见的。列维还能回忆起来，小时候的莱尔德经常因为医疗行为而昏睡，并且在醒来时无助地哭泣。那时，身为学生的列维比护士们更擅长安抚这个孩子。

　　列维打开床头灯。橘色灯光下，隔壁床上的莱尔德蜷缩了起来，他的脑袋从枕头上移开，肩膀抖动着，发出的声音像是嗓子被什么哽住了一样。列维坐过去，试着把莱尔德的身体扳过来，扳成让他呼吸顺畅些的姿势。

　　与学生时代不同，长大之后，列维就变得不太擅长安慰人了，这么做会让他觉得肉麻。如果对方同为成年人，对方也会尴尬。但现在他顾不得这些，即使莱尔德会被弄醒，他也必须为其调整姿势，以免他出现更严重的睡眠呼吸问题。

　　莱尔德果然醒过来了。他的身体软绵绵的，一点也不能动弹，这有点像睡瘫症，又似乎比睡瘫症持续得更久。

　　"我只是做噩梦了……"莱尔德仍然不能动，脸上却努力做出轻松的表情，看起来十分扭曲。

　　"我知道。这不是叫醒你了吗？"列维摩挲着他的胳膊，帮他从睡瘫中恢复过来，"你真奇怪，一般情况下，应该是我来对你说'只是做噩梦'，而不是你自己说出来。"

　　莱尔德笑了笑。他的身体逐渐恢复了，列维的掌心贴在他的手臂上，他能感觉到掌下的肌肉恢复了力气，不再那么瘫软了。列维帮他坐起来。被子滑下去之后，一件东西从莱尔德身上滚落下来，掉在床单上。

　　那是半包巧克力饼干，而且还是一包相当有年头的过期饼干。烂烂的包装敞开着，里面的饼干已经碎成了渣子，干燥得像沙土。

　　一些残渣从包装里掉出来，洒在床上和莱尔德的衣服上。莱尔德看着它，愣了几秒，然后飞速把饼干扒拉到床下，又频频拍打衣服，抖落残渣。

　　莱尔德的表情有点像被吓到了。列维不明白为什么会这样，只是饼干而已，它在莱尔德的被窝里，难道不是被他拿进去的吗？

　　列维看了一眼脚下，被扫到地上的半包饼干不见了，大概是滚到了床下面去了吧。

　　"你还好吗？"列维轻轻按着莱尔德的肩。

　　莱尔德终于停下动作。他身上和床单上的饼干残渣都没有了。他塌下肩膀，低着头，双手捂住脸。

　　"没什么，没事了……"他的声音闷闷的，而且仍然有点发抖，"只是……

刚才的梦真的很可怕……"

列维说："趁你还没忘，快给我讲讲。你这梦到底能有多可怕？我挺好奇的。"

莱尔德摇头叹息："你他……真是个安慰人的天才……"

列维揉了一下莱尔德的头发。小时候他经常这么做，重逢后反而没有这么做过。此时，也不知怎么，他自然而然地就伸出了手。小时候的莱尔德通常会尽力躲开，再嘟嘟囔囔地整理头发。现在莱尔德反而没有躲。

列维想，看来那个梦实在是过于恐怖，都把他吓傻了。

列维没别的办法，只能用最俗气的安慰方式，把仍然缩着双肩的莱尔德轻轻揽进怀里。莱尔德有点僵硬，但没有表示抗拒。

这时列维突然想起来："我记得你小时候很害怕肢体接触，多漂亮的护士都不能抱你。怎么，现在治好了？"

莱尔德虚弱地笑了笑："是啊，现在我不怕了……"

莱尔德的身体沉重无力，脑袋靠在列维的肩膀上，侧着头，双眼注视着窗外的一片黑暗。

这是圣卡德市郊外的平凡的夜晚，午夜零点已过。

这是设施封闭后的第一千零四天。

THE END

附录一

-Qingwu Dongcha-

莱尔德留下的信件

以下内容，为莱尔德留在电脑里的信。在符合基础排版方式的前提下，文字均尽可能地保留了原文格式。

————————————

写给杰里。

其实不只是杰里会看到这个吧？估计还有很多人会看到。

那就写给你们。

前不久，我汇报过关于伊莲娜的事情，你们显然还不太满意。我不了解她的全部人生。你们问我她父母的身份，她的教育背景什么的，我确实不知道，在这些方面，我真的没有撒谎。但我必须承认，我确实隐瞒着一些东西。比如关于一些细节，关于她究竟在"谋划"什么之类的。

我不能告诉你们。不是不愿意，是我不能。

你们能理解其中的差别吗？

我记得"第一岗哨"的坐标，也见过其他学会成员的记忆，甚至借助我的身体，丹尼尔也完全回到了这个世界上（"这个世界"其实是个不准确的用语，但为了便于理解，我就姑且这么说吧）。我报告了这些之后，杰里别别扭扭地找我谈话，反复打听我的记忆恢复得如何，暗示我应该把话题说得再透彻点。

你们不仅想知道我在那边遇到了什么，还想知道丹尼尔和那个1822年的人所掌握的全部知识，想知道我在"第一岗哨"内部读到的每一个讯息，最好半个标点都不差……对吧？很可惜，还是那句话：我不能告诉你们。

不能，不可以，否决，抵制，坚决防御，严守。

但我可以告诉你们这些事有多重要，重要到什么程度，严重到什么程度。

我可以告诉你们，站在你们的立场上，你们的思维角度上，你们可能会失去什么。

当然啦，在伊莲娜眼里看来，这些事可不是"失去"。伊莲娜对我说过一个比喻。现在我复述一下它，并且试着让你们理解。

记住，这只是比喻，不是完全的真相。

想象一下，从过去到现在，此时此刻，我们世界上所有的胎儿都有清晰的意识。我说的这种"意识"绝对不是"我感觉到妈妈在摸肚皮"什么的，而是另一种东西，另一种思维和视野。

已知，我们有五感，还有未被完全承认的"第六感"，那么继续想象：假如胎儿有另外的某些感官体系，和我们成人的五感不一样，我们无法感知到它。他们之间有一种方式，就像科幻故事里的脑后插管一样，可以让他们互相沟通，进行各种互动，进行各自的生活。他们能看见各种东西，不是看到羊水和内脏，而是看到那个"感知体系"里的各类实体。

他们不是用我们定义的眼睛去看的，而是用另一些东西，比如……我就叫它"假如眼"吧。他们用"假如眼"看到他们所理解的天与地，看到一些设施，看到风景不同的地域等。他们也会看见彼此，彼此用"假如嘴"交谈着，从生到死，过着似乎很完整的日子。十月怀胎之后，某一天，有个"假如人"出生了，这时，他与整个沟通网的关系就断了。其他"假如人"看着他，用"假如眼"流下一些可以被我们理解为眼泪的东西。他们哭泣，因为他们认为这个人死了。

这时，事情就回到了我们完全理解的范畴：一个婴儿出生了。然后这个婴儿慢慢成长、成年、怀孕或令别人怀孕。当她看着自己的肚皮时，你们说，她知不知道那里面有个胎儿？她知不知道胎儿形成的科学原理？她会不会期盼这个孩子的出生？通常来说答案都是肯定的（我知道也有那么一些例外）。

这个人类，她知道胎儿的存在，也试图影响胎儿，试图和胎儿互动，甚至想让胎儿感知到她，对吧？

那么与此同时，她肚子里的胎儿呢？

想想刚才的"假如人"。此时，"假如人"正在过着某种人生，他不知道外面是什么情况，他只能感知他的世界，他不能理解什么是"胎教""医院""歌曲""汽车"……也许在他的视野里，也有相当于这些东西的实体存在，但他无法理解我们概念中的这些事物。

如果一个"假如人"因为某些原因，不小心窥见了我们的世界呢？你们觉得，他是会很向往，还是会极为恐惧？

如果他提前出生了，而且还以"假如人"的形式（而不是可爱婴儿的形式）到处活蹦乱跳，走来走去……那他对我们来说是什么呢？是怪物吗？我们在他眼里是什么？我们在他眼里会有多恐怖？我们身边的一切，在他的感知中，会是什么样的呢？

我们觉得一座开满鲜花的山坡很美。他看到的、理解到的，是鲜花和山坡吗？我们觉得洗个澡会很舒服，这个行为很普通，那他看到的、理解到的，是"洗澡"吗？

我们认为"舒服"的概念，拿去给他体会，他会有何感受？

也许他能接受，也许他会疯掉。谁知道呢？

也许他完全能辨识一只花洒喷头的形态，但很讨厌它；也许他的"假如眼"看到的花洒喷头根本就是另一个样子。我们也不知道那会是什么样子。

对了，一旦连续进行深度思考，我的语言就有可能变得支离破碎。刚才这种现象差一点又出现，我很努力地让自己找回了状态。

尽管如此，有些叙述可能仍然略显混乱，希望我的表达还能够被你们理解。

那么我们继续。现在，结束上面的想象，掉转一下——现在我们就是那些"假如人"，而"门"的那一边，我去过的那个地方，则是我们的那个世界。等到某一个时刻，我们才会真正"出生"，现在我们只是在一个地方存在着。

这就是我们自以为的全部世界了。

现在我们熟悉的世界是短暂的，就像怀胎总会结束，孩子总会离开母体。虽然出生的速度有快有慢，但我们这些"假如人"总归要经历第二次出生，来到真正的世界。这次我们看到的不再是梦境，而是世界的本质。

给你举个例子。可能不是很生动，但姑且可以感受一下。你闭上眼，感受一下你看到的是什么，然后再睁开眼。

刚才你看到的黑暗与光斑，和现在你看到的电脑屏幕，它们都是真实存在的世界，只不过刚才你只能看见其中一层，看不见外面。

按照这个道理，母亲走到哪里，胎儿就跟到哪里。所以当我站在巴尔的摩郊外的某处时，我也是站在"第一岗哨"的坐标上。

你看，我们这个世界只是一个表层，只是孕育着新生命的子宫。看看现在的窗外，你能看见什么？你看到的东西，全都是胎儿们的梦，是我们的梦。

我不得不再重申一遍，这些都只是比喻，不是事实。

所以千万不要将它理解成天国或地狱，它不是为了奖励或惩罚而存在的。即使你迷失在那边，你也不可能会遇到亲人的鬼魂什么的。即使遇到了，恐怕你也分辨不出来它是什么东西。

"真正的世界"对任何人都没有优待，你的荣耀，你的悲惨，你的伟大，你的邪恶，你的爱，你的恨，全都不代表什么。

全都没有任何意义，它们根本不属于真实的世界。

或许你们很想问我（其实是想问伊莲娜吧），难道只有人类会与那个世界互动吗？那禽畜又算什么？史前动物呢？已灭绝的动物呢？现在活着的其他生命呢？甚至……如果有地外生命呢？它们又在哪里呢？难道它们也属于"胎儿的梦"吗？

如果你真的有此类疑问，我只能再一次强调……以上那些是比喻，不是真相。非要我解释的话……我会说，你怎么知道你口中这些东西不是幕布上的画呢？你怎么知道你自己不是幕布上的画呢？

在梦里，你微笑着，在抚摸一头红龙。也许后来这头龙死掉了，也许它成了你的宠物，也许成了你的妻子或者丈夫……你觉得这一切都挺好的，你爱它，你爱这个世界，你想珍惜你的人生。

在梦醒过来之前，你知道世界上没有龙吗？

杰里，如果你还在看的话……你和我一样，我们都见过一些难以描述的东西。只不过，你没有像我一样"进入"得那么深。

这该怎么说呢？

拿花洒喷头来说吧。假如我们俩都没见过它，不能理解它是什么，那么，当你看到"花洒喷头"的时候，你把它认成了你能理解的怪物，而我则看到了真正的花洒喷头。

在我们这些"假如人"的思维里，"怪物"比"花洒喷头"更容易被大脑识别。我说起这个，是因为昨天你问了我一句话，当时我没有回应你，因为我觉得用一两句话说不清。

昨天你用那种有点不屑，或许是有点愤怒的语气说"那个世界到底有什么意义，一堆死不掉的怪物，灰不溜秋的天地，噩梦一样胡乱排列的地形……有什么意思？有趣吗？有什么作用吗？
为什么会有人会对它感兴趣？"。

你说这些的时候，我能看出来，你更多的是为了发泄情绪，
而不是真的有这样的疑问。当时，你是不是也觉得自己有点失态？
所以你很快就换了个话题。

其实没事，我还挺想回答你的。也许你已经知道我会怎样回
答了。

答案就是，你们看到一个又一个怪物，但看不到"花洒喷头"。
而我……即使我辨识出了"花洒喷头"，我也无法把其"意义"
传达给你们。

你看那些死掉甚至碎掉的不死不朽的东西……你觉得很惨
吧？其实你只能辨识出它们异于我们，你并不能明白它们实际上
是什么。你的大脑无法给出答案，只能给出一个你能理解的画面。

如果真要深究"意义"，那你看看我，现在的我又有什么意
义呢？

我坐在床上，靠着枕头，我床边有个轮椅。床、枕头、轮椅
又有什么意义呢？你们调查我，调查这一切……最终有什么意义
呢？为了什么？

为了查明危险，为保护更多人吗？那保护更多人又是为了什
么？为了让他们好好赚钱养家，生活得平安一些？

平安一些又是为什么呢？赚钱又是为什么？为了实现个人价
值？为了享受一些事物？估计很多人会这样回答。

那实现个人价值又是为了什么？享受那些东西又是为了什
么？因为会快乐？会很舒适？不枉此生？嗯，很多人会这么回答。

那快乐、舒适和不枉此生，又是为了什么？

无论是杰里，还是其他看着这些文字的人，你们一定觉得我
在说废话。对呀，以上这些，确实都是一些废话。所以你们想想"门"
的那一边，想想那些你们质疑其"有什么意思，能带来什么"的事物。

你还记得艾希莉的笑容吗？她好快乐。

那个时候，她就像黄昏时的云，她的光明与暗淡，还都能被我们识别出来，我们姑且能够看懂她的情绪。

等到太阳彻底落了山，她就不再位于光与暗的交界处了。她彻底去了我们不能理解的另一边，再也不是"假如人"了。她从一个胎儿，变成了出生后的正常人。

你看，这还真有点像被保温箱拥抱过的早产儿。现在外界接受她了，她吃到了营养，受到了照顾。她直接开始发育了。

想想每一个正处于产程中的胎儿（或许这时候应该改称婴儿），他们真的愿意从胎儿的梦境中苏醒吗？他们是因饥饿而哭，还是因恐惧而惨叫？当然啦，最终他们会撑过来的。他们会长大，会学着享受人生。

我们每个人都不会认为被泡在羊水里是多有趣的事。我们都知道那个过程，但并不觉得它很有趣味。如果你们之中有人问"那个世界什么意义"，那么，伊莲娜也会觉得"现在这个世界又有什么意义"。

伊莲娜，或者来自学会的一部分人士（我无法判断具体人员比例），他们也在想：这些有什么意义？我们为什么不找一条通向真相的路？为什么不撕掉幕布，扑向真实……这是必然，也是人类的前进方向。

他们从很多年前就开始着手于此。这里不应该说"他们"，应该说，人类从很久以前就着手于此。我汇报过卡帕拉法阵和算式阵，在当时的报告中，我应该提到过，它们起源于纳加尔泥板。想想那是什么年代吧。

你看……这些事情是有意义的，只是你们不觉得有而已。

你妈妈怀着孕，在做孕妇瑜伽，脚下踩着一条粉红色瑜伽垫。当时身为胎儿的你如果看到这些东西，你也会觉得：有什么意思？有趣吗？有什么作用吗？为什么有人会对它感兴趣？

我写的这些话，可能会让你们感到烦闷，觉得我在随便胡扯，在绕圈子。抱歉，我最多只能解释到这个地步。我不能把"第一岗哨"里读到的东西原样默写给你们，也不能办个培训班，把我和丹尼尔掌握的所有东西都传授给你们。

杰里，你还记得树林里的灰色猎人吗？他在笔记中写下过那句话：洞察即地狱。

你们不认可学会的理念，对吧？即使我把它捧得很高，告诉你们它很有意义，你们也不认同它。其实我也一样。我知道聪明的做法应该是什么，但我宁可愚蠢。我知道穿着神父服装改良的黑色长衫到处乱跑很傻气，也没意义，但我就是愿意这样。你能明白吗？

现在我在想，你从十六岁，长大到现在的岁数，抱歉，我不知道你现在几岁了，我一时想不起来。

在这么多年里，也许你遇见了各种新朋友，也许你失去过其中一些人，也许你爱过……或正在爱着什么人，也许你因为那个人痛哭着度过夜晚，也许你因为一些事情而怒火中烧，也许你害怕某个惨剧会降临在自己头上，也许你特别讨厌吃某道菜，也许你全身心地喜欢着某个电视节目……可惜我不知道你喜欢和讨厌什么。从小到大都不知道。

你看，此时此刻的你，就身在这些东西之中。

我说的不光是杰里，还有我的同事们，还有传阅了这份文件，正在阅读这段文字的你们。你们都是如此。

如果你们变得像他们一样，像伊莲娜一样，像我妈妈佐伊一样……你们可能就再也不会在乎那些事物了。

至于我，我仍然认同它们，但我不知道自己还在不在乎它们。反正我已经不再想追求它们了。

等到某一天，等你们真的不爱它们了，那时你们不会感到遗憾。但是至少现在，至少此时，如果我猜得没错……你们还是想尽可能去保护这些琐碎的东西，对吧？即使从宏观上看，它们没什么意义。就像我和我的黑色长衫一样，没有意义。

都别说你们了，即使是列维，他也有一些独特的小爱好。你们一定明白为什么我要说起他，你们很清楚他身上的问题。

你们给他吃过汉堡或者三明治之类的东西吗？如果那个汉堡放在盘子里，他会先把它打开，好像它其实是个蚌壳似的，他会把里面的肉排单独拿出来，在面包坯上来回蹭几下，吃掉肉排，然后再吃剩下的面包坯和蔬菜酱料。如果他把汉堡拿在手里，他就捏紧纸包装，咬住肉排的一小块，把肉一点点地往外拽，一边拽一边啃，最后剩下一个"空巢"面包。

挺诡异的，但也挺像个人类的。

在我的所有同事和上司中，必定也有人会这么干。如果是在食堂里，你们会加以掩饰。

一旦列维察觉到某些事实（抱歉，我仍然不能说得太清楚，我现在的表达方式已经属于在悬崖边缘试探了），那时候，如何吃汉堡里的肉，就不再是他在乎的事情了。

你们很害怕他吧？你们是怕那个"不在乎这些"的他，还是怕那个叼着汉堡肉的他？答案显而易见。

那么你们自己呢？

我无数次幻想，如果小时候我没有看见那扇"门"，我的未来会是什么样。会更幸福吗？会无忧无虑吗？也许会的。

我可以一辈子与那扇"门"毫无瓜葛吗？现在的你，会远离这些事情，做着更普通的工作吗？也许不会。

我们全都住在大鲸鱼的肚子里。鲸鱼肚子里有你们爱着的一切，鲸鱼肚子外面，也有将会被你们爱的一切。如果有一天，这头鲸鱼直接被四分五裂，我们就都必须出去了。

有些人是这么想的，不管能不能看到通向外面的路，他们都只是想保护这个肚子里的世界，他们会尽全力推迟离开肚子的那一天。

也许外面更好？但是管它呢，我们不要离开这个地方。这就是你们在做的事情。

很久以前，我在网上看到过一个小故事，可能是恐怖故事，也可能是某个奇幻剧本的片段？我也不确定是什么。我不记得出处了。

那个故事说，有个学者心怀壮志，想研究出世上一切的真理，于是他用了很多手段，召唤到了某个能给他答案的生物（是个天使还是恶魔来着？或者是他信仰的神？）。

这个生物很配合，愿意把真理告诉学者。他在学者的耳边说了一句话后，学者自杀了。他又把那句话告诉学者的助手，助手也步上学者的后尘。他把那句话告诉遇到的每个人，每个人都干脆利落地放弃了这个世界。

可能我的记忆不准确，反正大致是这么一个故事吧。这故事有很多版本，还衍生出了一些搞笑的解释方式。

有的人说，那句话不难猜啊，肯定是说死后世界是个美好的世界，可以上天堂什么的，人们为了天堂，就被蒙骗得失去了生命。会是这么简单吗？我看不会。

想想自己吧。不要故意去虚构和设计那名学者的性格和身份，就想想你自己，和你认识的所有人。包括与你亲近的人、陌生的人，你爱的人，你厌恶的人。别人为你们描述了一个更好的世界，你们就会上当受骗吗？

哪怕你真的想离开这个世界，你肯定也知道，还有很多人不会这么想。人们的想法是不一样的。

那么，究竟是怎样的"一句话"，才能让每个听到它的人都放弃这个世界？

"那句话"是什么内容？这样的事有可能发生吗？要让我说，不可能，仅凭短短的一句话不可能。太短的句子是不可能的，它包含不了足以说服每个人的信息量。

但是，如果你读完"第一岗哨"内沉积的大多数东西，这样的事情就有可能发生了。那可是相当长的"一句话"。

如果我知道"那句话"的内容，你们想听吗？

无论你们想不想听，我都不想说出来，也不该说出来。

就这样吧。以后可能没有机会聊天了，所以我不知不觉啰嗦了这么多。

杰里，以及所有看到这封信的人，

我也不知道还能说什么，总之，祝你们爱这个世界。

附录二

-Qingwu Dongcha-

信

致 莱尔德·凯茨

（也许还有 列维·卡拉泽）

　　希望你们还记得我。莱尔德，如果你真的能看到这封信，你应该还记得我吧？至于卡拉泽先生记不记得我，我可不敢确定。就当你们都还记得我吧。

　　你们都还好吗？写下前面这句话之后，我有点想笑话自己，我竟然在给你们写信？明明你们不可能给我任何回应，但我还是写了。

　　几年前，就是设施刚关闭的那时候，我收到了莱尔德留下的信。这么长时间过去了，我也该好好回一封信了。

　　我有很多话想说，一时还真不知道从何说起。先说一些与你们有关的近况吧。

　　有件事得告诉莱尔德，至今为止，你从未被机构除名，你仍然算是我们的内部人员，你的档案上标注的不是死亡，也不是失踪，而是"特殊静默"。如果你还记得培训期学到的东西，就应该明白"特殊静默"是什么意思吧？你的身份信息未注销，基本工资和社会保障还在定期发放，他们愿意发就让他们发吧，这事我管不着，反正也没坏处对不对？

在你离开之前，你对肖恩交代了一些事情，其中包括如何处置你的个人财产。你说想把钱交给罗伊和艾希莉的家庭，肖恩照做了，我们用了些特殊手段"得到"了你的授权，帮你卖掉房子，把钱给了该给的人。其实钱是从你的私人账户给出去的，我们骗他们说是上面给的抚恤金。

卖房之前，我去那幢老房子里看过，那是你外婆的房子对吧？我看到了她和你妈妈的照片。以前我从没看过她们的照片。说来挺神奇的，小时候我一直觉得你和爸爸长得像，而我就和他没那么像了，但在看到你妈妈的照片后，我又觉得你更像你妈妈，脸形和眼睛最像。这好像有点矛盾，你到底是像爸爸还是像妈妈？好像都有点像。如果单独看我们的爸爸和你的妈妈，他们两人长得一点也不像呀！你看我的时候也会有这种感觉吗？在你眼里，我是更像咱们爸爸，还是更像我妈妈？这句话我不该现在才问，我们小时候就应该聊过才对……但我们完全没有聊过。那时我们的交流太少了。真的很遗憾。

对了，我从你家房子收拾出来很多小件杂物，我把它们都带走了。我现在单独居住。我在同一栋公寓里多租了一间房，专门用来放你的东西。记得你说过，你小时候有一只熊玩具，手上露棉花了。你信不信，我真找到这个东西了，它在你们家杂物间的大号纸盒里，和很多旧书旧衣服放在一起。我把熊的手缝好了，当然不是我自己缝的，而是找了个能给人改服装的小店，让人家做了点额外工作。虽然我把小熊拿回了家，但我这也没有什么好地方给它住，它还是得住在纸盒里，还挺抱歉的。

前些天我回了一次家，咱们爸爸的那个家。你应该还不知道，我们早就搬家了，不在松鼠镇住了，现在的家距离圣卡德市不远。我把详细地址写在便笺纸上，和信一起装在信封里。如果你真能收到信，注意一下别弄丢了。咱们的爸爸是个工作狂，这把年纪还没退休，不过他现在很少出国了，满世界跑来跑去的事都交给年轻人去干了。他很健康，我妈状态也不错，他们都以为你在亚洲定居并有了新家庭。你交代肖恩办这件事，他办得很好。

再说点工作上的事吧。近些年关于"不协之门"的案发趋势有了一些变化：目击报告数量有所增加，但证实确有关联性的失踪案却减少了。同事们对这一现象有不同看法，有的人比较乐观，认为是我们的各项措施有了成效；也有的人担心这是暴风雨前的宁静，或者更精确一点说，是海啸之前的退潮。这些年里，民众开始学习关于"门"的避险常识，在一定的时间内，这确实能够减少误入概率，但未来呢？全社会不断提升感知唤醒程度，长此以往真是好事吗？数年后，甚至数十年后，洞察效应变成日常的一部分，那时"混淆"可能会成为现实的一部分，人们的现实认知或许会出现海啸般骇人的巨变。

如果问我个人的意见，我也是比较悲观的，但我认为短期内应该不会发生太严重的问题。如果要提升整个人类社会的感知唤醒度，就必定需要相当长的时间，因为全球各地文化不同，对"不协之门"的认知程度也不同，所以感知唤醒的速度是不可能完全同步的。

说到这个，还有一件事挺重要的。前阵子我们在网上发现了一篇匿名文章，内容是教大家如何避开"不协之门"。这篇文章表面上是教人躲避，实际仔细一读就知道有大问题。现在学校防灾手册中也会提到：如果在熟悉的地点突然出现陌生的通道，那么一定要避免进入……这个观念没有错，但正规教学材料的用词都很克制，不会过度泄密。而网上那篇文章不一样，它引用了涉密事例，处处都是暗示性词句，具有很强的诱导性。恐怕笔者的目的不是教人避免灾祸，而是要对读者进行感知唤醒。

如果文章传播下去，有可能会引发群体洞察效应。截至发现时，文章已经传播了半个多月，经历过数次修改、删减、转载，我们已经尽可能地减少了文章的传播，并全力寻找文章的最初发布者。

除此外，我们还要一个个地核实阅读者的身份，并观察他们阅读文章后的状态。这件事还挺难做的，需要其他部门配合，而且很多阅读者是非实名身份，找都找不到。

关于撰文并上传之人的身份，我已经有了初步猜测：在描述"不协之门"时，只有学会的人会使用"盲点"这种说法，上述文章中不止一次用了这类词语，所以弄出这篇文章的很可能是学会的人。

如果列维·卡拉泽还在就好了，他更熟悉学会，我很想问问他的意见。让肖恩来问可能更好，只有肖恩不怕他。当然我只是想想，列维不可能回来，也不能回来。

其实我心中有一个嫌疑人了。她是泄密嫌疑人，但不一定是上传文章的人。本来我没怎么留意过她，总觉得她还是小孩子，后来一想，不对啊，现在的她已经比当初的我年纪还大了，她完全是个成年人了。

目前她是实习人员，和你我在同一部门，其实她尚未参与涉密工作，但她本来就知道不少秘密，知道的事情不比你少。我问过她很多事，包括和伊莲娜这个人有关的事，但她好像不太记得了。精神医师说她没问题，她也顺利通过了各种严格的忠诚测试，但我还是不信任她。我没有证据，只是有一种直觉。

好在还有肖恩。肖恩听过我的分析，他认同我的怀疑，可目前他也做不了什么，我们都只能静观其变。我和肖恩在工作上配合得很好，我们也只能谈工作，工作之外我没法和他相处。

莱尔德，我是不是太过脆弱了？应该是吧，我就是太脆弱，而且很难改了。和你比起来，和更多人比起来，我经历的痛苦不算什么，可我就是没法释怀。我每天都做噩梦，一看到肖恩，我的精神就会回到那个地方……唉，我都不愿意提那地方的名字。提一下也没什么吧，是的，我说的是"第一岗哨"。

莱尔德，如果你还在这里就好了，好想让你教教我，教我该如何处理这一切。你不仅是我的哥哥，在工作上你也算是我的半个领路人了，我好想让你亲自指导我。

现在你和列维·卡拉泽在一起吗？我经常想象你们会如何相处，然后就不由地想起好多年前的那天。

那天松鼠镇在下雨，列维·卡拉泽早上来敲门，那时他的态度热情爽朗，我特别兴奋地想着：哇，自己家的素材真能送到电视台，我要上电视了……天哪，我可真愚蠢，他可真能演戏。那时候肖恩也在，他在偷听我和列维讲话，因为我实在太自私、太混账了，所以肖恩忍不下去了，跑出来要打我。列维阻止了他，用很专业的擒拿手法把他按在地上。现在想起这些，我又想笑又觉得毛骨悚然。我真的很难描述这种心情。

后来我想过，一切的责任恐怕在我，我不应该联系《深度探秘》节目组，那样列维就不会找上我……也许他还是会来，即使我不主动找他，他还是会来找我。那我不理他就好啦，只要我不接受采访，他就不会认识我和肖恩。这样一来，至少肖恩就没事了吧？

你和列维早就认识，所以即使我不找列维，你也会找到他和他一起行动。这么一来，你们走进那"门"的时机就会改变，你们可能会从别处进去，也可能根本找不到能进去的地方。如果是这样该多好啊。

当然，如果事情这样发展，我们就有点对不起罗伊和艾希莉，如果我们都不进去，就没法找到他们了。可是找到又能怎么样呢？我们还是没能救他们。还不如不要找到他们，就让他们按照自己的节奏去生活、去成长……能获得单纯的快乐，也未必是坏事。我们无能为力……我们无能为力。

这思想可能有点危险。我是不是太恶毒了？

我只敢私下说，和你说，或者和肖恩说。

本质上，事情的责任还是在我。如果我没有搞那个派对，罗伊和艾希莉就不会走进"门"里，你们也不用来松鼠镇了。如果你没来松鼠镇，就查不到有用的线索，你还是你，还是机构外勤特工，还是"霍普金斯大师"。如果你不来松鼠镇，可能你得瞎忙活一辈子，什么有用的线索都找不到……如果真这样该多好啊。

我宁可你一直不回家，宁可我们的关系一直像陌生人。对不起莱尔德，对不起。真的对不起。

不过列维是个变数。即使我不理他，你还是早就认识他了。即使他无法从我家发现线索，他仍然会继续找别的线索，你们会有别的发现，然后你仍然会义无反顾地和他一起走进"门"内。

我现在还能回想起你和列维拌嘴时的样子。进入那扇门后，你俩找到了我和肖恩，一路上你们好几次避开我们去说悄悄话，你以为我没发现吗？其实我都留意到了，只是没找到机会偷听。

那时候我偷偷想：你和列维到底算是什么关系呢？不怕你笑话，我觉得你们俩特别像电视剧主角，就是那种欢喜冤家主角，平时关系一点也不好，总是互相讽刺挖苦，关键时刻又特别有默契，既是竞争对手，也是生死相托的搭档。很多电影电视剧里都有这种角色，不知道你看过没有。

按照现在的格局来说，你和列维应该算是某种意义上的敌对关系？他是学会的人，他不仅是学会的猎犬，同时还是个……

对不起。我不该提那些。对不起。

现在是第二天了。昨天写着写着，我突然开始头痛眩晕，视野都模糊了。休息了一整天之后，我回来继续写这封信。

我不是用电脑打字写的信，而是在用手写信。我有严重的神经受损后遗症，手脑配合不好，很多细微的事情我都做不好，其中就包括基本没法用电脑打字。好在电脑可以语音输入，手写字也还能凑合。写信的时候我先试了语音输入，但我总得停下来，说话磕磕巴巴的，输入的文字就不准确，最后还得改字，太费劲了，我还是选择手写。

等写完之后，我会把信扫描到电脑里，用软件自动识别文字，转成电脑输入的字体。现在这种软件准确度挺高的。将来你收到这封信，信上会是清晰的打印字体。因为我手写的字太歪太丑，怕你认不出来。

　　没事的时候，我经常反复看你留下的信。你提到列维吃汉堡的时候会先吃肉，我还特意去食堂留意了一下，发现有不少人和他一样。现在你和列维在一起，你们会有类似进食的行为吗？他还是你的搭档吗？你们能沟通吗？会像从前一样互相开玩笑吗？唉，我自顾自地写了一堆疑问句，其实你无法回答。

　　如果列维仅仅是列维，那其实他这个人还挺有趣的，关键时刻也靠得住。他懂得又多，体力也很好，很能给人安全感。小时候我还想过，万一遇到什么坏人或者怪物，我是肯定打不过啦，肖恩也许能撑一会儿，而最有战斗力的肯定是列维。至于莱尔德你，我觉得你适合在远处支援，或者负责引路什么的。

　　刚认识列维的时候，我幻想了一堆深入神秘地带奇幻探险的情节。当真到遇到危险的时候，我却后悔得要命，完全不相信列维能保护我们。

　　他对我和肖恩比较冷淡，但好像对你还可以。当然啦，他对你也不怎么友善，仅仅是"还可以"。或许你自己没察觉，有时候你们的相处细节很好笑，现在回忆起来我还会忍不住微笑。笑完之后我又难受，不是悲伤什么的那种难受，是真的头晕想吐。

　　我得再休息一下。

　　我回来了。

　　希望将来的某一天我们能够找到方法，克服目前的困难，把你们从封闭的设施里接出来。这想法可能不切实际。

　　河流入海，就不能再回到起始的冰川；蝴蝶破茧，就不能再变回幼虫。道理是这样，但我还是忍不住想，尽管如此，即便如此……总有一天水汽要汇入沧海，草木虫蛇动物人类，都要化为大地的一部分，我们所有人都要汇合在一起。我这样想对吗？我还有机会，对吗？

　　抱歉，我有点激动，脑子里各种念头窜来窜去，写出来的话乱七八糟的。

你说过很多次：成人无法退行为胎儿。但我想，成人可以遗忘，可以舍弃真相、拥抱混沌，可以在精神世界里退行为胎儿。感知可以被唤醒，也可以重新沉眠。不同视野之间可以出现破洞，按说也该可以修补。所谓的修补或许只是自欺欺人，只是拖延时间，但我觉得……这不是毫无意义的。

这些都是我的初步想法，我暂时不知道该如何实现。我打算用一辈子去实现。尽力而为吧，哪怕大概率不会成功。

我之所以会写这封信，是因为最近我们打算对已封闭的湖床基地进行一次内部探查。我们会使用小型无人自动运输设备，从不同位置进入封闭的基地，执行一系列侦测动作。设备只回传数据，不使用任何直接成像的摄录设备。

我要将这封信放入运输设备内。其实我干这事是没有被授权的。不管了，我就要干。除了这封信，设备内也会夹带一些其他小物品，因为我们要借此观察设施内部数据变化。回传数据后，该小型设备会自动报废，我们不进行回收。也就是说，如果你真的看到了这封信，你也没办法给我回信。

其实有个更大的可能性——你根本无法看到这封信。你可能已经不能识别我视野内的语言了，你不能阅读，不能理解，不能感受，甚至不能看到这张纸本身。你会看到吗？

纸张叠起来不能太厚，所以这封信篇幅有限，我不能再写更多字了。

你曾经祝我们爱这个世界，我却无法对你回以同样的祝愿。

希望你无法看见这封信。希望你已经得到了自己的幸福。

不用写落款了。如果你能阅读，就肯定知道我是谁。

　　探查封闭设施当日，杰里·凯茨前往附近基地，参与到远程指挥的工作中。

　　探查过程顺利，未出现负面事件。无人设备在封闭设施内采集到一系列的最新数据，数据已交由相关工作人员进行研究分析，结果暂未明确。

　　当日工作结束后，肖恩·坦普尔中校在杰里·凯茨的个人物品中发现了一封纸质信件，信件内容如上。

　　信件内容显示，杰里·凯茨试图将未获准的物品夹带入探查设备内，然后又中止了该行为。

　　信件留在封闭设施之外，未引起不良后果。鉴于杰里·凯茨主动中止了违规行为，上级部门只对其做出警告，暂未进行进一步处分。

设施封闭后的第三千六百八十五天。

列维从细巷深处走出来，看到莱尔德背对他蹲在路边，他正在逗弄一只黑灰花纹的小猫。小猫看起来怪怪的。它脾气挺好，随便莱尔德乱摸，但态度好像又不太热情，不像别的猫那样蹭人或翻起肚皮。它只是呆呆地站着，不出声，也不动。列维靠近了一些，莱尔德回过头，猫跑掉了。原本列维还以为这猫是有什么病呢，看来不至于。

　　　　　　　　　　灰小动物啊。"列维说。

在他说话的同时，莱尔德也问了句"刚才聊得如何"。两人冒出来的话撞到一块，不知道该谁先回答。

莱尔德做了个"请"的手势。于是列维先说："你问聊得如何？别提了，那人一问三不知。用账号的是她，但目击者是她弟弟，她根本不了解情况。"

听了之后，莱尔德只是随便点点头，似乎并不是真关心这事。

列维走向停在路边的车子。解开锁的时候，他发现莱尔德还站在原地，就回头叫莱尔德快一点。莱尔德慢慢跟上来，坐进车里。列维打开后备厢，开始收拾东西，莱尔德从后视镜看过去，这个角度看不见列维，只能看见浅蓝色的后备厢盖子。这是一辆浅蓝色的老款车，不是两厢车。

列维坐进驾驶位，没有马上发动车子。他看向莱尔德，莱尔德立刻移开了目光。

"你怎么了？"列维问。

"我怎么了？"莱尔德托了托眼镜。

列维说："你不对劲。调查没有进展，灰心了？这可不像你啊。"

莱尔德笑了："不像我？那我应该是什么样……"这句话的声音弱下去，没有说完。他深呼吸了一下，改口道："你说得对，我是有点失望，也有点累了。我们日复一日地调查，每次都扑空，永远不会查到有价值的东西……你呢，你不会厌倦吗？"

"不会。"

"将来也不会？"

"永远不会，"列维很笃定地说，"因为这是我该做的事情，我也只想做这些事。"

莱尔德仍然在微笑，笑容比刚才多了些温度。"那就好，"他点着头说，"挺好，我也应该调整一下心态。我们走吧。"

他只说要走，但并不问去哪儿。列维忽然觉得莱尔德这个小骗子变了，合作了这么多年，他没以前那么烦人了。以前莱尔德特别爱扮演导航仪乱指路，一会儿要枕头一会儿要口香糖，事特别多，明明自己不开车却总对司机指手画脚……现在好多了，这些毛病都变少了

车子开出一段路后，列维说："我们今〇〇〇〇找那个目击者。看你有点累了，脸色不好。这些日子我们一直在奔波，总是休息不好，今天你多睡会儿。"

莱尔德嘟囔着："你负责开车都不累，我也不会累的。"

他们离开线人的住处时，刚过晌午。车子开上公路时，已是黄昏，橘色悬日挂在道路尽头。列维侧头看去，发现莱尔德睡着了，而且没系安全带。

列维没出声，他先把车子稳稳停下，帮莱尔德系上了安全带。从前莱尔德一向习惯良好，一上车就知道系安全带。最近也不知是怎么了，变得一点也不在意这些事了。

列维伸手碰了碰莱尔德的额头，体温正常，没发烧。这碰触让莱尔德醒了过来，他瞟了一眼列维的手掌，又快速闭上了眼，似乎还是困得很。

"继续睡吧，没事。"列维轻声说。

病房里，十一岁的少年从噩梦中惊醒。

病床旁，实习生坐在旁边的沙发上，就着一盏橘色小灯在看书。

"继续睡吧，没事。"实习生走过来，轻轻抚摸少年的额头。